文苑华章
西北大学学生优秀文学作品选

散文卷

主编：段建军

本卷主编：杨遇青 陈晓辉

西北大学出版社

西北大学"创新创业"教育改革项目资助成果
西北大学"双一流"建设项目资助成果
教育部人文社科重点研究基地(培育)建设成果

文苑华章丛书编委会

编委会顾问 / 贾平凹
编委会成员（以姓氏音序为序）
　　　　　　曹明明　曹小晶　常　江　陈然兴　陈晓辉
　　　　　　段建军　方蕴华　高字民　谷鹏飞　姜彩燕
　　　　　　姜　宇　雷武锋　李邦邦　李　彬　李芳民
　　　　　　李　浩　刘炜评　沈文君　王尧宇　吴振磊
　　　　　　杨遇青　张阿利　张文利　张亚蓉　赵　强
　　　　　　赵小刚　赵小雷
主　　　编 / 段建军
执 行 编 辑 / 杨遇青　高字民　陈晓辉　陈然兴
　　　　　　王理鹏　王晋华

文思并重立基调，薪火相传奏华章
——《文苑华章》序

西北大学素有培养作家的传统，百余年来，名家迭出，为中国现当代文学做出了重要贡献。在2016年9月12日举行的"坚定文化自信，讲好陕西故事"陕西文艺工作者座谈会上，陕西省省委书记娄勤俭同志高度肯定了西北大学文学学科取得的成绩，认为"西北大学作家群"，是中国当代文学与陕西文学的一个奇迹。

20世纪80年代以来，西北大学文学院曾成功举办了四届"作家班"。当年毕业于西北大学、起步于西北大学的一大批文学青年，现已成长为文学创作和文艺批评领域的卓然大家，在中国文坛具有举足轻重的影响。当代中国文坛亲切地将其称为"西北大学作家群"，而将活跃在中国当代文坛的这样一种创作现象称为"西北大学作家群现象"。这个群体的代表性人物：诗歌方面，有牛汉、雷抒雁、刁永泉、薛保勤、朱文杰、商子秦等；小说方面，有贾平凹、迟子建、王刚、孙皓晖、鬼子、钟晶晶、熊正良、陶少鸿、李康美、冯积岐、吴克敬、杨少衡、马玉琛、王宏甲、肖黛、董生龙等；散文方面，有杨闻宇、白阿莹、方英文、穆涛、李傻傻、沈宁（美）、和谷、李廷华、骞国政、张书省、张虹、庞烬等；新闻和报告文学方面，有马利、万武义、肖复华、李勇等；剧作家及导演方面，有郑定宇、黄建新、张子良、庞一川、王吉呈、潘飞、王三毛、周友朝、张晓春等；文艺理论和文艺批评方面，有何西来、党圣元、王富仁、张永清、李国平等。"西北大学作家群"不仅人数巨大，而且分布广泛，影响深远，构成了中国当代文坛的一道亮丽景观。于是，西北大学作为"文学沃土，作家摇篮"的美誉不胫而走，得以迅速传播,得到了广泛认同。

"西北大学作家群"的崛起,有诸多历史与文化的机缘,更与西北大学文学学科的学术传统与办学理念密不可分。近一个世纪以来,西北大学文学学科一直倡导教师理论研究与创作实践"两条腿"走路,以理论提升创作,用创作拓展理论,形成了文思并重的学统,产生了一大批理论与创作方面成绩斐然的学者。如郝御风(笔名泠若)教授是朱自清先生的高足,当年在清华读书时就与曹禺、吴组缃并称"清华三诗人",他也是贾平凹、和谷、丁耶、李满江等众多作家的导师;刘持生教授是胡小石先生的得意门生,他的《持庵诗》完全可以和夏承焘、程千帆、聂绀弩等人创作的古典诗词相媲美;董丁诚(笔名千里青)教授利用工作之余写出以《紫藤园夜话》为代表的一批作品,其浓郁的文化底蕴、强烈的人文情愫和生动的形人绘事风格,感染力强,别具一格,被誉为文化散文的代表作。还有刘建军、张华、费秉勋、赵俊贤、冯有源等教授,数十年来从事小说、散文及随笔写作,笔耕不辍,成就斐然。目前坚守在教学一线的李浩、杨乐生、刘炜评、周燕芬、谷鹏飞等亦是活跃在陕西文艺批评和文艺创作战线上的尖兵。如李浩教授不仅是目前唐代文学研究领域中的佼佼者,在教学之余勤于写作,连续推出《怅望古今》《行云看水》《马驹》等文学系列丛书,显示出了过人的写作才华。这种文思并重的学统,奠定了西北大学文学教育的特质与基调,形成了理论与创作互进的人才培养思路,使西大的人文传统薪火相传,绵延不绝。

为了延续这一传统,我们从20世纪80年代以来,定期举办"文苑华章"、"黑美人"艺术节、"抒雁杯"青春诗会暨"诗性印痕"版画联展,以诗歌、戏剧、书法、绘画和演讲等丰富多彩的教学实践活动为平台,以培养德才兼备、通专结合、知能并重、守正创新的人文学科通识型大学生为要务,在文苑的殿堂里汇聚起青春岁月的华彩乐章。

特别是2013年以来,我们积极响应陕西"文化自信""文化强省"战略,成功恢复举办"作家班",成为新时期推进西北大学文学专业特色教育的又一重大举措。2013年,时任陕西省委书记的赵正永同志鉴于陕西当代文学的发展现状和西北大学举办"作家班"的成功经验,在给"陕西社情民意"答复的批文中,建议西北大学恢复"作家班"办学,为陕西文艺培养后备人才。因此,我院立即着手制定恢复"作家班"办学方案,制定培养计划。恢复后的作家班分本科、硕士、高级研修班三个办学层次。每期高级研修班选拔省内外创作成绩显著的中青年作家15人进行为期一月的创作培训。2015年至今,已连续举办两届高级研修班,先后邀请阎晶明、高建群、红柯、李浩、李国平、穆涛等著名作家和学者现场授课。高研班的教学紧紧围绕文学创作,以名作家讲座、导师一对一指导、专题讨论等多种方式进行,教学内容丰富、形式灵活多样,对学员的创作素养、创作技巧和创作灵感进行综合提升。学员学习氛围积极而热烈,授课讲座和研习讨论的文字记录超过20万字。高质量的教学,开阔了学员的文学视野,提升了学员的写作境界。《人民日报》《光明日报》《中国社会科学报》《陕西日报》、人民网、新浪网、搜狐网等多家媒体进行了全面报道,引起了强烈的社会反响。这些中青年作家在大学的校园汇聚一堂,不仅聆听到专家学者的专业课程,也通过文学沙龙、诗歌朗诵会和演讲,深度介入校园文化活动,为文学院的文学创作注入了前沿的思想和新鲜的力量。

同时,我们还增设"创意写作"专业,拓展本科教学新领域。自2012年起,我院在全国高校本科教学培养中具有前瞻性地开设了创意写作专业,这是目前西部高校中唯一一家实施创意写作高端人才培养的单位。我们的基本培养目标是,培养能够具有各种文体写作技巧,拥有较高艺术素养和创新精神,能够承担文化创意、影视制作、出版发行、广告宣传、演艺娱乐、文化会展、数字动漫等文化产业界创造性核心工作的创意写作人才或自由写作者。

《论语》中有一句名言:"学而时习之,不亦乐乎!"这里的"习"就是演习、实习的意思。学习就要既"学"且"习",把理论知识与实践体验结合起来,把知识转化为行动。多年来,西北大学文学院把专业教学的拓展、第二课堂的实践创新和作家班的传承与建设结合起来,以"黑美人"艺术节、文苑华章系列活动、"抒雁杯"青春诗会暨"诗性的印痕"诗歌版画联展为载体,以审美文化为引领,以文化实践为载体,将学生思想政治教育、审美文化教育和素质教育熔于一炉,多渠道地构建中文、影视各学科实践教学的有效路径,形成了专业教师、学生、辅导员、社会共同参与的"四位一体"人才培养模式,取得了可喜成绩。

这次《文苑华章》学生优秀作品选的编撰,既是我们对传统的赓续和致敬,也是对文学院近年来在实践教学探索方面的一次全面检阅。该书分为诗歌卷、散文卷、小说卷和戏剧卷等四部分,萃取了近年来在青春诗会、"黑美人"艺术节、文苑华章等活动中涌现出来的优秀作品。其中小说卷和散文卷来自以创意写作专业学生为主体的各类创作实践活动,诗歌卷是"抒雁杯"青春诗会历届获奖作品的精编,戏剧卷是"黑美人"艺术节优秀作品的汇选,后者特别遴选了一些早期的作品,以展现"黑美人"艺术节悠久的历史传统。当然,这些作品既是丰富的校园文化活动中涌现出的佳作,也是广大师生日常教学与学习厚积薄发的结果。

著名作家迟子建曾回忆说,在西大的求学经历,对其写作的影响是巨大的,"老师们课堂上的精彩讲述,同学们课下的自由交流,古城春时的风沙和秋时的明月,都深深印在我的脑海中"。一样的春风秋月一样的城,一样的三尺讲台,但永远有不一样的诗章磅礴而出。这本作品选里的每一篇文章都是教师、学生与西北大学这片文学沃土相互碰撞的火花。对于所有作者来说,"文苑华章"应是人生中一次重要的相聚和虔诚的出发,或许下一个雷抒雁,下一个贾平凹或迟子建就在我们当中。乐章已经奏响,序曲之后,精彩会接踵而至。

段建军
2016年12月15日

CONTENTS 目录

文思并重立基调，薪火相传奏华章 ·················· 1

2012 级

陈筱澜	莽莽秦川灵秀太白 ··················	3
董晴晴	我的这次旅行 ··················	5
韩　越	家去 ··················	7
何　清	琥珀色宝石 ··················	10
胡泽华	死去何所道 ··················	16
龚子琪	那些时间教不会的事 ··················	21
李婷婷	樊笼霓虹 ··················	25
李伊楠	小铁门与草房子 ··················	28
李　杨	畅销书的"俗套" ··················	30
刘慕寒	古巷深处人家 ··················	35
宋雨萌	恶意 ··················	38
王思扬	室外·麦田·白天 ··················	42
王玮玮	一片园林 ··················	45
	梧桐树 ··················	46
王超逸	祠堂 ··················	47
	飞车少年 ··················	54
王煜涛	长亭树老 ··················	59
杨云海	帝国的帷幕 ··················	61
	镜子 ··················	64
叶晓凡	红叶 ··················	68
张　月	庭院几许梨结满园 ··················	72

赵天实	所谓重游	74
周晓萌	城	76
	同是云游人	79
周春雨	枇杷的诱惑	81

2013 级

程　凯	普陀山	85
董宇奇	猫走失的 72 小时	88
封　秀	茶叶	99
黄馨平	六月的葬礼	101
颉弋萌	家里的剩饭	109
李嘉曦	苏杭	111
李　琳	枣树	113
李　璐	朋友圈里的孤独	114
刘贤佩	读《艺术哲学》有感	118
刘之栋	吃花瓣的人	121
	冬时幽赏	124
鲁冰清	再也不会脏的被褥	126
牟　帆	海	129
乔　妮	春天的修行	131
师　阳	猫	133
田斯嘉	世间唯余这抹蓝	135
	不如一路向西,去大理	137
王　坤	走不了天涯的人回来是为了继续走下去	139
	白二二三事	145
王瑞雄	半亩天光	148
	祖陵风雨	156
杨　蕾	把根留住	165
张航航	怀念一棵树	169
张煦琳	夫何一佳人	172

张 壮	执着	177
赵海涛	汉长安城赋	180
朱斯韵	还好有阳光	182

2014 级

边欣月	西安印象	187
柴 琴	西安	190
陈 星	四月十八记一小事	192
	伤逝	195
程靖婷	夜之小面馆	203
	"20+"的我们在烦恼什么	207
邓光玥	世界那么大,我只去过东南亚	216
	失落西安	222
冯 凭	书店,只是店	224
	一个独居女人的夜晚	227
郭雨菡	列子御风而行	230
	西安:与「古都」的断裂	234
郭子嫣	做个普通人就真的那么令人讨厌吗?	236
郝 梦	孤独为伴	238
何婉婷	寻	244
洪 颖	村庄里的那时候	247
姜锦锦	下午茶	249
李 瑶	父亲送我上大学	252
李永燕	快与慢	256
刘 欢	雪中记事	258
刘文欣	另一扇门	260
刘雅琦	那个凌晨五点街上的陌生人	263
刘奕阳	无花果瘾者的自白	266
罗雪莲	猫的和解	268
吕 悦	在寒冷的冬季回忆春天	271

马 静	我的姑奶奶	273
	火车上的陌生人	277
唐健博	夏天,掸掉的往事就像点亮的星星	280
徒 悦	川行散记	283
王禄山	小路	287
	青岛印象	290
王梓童	寿者	304
	不在隔壁的老王	306
杨 超	前尘旧梦吟	310
杨柳依	古城印象	312
岳 圆	归程	314
张 玮	信仰之名	318
张孝雨	世间再无蒲先生	323
	会笑的猫	327
朱怡蘅	小园归去	331
	生命随白发老去	334

编后记 …………………………………………………… 337

2012级

陈筱澜

女，西北大学文学院2012级创意写作班学生。

莽莽秦川灵秀太白

由长安西行，秦岭亘，渭水出。川野苍苍，斩断天之南北；河水涛涛，割损地之东西。风低云落，山高水远，细峰如柱，浑石如堵，草生华叶，树舞长枝。其景何其逸清秀丽，雄伟神奇！时维五月，适春末夏初，拟登太白。会路毁封山，又连绵阴雨，车难上行，故择路步行而上，欲穷目临绝顶。

雨色缠绵如织，遥望众山山巅，皆云遮雾绕，影影绰绰。烟水似泼墨氤氲，细雨如牵丝走线。沿山涧而行，水声泠泠，与谷风相和，似鼓响笛鸣。绿树丛簇，草长莺飞。渐向上，两旁树茂盛如初，而雨幕渐密。同行四人，披衣举伞，不敢慢步，唯恐暮色近而路犹远也。山行而上，海拔渐高，如行走于薄雾之中，四望目之所及，山色混沌，团作沉墨，与天幕晕为一体。树木枝叶渐疏，松柏相杂其间，可知已近山腰处。前路渺渺，环山逶迤而去，不见尽头。雨渐若倾盆，路有积水顺坡而下，愈难行。暮色将近，抵石海，乱石堆垒层叠，绵延向远，而石上草木不生。人言此处为冰川遗迹，冰雪消融遗留而成，故残石已死，植被难以披覆生长。沿石海仰望，可见山顶积雪，隐约于雨雾之后，一片银白。

有前人由上而下返程，告之后人曰："愈上而雨渐稀，天阴飞雪，路皆泥泞，举步难行。"且见暮色渐暝，山路无尽，故借宿于半途一简易工棚，临山溪，可远眺雪峰，始知已将近也。

山中夜色浓密如潮，混沌不知南北东西。身如浸于浓墨之中，恍惚惊觉世遗我独一人矣。山风呼啸，摇石卷溪，声声似虎狼啸林。夜中群山皆不见，唯低垂夜幕之上繁星点点，清澈灵透，摄人心魂。山中夜寒浸骨，辗转难眠,渐觉天光蒙蒙泛起,已将晓也。隐隐听闻溪中水喧石闹,有大鲵之声,果如初生小儿涕泣也。天明辞谢而去,复徙山程。

天色清明,映山色,耀雪光。苍山负雪,绵延似银龙弄舞;青松裹素,层叠如白浪拍天。远望山巅,积雪若银河流泻而下,形如展扇,云行处似有仙人飞举,广袖翩跹,团扇而舞。行路而上,皆泥泞堆雪,雪上人迹斑斑,间有融雪成冰,步履难行。身前身后,空旷辽远,不见前人并来者。余心上顿生苍凉孤苦之感,知临川先生之"世之奇伟瑰怪非常之观,而人之所罕至焉"实在理也。

天地之间,唯一脉山,一重树,一把风,一行人而已。

日光渐明,雪峰映日,摇摇生辉。时路已见尽头,雪原茫茫,峰低云远。太白庙独立山尖,白雪拥簇,似可登仙。望远群山,隐约碧色,间或点缀白雪。天幕低垂,云成五色,若琉璃清澈而光影流离旋转。其景之胜,不可记言,徒知余立于日影之下,雪色之上,虚光流连指尖,欲随风归去也。

赋诗以记:

素言河山尽秦西,
莽林奇峰少人行。
太白春色深浅意,
红河谷涧高低吟。
云携落雨何处去,
风低日冷雪无心。
会当一朝凌绝顶,
一览云迷众山低。

董晴晴

女,西北大学文学院2012级创意写作班学生。一个西大创写"元老"中颇有地位的女子,一个阳光下的孩子,一个风雨中的大人。

我的这次旅行

我写下的这次旅行是我一次为期四年的长途行程,从华北到西北的我,仍在路上。不出意外,明年夏天,我的这次长途长时的旅行就要结束了。是的,我把我的异地求学本科四年当成一次旅行,一场远行。我认为这是再贴切不过的形容了,因为我尚不能想到未来的任何事情任何缘由还能使我于异地生活得如此之久。这也是我人生中第一次这种意义上的旅行。到目前为止,我这场旅行是极其成功的、极其划算的,性价比高得无法计算。

我不知道谁还能比我们这种在异地求学的人更加幸运,我们学校的外地学生,每年只需一千块钱就可以在这个城市住上一年,没错,"肆无忌惮"地住上一年。换个其他旅行景点,你敢试?我想我是万万不敢的,那是想都不敢想的。在这儿生活的近三年的日子里,我不仅可以无数次地摆 pose 他拍以及自拍,与我家乡的各种"出不来"的他们和她们秀定位,上传朋友圈、空间等所有社交网站,这时候证明的不仅仅是我来过,更重要的是,我似乎逐渐地被变成了"这里人"。

对于我这种极不富有语言天赋的人,这个地方的"刁钻的"方言起初把我弄得焦头烂额,那时候开玩笑说,就算自己被人骂了也还会胆怯地莫名其妙地回应一个挤出来的微笑,如今我竟开始时不时地能冒上几句"弄撒嘞"。这就是文化的力量吧,一个古城孕育着的厚重的文化,走到哪儿都走不出这种文化圈子。现在,对于路上"疯了命"一样乱窜的公交车以及被车上操着一口听不懂说什么东西的人流挤得不用扶倚任何东西也不用担心摔倒的状态也已经习惯了,也开始理解了。慢慢地,我已经融入了这里的生活文化氛围,我也深深地知道,这里的一切也都因为我的一些"动作"而时刻发生着变化。

  我想这才是旅行,可以称得上是旅行的真正意义。以前总觉得旅行就是多走走多看看,去外面的世界逛一下你才会长见识,去的地方多了,跟朋友聊起天来都会觉得自己很高大上,那是强大的虚荣心在躁动,也是一种无与伦比的发自内心的优越感。越来越觉得,旅行绝不仅仅是如此"轻而易举"的事情,有的地方你走过了也是白走,吃了再多那个地方的小吃也变不了那里的人。这样想来心里还是略略有些忧伤,是啊,一个人生来就注定了只能与一个地方相守。即使你去过很多地方,路过、驻足过,你曾经为一座城市付出了你认为你拥有的全部热情,最终你还是不得不回到你注定的那片地方。这个地方不是不好,它也好,只不过它只是一个,不是你喜欢的所有。这与我们对人的选择似乎也很相像,我们在漫长的一生中会遇见很多很多不同的人,我们会爱、会喜欢、会亲近,最终会离开他们。当我们越长大越发现,其实,人们总是在忽慢忽快地离开着。

  身边的每天的变化让人应接不暇,不过幸运的是,我们还在路上。

韩越

女,西北大学文学院2012级创意写作班学生。现实的理想主义者,拥有一颗还没有被收买的人心,爱局部胜过爱全身,爱阴翳胜过爱光明。把写作当作最适合自己来改变世界的一种方式。希望什么时候自己作品的重点能够不在于人物的性格以及社会之中真实的烦琐事,而是着重传递出一种精神与状态。

家去

奶奶家所在的那个小村子里,只通一条主干道,过去,老姑常牵儿时的我到那道上去遛弯。我们吃饭总是早些,往往在我们溜达消化食儿的工夫,别人家正赶上饭点,这时,旁边带我出来的老姑,总是习惯性地跟路过的熟人打声招呼:"哪儿去?"那迎面的乡亲多会朝我们点点头,笑着连说:"家去,家去。"

可我已经好久没回奶奶家去了。

现在一提起奶奶家,我脑子里出现的,就是我坐在大坝上,迎着清冽的秋风,正在望那收割后一片金黄的平原。我的周围可能还有我在老家的两个弟弟,大的比我沉着得多,半眯着眼皱着眉往远了看,单纯是为了陪姐姐而坐着沉默,兴许在想他自己的事情吧;另外那个小的,就在田里可劲儿地撒欢可劲儿地跑,给我小时候穿的旧衣服上,把用来生火的草沫子蹭了一满身。

我想了一下,就这么坐着,什么都不干,我真的能坐一整天。在这个熟悉又不常来的地方,在这个自己属于这里又不属于这里的地方,我总有一种既亲切又新奇的感觉,以致我愿静坐陪她一天而不会有任何不耐烦。我可以感受到她和城市一样在改变,但她的改变对我来说绝不是抛弃,而是在陪我一起成长。

最开始,每次过年回奶奶家,我总是很兴奋,那时坐的还是绿皮硬座。

一听说要回老家,我便提前央着妈妈去市场给买几块饼干、方糕、桃酥,带在车上好吃。一上车,刚坐稳当,第一件事就是翻布兜子,有惊喜也有失望。惊喜呢,也就是妈妈想得好,多买了一样自己忘了说的,失望呢,无非是妈妈觉得哪样零嘴吃多了不好,倒是用讨厌吃的水果给顶替了。火车晃悠晃悠四五个点儿,总是在吃吃睡和盼到站中过去了。到下火车站的时候,我爸总是在我的极力要求之下,打一个最原始的驴车,我总是第一个爬到驴车板儿上。年前那阵子东北零下二十多度,冷风割脸着呢,可我一点儿都不觉得冷。坐在板儿上看会儿驴屁股,再看会儿拉车人的赶车姿势,也跟人学着把袄袖对一块儿,揣着手猫着腰虎坐着。驴车赶半个点就到奶奶家了,家里人的迎接总使小时候的我有一种明星的感觉,进屋先爬上炕,暖和,然后爸爸妈妈跟爷爷奶奶唠,跟大姑唠,我呢,就开始和打小带我长大的老姑扯话说了。

后来,爸爸事业有了起色,就开车回老家了。第一次开车回去那次,我爸的车开到半道熄火。秋天,国道,左右两排白杨树,高高的,叶子被风吹得扑簌簌地响。杨树后,国道下,是平原田野,黄绿黄绿的,有风吹麦浪之感。前后左右看去,就只我们一辆车,就只我们这几个人,东北大地宽容辽阔,空气中流动着土地收割后的宁静与平和。车熄火,嘿,我正盼着它停呢,于是小人儿赶紧蹦下去,七八岁也帮着推那罗马尼亚产的动不动就坏的小轿车,一边使劲推一边嘻嘻地乐。我爸可犯愁了,抛锚的地方前不着村后不着店,又将日落,麻烦大了。推车半天无果,我爸只好放弃推车,整合下作为一个焊接工程师的汽车知识,打开车前盖开始鼓捣。国道上一辆车没有,状况越紧张,我就越开心,自然状态下的孩子总是意识不到危险。后来,我爸也不知道是把什么线给搭上了,车一下就能发动了,大人们听见发动机噗噗的响声很是开心,而我却是遗憾又沮丧的。

再后来,换了更好的美国车,开高速,两个小时就到了,可看不到风景,又要帮爸爸看路,很容易困,也就没什么特别好说的了。

小孩子总是不耐烦,吵吵着要回老家,回去时间待长了也就厌了,晚上蹲茅坑看头顶上漫天星星的新奇,多了也就不稀罕。现在呢,却愈发觉出这些最自然最纯粹东西的好处与难得。夏天从园子里掰黄瓜,大的直接吃,小的看着好的先盯好位置,一场雨下完,就养大了。家园子里还有桃树和梨树,奶奶每年总留几个好的,在树上长得都快自己掉下来了也不摘,那是特地给我留的。奶奶说没农药的东西农村人吃得多,大孙女城里的总是难得,可着你先吃。大姑家园子还有一棵老品种樱桃树,不过那树我不敢随便揪,只能支使弟弟去,因为樱桃太招毛毛虫,我是怕那个的。冬天里,有冻梨,老姑也做点水果生意,想吃什么就吃什么。

  大姑家的弟弟早晚帮老姑撩花棚的草甸子,我看着挺有意思,就笑嘻嘻地撺他下去我帮着撩。可是我不会干活,总是把那草甸子给卷秃噜了,一边头大一边头小,差点害得他们重新绑卷草甸的绳子。小时候也曾经为了显示自己能吃苦主动请缨帮我老姑上地里刨花生,结果刨出来个大虫子,一边叫唤一边哭。大地离家很远,走路得走二十分钟,夏天老姑给我带了沿儿最大的草帽,让我出去见见阳,我也不愿去。偶尔去一次,就是坐在葡萄藤下,老姑父给我剪串葡萄,我压了两下水冲一冲就坐阴凉地上吃。我在葡萄架下面吃葡萄,逗逗狗;我老姑蹲在地上一点一点挪,下午两点钟大太阳照着,她得拔好几垄地的草。

  还有今年春节,我跟老姑去集上,帮她卖橘子。她进的橘子少,卖相又不好看,我看着旁边别人的水果摊别人都抢着买,就埋怨她:"你怎么进这样的货啊,你看人家的橘子进得多好,卖得上价格,人还抢着买。"她搓搓手,瘪着嘴跟我说:"人们都不知道,那种橘子好看不好吃。我进货的时候,挨个都尝过……"老姑忙乎了一年也挣不了多少钱,好些时候本儿能卖回来就不错了。在大家眼里,她确实不会做生意,我几次和她唠嗑,都谈到你不能一只鸡天天给剁白菜混苞米面,一点饲料不喂,累死累活养一年才卖一百块钱,还大多都让亲戚给捧场了,这挣不来钱。还有一回,我嚷嚷着吃煮鸡蛋,老姑就给我煮了两个,我吃了一个之后撑住了吃不下,就把另一个给老姑说你吃。老姑把碗推回给我,说道:"老姑舍不得吃,你都吃了吧。"我听了,一点一点把剩下的那个鸡蛋给噎了下去。这是老姑自己养的笨鸡下的啊。老姑是个乐观的人,她觉得她很幸福,唯一她开玩笑似的跟我说的愁事,就是要给我小弟弟一点一点攒上大学的钱。我小弟弟现在还没到用钱的年纪,他才小学二年级,不过,时间总是过得很快的。

  家里难得的不止是物,难得的还有那些最淳朴最善良的人。我想家去了,我想一次再一次地好好和他们见一面。

何清

女,西北大学文学院2012级创意写作班学生。

琥珀色宝石

我不知道我是不是应该写出你的故事,在你不知道的情况下,在我自己没有丝毫把握的情况下。这并不是一个容易描述的故事,因为故事的主角——你,是我最好的伙伴,是陪伴了我整个童年的、带给我那么多幸福的伙伴,但是,你的故事却那么令我难过,令我不知所措。

我肯定是不记得和你第一次相见时候的情景的,毕竟那个时候的你和我都只是襁褓之中的婴儿。住大院的好处就是,每一个黎明黄昏,楼上楼下的哭闹声总会记载下我们俩从小就有的默契。等到我记事的时候,我就已经习惯了身边有一个你,一个整日陪着我爬高上低、恣意享乐的你。就像所有大人说的一样,我是个机灵鬼,而你是个憨厚老实的孩子,理所应当地,你总是被我欺负得够呛。

我妈曾经告诉我一件让我一辈子都铭记在心的事情,我不知道自己为什么会记得那么清楚,或许是因为那个时候小小的我和你都有了彼此的坚持却依然保持友爱。

那是个下午,热带季风气候的高原总是拥有无数个美丽的午后,天空永远比海水蓝、比海水通透,那是我的水彩笔永远画不出来的颜色;风还是那样吹着,如同我童年记忆里的每一次刮风一样,温柔地让人想入非非,要是有人学着我们那样,在爸爸的摩托车后座上伸出双手,他肯定也会感受到大朵大朵的棉花绽放在自己的手心里,因为那是风带来的有趣的魔法。就是在这样一个美丽的下午,我和你又一次吵起来,这一次,我们谁也不会谦让,我们互相死掐着对方的脸,怒瞪着,十分钟都不曾松手。

我清楚地记得当时吵架的原因,因为爸爸。

那天我们俩还是玩着那个老游戏——跳大海——那是我们小时候总爱玩的——在地上用粉笔画出一个一个的格子,然后抽石头剪刀布,赢的那一个就可以照着格子往前跳,最后看谁可以先跳出格子。我们俩老玩这个游戏的原因是我们非常势均力敌,双方玩起来都觉得带劲,你赢我赢轮着来,谁都挺开心。可是这一次却不开心了,因为这一次我鸿运当头地连赢了好几局,并且我又一次糟糕地爆发了自己爱炫耀、瞎嘚瑟的臭毛病,在你面前高兴得找不着北了。

我说这都是我爸教我的,因为我爸是大院里最酷炫帅气的男人,所以他培养了我那么一个聪明可爱的女儿,我能赢你简直就是小菜一碟。你当然不同意,因为你觉得你爸才是大院里最酷炫帅气的男人,虽然你爸爸没教你玩跳大海,但是他会十万八千八百八个游戏,他可以慢慢教你。我当时被你的"十万八千八百八"给搞懵了,因为我只会从一数到二十,并且自认为比许多只会从一数到十的小伙伴更厉害,可是你居然说出了"十万八千八百八",我完全不知道这是个什么东西,可它听起来真的很高级,我不高兴了,不只是因为你说你爸比我爸强,更因为你爸教了你"十万八千八百八",而我爸没有。我开始炸毛,叫嚷着我爸有多牛,炫耀着我爸是老师,非常知识渊博的老师!而且是英文老师,会说英文!英文!你急了,因为你爸不是老师,也不会说英文,你被我气得小脸发红,却无计可施。后来我才知道,其实你爸当时是位很牛的主任编辑,写得一手好文章,只是那个时候幼小的我们从来不知道编辑是个什么东西。

气急败坏的你那天居然第一次主动和我撕扯起来,我很惊讶,但是更加恼怒。以前你总是任我欺负,哪怕在我们吵得很激烈的时候,你也不会动手,只会在我先动手的时候才进行正当防卫。可这天的你却很奇怪,因为是你先伸手掐住了我的脸。骄傲的我当然立刻反击起来,可是不管我怎么折腾,你就是那么坚持着,紧紧拧着我的脸,拧得我可疼可疼,我没有办法,伸出手,也拧住了你的脸。战局就这样安静下来,我们僵持着,一动不动地站在我家门口,谁也不肯松手,那是关于爸爸的荣誉之争。我妈妈来叫我们吃饭的时候发现了摆着奇怪造型的我们,估计是这一幕给我妈妈留下了太过深刻的印象,在很多年后,我妈妈总会在我们面前讲起这个画面,而我们在七岁以前总是听一次就抱在一起笑一次。

再说当时，我妈妈一看我俩这姿势，当即就知道我们又打架了，其实对于这样的事情，她早已经习惯了，对此还呵斥过我很多次，每次我出去和你玩，她总是要叮嘱一句："别欺负人家啊。"可是总不见成效，我妈也没招了，转念一想，反正人小力微，总闹不出什么大岔子，后来也渐渐不管我们了。只是，在叫了我名字很多遍却得不到回应之后，我妈妈急了，走过来拉开我们俩，一人一边，边走边呵斥我淘气。我们那天晚上吃的是我最爱的水煮肉片，白菜丝配上里脊肉，清淡爽口，回味无穷，我又一次不负所望地吃下了两碗饭。吃完饭，我自然而然地就高兴起来，又开始拉着你一起去梳小辫，打架后的奇妙发型实在是有些不忍直视。小孩子总是因为忘性大而无比纯净快乐，那些吵架后的时光，每一刻都散发着友爱的温暖。

那之后的很多个午后，我们依然在一起愉快地玩耍，一起玩过家家、一起玩跳大海、一起去李伯伯家蹭饭，直到我们五岁半。

那是 2000 年，伴着新世纪千禧年的步伐，我们两家都搬离了那个儿时的伊甸园，分住到了不同的小区。从此以后，我们不再是邻居，当然也不能成为彼此的小学同学、初中同学以及那以后的所有同学。

我在新的小区里遇到了很多新的小伙伴，我也和他们在一起玩过家家、玩跳大海，只是那个总愿意在过家家里当"爸爸"的你不见了，那个跳大海时和我棋逢对手的你不见了。那个时候的我，还不知道"别离"这个词，也看不见我们一起走了那么久的路已经分岔了。幸好，就算是不能再一起走，我们还是会时不时见上几面。

我特别记得那个晚上，我们一家三口刚吃完饭，出门散步的时候走着走着突然就不知道该往哪儿走了，我爸就灵机一动提议去你们家玩儿，我很开心，因为我真的好久都没见到你了，虽然那个时候成天疯闹的我还不知道什么是"想念"，但在得知要去见你时，我还是不由自主地高兴起来。开门的是你妈妈，一看见我们就超级热情地邀请我们进门，我没看到你，不过那磕磕绊绊的钢琴声已经暴露了你正在你的小卧室里满脸哀愁幽怨地练琴，我知道，不出五分钟，你就一定会解脱的，因为我来了，你妈妈肯定得叫你出来见我，哈哈哈，我就是你的救星。

那时候是冬天，我又一次看到了你们家那个美丽的炉子，那是个装满了晶莹剔透的宝石的炉子,每一颗宝石都有我的手掌大小,在炉子开着时,那些宝石是橘色的,泛着红红的光,要是把炉子一关,那些宝石又都变成了琥珀色,一颗颗安静地躺在那儿,有些像天堂里不小心落下来的星星。

我们当时就在那个炉子面前,你就蹲在我旁边,虽然你无数次地告诉我那只是一些会导热的假石头而已,而且会很烫手,可我总是忍受不住诱惑想把手伸过去拿起一块儿美丽的"宝石",每到这个时候,你总会一把抓住我的手,凶巴巴地瞪我。其实你也很喜欢这个炉子,它是你爸专门托朋友从外地买的,你非常爱护那些"宝石",生怕不小心丢了,每次都齐齐整整地把它们一颗颗码好,耐心地点数,于是,在我索要无果之后,我想偷偷拿走一颗宝石的小心愿也就这样夭折了。

你爸其实是个非常有情调的人,他总是会在晚上小酌一口,虽然喝的是啤酒,但他用的却是喝红酒的高脚杯。那天晚上你爸也是边喝酒边和我爸妈聊着天,你爸喝完后,你自然地接过你爸手里的高脚杯,乖乖地跑去厨房把杯子洗了,还细心地用绒布把杯子擦干净,倒放在茶几上的盘子里。我爸妈看完你的一系列举动,话题就果断转成夸奖你的懂事、细心与勤劳,于是,你又一次成了那个优秀的"别人家的孩子",我也无可避免地再次成为被控诉的调皮鬼。我想你是很敬爱你爸爸的,不然为什么在被你妈妈逼着去练琴时,死活不愿意动弹的你却因为你爸的一句"快去吧,今天还没练呢"就低头钻进了卧室。

写到这里的我其实已经不想写下面的这一部分了,我在想,要是故事到这里就平淡无奇地继续下去就好了,这样的话,你也许还会继续和我一起疯天疯地、过着那些少年不知愁滋味的生活,可是有的时候就是这样,生活永远比故事还要出其不意,一不小心就打得人措手不及。

那是7岁的时候,分别在城东和城西两个小学上学的我们又一次见面了,这一定是我们俩这一辈子最痛苦的一次相见,虽然那份痛苦,是我在多年以后才体会出来的。因为那天,是我得知你那位酷炫帅气的爸爸消失了的日子。

我还记得那是个秋天,因为当天下午我还愉快地吃了许多许多的沙棠果,然后在放学的时候,挺着圆圆的肚子的我就被爸爸妈妈一起来接走了。我在摩托车上很兴奋地问爸爸妈妈为什么今天会一起来接我回家,得到的答案却是我们要一起去外面吃饭、去"做客"。在我们那儿,有红白事的时候,就会宴请亲朋好友去餐厅或家里吃饭,俗称为"做客"。我当即很高兴,以为可以去吃喜糖,结果却被告知是去做白事的客,我很奇怪,一再地追问,得到的答案却是你爸爸去世了。我无法相信这个事实,我甚至都不是很明白什么是"去世",于是我一遍又一遍地重复着这件事,而我爸妈的答案就好像复读机里的片段一样透着股困乏的绝望。说实话,当时的我好像感觉不到难过,我只是很奇怪,我觉得爸爸妈妈都变得很莫名其妙,他们不再多说话,也没有像往常一样问我在学校的情况,只是一路沉默着,表情严肃。

当我们到餐厅的时候,我依然觉得周围的一切都好陌生,和平时的"做客"一点也不一样,所有的人都不笑,就连平时见到我就会开心地过来给我抱抱的你也没有任何反应,我突然不敢走过去和你打招呼,只能默默地跟在我爸妈身后落了座。

桌上的一切都是白色的,白色的桌布,白色的碗,晃得我心慌。我发现你的手臂上戴着一个黑色的袖套,我知道那个东西,之前班里同学的爷爷去世时,他的手臂上也出现过那个黑袖套,那是"孝套",代表着家中有亲人再也无法陪伴在自己身边。我远远地看着你,那个戴着孝套的小小的你一直跟在你的妈妈身后,接待着一个又一个来客。

吃饭的时候,你没有和我坐同一张桌子,应该说,你没有坐在任何一张桌子旁。我看到了你,你一个人站在窗户边,往外瞧着,一动也不动。周围吃饭的人很吵闹,熙熙攘攘、锅碗瓢盆,可是你就像根本没有听到一样,你周围方圆一米的空间里,一切都停滞了。那是一幅飘着雪的冷冷的画,我看到好多好多白色的雪花围绕着你飞舞,没有声音,空气也没有丝毫的波动,却有刺骨寒风一个劲儿钻到你幼小的身体里,你的脸变得有些陌生,那是我从不曾见过的表情,我好想去问你冷不冷。

我终于还是走过去找你了,我站在你的身边,叫了你的名字,可是你没有回答我,你还是在看着窗户外面。迟钝的我就呆呆地站在你的身边,我发现那个孝套戴在你的手臂上特别的刺眼,因为你穿了一件雪白的衣服,可是却套着一圈黑色的套子。我偏过头,也和你一样看向了窗外,我发现下午的太阳消失了,金色的光消失了,天空灰灰的,没有云,也没有风,一切都很安静,静得让我仿佛听见了你绵长却颤抖的呼吸声。那天我没有再和你说话,吃完饭后我就跟着爸爸妈妈一起回家了,人太多了,我就连一句"再见"都没有和你说。

后来,我从大人们的谈话中知道了你爸爸去世的原因,他在出差的路上出了车祸。我还是很困惑,那么亲切的叔叔从此真的再也没有出现过,而我的爸爸妈妈也很少带我到你们家串门了,他们总会把我送到你们家的小区门口,然后让我独自上楼找你玩。从那次"做客"之后,你好像变得更懂事了,你学会了洗碗,而且每天都自觉地坚持练琴,我们从前一起玩耍的时间也慢慢地变成了一起认真写作业。

到了冬天,你和你妈妈准备搬家了,我去找你的时候,你们家到处都摆满了大大的纸箱子。我想起了那个装满宝石的美丽电炉,可是你告诉我那个炉子被放在楼下的车库里了,你们不打算搬走它,太重了。我连忙让你带我去看。

在那个黑黑的车库里,我看到了藏在角落的宝石炉子,宝石表面蒙上了一层薄薄的灰,依稀能看到原来晶莹剔透的琥珀色。我拿起一颗宝石,它安安静静地躺在我的手心里,你没有阻止我,因为那些宝石不会再烫手,而且它们也即将被你抛弃。我问你可以让我拿走一颗宝石吗?你轻轻地点了点头,面无表情,也没有那种被我抢走布娃娃的委屈。

我终于得到了一颗心爱的"宝石",可是我仿佛没有我想象当中那么喜悦,我感到那颗宝石比我想象中要大、要沉,而且我知道,那颗宝石将会一直是琥珀色,没有电炉的它永远也不会再变成流光溢彩的样子,并且再也不可能像从前那样泛起橘红色的光芒。握着它,我心里冒出了一个念头,它的确是颗星星,离开天堂也离开电炉的星星。

现在,我好想抱抱你,一辈子都可以抱抱你,就好像我抱着这颗琥珀色宝石。

胡泽华

男,西北大学文学院2012级创意写作班学生。

死去何所道

　　自打懂事以来,我便很少再去思考人生,以前总觉得人终有一死,死后就什么都没有了,无论以后社会如何发展,或者是产生了什么巨大变革自己都不能亲眼所见,所以对于小时候对一切都充满好奇的我来说,死亡真的是一件可怕的事情。人都不想错过一些东西,就好比解放战争中牺牲的最后一个士兵一样,我一直觉得他死得很冤,毕竟他与胜利真的只有一步之遥,也许他再小心一点就可以看到天安门上升起的五星红旗,但是无论如何,总有人要当最后一个,所以我只能说他命背不能怪社会了。

　　之所以会谈人生与死亡,是因为几个星期前去农村参加的一次葬礼,文明人称之为"葬礼",农村人叫得很直白,就叫"埋人"。城市大部分地区的人都认为逝者是需要安静的,所以葬礼上人人都缄口默哀,但是在粗犷豪放的农村地区却是"热闹"非凡,请戏班、吹唢呐、放鞭炮,还有各种孝男孝女身披白衣,基本上要打打闹闹两三天才能结束。

　　今年冬天甚是寒冷,体弱的老人免不了有几个挨不过去的,又恰逢这个节气,所以一路上都能看见有几家过丧事的。我来时刚赶上下葬的前一天傍晚,村民早已在门口摆起了架势,无非是黑色横幅、白色孝衣、挂满纸幡的灵堂、门前一架手抬的灵轿、再加上一口烧水的大锅、几个中间写着大大"奠"字的花圈、围坐在一起喝茶聊天的乐队、咿咿呀呀唱着秦腔的戏班子、弥漫着微微酒香的空气,便是农家的葬礼的基本配置了。

　　农家的丧事一来是缅怀死者,二来是将村人聚在一起交流以增进人与人间的关系,所以每逢婚嫁或是丧俗,大都会摆上筵席,为全村人做十几桌农家饭以表示对多年来村人关照的感谢。对于一个村的人来说,家与家、户与户之间有着很强的羁绊,一家有事,全村的人都会尽力去帮忙,妇女进厨房,男子干苦力,所以根本不需要为缺少人手而担忧。祭拜死者的仪式都在正厅中央三十来平米的灵堂上,灵堂前铺上麦秸,孝子们跪成一圈等候亲友祭拜,每一个前来吊唁的人总少不了上香扣头作揖等礼节,礼毕后孝子们会磕头作揖以示还礼,几句寒暄之后来客便坐上席,管事的头一吆喝,汤汤水水的便端上桌来,饭不算丰盛,却也是主人家的一片心意。形形色色的村民汇聚一堂,披麻戴孝的人在厅堂里往来穿梭,不时传来孩子们的打闹声,很少有人去关注灵堂后的棺材里沉睡的已经是另一个世界的人,虽然人们都是为他的死而来,但是他的存在已经被遗忘,外面的热闹似乎也与他无关,热闹的气氛掩盖了主角的存在,不禁让人心生悲凉。

  农家葬人的重头戏是在入夜,大约晚上九点,乐队的鼓手重鼓三响,所有孝男在灵前跪成一圈,客人们按顺序开始向逝者行正式跪拜礼,农村人称之为"奠",伴着唢呐长号尖锐的响声,来客陆续到死者遗像前,一作揖一跪一叩首三次,然后向死者祭酒,再退后一步再三次跪拜叩首礼,当最后一次叩首起身时,站在灵前的村中长者长喊一声"奠——"所有孝子同时叩首起身作揖,场面很是壮观。所有人奠完之后便是所有孝男孝女为死者烧纸钱,跪在地上的大多数老少爷们倒是沉默不语,所有的姑娘媳妇儿却是哀嚎声一片,趴在地上哭得昏天黑地,两个婆娘都拉不起来,因为农村的风俗是哭得越厉害越能体现出孝心,所以你可以看见有很多五大三粗的男人趴在那里哭得梨花带雨,不过据我观察,大多数爷们是趴在地上干嚎,嚎完了便起身走人;女人确实是哭得真切,一把鼻涕一把泪的,口中还东家长西家短的念念有词。烧过纸罢,前来吊唁的人便开始进行另一项仪式:为将要下葬的人盖棉被。盖棉被是死者最后一次与外界接触。管事的招呼三五个大汉把棺材板掀开,先是几个人上去为死者整理遗容,然后亲属们一个一个拿着薄被子盖在死者身上,盖了一层又一层,直到厚得漫到了棺材沿。这个时候想见死者最后一面的人便可以凑上前去看,所有的成年人都不忍心,倒是有几个大胆的孩子蹦蹦跳跳地上去,看罢说了一句:"和平常没什么区别,就好像睡着了一样。"也许真如他们所说,死原本就很平常,平常得让人难以接受。

钉上棺盖，已是晚上十二点。除了留下几个守灵的，其他客人纷纷散去。主人家给不回去的客人安排了睡处，因为人多地方小，所以只能一个房间挤下三四个人，我被分到与一个吹唢呐的大叔睡在一起，两人没有洗漱甚至没有脱衣便躺了下去，农村的冬天没有暖气空调，床又吱吱呀呀地摇晃，入夜之后气温骤降，煞是寒冷，将外衣脱下披在身上，又借着电热毯微不足道的温度，我才能勉强维持着不断流失的体温。旁边的大叔倒是睡得安稳，想必在外奔波早已习惯了艰苦的环境吧，对于我这种没吃过多少苦的年轻人这真是一种煎熬。好不容易挨到半夜，偏在这时守灵的孝子回来了，分出一个人与我们挤一张床，自此我再没睡着过，又冷又累又挤又难受，自个儿心里想着何苦来此找罪受，命苦不能怪政府。浑浑噩噩地过了后半夜，就在即将有睡意的时候，对面的孝子便起身催我们："照相的小伙子还有吹鬼子的大叔，起身埋人了！"这时我一看表：凌晨五点三十。

　　穿上衣服下楼，外面早已开始忙活，主人家准备了馒头片和开水，简单地一吃权当早饭。伴着门口大锅腾腾的蒸气，孝女为棺材披上大红套子，其他孝子跪成一圈给死者灵前献最后一顿饭。毕了，众汉子便抬起棺材驾到灵轿上。早上六点钟一到，领头的孝子顶着一个燃着纸和蜡烛的火盆走在队伍最前面，旁边两个人帮忙扶着，一男一女两个年轻孝子手持招魂幡站在后面，只听带队的大喝一声："起灵！"抬轿的众人也一起喊："起——"路边几千响的鞭炮一点，乐队的唢呐起个头，鼓手号手一发力，便是震天响的吆喝声、炮声和乐声划破了黎明的寂静：送葬的队伍起灵了。此时天还未亮，漆黑得看不见东西，于是沿途便安排了人放冲天火为队伍引路，领头的孝子顶着火盆一马当先，两个年轻孝子紧随其后，然后是乐队吹吹打打不紧不慢地跟着，后面便是被十五六个大汉抬着的灵轿，最后是送葬的亲属朋友白衣白孝手持纸棍排成两列。队伍有一两百米长，几乎所有的人身着白衣，加上鞭炮散发出的青烟弥漫在漆黑的道路上，使整个队伍看起来真的像是伴着黑夜从阴曹地府走出来的谜之军团一样，也算是农村式的"风光大葬"。走了三四里路，炮声和乐声不绝于耳，在农村的田间地头越发响亮，人呼出的雾气和烟气弥漫在一起，给人一种腾云驾雾的感觉，所谓的驾云西去就是如此吧。

到了公坟,天已破晓。墓穴早已在前一天挖好,一辆铲土车也已经在此待命,整个坟并不是很大,边上围着厚厚的一圈土,墓道下挖成长方体,刚好能容纳棺材下去,墓道尽头的墓室也已"装修"完毕,只等"坟主"入住。棺木用大粗绳子的一头绑着,然后抬到墓道上,将绳子的另一头绑在横跨墓道的粗木板上,接着像滑轮一样一点一点往下放,再由下面的人将棺材推进墓室,封墓口是用砖块堆砌,然后抬上大墓碑封死,推土机轰隆隆地开上来,将周围的土全部推入墓道,再由几个人将其修成锥形,穿着黑色皮衣的身躯前后摇动,粗糙厚实的手有力地挥动着铁锹,溅起一片烟尘,弥漫在既寂静又吵闹的田野间,就着这片烟尘,所有的人围着坟堆齐齐跪下,目送逝者归于尘土,此时人们心中更多的大概不是对逝者的留恋,而是想到人终有一死,或许不久的将来,自己亦会如此,到那时又会有多少人为自己披麻戴孝、哭坟送葬呢?

当对逝者所有的眼泪都已洒干,回荡在坟前的哀嚎也已沙哑无力,领头的孝子在坟前烧完最后一把纸,带头的说一声:"完事!"在耳旁轰鸣了近三个小时的唢呐突然偃旗息鼓,使得本来热闹的坟场突然又回归寂静,世界一瞬间便安静了,剩下的只有人们回家的脚步声和闲谈声,所有的人一扫送葬时的忧郁,纷纷招朋唤友,踏上回家的路程,板了两天脸的孝子们也如释重负,谈笑风生。人们都期待着回去吃最后一顿,也是最丰盛的一顿饭,吃完这一餐,除了做后续工作的人,其他客人便纷纷归家。从这天起,所有与死者相关的物事将不再出现在这个家庭中,剩下的只有死者不到凳子面大的遗像,和逝者留给家人的回忆。到了每年的春节,家人便将遗像拿出,恭敬地摆在桌前敬上贡品磕头说一声:"各位先人们,吃饭了!"仅此而已。

对于死者来说,他们没有过多的留恋,他们在这片黄土地上出生,在这片黄土地上劳作,死后又归于黄土里,黄土地给了他们所有的一切,包括生命、生活、生存以及归所,他们是父母、是兄弟、是姐妹也是朋友,在我们的眼里,他们是地地道道的农民,生在黄土上,长在黄土中,埋在黄土里;他们又是善良耿直的农民,如黄土一般淳厚朴实,勇敢坚毅;他们更是顶天立地的农民,当城市里的大众因为生存而弯下腰时,只有他们能直起本已弯曲的背,用脚下仅有的几十亩土地去和老天抗争。他们对土地以及土地上的人有着强烈的情愫,他们世代依靠着土地,死后与土为伴,就在埋葬了他们之后,他们的后代还要继续依靠这抔给予他们欢笑,同时也给他们带来痛苦的黄土去生存。死亡对于他们来说,也许真的无所谓,因为他们本来就是尘,就是土。对于我们这些"摆脱了土地束缚"的城市人来说,我们的历史可以刻在石头上,写在书里甚至打到电脑上,但是对于农民来说,他们的历史只需捧起一把千年的黄土,就可以看到他们的高兴与辛酸,欢笑与泪水,快乐和忧伤,都随着汗水渗入了黄土之中,飘散在这古老的高原之上,随西风低鸣。

龚子琪

男,陕西安康人,西北大学文学院2012级创意写作班学生。业余写作爱好者,热爱读书,对于各类书籍均有涉及,尤爱阅读诗歌、哲学与推理小说,兴趣广泛,热爱电影动漫美剧日剧英剧等各种影视。生性懒散,不爱动笔,故笔下成型的佳作寥寥无几,多是随笔、练笔。笔名无数,随心而取。有时既热衷于幻想与创意,有时又醉心于逻辑与推理。看似分裂,但于此中自得其乐,足已。

那些时间教不会的事

我们总爱说,老得太快,成熟得太迟,以至于有太多的遗憾和惆然无法释怀,只能靠时间和岁月来抚平那些伤痕。

我们总爱说,时间会告诉我们答案,让我们明白那些简单却又满含哲理的真谛,懂得生活和幸福。

我们总爱说,时间是最好的老师,我们这些调皮的学生最终都会变成它的好学生,乖乖地学会时间教给我们的那些事。

时间能教会我们很多,责任、担当、放下、陪伴、坚强、独立……我们从时间中学到的东西太多太多了。我们每个人都曾是最贪玩又最好学的学生,挥洒青春、挥霍人生,再用血和泪以及失去来给时间交学费。正是在时间的谆谆教诲中,我们成长、成熟、最终老去,走过了一条叫作幸福人生的路。

时间教会我们的事太多,我们经常会感慨时间的无解和无敌,时间早已看穿一切。但很少有人会说,时间教不会我们的事。在我认识的人中,孟海是第一个这样跟我谈论起这个话题的。

孟海,跟我认识超过三十年的好兄弟,和我一起长大的发小,我们从穿开裆裤的时候就一起去偷过苹果、摘过葡萄,后来虽然在不同的学校上学,不同的地方生活,我们的关系一直都很好,无话不说。可是我们俩的性格却千差万别,截然不同。

　　孟海很怀旧,在我周围所有人中最怀旧。具体表现为以下几点:第一,对旧东西舍不得扔。他从小到大的旧玩具或旧衣裳都保留着,他把它们集中放在一起,珍藏起来。不仅如此,他所有用过的东西都有收藏和保留,甚至用过的每一根中性笔笔芯都好好收起来,据我所知,他收藏的中性笔笔芯都已经上千支,他把它们用皮筋一堆一堆地捆起来做成了一个工艺品送给了自己喜欢的女孩。

　　第二,对往事难以释怀。他有记日记的习惯,每一天都认真地记录。这并不奇怪,但他却总会在没事的时候取出日记本,阅读当年的点点滴滴,然后又怅然若失地深深叹息。他还总喜欢向他人叙说当年的那些往事,每一个小事每一处细节都不遗漏。

　　第三,也是他所有烦恼的源泉,旧情难忘。孟海的第一段感情在大学,他邂逅了一个女孩,一个很温柔的女孩。这个女孩的温柔是孟海无法抵挡的,他们度过了很快乐的大学四年。四年后,他们毕业,女孩按照家里的要求出了国,孟海则留在国内工作。两人分居异国,巨大的地理距离导致了疏远和恐慌,女孩最终提出了分手,原因是想留居国外。孟海不愿意放手,舍弃工作,毅然出国寻找女孩,想挽回这段爱情。孟海和女孩最终发生了什么,没人知道。我只知道,那天孟海回国,我去接机,他是一个人回来的。回来的时候,他整个人都很颓废落寞,无精打采,没有把人带回来,跟他一起回来的只有一个用中性笔笔芯做成的工艺品。一个用上千支笔芯拼凑成的大型爱心。那是他大学时曾亲手送给女孩的第一个生日礼物,如今又回到了他的手里。

　　第一段感情结束后,孟海深陷其中,难以自拔。整日躲在家里难过,连班都不上。我为了安慰他,把他约出来喝酒,但他却带着日记本来,一边喝酒一边捧着日记本一页一页地给我讲述他和那女孩的故事,说到动情处,泪流满面。我实在看不下去他那样子,便夺过他的日记本,拿出打火机当着他的面一把火烧了,烧得干干净净,一丝不剩。孟海看着日记烧掉,整个人都呆掉了。然后扑过来跟我打了起来。最后我们两个人都鼻青脸肿地躺在地上,我问他发泄完了么?他对我说谢谢。然后第二天他就去上班了。但我知道他没有释怀,也没有放下,他只是换了种发泄的方式,把所有的精力发泄到了工作中,逃避感情。后来整整七年,孟海没有谈过一次恋爱,其间有不少女孩曾对他动心过,但孟海这家伙就好像把自己关起来了,丝毫不为之所动。

如今,孟海已经到了"三十而立"的时候,事业上顺风顺水,年纪轻轻就已是公司总监,前途似锦。但还是单身一人,已成了行业里有名的"钻石王老五。"

我身边的朋友们都早已成家,有人都已生子,唯独孟海仍是孑然一身,独自一人。他的父母常常催他娶妻,他总说想先立业再成家,可我知道这不过是他的借口,时间已过很久,他却还没有学会放手和释怀。

我作为他的好朋友,经常受他父母之托劝导他,可没有用。如今的他早已不写日记,我没有第二本日记可以烧掉来刺激他。反而是他在一次聚会中跟我袒露心声。已然三十的他也知道该到了成家的年纪,哪怕为了他的父母,他也应该找个女孩安稳下来。可是有些记忆能被时间洗去,有些伤口能被时间抚平,有些事能被时间教会,但总会有些事是时间教不会的,是有些人一辈子也学不会的。

他说,时间是好老师,能教会我们许多事,也教会了他许多事。他之所以能走到今天,就是因为那些从时间中学会的事。可这世上并不是所有人都是好学生,总会有一些坏学生,而他就是一名坏学生。那些好学生在时间的教育下慢慢学会了放手和释怀,他,时间老师的坏学生,永远永远也学不会放手和释怀这样简单的道理。

"没办法。"他最后这样自嘲,"我是坏学生嘛!"

其实,我知道,他不是学不会,而是不愿意去学。他知道放手之后更轻松,释怀之后更幸福。可这世界上并不是所有人都向往幸福,或者说有些幸福本身就藏在痛苦之中,可望而不可即。

在探讨完这一话题的半个月后,孟海突然从他处听闻那女孩如今仍是单身一人,在国外漂泊。在得知这一消息后,孟海找我出来喝酒,地点就在当年我烧他日记的地方。他沉默无言,就是一瓶接一瓶地喝光,直到把自己灌醉,让我把他拖回家。当我把他拖回家扔到床上时发现,在他床头摆着十几个笔筒,每个笔筒都塞满了中性笔笔芯。这些笔芯就是当年他曾送给女友的那个爱心的原件。时隔多年,爱心虽然散了,但那些笔芯他却一支都没扔,放在床头,日夜相见。

三天后,在所有人不解吃惊困惑的胡乱猜测中,孟海拒绝了老板的盛情挽留,毅然辞去了前途宽广的公司副总的职位,准备出国。就跟多年前一样,他要去找她。仿佛时间又回到了当年。过了这么多年,时间教会了他许多事,却仍教不会他这件事。

他出国前,我去送他,他郑重其事地将他父母托付给我。我骂他没责任没担当。他笑了笑,没反驳,挥手转身,一如当年,走进机场,准备登机。看着他的背影,我只有祝福。责任、担当,这些时间早已教会了他,但对他而言,他所有从时间中学到的事都不如一件时间教不会的事重要。

半年后,我听闻,他找到了那女孩,对于他,女孩很感动,但还是拒绝了他,再然后就没然后了,消息没有下文了。至此,孟海就与我联系渐少。反正,孟海没有回国,至于他在国外干什么,是陪在那女孩身边陪她漂泊,还是独自一人浪迹天涯,我已不知道。但随着岁月和时光的流逝,我总会想到孟海和我曾谈论的那个话题,那些时间教不会的事。

我们都只是普通人,在时间面前都只是平凡的学生,失去许多东西来换回被时间教会许多事。这一交易值得么?没有答案,我们只能做一个三好学生,学会时间想教会我们的事。但总会有一些调皮的坏学生,连时间都对他们无可奈何。对于这些坏学生而言,总有一些事,时间教不会他们,他们也从时间中学不会。没有人能说这是好还是坏,因为每个人的标准不同,有人磨去棱角活得很圆滑认为这便是幸福,有人锋芒不减遍体鳞伤却依然坚定。时间教会我们的事不一定就是好的,时间教不会我们的事也不一定就是坏的。

如果要我选择,我是会做一个好学生呢,还是一个坏学生?我也许会选择后者吧,因为每个人总有些事和坚持是时间也无法教会的。我们大部分时间都是听话的好学生,但总想有一次奋不顾身、有一次难以忘怀、有一次刻骨铭心。

那些连时间都教不会的事,你也有么?

李婷婷

女,西北大学文学院2012级创意写作班学生。热爱写作、旅游、舞蹈,生活中的每件事都是灵感的来源,希望以平凡的文字打动每一个人,梦想走遍世界的每一个角落,步伐从未停止,手中的笔也从未停止。

樊笼霓虹

丽江,一直存在于我的想象之中,存在于美丽的画面之中,存在于口口相传的神话之中。我憧憬,向往,无数次在脑海里构想着这是怎样的一个地方。它就像是一根长鞭催促着我的行程,催促着我坐上了去往丽江的火车。

窗外疾驶而过的风景,不断加快的心跳,我似乎听到了它对我的呼唤,我紧握着双手,像是一个羞赧的孩子要见到梦寐以求的玩具一般。不经意上扬的嘴角,迎合着逐渐明朗的天空,在一片嬉笑声中终于到达了目的地——我梦想中的地方。

红色的丽江醒目地在向我招手,它就这样猝不及防冲入视线中,直击到心底,我感觉到胸腔里蕴含着能量,蕴含着激动,我梦寐以求的地方,终于在经历漫长的火车旅程之后到达了。

站在车站外抬头看着澄澈碧蓝的天空,朵朵的白云交相辉映,在碧绿的田野上肆意绽放,空气中弥漫着花香,顺着每一个毛孔渗入每一个细胞,萦绕心间。向远处看去,一眼就能看到矗立在远方的玉龙雪山,见证着发生在这个小城中的每一段爱情,我在心里呐喊着:我终于来了。

去往客栈的路途上看着远处的山,少了高楼林立的建筑遮挡,更加清晰地窥视其全貌,让我有几丝兴奋,我极力地向远方眺望,想要留存住这种早已消失不见的即视感。我在想离开这里之后,再见到家乡的天空,便没有了这里的亲近,因为家乡的天空与我总是充满着隔阂。

丽江古城的大名如雷贯耳,放下行李便迫不及待地去欣赏古城小镇的风光,呈现在我面前的却是一片人海,我被这拥挤的人群冲昏了头脑,昏昏沉沉地跟着人流向古镇里面走去。我站在标志性的建筑四方街那里,跟着周围的人一起拍照留念,这或许也是每个人来到这里的意义所在,至少这张照片的存在证明了这里曾留下过自己的足迹。我顺着古镇的青石板路,沿着潺潺的流水向外走去,嘈杂的人声忽然让我有点失望。走着走着人声逐渐减少,甚至空气都变得有些冷清,原来这里还有未被踏足的区域。

出现在面前的是一个幽静的小巷子,阳光被参差的房檐遮挡住了,只有明晃晃的影子映在石墙上。我闭上眼睛,手指触摸着冰凉的石头,有坑坑洼洼的感觉,睁开眼睛看到了石头砌成的墙壁上画满了象形文字,像是一个个舞蹈的女子,我猜测着每一个文字的含义,想象着这里曾发生的事,像是被带回到冰冷的历史中一般,久久停滞在此。

微冷的风拂过耳边,身上的披肩顺风滑落,我拉起它向着风中走去,在这小巷中徘徊,听着耳边呼啸而起的风声,想象着如清风般的男子与我的不期而遇。而我愿化作一缕幽香,常伴他身旁。

时光在不经意的瞬间带走了记忆,白天到夜晚的转变让我有点措手不及。匆忙地吃过晚饭,在客栈老板的带领下再一次来到了夜晚的古镇。

这让我有点穿越时空的感觉,一下子从遥远的古代跳跃到了现代。酒吧里蹦跳出的霓虹灯光照亮了古镇每一个幽暗的角落,跳在每一个人的心上,拥挤的人潮、喧闹的音乐、觥筹交错的场景,让我有点恍惚。每一个人都在欢笑,带着或好奇、或急切、或微醉的表情看着这里的一切,热情的气氛带动了我的荷尔蒙。黑暗中拥挤的人潮中一只有力的手拦住了我前进的脚步,脑海中出现了无数种偶遇的场面,回头却是一张谄媚的笑脸,原来是酒吧服务员,我有点嫌弃地甩开那双本来温暖的手,却被又一次拦住,想要拉我进入这欲望的天地里醉生梦死。幸得朋友及时救助,勉强逃脱,却有几分狼狈,从此对这里产生了一种抵触之感。夜晚再也没有来过古镇。

在古镇深处觅得一家颇有意境的酒吧,跟着朋友鱼贯而入,享受着摇滚音乐的撼动,也随之摇摆,刚才的尴尬之感稍有释然。

匆忙喧闹的一天就这样结束了,有惊心动魄,有不快,但也有宁静的满足感。虽然这里被融入了现代的气息,但如果给我一个选择,我会果断地留在这里。这个陌生的地方没有来自外界的压力,没有亲戚朋友的相互攀比,没有快节奏的生活,有的只是我自己的小情绪。

走过了这么多地方,每一个城市都有属于自己的美丽,但我在这里似乎找到一种归属感,也许这就是陶渊明先生所言的"久在樊笼里,复得返自然"的心境吧。待在这里,抬头看着天空,从前充溢在脑海中的欲望都消失不见了,剩下的只有一颗追求平凡的心,我想这也是为什么这么多人都夸赞这里的原因,不只是因为风景秀丽,更多的是这样一种平静的心态,这也是为什么我选择它的原因。

这就是丽江带给我的,一颗平凡的心。

李伊楠

女,辽宁人,西北大学文学院2012级创意写作班学生。现供职于上海某网络公司。生于辽东,问道于西北。做过游策,写过剧本,所学甚杂,现主攻大唐奇幻方向,偶尔去隔壁民国组与科幻组打酱油,虽然已经毕业,但心仍在无涯学海中。

小铁门与草房子

手边第一本书竟然是《倾城之恋》,想来是爱玲兄对我奇怪的诅咒。好巧,一个小时前在读曹文轩的《草房子》。

小铁门,草房子。我合上眼,恍惚见风铃玎玲,玫瑰怯怯,阳光在芦苇稍儿徜徉,翠蓝的薇龙拨开小铁门的锁,遇上了吃瓜子的嫣白的桑桑。

儿童文学有着如此惊人的柔软,连厉鬼一般媚的张生都能融化温暖。我好喜欢。

想起了我最近遇到的一个小男孩。只是一个小男孩,很小很小,长长的睫毛,水珠一样的皮肤,有着温软的小小的手掌心。我问他为什么总是屈着五指握拳,我拉开他的手指,才知道原来生命有如此软而脆弱的状态,拢在手心,好像初生的、懵懂的、含着朝露的花骨朵。

好像他的诞生,就是为了唤醒沉睡的世界之树,安抚愤怒的巨人和精怪。

他很贪玩。他跪在花园的青草地里扯一指长的草叶,抓了满满的一手,铺在石板路边缘,说要给他的妹妹盖一座草房子。此时初秋,绿草丛里有蛰伏了一日的霜冷。我蹲在一边看折腰的草,隐约有些疯狂的快意。

他几乎拔光了一小片草地,在光秃秃的泥土上一只褐蚂蚱惊慌跳开。青石板路上铺了厚厚的一层四方形的死草,我简直掩不住笑。青石板路呵,从前写文章最偏爱说"细雨下油纸伞,青石板路上那人彳亍而行",好像石板路的尽头总是细雨或黄昏,悲伤得天地动容。

如今我的石板路被小男孩欢快地占领了。他在我的石板路上堆满青草的尸体,仰着头用甜江米一样的声音说:"老师,这是小房子。"

他说这是小房子。我的青石板路上的小房子。花草气息纵横其间的小房子。

我嘲笑他,赵赵,你的房子上没有门啊。

他难过了好久好久,因为他在花园里找不到那扇很小很精巧的、青草房子的门。我想,写完这篇文章的时候,我要画一扇雕花小铁门,明天送给赵赵。

门上挂着一串杨梅一样的风铃,有着绵软的红。

就好像我第一次见赵赵,教他写自己的名字,他仰起头来叫我老师,眼里像藏了一颗杨梅的稚嫩的心脏。那颗心脏里会有新的世界之树发芽,黄昏将倦倦沉睡。

*本文获中国人民大学出版社全国创意写作征文大赛一等奖。

李杨

　　男,西北大学文学院2012级创意写作班学生。木子木易,现就读于南京师范大学,主攻现当代文学方向。此篇创作灵感来自课间一次讨论,恰巧彼时正读王朔早期作品,故言辞多有调侃。本人自知学识浅陋,斗胆班门弄斧,若是幸得读者赐教,将不胜感激。

畅销书的"俗套"

　　在开始之前,我想先问大家一个问题:在你眼中,文学作品可以分为哪几类?就我来看,不外乎两种:一是写给自己看的,二是写给别人看的。相较之下,前者以自我表达为中心,他人往往难以产生共鸣。后者以满足读者为目的,从而赢得了广泛的市场。显然,基于后者所诞生的作品就是我们常说的畅销书。

　　几乎在每一个笔者赋予文字以生命力的开始,写出一部惊世骇俗问鼎中原的作品便无数次萦绕在心头,这种强烈的欲望恰如科学工作者对永动机的不懈追求,最终亦被证实虚无缥缈。诚如村上春树在《且听风吟》中所言:"世上不存在十全十美的文章,正如这世上不存在彻头彻尾的绝望。"徘徊在神圣文学殿堂之外的人们选择退而求其次,他们以或曲折离奇或天马行空的方式向世界宣告:纵然无法举世无双,也要标新立异、不落俗套。是的,他们要走不一样的路,他们要写不一样的故事,他们要做自己!于是乎,他们写出了给自己看的作品,他们的才情超越时空,他们的一生颠沛流离。相反,那些所谓的畅销书俗套遍地,整个畅销书的历史堪称是一部俗套大全。

　　不是吗?纵观畅销书,正义永远战胜邪恶,好人坠下悬崖总会抓住一根救命的树枝,不那么坏的坏人会在最后一刻幡然悔悟,最坏的坏人会得到应有的惩罚,战火中分离的恋人终究会重逢,定时炸弹的倒计时会在最后一秒钟停下来。这些都是俗套,但这些都是读者希望看到的。

事实胜于雄辩,下面就不同种类的畅销书(鉴于主体市场倾向为小说,故这里探讨的仅这一题材)加以论述。没有阅读就没有发言权,上榜的均为我所涉猎,它们或许不在当下的畅销榜单上,但即便纵观近十年的畅销书历史,仍有它们的一席之地。知识匮乏,难以避免,若有不及之处,望读者海涵。

武侠小说向来为男生所钟爱,江湖中自古流传:"金古温梁黄,武侠万年长。"可自从金庸封笔古龙逝,江湖便少见波澜。纵新派武侠大张旗鼓,难复昔日。泥沙俱下,大放光彩数部而已,巅峰之作首推凤歌"山海经"系列。下面就后金庸时代武侠之魂——《昆仑》,谈谈武侠体系中一脉相承的俗套。套路有四:一、冷兵器时代的尚武精神;二、独来独往的个人冒险、英雄人格;三、神话气功为基础的超人武功描写;四、武隐模式的隐逸宿命论。其一自不必说,武侠世界向来以武会友,对于武的追逐是武林中人的毕生所愿,也是那样一个虚拟世界能够成立的基本元素。其二,全文以梁萧个人生平为主线,借气势磅礴的江湖画卷,讲述其由江湖浪子成长为一代大侠的传奇经历,个人冒险与英雄人格实为灵魂所在。就第三点而言,凤歌有所突破,"机关算学玄妙无方,天机十算傲视群雄"。寓武学至典于数学算法,堪称武侠史之一大突破。然而,似乎侠之大者除却为国为民,还急流勇退,凤歌亦未能免俗,梁萧与花晓霜浪迹天涯,柳莺莺黯然离去。此情此景,不就是杨过小龙女与郭襄的翻版吗?

如果说西方的魔幻起源于"龙与地下城"体系,那东方玄幻则与武侠世界脱不了干系。无论是早期玄幻转型顶峰之作——《诛仙》,还是当下修真神作——《斗破苍穹》,均与武侠有着千丝万缕的关联。不仅如此,玄幻修真世界也在十几年的发展中形成了属于自己的一套陈规。最典型的,一言以蔽之,"扮猪吃老虎"。无疑,《诛仙》最引人入胜的便是"七脉会武",身负"嗜血""摄魂"两大绝世凶物而不自知的张小凡大放光彩,邂逅"小竹峰"冰雪寒霜般的陆雪琪。无独有偶,多少"斗破"粉们苦苦等待,只为见证在药老相助下于魔兽山脉修炼的萧炎身负玄铁重尺,一雪退婚之耻。"三十年河东,三十年河西,莫欺少年穷!"

毋庸置疑，上述两种题材主要受众为男性青年，而女性读者市场亦不可小觑，特此就三大名篇(《第一次亲密接触》《此间的少年》《致我们终将逝去的青春》)探讨一下主攻女性的校园青春类小说的俗套。事实上，青春校园题材的套路大多与韩剧如出一辙，主打纯爱牌的它们无一避免落入此圈。无论是网恋神作《第一次亲密接触》中轻舞飞扬身患白血病与痞子蔡诀别；还是同人名篇《此间的少年》中东北憨汉郭靖与黄蓉撞车相遇，拉开燕京大学旷世绝恋；抑或是为钱弃爱成名复寻的陈孝正与郑薇分分合合合合分分纠结缠绵的爱恋，均可让多数狗血国产偶像剧甘拜下风。即便如此，女孩们或喜或悲低泣嘶闹的情绪仍如汹涌的潮水般一发不可收拾。若果真像《致我们终将逝去的青春》所言："正如故乡是用来怀念的，青春就是用来追忆的。当你怀揣着它时，它一文不值，只有将它耗尽后，再回头看，一切才有了意义——爱过我们的人和伤害过我们的人，都是我们青春存在的意义。这就是我们即将逝去的、或者终将逝去的青春"，那为何芳华正茂的我们会选择追忆青春的作品呢？辛弃疾给了答案："少年不识愁滋味，爱上层楼，爱上层楼，为赋新词强说愁。"

在校园青春题材基础上延伸而来的便是时下众多宅男宅女、少男少女夜深人静必看之都市言情与穿越神剧了。之所以将两种浑然不同的种类放到一起，除却同根性外，两者的架构有着本质的相同点，简言之，就是一男多女或一女多男的故事。如果说中国第一部真正意义上的都市玄幻小说《近身保镖》是以现代为背景的神秘组织成员——叶秋跑遍五湖四海大江南北，收罗御姐萌妹制服诱惑的种马之旅，那么近年来女性穿越顶峰之作《步步惊心》便是以清代为背景的邻家女孩附体若曦，阅遍清宫秘史辗转数位阿哥，陷入多角爱恋后被霸道皇帝纳入后宫的传奇之恋。可能你会觉得这不切实际白日做梦，但追逐此类作品的人求的就是这股不切实际的劲儿。市场惶惶，娱乐至死，顺之者昌，逆之者亡。

从都市与校园中脱离出来的还有一类题材——悬疑推理。就其种类而言，分为心理悬疑与社会悬疑。无论何种形式，均借由都市与校园的大背景展开，给人以强烈的代入感。其常用套路不外乎两种：开篇极尽离奇之能事结局苍白无力与开篇平平无奇结局发人深省。两者孰优孰劣不言而喻，差别之处便是中国与国际一流水平之间的差距。对比当代心理悬疑鼻祖蔡骏与日本推理天王东野圭吾便可见一斑。一条奇异的紫色丝巾，一段长达十五年的离奇谋杀案，从记忆坟墓中追寻被埋葬的似水年华，一切恍然大悟却徒剩无限惆怅。这是蔡骏的代表作品《谋杀似水年华》，一开始便极尽离奇之能事，读完却有一种被耍了的感觉。相反，《嫌疑人X的献身》一开始便将杀人动机、过程等诸多被普通作者刻意隐藏的东西公之于众，打破了既定悬念故事框架，平淡中透着不平凡，数学天才与破案神探之间的过招让人眼花缭乱，结局看似意料之外实则情理之中。为了保护一个人而去杀另一个人，如此伟大的爱情超越罪案，让人动容。明知无望，毅然付出。东野圭吾试着用他的作品告诉我们：悬疑不光要晓之以理，更要动之以情。

除却借现实外壳说非凡故事的众多热门题材，还是不乏紧随现实步伐针砭时弊的佳作，尤以老牌作家为代表。说到它的套路，一句话道破："出来混，早晚是要还的。"下面就刘震云的《我叫刘跃进》与余华的《兄弟》谈谈这一套路。一个人，丢了一个包，找包时偷了另一个包，很多人在找包里的东西，为保命偷包贼与各方势力展开了一段啼笑皆非剪不断理还乱的较量。结果呢，偷包的贼被打了，受贿的官被抓了，行贿的老板自杀了。同样的，李光头成为全县GDP的标杆，却失去了誓死追逐的爱情；得到了向往二十载的林红，却失去了宋钢——生命中唯一的兄弟。你可以拥有财富，但你绝不会因此拥有快乐；你可能拥有一些不属于你的东西，但你早晚会因此付出代价。好人总是化险为夷，坏人总是自食其果。这书中万年不变的"真理"，也许永远不会有穷尽的那一天。

纵观畅销书排行榜，儿童文学作品总是名列前茅。个人认为，掩藏在火爆市场消费背景下的是经典作品的匮乏。长期以来，我国儿童文学创作大多以知识性、教育性为主，忽视了儿童的纯真天性。从中形成的创作套路与教育体制关系颇大，直接导致作者常常以成人的视角观察儿童的内心世界，与儿童成长轨迹严重脱节。一部优秀的儿童文学作品应该具有什么样的特点呢？起码应具备三项元素：儿童本位的创作宗旨，题材多元化的故事结构以及符合儿童价值取向的典型人物和群体肖像。当然，适度的艺术拓展与适量的人文关怀也是必要的。就以上众多要素来看，《夏洛的网》《小王子》《窗边的小豆豆》均拿得出手，下面就风行世界五十年发行千万册傲居"美国最伟大的十部儿童文学名著"首位的《夏洛的网》谈谈儿童文学的发展方向。故事很简单,为了让一只名为威尔伯的猪摆脱成为熏肉的命运,作为朋友的蜘蛛夏洛编织出印着英文字母的网,成功地拯救了朋友,自己的生命却走到了尽头。抛开通篇的美学追求,动物世界的童话超脱成人世界的桎梏,与儿童内心不谋而合。友谊地久天长的观念渗透在文字之中,人文关怀跃然纸上。深知儿童世界洁白如雪的作者没有在文中印上一个个自己的脚印,而是静静地站在窗外,沉默地看着雪花飞舞。

　　如上所言,畅销书套路层出不穷,各类题材类型均有其万年不变的俗套。那么,是不是我们一味使用套路,将俗套遍及作品的每一个角落,就能创作出一部惊天地泣鬼神洛阳纸贵人人追捧的畅销书呢?显然不是。这就牵扯到另一个创作者不得不考虑的问题:读者为什么读小说?是什么吸引他们手不释卷,如饥似渴甚至废寝忘食,心甘情愿地陶醉在一个虚构的世界中,为一些虚构人物的命运牵肠挂肚?答案是——感觉!

　　这是一种什么样的感觉呢?简而言之,它能超越平凡刻板的日常生活,体验心跳加速热血沸腾的悸动,唤醒内心深处沉睡的情绪。它带你去往不可能的时空,成为不可能之人,经历不可能之事,解决不可能之冲突危机。如果说没有感觉的生命将沦为行尸走肉,那么没有感觉的小说便徒有白纸黑字。

　　除却读者为什么读这个问题,还有一个疑问一直掩藏在笔者内心深处:为什么要写作?实际上,这个问题跟读者为什么阅读是硬币的两面。同样是感觉激发了你写作的欲望,灵感化为兴奋,你需要与他人分享。将感觉诉诸文字的你希望重新创造那种感觉,把它传达给更多的人。没有感觉,就没有写作。

　　揣摩自我的感觉告诉你想说什么,研读他人的感觉告诉你别人想看什么。我们所能做的,就是跟着感觉走,即便开篇陷入套路,中途成规不断,尾声难逃定局,也要一如既往地走下去……

刘慕寒

女，西北大学文学院2012级创意写作班学生。

古巷深处人家

镇远，一座位于黔东，拥有两千多年历史的古城，素有"湘黔咽喉""滇楚锁钥""水陆要冲"的殊誉。听名字和介绍，我以为那会是一座具有几分严肃的军事重镇，但是去了那里之后，发现事实并非如此。

出租车司机把我和弟弟送到古城的桥头。一下车，一大片的绿色便冲击着我的视觉。微风中，绿绿的河水轻轻地漾着，浅绿的柳枝婀娜地晃着，这自然纯净的绿让人顿觉心旷神怡，夏天热辣辣的阳光在这一片碧绿中，硬生生地被削弱了几分，暑意也随着消散了几分。一条长长的河，好像一条晶莹的碧绿玉带，绿得那么纯粹，那么自然，那么动人心魄。大概也只有在镇远，才见得到绿得这么动人心魄的河吧。站在桥上眺望，入目便是一幅长长的画卷。淡蓝的天与碧绿的水相映成趣；黑灰色的瓦片鳞次栉比，白色的飞檐错落有致；家家户户门前那一串串的红灯笼与河边一棵棵柳树相映生辉。每一种色彩都恰到好处，让人看着只觉赏心悦目。

沿着舞阳河向下游一路步行，远远望去长长的街道两旁全是卖吃卖喝卖特色商品的商店。起初进去逛了几家还觉得小饰品、民族服饰颇具特色，只可惜价格太贵，生生忍下了买下来带回家的念头。走了半小时后，发现还是这些个商店卖着类似的商品，新鲜劲便散了几分。放眼望去，长长的街道望不到尽头，却可以望见两旁大约全是此类商店，便觉意兴阑珊了，刚下车的几分惊喜被这浓厚的商业气息消去了大半，心里不免几分失望。两千多年的古城，难道就没留下什么特色的东西，尽被用来做商业开发了么？竟丝毫没有千年古城该有的意境和氛围了。

正百无聊赖地走着，突然发现左前方有一个颇具特色的牌坊，审美疲劳的我便似发现新大陆了一般冲了过去。走到牌坊下,看到牌坊上写着三个字:四方井。我和弟弟乐了,倒是知道长沙有个四方井,在这个古城竟还有个名字一样的地方。牌坊里面是巷子,青石板铺的台阶一直延伸到巷子的深处。我朝街道望了望,前头还是望不到尽头的商店,便拉着弟弟走进了四方井巷子中。

  巷子还不算窄,可以容三个人并排走过。入了巷子,街道上的喧嚣渐渐远去,只剩下青石板上的脚步声,在幽长的巷子中回荡。青石板的台阶一直向上延伸,我跟弟弟沿着青石板一路拾级而上,左拐右拐,每走一小段便有一户人家。飞立着的屋檐下,是高高的墙,灰灰的瓦,古朴厚重的大门前还盛开着一大片不知名的红色的花。走到一户人家门前,还看到门口坐着两位老奶奶,应该是苗族人。头上裹着藏青色的头巾,头巾下隐约可见花白的发,身着苗族特色的花纹服饰。两位老人家一边聊着天,一边在用手织布,正是类似于她们身上穿的那种有花纹的布。虽然她们说的苗语我听不懂,但是我从她们脸上的笑容可以猜到她们应该是在说着什么有趣的事吧。我们从她们眼前路过,她们也只是随意地一瞥,然后继续着自己的事,完全没有被我们这些外来之客打扰。时光在她们的脸上留下了痕迹,但也教给了她们淡定与从容。她们和这座两千年的古城一起看着形形色色的游人来来往往,而她们只是日复一日地过着自己平淡朴实的生活。我们与她们之间像是偶然相交的平行线,短暂的交会过后复趋平行。我们之于她们只是一群匆匆而来,又匆匆而往的过客。也许她们也会盼望,盼望这座城的归人。

  继续往里走,是一方小小的古井,名叫"四方井",也许那个牌坊便是因这个古井而得名吧。井壁上有一汩清水流出,缓缓地汇入水井中。井边放着一个小勺,应该是给过路的人舀水喝的吧。我拿起小勺舀了一勺水倒在手心,入手是刺骨的清凉。据旁边洗衣服的妇人说这泉水汩汩地流淌了千年,后来为了保护这眼泉水便修了这口井。这口井至今也有许多年的历史了,堪称一口古井。我听完不禁感慨,一方水土养一方人,这口古井养育了多少代的古城人民了呢?

  离开古井,继续向上,看到一片绿油油的爬山虎覆盖在墙上。阳光从巷子中洒下,照在斑驳的墙上,投在长了青苔的绿绿的青石板上,透出几分沧桑。迎面有两个游人走来,大概看出我跟弟弟也是游人,便朝我们微微一笑。我跟弟弟趁机让她们帮我俩在这里合照一张,她们欣然帮忙。

"一、二、三,茄子!"我们便和这斑驳的墙、绿油油的爬山虎、长着青苔的青石板,还有这淡泊的古城时光一起被映在了相机里。

和游人道谢作别,再往前走,沐浴着淡淡的阳光,隔绝了街道的喧嚣,听着我们踩在青石板的脚步声,走着走着,恍如沿着这青石板走入了千年前的古城时光。或许千年以前,这里的人们也如我们一样,在这条洒满阳光的青石板小巷中静静地走着,碰到路过的人,相视一笑,或者打声招呼,短暂的人声消散之后重归平静。

这才是真正的古巷人家,远离了商业的喧嚣,坐落在市井的古巷深处,白墙黑瓦。阳光被层叠的飞檐割裂,在青石板上投下斑驳的影子。家家户户门口种着不知名的红色小花,与墙上绿色的爬山虎相映成趣。有些门口坐着苗族老人,花白的头发,笑容安详地看着来来往往的游人。时光在这里仿佛都慢了下来,让古巷显得安谧。也许是时光老人也喜欢这样安谧的生活,所以让这座古城在时光变迁中依然保留着它安然的样子。

走在这样的巷子中,人的心情也不知不觉地平静下来,连说话都放低了声音,怕一不小心打扰了这古老安详的静谧时光。

＊本文已发表于《衡阳晚报》。

宋雨萌

女，西北大学文学院2012级创意写作班学生。

恶意

后来，我们都成了身披"狂徒铠甲"的勇士，对周围的世界，也不再有那么多柔软的感触，甚至变得麻木。那是因为，在心灵最为纯净的时候，遭受了太多恶意。

那年母亲生了一种病，年纪还不到三十的她，就已落得瘦骨嶙峋，那双原本明亮温柔的大眼睛也黯然无神。我当时还不懂得这种病意味着什么，也不知道她有多么严重，每天依然嘻嘻哈哈，放学后仍然同小伙伴一起做游戏。那是生命之初，经常摔跤，也不会感到疼，偶尔打架，第二天依旧是好朋友。

母亲每天挂吊瓶，我偶尔也去医院看母亲。我看到母亲时她总是笑着，告诉我并没有什么。就像平时我感冒发烧一样，打打针就好了。

直到一天晚上，父亲语重心长地告诉我：他们要暂时离开一段时间，这段时间我只能自己一个人生活了。他会给我留一些钱，让我自己买饭吃，也可以去班主任家吃饭，他与班主任交情很好。我当时高兴坏了：好呀好呀。心里想的全是自己可以晚上多玩一会儿再回家，可以肆无忌惮地坐在床上看着电视吃垃圾食品，不会有人管我，也不会挨骂。想着想着，心里乐开了花。

就这样，父亲请了长假，带母亲去大城市看病了。我一个九岁的孩子，开启了一个自由的新世界。起初那几天感觉太妙了，但是垃圾食品吃多了，外面的饭菜也都油腻不堪，胃里翻江倒海，我便开始想念妈妈的饭菜。看着别的孩子下雨了有妈妈接着回家，我没撑伞，眼泪和雨水一起打湿了衣服。那一刻我才体会到，自己是多么孤独，而家人，究竟能给我多大的温暖和支撑。

我们的班主任,全校闻名。她体罚学生之狠,下手作业之多,学生闻之即丧胆,而我从三年级升四年级时,十分"幸运"地成了这个班级的学生。那时我有个十分捣蛋的同桌,他推着小平头,上课时东倒西歪,姿势千奇百怪。那时我是一个不折不扣的乖孩子、好学生。老师便让我同他坐在一起,美其名曰互相帮助。

其实这哪是互相帮助,分明是把我推入了一个深坑。他好似有多动症一样,上课总用铅笔捅我的手臂。用胶带贴下三八线,他可以超越但我却不能,有时一不小心超出了一点点,我的胳膊都会被莫名其妙的火力轰炸回来。他上课同我说话,我回了会被老师骂,不回他便踢我的板凳,然后我因坐不稳还是会被老师骂,他在一边幸灾乐祸地偷笑。我甚至有时做梦都梦到他,梦着我拿着一把刀,追着他杀。甚至有点害怕去学校,整日陷入水深火热之中。在我要求换座位未果,与他扛起板凳大战一场之后,我选择了不抵抗政策。他便变得无聊至极,我若坚持无视他,他会觉得没意思而停止对我的小动作。

而且母亲病重,我当时也忽然感到了生命是多么可贵。开始渐渐地从自身的心境中,去重新看待这些问题,去站在一个全新的立场,去感恩这个世界。好像沉郁的世界忽然打开了天窗一样,在往日我所为之困惑并恐惧的问题上,我开始不再逃避。

一天中午,我在去学校的路上偶遇同桌。

"听说你妈妈生病了,现在没有人做饭吃吧,中午吃的什么?"他似乎换了一个人,从往日的暴躁深沉变得如此温柔,甚至还带着羞涩。"饺子。"我淡淡地说道,心中全是你往日如此折腾我今天却变一副模样绝对不安好心的想法。"哦,大人不在要自己照顾自己,吃饭一定不能马虎。我看你最近都瘦了。"他说的话我也不知是关心还是讽刺,我加快脚步,白了他一眼,希望赶快结束这段莫名其妙的对话。

到了教室,我出乎意料地感到舒适,仿佛这个夏天,并没有窗外的知了吵得那么炎热。空气里的灰尘浮在阳光之下,竟也有别样的绚丽。他安静地坐在我的旁边,抠起了他的无名指。我看了他一眼,竟没有了往日的厌恶,反而从心底觉得他并没有那么讨厌,只是调皮。他也并不是因为讨厌我而踢我的板凳，或许只是单纯感到无聊孤单。我们坐了将近一学期的同桌，却从未有过一次正常的交流。或许我如果早些这么想，以前那些糟糕的日子，就不会持续那么久。要知道，讨厌一个人，是一件多么累的事。

我心情忽然之间明朗起来，愉悦至极。就连嘴角也偷偷上扬，掩饰不住的喜悦和舒畅挂在我脸上。

最后一节课，每个人都在奋笔疾书，抄着老师黑板上的语文练习题。他因为调皮的缘故被老师叫出去谈话，后来我才知道老师终于愿意给我换座位了。但是那一刻我却不想换，觉得有什么样的同桌无所谓，重要的是心态。我抄得飞快，看着他白白的本子躺在那里，想着帮他也抄一下题，省得他回来放学后还要留在这里继续抄下去。也算是对于我们之间矛盾的一个低头和示好。在我正为自己的做法而十分满意时，老师回来，他坐下的瞬间，我把本子移到了三八线的右边。这一幕被老师看到了，她那炙热的眼神如X光射线一样穿透了我的身体，直达我的心脏。顿时间我的血液从心脏一直沸腾到耳根，莫名的羞耻感席卷全身。我也不知道我为何感到羞耻，只是她当时恶狠狠地盯着我，当着全班面说了一句"贱骨头"，我的世界崩塌了。我再也没有抬起头来，手心握出了汗，等待那一刻铃声响起。放学后我装作在抄笔记，等到同学都走光，只身留在教室里，趴在桌子上哭了很久很久。我觉得自己是不是真的如她所讲是一个贱骨头，同桌往日如此欺负我，我今天却会帮他抄笔记。就算他欺负我，那也是过去的事，而且今天我并没有讨厌他。我帮同桌抄笔记有什么不对？难道人人都该以牙还牙？难道他往日欺负我，我就该讨厌他，然后长此以往，不得安宁？这些问题对于当时的我来说，足以撕裂我的脑细胞，我想了好久好久，直到哭不出来眼泪，心底全是愤恨。是我到底如她所说，长有充满奴性的贱骨头，还是老师说的话，不一定都对？

那时我是一个乖得不能再乖的小孩，热爱学习的好学生，也理所当然地认同听从老师。但那件事发生后我开始回避她的眼神，任何一次相撞，都猝不及防，触目惊心。我就这样恐惧着，直到后来，同桌成了我的好朋友，老师也不再是我的老师，而纯粹是我父母的朋友。再后来不管见多少次面，我还是会第一时间想起那三个字，脑海浮现那将要把我撕裂的眼神。

  有时我在想是不是我太过偏执,神经过敏。但对于多年之前的那个我,我并不觉得自己做错了什么。而那从瞳孔中射出来的深深恶意,永远也挥之不去。

王思扬

女，籍贯陕西咸阳，西北大学文学院2012级创意写作班学生。现就读于伦敦大学国王学院教育系。喜欢读小说但不喜欢写小说，喜欢写散文但不喜欢读散文。习惯于只言片语写下即刻感受再慢慢扩大，有许多奇奇怪怪狭小的怪癖。喜欢旅行，想走遍仰慕的所有山川湖泊，又不喜欢尝试新事物，还有许多墨守成规的老毛病，是个飘忽不定的矛盾体。喜欢当下，生活和文字是挚爱。

室外·麦田·白天

室外

想起一首诗，翻译过来是这样的：
你说你喜欢下雨天，可是下雨的时候你却撑起了伞；
你说你喜欢阳光，可是阳光明媚的时候你却躲在阴凉处；
你说你喜欢风，可是风儿来临的时候你却关起了你的窗子；
你说你爱我，可是你却言行不一，这正是我担心的。
我想我一直是喜欢大自然的，直到后来我发现每次在青山绿水间总涂着厚厚的防晒霜，戴着墨镜，有时候还加上个夸张的遮阳帽或者被风一吹就轻歌曼舞的头巾，像个阿拉伯人。
每当在室外觉知这一切的时候，总想起这首诗。
我这样喜欢高山大海和密林以及黄澄澄的田野，却总是不能真真正正去感受它。
像我喜欢阳光，却总躲在阴凉处。

麦田

我对于麦田的记忆都停留在小时候,那时候乡下的老家还没有被夷为平地修建成公路,还有大片大片的田野和矗立在两旁几棵常年都绿油油的树木,听奶奶说,那是柏树。

关中总是个种小麦的地方,每到6月,都是遍地金黄的季节。

麦田之于我,只可远观而不可亵玩焉,每每那些调皮的男生在麦田里打滚胡闹的时候,我总在一旁看着,忍不住也一齐去胡闹上两把,没有经过处理的麦穗蹭得人生疼,却总是个玩捉迷藏的好地方。

然而大人们总是不许的,他们有许许多多的担心,怕被麦穗刮伤了臂膀,怕踩倒了幼苗来年得不到一个好收成。

一旦被逮到,总是一顿臭骂。

后来的很多年看过一本书叫《麦田里的守望者》,总在想象霍尔顿躺在草垛上的样子,跷着二郎腿,用厚厚的牛仔帽遮住眼睛,嘴里还嚼着两根稻草,一副放荡不羁的姿态。

真真是羡慕极了。

白天

和黑夜相比,我自然是喜欢白天的。

白天有明亮的阳光,整个世界都是鲜活的。

也大概是因为胆小很多年,我总是害怕黑夜。躺在床上,总觉得床底会有个人爬上来,窗外、门外,乃至天花板上,所有不能目之所及的地方,处处都是危险。

梦里总是被追杀。心惊胆战地一路逃亡,时常被惊醒才一遍遍告诫自己这是梦而已,可刚刚的情境还是那样逼真。

这样的日子过了很久,很久在夜幕降临的时候就会有一阵阵心神不安。

我甚至在想,要是有人能一直追赶白天,那该多好。

后来,有个心理医生用弗洛伊德的理论来解释给我听。

他说,人的潜意识是昼伏夜出的,白天总是被隐藏,夜晚才比较容易显现出来。

梦是愿望的达成。

我们所有梦都是潜意识的浮现。

它难能可贵。

又过了许多年找出弗洛伊德的《梦的解析》我才明白了这个道理。

后来。

我没有再害怕黑夜,不再惧怕梦境。

但是我依然喜欢白天。

王玮玮

女,陕西西安人,西北大学文学院2012级创意写作班学生。爱好写作、文学和影视,喜欢科幻推理类文学作品。擅长小说和诗歌创作,写作风格多样化。2014年开始正式创作,作品《西北大学长安校区铭》收录在《第三届"抒雁杯"诗歌创作大赛优秀作品选》中。管理过"创意写作之西创文渊斋"微信文学公众号,并在其上发表原创作品。

一片园林

小时候我曾在家附近发现过一片园林。说是一片园林,其实只是我的想法。几棵树,几朵花,大量的野草和泥土,在他人眼中,不过是一片废地罢了。

我经常去园林玩耍,却认不出花的种类,只好把"花"这个名字统统冠到它们名上。紫色的花儿,红色的花儿,蓝白相间的花儿,在我眼中是一样的名字,但每一株都散发着独特的美。

有时候喜欢和树说说话,坐在老树的树洞前,用两只手撑作一个喇叭,高兴的、难过的、羞涩的、懊悔的事一股脑地倾诉给身边的树木,我相信它们是同年最了解我的朋友。夜晚来临之时,不舍地向这片小园林告别,约好明日再见。

慢慢地我长大了,他们所说的废地终于派上了用场,房屋盖了起来。大人们是喜悦的,只有我是难过的;大人们是支持的,只有我是反对的,可慢慢长大的我也把这反对的声音咽了下去。

我没有亲自去看那片废地的新建,就如我没有勇气去与那片园林做一次告别,因为每一眼都是最后一眼。

再见了,我的园林。再见了,我的童年。

梧桐树

小学的操场上种了一排梧桐树,那成了我最喜欢去的地方。

喜欢梧桐青青的皮,像翡翠一样夺目的颜色;喜欢它带点缺口的叶子,如花朵一般美丽的形态;喜欢她亭亭玉立的身姿,妍雅华净的气质散发出来,让我流连忘返。

每当下课时我都会独自一人跑到梧桐树下,与它们做伴。我以为梧桐树是寂寞的,他们站在那里,来来往往的只有行人,没有人与它们交谈。我也是寂寞的,没有合适的玩伴,于是我找到了它们。

我试图当一个聆听者,深入树的交谈,最终却成为一个倾诉者。坐在树下,讲着自己的点点滴滴。梧桐树安安静静地听着,不抱怨也不厌烦。这时我懂得了它,它并不寂寞,只是习惯了沉默。梧桐树见过了太多的人和事,它想,它思考,而不急于表达自己。

慢慢地,我也学会了聆听而不是抱怨。而这些,是沉默的梧桐树教给我的。梧桐,良师益友也。

王超逸

男,西北大学文学院2012级创意写作班学生。

祠堂

十年前,当我阅读课本里的鲁迅的时候,那种姿态我至今都记得。那是一个夏夜,我就在老家高高的天台上,月亮在更高的地方,电线穿过屋梁延伸了很长,连接着灯泡垂到我的额前,飞蛾蚊虫扑簌。我就在这月光更低处摊开书,我的父亲蹲踞着叼着烟仔细浇花,我的母亲把滴个不停的衣服甩到长绳上,没有一个人说话,我们就这样沉默着。我俯瞰着四周这一片灯火,那夏夜的暖风就不停地撩着我,如果我已出了神,就请风把那本语文书掀到《社戏》那一页吧。

我出生的地方枕河而建,那里似乎算是一片老街区,外面的街是城里有名的古街,有两里长的南方典型的骑楼式建筑,全是前店后厂的作坊,专营民间手工艺品一类的东西。总而言之,现在这些全都拆掉了,并且也没有再建起来,唯有的一个小庙被推倒,移到了另一条河边重建,我们那里河道纵横,其实是河河相通的,然而老的庙已经死了。

我想说的便就是这老庙。这庙原是立在那条河边的,立了多久呢——后来我回到新庙那里,那里已经焕然一新了,芳草萋萋,处处流光,不复曾经的寒酸模样。碑也立起来了,一共三块碑,一块是区级文物保护单位的碑,一块是筹资建庙的功德碑,还有一块,却是细说这庙前世今生的碑——这庙立了多久呢?一并我原先询问长辈也说不清的祖上历史,也不知被谁人考证出来,如今阴刻在这大理石上了,这庙,是明朝始建的,距今有四百多年了。我们那一片街坊邻里全都姓王,我们都用同一种方式呼唤老庙,那是我们方言里的叫法,也许也是百年前传下来的吧,要用最土最土的老人腔调去说——"Gi Long",就是祠堂的意思。

祠堂是全族人的核心,是各种活动的集散地。每逢佳节祠堂就会有一些活动,这可以是中秋元宵这样的传统的佳节,也可以是某位神祇的诞辰日,此时族里就会有长者组织起来,把延续百年的那一套再次上演,这热闹劲儿,并不输给春节。

这种日子,亦是我们孩童的节日。这个日子我已是记不清了,后来翻阅资料知道,每年祭神的迎送仪式是在农历九月初一开始,从这一天起,全乡从早到晚都静不下来。连绵数十桌的宴席会有的,持续一个下午的戏班也会有的,然而当夜真正落幕的时候,大戏才刚刚启幕。后来我到过许多地方,吃过无数的宴席,也看过无数场戏,而我童年时候的夜间游神,却是再也不见的奇景。

到了傍晚,天将将暗下来的时候,全族上下的男女老幼便统统动了起来,吃过乡里的家宴之后,也没有什么酬劳,就都投身到游神的队伍里去了。这游神的队伍分两批人,一拨是游神队,一拨是寻常穿着帮工的人,当然,等到真正队伍走起来以后,这两种人之间的区别就模糊了,一整条街的人,无论是观众还是演员,全都成了游神队的一部分。

游神队的队伍庞大而复杂,似乎年年也不是一样的,我记得的也是隐隐约约。队伍前的,有举着三角红旗的寻路人,然后接着是两盏大灯,那灯不是什么旧物,然而确是用传统手艺做的纸灯,灯罩上用朱红的笔描了又描,用各式字体写一些"河上""救生堂"云云,这是我们王家祠堂的堂号。紧随其后的是各色大旗、旌旗,写的大约也是一些堂号,而后是如影视剧里官衙一般的木牌,上书一些"肃静""回避""喧哗""禁止"等,因为在其后,就是神像了。

我们那里所游的神,就是祖庙里供奉的那些神,只不过我们在节点的时候,把他们从庙里抬出来,让他们亲一亲香烟,也让我们沾一沾仙气。我们那里的神像是可以挪动的,不是什么易碎的雕塑,做法大约是用竹篾箍成一个轮廓,然后制作仙袍,再用木刻神头。神有红绿白黑各色脸,但几乎都是面目可怖,令人生畏的,而面目清秀,一脸英气的那种,少之又少。那些牛头、马面比起长舌吊死、愁容惨淡的神祇来看,反而更亲人一些。神有高有低,低的似佝偻,头部浑圆,高的又直挺挺,细长脸,而这种种诸神,都是可以套在身上的,即便是身形稍矮的神,也有一个成年人的高度,大人套进神身里,正好从神的双目看出来;除却这矮神,还有远远超出常人高度的神,人套进去,头不过在神的腹部而已,于是神的腹部便开了一口,抬神的人便像"三哼经"里的刑天一样,用肚子看人了。游神的时候,还有步法的讲究,一左一右有韵律地端起步子,求的是一个超出常人的神仙状态,这似乎与道家的一些法门有关,我幼时喜爱模仿游神时走路的仪态,然而长辈在这些问题上,总是严肃极了,这可能是祖辈沿袭的旧制,是不容我置喙嬉笑的。我的父亲身形颀长,在游神里往往是肩负起抬高神的任务,那些高神极沉,走路时亦有讲究,一人绝无可能独自抬一晚上,所以往往有两人轮班,完成一晚上的游神活动,走一段能暂歇的时候,便交换一番,每次出来,我能见的都是父亲汗津津、气吁吁的样子,那衣衫早就浸湿了。

以上这些神,还只是寻常庙里那些供列左右的护法神将,真正的主神,并不是由人钻将进去,托着走的。主神不定次次都要出庙,但凡出庙时,必是八抬大轿,前后数人扛起,稳稳向前。主神黑脸,仪容肃穆,较之他的护法,要小出许多,纵使逾越这尊者身份,也无可能被人钻进去,这主神,不过一个童稚大小。

主神之后,或有其他护法,或就是队尾了,还有一些歌舞队、鼓号队、鼓锣队、提花灯的、抬大香的、抬蒲扇的、抬签筒的,总之,有什么便带什么,仿佛将整个庙里的东西全部都搬了出来,陈列在街上了。

这仅是游神队,在游神队外,还有许多随队人士,跑前跑后的联络员便不说了,队伍前后还有放鞭炮的,那些往往是乡里最粗犷的汉子,他们有时甚至上衣也不穿,光着膀子,嘴里叼着烟,随时放炮。除了放炮的,还有一类人是特别有趣的,他们往往在神像左右,穿着便服,做那些护法的"护法",他们手上拿着家伙——其实是晾衣杆,他们要一路留心头上,不能让什么电线、雨棚、衣服撞到神像的头上,尤其是那些身高有二层小楼高的高大神祇们。

游神队的队伍里除去一些歌舞的和提灯的,往往没有女流。这些女性族人会跟在队伍后面,执香,一路祈愿,或带着她们的孩子看热闹。当然,许多后勤也是她们负责的,外乡人远道而来祠堂,汤水小食可以随意食用,游神结束后,队伍里的人也总能吃上自家的饮食以饱腹。

　　族里的游神我向来是积极参与的,但我一个小孩儿,没有力气也没有技能,更不会什么摇摇晃晃的神仙步法,所以往往是做提灯的那些。有一次,我也参与过敲锣,那是临时学的技能,来来去去不过几个小拍,不过尚有锣心、锣沿,正面、背面的转换区别。但无论是提灯的,还是敲锣的,统统都是队伍前后的位置,在这个位置,是鞭炮声最密集的,我们队里放炮的人把鞭炮点燃了扔在你的脚边,路边看热闹祈愿的人也把鞭炮冲你掷来,真叫人苦不堪言。我对鞭炮声心怀恐惧,至今都不敢放一串鞭炮,鞭炮声于我更是刺耳,大概就是那时结下的梁子。

　　我们那里的游神,是一年到头最热闹的民间活动,而政府于此也甚是宽容,浩浩荡荡百米长的游神队,开到街上去,往来的行人车辆纷纷避让,游神队伍的威势似乎是超越法规的,在过马路的时候,从不用等红绿灯,而那些车辆通通噤声,喇叭也不敢放。当然了,神仙等红绿灯是绝对的奇闻,而敢对着神仙按喇叭的车主,在我们那个信仰极重的地方,也是没有的。半个城市的居民,都是诸神的信众,其实也不管你是什么神,当队伍游到人家门口的时候,总是被夹道欢迎的。鞭炮会拿出来放,香也会拿出来烧。听到锣声便出门观望,手上一直保持祈拜的姿势,直到队伍离开,这是寻常的景象。

　　游神向来是严肃而崇高的事,纵使只是持一小扇,你也是有服装分到的,那可能是一身戏子般的丝衣,也可能是漆红、玄黑的汉服,最不济,也有一个绶带披在身上。在队伍里,我们都不是凡人,在满天的烟花下,在振聋发聩的爆竹声中,在迷离的烟气里,我们整个人的感官已经迟钝了,在这个宗教的氛围里,似乎每个人都陷入了迷狂里,不再是自己,即使我扮演的是一个扛旗的小喽啰,我也会把自己当成是一方小地仙,在队伍里,接受着人民的朝拜、祝福和许愿了。

　　每年的活动在九月十二日抵达高峰。是时,整个城南门外的信仰圈子里将会在晚间迎来盛会,十三个村庙的神仙会一齐出庙,那时候,整个城是被藏在香烟里的,整个城被鞭炮声掩埋住所有声响,整个城的交通会陷入瘫痪。十三个庙的百余神像会齐聚街头,互相串联,从这一庙去往下一庙,再去下一庙,直到走完十三个庙。这个时候,随队出征是好的,留在自家庙里也是好的,总之十三个庙都会来到你这里,首先是鞭炮声,然后是锣鼓声,然后派出去望风的青年回来了,用方言通报一声:"来的是太平山堂"又或者是高喊着"浦西!浦西"。然后别的队伍来了,各祠庙的神祇不同,各有特色,但都会互敬一下各族的祠堂,看着高个子神躬身的样子,其实挺滑稽的。有的游神队会带戏班来,有的游神队会带鼓乐队来,在他们表演的时候,游神队里的所有人都可以在我们这些友邻的祠庙里休憩,喝口水,吃些东西。休息完毕,队伍重整出发,去往下一个庙。这各队之间的顺序应当是做过规划的,但是难免还是有两队相撞,卡在窄巷,进退两难的时候。

这盛大的仪式从傍晚开始,会延续至午夜,全程结束已是凌晨了。我小时候往往没有跟完全程,行至一半已经十点有余,会被母亲催逼带回家中。这全是因为游神的第二天还需上课,其实想来,荒废了一晚上没有学习,已是母亲的宽容了。晚间若有游神活动,我的作业必是在学校时已早早完成,即使不随自族队伍出巡,在祠堂里感受节庆氛围,也是会耽误一晚上的大事儿。

我在晚上十点多或十一点回家,匆匆洗漱睡了,这时候,父亲总还是在外的。我从不知道游神结束后父亲是几点到家的,但在第二天早上,却仍能精神焕发地坐在桌前,与睡眼惺忪的我一起吃早餐。游神过后第二天,走在"满地红"铺满的地上,昨夜发生的一切都会极其深刻地再次涌现,然而当我真正走到祠堂前的时候,又会发现那里偃旗息鼓,整整齐齐,众神安好,似乎一切都没有动过,昨夜的一切,又如烟尘里缥缈的蜃景了。

距离上一次经历游神至今,大约已有十年了,因为距离搬家,也大约是十年那么长。十年有多长呢,是从小学到大学那么长,我对于旧家的记忆已经是很淡的了,而我的父亲在那里出生,比我多经历了二十多年,我的母亲嫁到了那里,也比我看得多得多,见得多得多了。全族人以祠堂为圆心,紧紧聚集在一起,这样的日子可能过了几百年,然而一夜之间却被推倒了。我常常愤懑故乡失败的建设,建起了一些东西,然而拆掉了更多。拆迁的那天晚上正逢2006年的德国世界杯,作为伪球迷的我跑去了哥哥家看意大利对法国的世界杯决赛,在齐达内头顶马特拉齐的时候,昏昏欲睡的我才清醒一点。而在城的另一头，我的父亲、我的母亲，正惶惶然坐在自家的废墟上，整晚不敢合眼。废墟里，有居住了三十年的故宅和许多尚未能搬走的家产；废墟之外，流浪汉和盗贼的嘟哨暗号此起彼伏，正等着大发其财。

拆迁后不久我回到那里，四下都是瓦砾和垃圾了，而有一点文物价值的祠堂尚未拆除，沉默地看着我，它庇护了四百年的族人离散了，此后再也不会聚居在一起，我与它同时是孤独的。又过了一些时日我又回到了那里，那祠堂也被拆掉了。

现在啊，我坐在爸爸的车后回到那里，车就那样走着，在那如今宽阔的柏油马路上，我的眼睛望向右边，爸爸的眼睛望向左边，我已经不知道祠堂原先立在哪里，而爸爸仍能知道哪一棵，是原来家后的芒果树。每次开车路过那里，爸爸都会问我一遍："你还记得老房子在哪里吗？"

我已经不知道了。

搬进新家已经九年多了，不知怎么的，兜兜转转，最后我们还是住在了原先的那个信仰圈里，只是已经不是原先那个"河上堂"庇佑的范围了。我们分家了。我和爸爸妈妈三人住一起，伯父伯母离婚了，奶奶和伯父住在一起，有时候还会来我们家住上几天，其实我不太喜欢奶奶做饭烧菜的手艺。我们没有一人能回去，大我几岁的邻家哥哥考上了很好的大学，成为了标准的别人家的孩子；大我几岁的邻家姐姐准备结婚了，我才知道我们都这么大了，这些全都是邻里告诉奶奶，奶奶再告诉爸爸妈妈然后才传到我耳朵里的。妹妹一转眼都上大学了，没想到她也会走上我远走他乡的老路。爸爸告诉我，奶奶在那一年用"棺材本"打下的金首饰就等我们出嫁婚娶时候送出来。哥哥姐姐已经找到了对象，最多一两年就要结婚了，我曾和他们约好了要在寒暑假时才可以，那样我才能回得去。

因为我们都姓王。

过去的事情就这样过去了吗，还是存在另一个时空的我还混在游神队里提着花灯敲着锣鼓？现在我住在高高的楼房里，有时还能听到游神队伍一声响一声轻的鞭炮锣鼓声从我的窗外飘进来，我，还有爸爸妈妈，全都站在阳台上张望，却全都被层层叠叠的高楼挡住了一切，我所能看到的，那些漫天绽放的花火，那些鞭炮燃烧后腾起的红烟，全都要把我拉回到过去的时光里,被各色光焰照亮的脸,是否还能像当初一样,什么都不想,只是好奇,只是期待,只是爱着?百千万亿种念头全部撞击进我的胸膛里,后来我能找的所有超越肉体、挣脱桎梏、接近灵魂的方式,也不过当初把自己融化进游神的队伍,什么都不想,只是跟着走,从太阳尚未落山的时候一直走到太阳升起,我的身边前后,全都是一起玩到大的伙伴,我们一路走一路说,这一路也能很长;我的哥哥姐姐弟弟妹妹,都像我一般大,我们不用去面对那些为难我们的人和事;一直保护着我的,我唱红脸的父亲,力大无穷,无所不能,他就是保护我的神灵;我唱白脸的母亲,抓我回家去学习睡觉最不讲理最严厉,而熬的汤却最好喝,祈祷全家平安的心却最真、最诚。

  一年就这么一次盛会。这一天,全部的王家人都要回来,到祠堂前磕头。嫁出去的女儿要回娘家,远行的游子也会回来,不管你在哪里,得意还是失意,王氏历代宗亲在庇佑你。妈妈嘲笑说王家往上数全是没文化的,到我这一代出了一个大学生。我是我们这一脉这一辈的王氏长孙,这一脉的香位就供奉在我家。我不在家的时候,请您更要保护我们,每年祭祖的时候,我三个响头都磕得很用心,祈祷都很认真。今年清明的时候爸爸去扫墓带了一桶油漆,爷爷的坟头墓碑今年红字鲜艳,焕然一新了,等明年一切尘埃落定了,我一定亲自要去山头看看您,站在山头看看这座城市,生养我的城市,成年后我竟为何独自远去!

飞车少年

多年以后,当我坐在奔驰越野车的后座,横穿这个国度西北高原的时候,我脑子里想的全是搁浅在童年的飞车梦。落日就要沉到西海里了,我才开始追忆七八年前那永远都不会黑天的傍晚。速度与激情是每一个男孩子的梦想,如果要我选择一种方式自杀,那么应该是驾车飞跃黄河然后撞上河岸,消失在黄色的起伏里吧。

然而飞车第一次伤害我却要简单得多:我改装的四驱车马力强劲,钢筋铁骨,在轨道里上下翻飞,势不可当,它就这样一圈一圈地绕着,而我只有两种办法让它停下来,第一种是等它电池耗尽,我选择的第二种是用脚拦下它。我想用手的,但是宥胜说用手会受伤,于是让我用脚。

宥胜是我的兄弟,我们是名震上下河两村及方圆五条街的四驱兄弟。我和宥胜不是亲戚,只是一起上下学的邻居。我们一起玩车,对四驱车的熟稔和热忱让我们在这一带的飞车族里很有名望,我在玩具店拐来拐去的轨道上刷新着存在感,而宥胜保持着上河村沿河小路单程最快纪录。如果说我是弯道之王的话,那么宥胜就是直道车神,我们的一弯一直组合所向披靡,曾把十里八村的挑战者都斩于车下。

那一天是期末考结束后暑假的某一天,我用自己漂亮的成绩单向我爸兑换了一套龙头凤尾,那是改装四驱车边上的一圈保护支架,如果在上面配上高级的导轮,简直是轨道赛的利器。我观察了半年才向爸爸提出我看中的配件,然后爸爸心疼地给了我一百块让我去买,我叫上了宥胜,我们一起去店里改装车,顺便用玩具店的赛道试验了一下我崭新配置的四驱车。

宥胜也改装车,但他只改装马达和齿轮。他对轨道嗤之以鼻,从不在外围支架和导轮上下功夫,他的车甚至可以把导轮卸了,因为他根本不跑赛道,他只跑户外越野,在河边小路,在学校走廊,在村中小道,哪儿有平路就在哪儿跑。他觉得轨道限制了车子,车,就是要不停地往前跑,追求的是速度、速度和速度,而不是拐弯有多快。

宥胜的玩法十分简单,反正只是跑直路而已。他玩赛车的时候,叫上一拨人站在终点,自己和对手在起点同时放车,比谁先到达。他攒的零花钱在那些花里胡哨的外饰上省了下来,而着重于看不见的地方,他的车才真正像动画片里的车一样朴实,只是快而已。

宥胜在速度的极意上越走越远,他甚至曾亲手制作一个马达。马达这种东西我从来都是买现成的,甚至没有拆开过,然而宥胜拆开了,他说里面都是铜丝。宥胜拿了一个报废马达的壳和不知哪儿来的铜丝,自己加工了一个马达。在没有电磁感应等一系列理论的指导下,宥胜的手工马达以发热报废。我们看着一个崭新的心脏在宥胜的爱车里剧烈颤抖、升温,最后停止了脉动,就像一个倒计时中断的定时炸弹一样,两个人都没有勇气把它取下来。

所以宥胜只能买现成的马达了,他攒下零花钱把自己的马达从捷豹换成了美洲豹,其实他完全没必要,他的车只要会跑就行了,反正不在赛道上跑,难道不是自己开心就好了吗。宥胜说,赛车的事,你们这些玩器材的是不会懂的。

那一天我们花了一个小时的时间看着玩具店的小哥麻利地帮我的爱车加上支架和导轮,我选择了金属的轴承导轮,这样过弯的时候有一种迷人的摩擦声,这是我向一个已经隐退的初中大哥偷师的成果。我们连螺丝刀都用不利索,能做的只是紧紧盯着小哥的手,生怕他偷工减料。关于四驱车的体验,对我们而言,就是扣动开关的那一下,铜片触到电池电极,带动马达高速震颤,这震颤通过齿轮和轴传递到全车,然后传递到我的手上来,这样的作用反馈让人热血沸腾。至于把车搁在轨道上,只是其中一个环节而已。

无论如何,总而言之,我的车被我拨动了开关,又放到了轨道上,才一离手,就冲了出去,我从没见过这么快、这么快的车,它一圈又一圈地绕着,我觉得这就是我生命中最美好的时刻了,唯一的问题只是让它停下来。

那是一个夏天的午后,我们站在步行街天桥下的模型玩具店前,我把脚放进四驱车轨道里,两秒之后,我的车一头扎进我的凉鞋,击中了我暴露在外面的大脚趾,我脑海里一下闪出了四驱兄弟里的蜘蛛王,这辆热衷破坏的赛车原来是要用铁手套接住的。我抱着脚在地上直哼哼,想着动画片的剧情,却没有哭出来,宥胜借玩具店老板家的电话,把我爸给找来了。

我和宥胜是四驱车界的双子星,是远近闻名的飞车少年,大家跟不上我们的等级,我跟宥胜说,是时候了,让我们去发现一个新的世界吧!

我给自己的赛车起了一个名字,它过弯的时候如闪电一般,而且车的壳是淡蓝和银色的,于是我给自己的战车起名叫"闪电飞龙",飞龙现在看是一个中二满满的名字,但是却被我奇异地记住了。那时候,我想在小学里组建一支"飞龙战队",要求是所有的车都以某某飞龙命名,大家各有所长,比如宥胜擅长直线加速,就可以叫旋风飞龙之类。

我提出的这个创意没有一个人赞同,可能是因为金木水火土风雷都不好起名吧,小学的我们没有足够的词汇积累,"闪电"这个比较高端的自然现象被我占用了,大家就被打击了。于是我们的车队夭折了。不过这不妨碍我和宥胜在连胜的道路上越走越远,这个圈子,的确不适合我们了。

于是我们向百货商场模型店的比赛挑战,这个大赛会聚集全城最好的飞车手,十分适合孤独求败的我们去看一看,我穿上我最酷的一套衣服,手上拎着某四驱车一个带提手的高级包装盒,一副专业选手的样子,与宥胜在百货商场会合。宥胜一直把赛车放在书包里,没有给它一个合适的地方收纳,这与我们车神的身份不符,我多次提醒过宥胜,宥胜毫不挂心。

宥胜不参加轨道赛,它的赛车也不适合,他试过一次,和我比试,胜负未分他的车就飞出了赛道,往更广阔更自由的大地上飞去,也许它真的不属于这里。我不太懂赛车真正的意义是什么,只是我们玩的就是四驱车而已,是四驱轨道赛车,那时候电视里放的是四驱兄弟,但是连上小学的我们都知道对着赛车一喊"走墙壁",我的"闪电飞龙"也不会突然立起来像蜘蛛侠一样贴墙走。我们总是用锻炼动手能力来说服反对我们折腾玩具的家长,可赛车可能真的只是一个玩具而已。

宥胜是比我疯狂也比我理想的人,他和我完全不一样,我是一个听话的孩子,成绩还不错,而他在小学就不怎么好好学习,我玩赛车也许是跟风吧,大家都玩,我就也参与,大家改装,我就也改装,而宥胜只是爱竞速,他爱的是速度,不是任何一辆四驱车。

我们要去的模型店在百货商店的顶楼,这是我童年最大的一片阴影,在这里我遭遇了一次滑铁卢,第一次见识了弱肉强食的金钱社会里的无情碾压。出百货商场的时候天逐渐黑了下来,夕阳里我和宥胜萧索的背影融在了夕阳里,那是我童年第一次注意到夕阳,我原来一直没见到白天黑夜转换的场景,然而那一天,我却走近了那个瞬间。

改造是一件没有上限的事。我那拿成绩单换来的配件,那攒钱买的零件,像是看起来就像美丽的泡沫,一碰就破,与他们那些闪着光的赛车相比,黯淡得不值一提,我付出了所有,却被无情击溃,这种震慑童年幼小心灵的冲击是无论如何也抹不去的。我爬上墙头看到外面的世界,一片狼藉。

后来我就像被突然冷却了,就不怎么玩四驱车了。小学毕业那年,我们搬家了,搬去一个离新初中比较近的地方,我和宥胜走散了,那几年还常使用的电话簿不知被搁到了哪里,曾经倒背如流的一串串号码也被很快遗忘,甚至固定电话都要被淘汰了。再后来我把四驱车送给了弟弟,弟弟也长到了开始玩四驱车的年纪了,我精心经营的四驱车,足够他称霸一时了。只是不知道日新月异的赛车界,曾经战无不胜的神话又能延续多久。

七八年后,我不知怎么又联系上了宥胜,这个时代,突然找回老朋友是一件常常发生的事,就在半年前的暑假,我还和宥胜见面了。宥胜高中没毕业就不念书了,而是开始做一点小生意,他们家似乎本就是做生意的,他上手很快,赚了一些钱。然后他也买车了,我坐了他的车,唏嘘不已,我现在是一无所有的大学生,而我童年的玩伴,不学无术的宥胜,有了自己的车子和事业,而我甚至连自己的女人都没有。

我想和宥胜说许多往事,想起来的却全都是我们在夏日午后的飞车故事。我以为宥胜会成长为一个飞车手,这是无比正常也无比容易让人接受的,然而并没有。

宥胜开车很慢。我们的城市在这几年狂飙突进,挤入了不计其数的人和车,立起了纵横交错的高架桥和指示灯,曾经的小河小村消失在地图上了,我们就在这个从小长大的城市里迷失了,走走停停,刚刚踩下油门,就又踩下刹车。我说,这样的路况让你没法儿飞车了,宥胜说,他从来不飞车。

曾经暴走的少年安静了下来,曾经安静的少年却有一点着迷于暴走。车在西北的荒野上飞驰,几分钟也见不到一辆车,我在这样的高速里迷醉,窗外的景色蛮不讲理地全跃进我的眼里;而我突然又感觉到一种清醒,在这样的高速里,我的脑子却在不停地思考着,往事和哲思都无比清晰地从记忆的皮层里渗透出来。

在这片我从没经历的风景中,我想起那时见识到的真正高速的赛车和猝不及防一头撞向我的"闪电飞龙"。人被圈在一个环境里,总是想探出头去看看外面的世界,期待一些新鲜事物的发生,而等到我们站在那个地方了,才会发现许多事情是超出预期的。人不能总是想到什么就有什么,不是吗?我开始享受这些让我大开眼界,让我惊叹的过程了。

我在那时有过一个四驱兄弟,时至今日,我还是很自豪我曾是飞车少年,即使我飞的是四驱车,却不曾少那些年。

王煜涛

男,西北大学文学院2012级创意写作班学生。

长亭树老

后来令我多少次魂牵梦萦的,还是家乡门前那棵永不老去的古槐。

"长亭外,古道边,芳草碧连天,晚风拂柳笛声残,夕阳山外山……"隔壁小学校里又一次传来熟悉的歌声,稚嫩稀疏的嗓音隔着薄薄的窗户纸飞向天空,我知道那是我曾深深眷恋的音乐课,但我并不知道此刻教室里那群可爱的孩童们是否懂得了这歌词中的萧索与怅惘。时隔多年,我再次流连于衰老的长堤上仰望这棵暮年的古槐,脚下传来咯吱咯吱的声音,我知道那是上了年纪木头的喘息;老槐的枝叶也日渐稀疏,偶尔有一两片从我眼前飘过,孤零零地打在刚下过雨的湿土地上。

"嘿,别跑,我抓住你了。""有本事抓我啊,你抓不到我,哈哈。""娃儿们慢点耍,小心别磕着绊着了。"记忆仿佛又把我带回到十几年前某个普通的夏日午后,刚上完课的孩子们,挎着破旧的书包欢快地跑回长亭那一头刚散过炊烟的家,匆忙地扒拉几口饭菜,又跑回长亭这一头的古槐下。那时还很茂盛的古槐,总能慈祥地为我们遮蔽一方荫凉,男人靠在树下拉着家常,女人坐在旁边纳着鞋底,孩子们不知疲倦地玩着游戏,老人们幸福担忧地看着孙儿……

多少个如此安详的时光悄悄来临,又悄悄离开,没有人真正在意过,长亭渐渐褪去了最初的原色,古槐的枝丫一天天掉落,守在树下的一方亲人,也在更迭变迁着:老人们化作远处山坡上圆圆的土堆,男人女人的脸上如古槐般写满了岁月的笔痕,孩子们也久久地飘零在异乡……

我不知道这棵古槐看过了多少红尘的喧哗寂静,也不知道这条长堤背负了多少俗世的纠葛安然。只是它们依然在那里,看着花开花落,也看着人来人往。此刻站在它们面前,我好想问它们是否还记得已经成年的我,也好想问它们是否还记得我那些飘零远方的儿时玩伴?它们只是静默着,但我已有答案。望向古槐旁边的那条窄路,一头连接着故乡,一头连着远方,十几年来,多少亲切的乡人从窄路的这头毅然走向那头,远远地生活在异乡;又有多少久违的人守在那头,眺望着故乡,却再也走不完这条窄窄又长长的路。

  稀疏的歌声止了,我看见几个穿戴整齐的孩童慢悠悠地走出教室,在他们澄澈的眼里,我仿佛看到了十几年前的自己,但我也深深地明白,那些属于我的童年,也随着他们慢慢的脚步远去了。孩子们走过古槐,走过长亭,走过如异乡人的我,走向那头不再冒起炊烟的家,他们没有停留,甚至也没有看一眼日渐苍老的古槐。

  我原想在这里等着看一眼他们匆忙饭后赶回来的欢愉,但他们毫不留恋的背影似乎告诉我他们不会再回来了。耳畔又响起熟悉的旋律,看到脚下的路一直延伸到看不见的远方,我不由无奈地发笑,多少次我在那头期待着回到久违的梦乡,只是没想到,当我回来时,却在这头惊醒。

杨云海

男,西北大学文学院2012级创意写作班学生。

帝国的帷幕

乾隆三十七年,为修《四库全书》,乾隆下诏征书。

"文人著书立说,各抒所长,或传闻互异,或记载失实,固所不免,果其略有可观,原不妨兼收并蓄,即或字义触碍,如南北史之互相诋毁,此乃前人偏见,与近时无涉,又何必过于畏首畏尾耶?朕办事光明正大,可以共信于天下,岂有下诏访求遗籍,顾于书中寻摘瑕疵,罪及藏书之人乎?"在诏书中,乾隆说得恳切动人,原本在经历了多次文字狱后而被吓得骨软的人们突然在一朝皇帝说出了他们憋屈在心中很久而不敢说出的话后,自然天下顿时欢呼雀跃,踊跃献书。他们以为终在书中寻一知己,更何况还是天子,就必应当鞠躬尽瘁,将民间典藏、著述评议悉数献了出去。不出一年,即就汗牛充栋。

事情来得快,但变脸也快。"正当及此一番查办,尽行销毁,杜遏邪言,以正人心而厚风俗。"很快,乾隆就突然翻脸,先是宣布所有"上缴之书"全为禁书,然后又举全国之官吏搜查民间,而那些缴书者更是成为了重点搜查对象。"请旨销毁,或在外焚弃。"民间书籍自然难以幸免,至于那些"藏匿者"则更是判以重罪,或以发配,或以株连,于是,一场"征书"最终演变成为了一场文字狱。

对于《四库全书》,似乎有很多人对此总是抱有极大的褒赏,仿佛很多书都是因为《四库全书》的缘故才得以流传与光大。退一万步而言即便真是如此,那么我也依旧很难明白:事实上,书成之后,除了皇帝本人,其他文人学士根本就无缘此书。这就好像我买了书,却只是将它束之高阁,又任由它"素蟫灰丝时蒙卷轴",从某种意义上而言,这些书的价值可能还不如厕所中的手纸。当知识不能为人们提供应有的帮助时,那么它的价值就必然会受到质疑。

实际上,《四库全书》只是让更多的知识学说后继无人,即使是那些万幸被收录进去的,也难以幸免被改刻的命运。虽然《四库全书》固有其价值,但它所造成的文祸却远远高于秦始皇的"焚书坑儒",但奇怪的却是,后者令秦始皇背负了永远的骂名,而前者,却成为了乾隆的功绩。

后人将乾隆的这一做法称为"寓禁于征"。"我之所以焚书是因为怕你们被那些书带坏啊,我这样做是为了你们好,你们可要了解我的良苦用心啊!"百姓们听到的可能就是这样的解释。这就好像是父母每次在棍棒教育孩子前总会委屈地说:"我打你骂你全是为了你好,你怎么就不识相呢?"既然打你是为了你好,骂你也是为了你好,那么到底什么才是不为你好呢?这一方面固然与中国自古流传下来的家长制有关,但另一方面,我们也不得不疑问:是否对方在好话说尽,表演到位后,就可以将坏事做绝,无视罪恶?是否只要这样,我们就可以快乐感恩地接受他们的打骂,甚至欺凌呢?

乾隆晚年时自号"十全老人"。十全何谓,我并不知道,只是我也不知道他是否将焚书坑儒算为一全呢?又或是将成功地哄骗了读书人作为一次功绩呢?余杰说,政客弯下腰去亲吻母亲怀中的孩子,当众人为他的行径而感动时,政客的眼中看到的却只是人们手中的选票。其实,不怎么善良的动机下必有一场精湛的演技。

我想到了那些在温州高铁事故中,拉出横幅"请总理为民做主"的死难者家属;那些下跪维权的人民……但他们又为何要将希望寄托于自己的膝盖上?人的尊严放下至此,又如何能赢得帮助?即使真的可以洗冤受助,又如何可以确保未来不再发生同样的事情?正如那些献书者,在感恩戴德之后,等来的不是一个属于文化的时代,而是一场轰轰烈烈的禁书运动。甚至于我们又怎么能因为这一部分的受助者而无视了更多的沉默的大多数?是否我们会相信那些官员的这一套说辞:"我们已经尽力了,只是'政令不出京城'啊!"然而,当一个社会体系连最基本、最大限度的公平与正义也不能维持时,那么那些所谓的恩惠,又何尝不能算是一场表演性十足的亲民秀呢?

在安徒生童话中，皇帝赤身裸裸，故作优雅地行走在人群之间，看客们因不愿成为笨蛋而皆称新衣美丽。在这一层面上，每一个人都是演员，从贵人到草民，为了各自不同的利益，而心甘情愿地受骗与欺骗。那么也许就正如德国学者汉娜阿伦特所言的"恶之平庸"那样：当将每一个个体从整体中抽离出来时，他们也不过只是一个个无足轻重的撒谎者。但当合于整体而观时，却成就了一场最为可笑的荒诞剧。在一个谎言弥漫的社会里，没有无辜的受骗者，每一个人都只是这条"谎言"链条上的一环。正如那些书生，又怎么不会意识到乾隆的那份诏书可能是场骗局呢？

万一皇帝什么也没穿呢？却很少有人会提起这个真相。在一个戏子的国度里，每一个人，上至国王权臣，下至文人布衣，谁都有成为影帝的可能。很多事情，并不是他们真的相信或不知道，而是他们宁愿相信和不知道。然而，正是这样的人们，当站在舞台上，像童话中的那些国王与看客们一样，共同拉开这一场荒诞剧的帷幕时，该是一个怎样的场景？

镜子

这是一段关于她的回忆。确切地说,是一则小女人、大报负、灰色生活的故事。

从什么时候开始认识她,我早已记不清楚了。也许是自小时候,也许又只是最近几年的事情……谁知道呢?更何况我也不愿再关心这种破事了。我真正想告诉你的是:像我这样只能为生活疲役而不见希望的市井小儿,在她的理想,她的矢志不渝面前,时常自惭形秽。她就像寒风中的傲梅,坚韧却不失高雅,冷艳而只能孤芳;至于我,哼,竟是在这么一幅画作中,无法寻到自己任何可以扮演的角色。一切细节都因她的渲染而显得高不可攀。我无可匹及,也不敢奢望。是的,我敬佩她,但无言辞表。尽管,她的生活总是同我一样的,抑郁。

她热爱舞蹈,喜欢演艺。而且在这方面都颇有天赋。从她家的抽屉里总能翻出几个猴年马月获得的奖状或奖牌。但偶尔她还是会在平时说些诸如"天生我材必有用"之类的诗词来自勉。她的长相并不算美丽,在那样的行业里,仅算平凡。然而,她的相貌,又是属于那种你盯着看了一百年也丝毫不会感到厌倦的类型。

家境优越的她却一股脑儿地死磕在了演艺事业上,这本无可厚非,但她却甘愿把多少年的光阴浪费在那些可有可无的角色里,纵使她,我们,她的父母从一开始就根本不知道什么是希望。也许,她命中注定就是一个卑微的配角。如果说《喜剧之王》中的尹天仇,同她一样,一个卑微的配角,但至少还有自由发挥或展示的空间与机会。比如,将自己的死亡时间由两秒延长至二十秒;抑或是冒冒失失地去与导演探讨剧本……而她,这个被命运捉弄的可怜人,一个话剧的龙套,处于照明灯之外的她,再如何绞尽脑汁地琢磨,挥洒汗水地努力,也永远只能处于观众的视线之外。

因此,急坏了的父母终在那么一天找上了我,希望我再次以朋友的名义去劝劝她。

"不,我不愿意。我相信我自己,我相信我还有机会。我相信只是因为我不够努力。我相信我可以凭借我自己……"

"有什么好信的!"每一次的劝告,却总是得到近似的答案,难以忍恕,终在那一次宣泄而出:"你都几岁的人了!老大不小了,还那么天真!你也应该去考虑考虑以后的事情了!"

她沉默着,眼神黯淡,嘴唇翕合,始终都没有看我。我这才意识到了我的失态,心中不免有些愧疚之情,便缓和了语气,用安慰的口吻说道:"其实呢……为什么不让你爸妈给你找一份不错的工作呢?这样你的下半辈子也不用愁了……你说,你爸妈是多牛的人啊!"我顿了顿,看了她一眼,继续说道:"而且……总感觉,其实……感觉你……可能,并不适合……"我低下了头,不敢看她的眼,只是毫无目的地看着手上滴答不停的手表。

"也许吧……"她打断了我的话,幽幽地吐出了这三个字,然后就转身离去,走了几步,又一回头,扫了我一眼,道:"还有事,先走了。"

我自然希望她有一个幸福美丽的人生,这是一个作为朋友,最最基本的支持。但同样也希望,她的理想可以成为现实。这二者就像鱼与熊掌的关系,难以取舍,甚至后来每一次面对她,我都会有一种深深的内疚感。

过了几天,我一次偶然机会下就顺路去了她家。她的父母看见我,没有说话,只是指了指卧室,摇摇头,叹了口气。

我也没有说话,因为我不知该用什么样的方式去询问他们,安慰他们,更是因为我并不能确定事情的原委。

窗帘放了下来,卧室很昏暗,空气中弥漫着一股浓烈的酒精味。书桌上的电脑播放着万能青年旅馆乐队的《杀死那个石家庄人》。

……

如此生活三十年

直到大厦崩塌

云层深处的黑暗啊

淹没心底的景观

……

我看着她,颓废地瘫在沙发上,眼神茫然。那一刻,我过去从未有过这样的感觉,却突然在那一刻感到了她的无助与渺小。不敢发问,只是暗自思忖,是不是因为前几天的那些话伤害到了她,但又觉得这样的推断多少有些荒谬。她,应该没有那么的脆弱吧!

她也注意到了我,就站了起来,放下手中的书,那是一本精装版的《在路上》。犹记得她在扉页上写着:"我吞噬的,是毒品与性;吐出的,是迷幻与文字。"那是垮掉的一代。

她走向了书柜,拿出了她放置于其中,最为自豪的奖牌。笑得很苦涩。我凝视着她,像个傻子一样呆站着,等待着她说话。

"不,罗密欧,我亲爱的,不要指着月亮发誓……"她的口中突然念起了这样的台词,似是在回忆曾经最为辉煌的时刻,"后来,那一天就这样成为了我人生的顶峰。我有最热烈的掌声,有最光明的未来,我是整个舞台的焦点,所有的人都羡慕我……"

她放下了奖牌,转过身,望着我。

"可惜,一切都没了。因为那是在学校。"声音很轻,气若游丝,极像是一个疲倦的旅人。

她的脸上还是那样淡淡的笑容,看不出丝毫的愤恨:"那些曾经羡慕我的同学们如今都已混成了主演。一个也没少。征服了舞台,征服了观众……整个世界都是他们的……多好啊……但我……你知道这是为什么吗?"她紧紧地盯着我,好像她的绝望侵袭了全世界,凝固了时间,也凝固了空气,让我有一种难以呼吸的压迫感。

"我……"话至嘴边,又被我咽了下去。也许我知道,但我还是宁愿装作不知道。

"其实我是知道的……但我就不相信……"说着说着,她就突然垂下了头,陷入了沉默。

我也陷入了深深的沉默。

"你知道吗,这么几天,我和我爸妈一直在拗。"

"是……因为,要你放弃么?"

"如果真的只是那样,那就好多了……"她突然抬起了头,看着我,只是不见了笑容,眼圈红了。

"那么是……"我心猛地一沉,揣摩着她的意思,似懂非懂。

但她不再说话,于是我就没有继续追问下去。

后来,我还是像往常一样去找过她。只是不会再提及她的事业。我和她好似突然多了一层隔膜,谁都不会,也不愿再将其捅破。而至于说的,也无非不过是生活上的一些琐事,一段不知何时结束却只能让我抱怨的破日子,但是我,却总是感觉,每一次见到她,都会有那么一点细微的,与之前不同的变化。她不再像以前的她那样了。虽然想要掩饰却还是会在不经意间流露出来。也许,我只是以为,这完全是因为她家中的琐事让她心力交瘁罢了。

再后来,那是很久以后的一个傍晚了,太阳还没下山。我在吃完五块钱一碗的面条回家的路上,突然在无意间发现,街上那幅印有某钢琴家娇柔做作,表情极度夸张地弹琴的巨型宣传海报终于被撤了下来。曾几何时,它总是会引起我的反胃作呕。心中难免一阵激动,就跑到了一个合适的位置去看换上去的是什么。

那是即将上映的话剧《香草山》的宣传海报,一个身着红色舞衣,翩翩起舞的人的照片。

是她!第一眼我就辨出了她,即使那只是一张浓妆后的侧脸。欣喜之余,我仔细端详了起来。

只是看了很久,海报上的那个舞者感觉变得陌生起来了。似她,又不像她,倒更像她的那些同学们了。

叶晓凡

女,西北大学文学院2012级创意写作班学生。

红叶

距离认识红叶的那一年已经过去了整整七年。时至今日,我的青春已经走到了尾声,可她依然在我回忆的河道里鲜活地流淌着。

第一次遇见红叶,有一个俗套的开头——那是一个阳光明媚的午后。红叶的到来,打断了我们初中时代的第一堂数学课,红红的脸颊和白得像雪的裙摆,简短的自我介绍,包括句子与句子之间微妙的停顿,一并在我13岁的心上涂抹了一笔浓墨重彩。浸在夏末烦闷的热气里,附着知了的叫声而变得无比漫长瞌睡的午后,吹起一阵甜甜的凉风,像是很远很远的蓝天有人吹风笛一样,然后动弹不得的时间突然苏醒在迷离的瞳孔中。

13岁的孤独永远无人捧场,失眠听上去不是件单纯的事。在红叶来之前,我一直单枪匹马孤军奋战,那时我便觉得距离真的是一个可笑的词语,因为距离,我与相隔一百公里的母亲在电话两头哭得天昏地暗;同样因为距离,我与相隔三间教室的挚友,除了偶然遇见时留下的微笑和你好,再无任何瓜葛。红叶的到来就像光和热,点亮了黑暗中的泥沼,温暖了彼此离散的岁月,吸引着如飞蛾一般的我。于是,原本乏善可陈的生活开始向一个未知的方向滑去。

年少时的勇气总是来得莫名其妙又理所应当。我思忖了很久,终于把写给红叶的信夹在向她借来的笔记里,整整一个晚上,我都在想红叶会给出怎样的回信,大概是从此就变成好朋友了吧,会一起透过闷热的空气看远处的高楼大厦,一起钻进便利店冰爽的冷气里。

时间带着明显的恶意,在头顶缓缓流逝,三天之后,我还是没有收到回信。敏感脆弱的心开始将那种悲伤渲染放大,同时因为那种热血上涌的冲动而感到无地自容。真正长大以后,被现实和岁月摩擦得千疮百孔,在无数的刀光剑影下勉强站直了身躯后,才发现那时的悲伤和失落,羞愧和恼怒,就像清晨的薄雾,被风一吹就会消散。可我仍旧羡慕那时的自己,那么用心地去在乎一个人,在乎得几乎绝望。

就在我已经绝望的时候,那封信却随着翻开的课本滑落出来,像是一个庞大的惊喜,瞬间填满我空荡荡的胸膛。白净整洁的信封、精心挑选的信纸以及我早已熟识的娟秀字迹,一如红叶给人留下的印象。后来,我一直小心翼翼地保存着那封信,信封的四角被磨破了,信纸泛黄,字迹的墨香早已渗透在空气里,消失在时间里,可那些字句,读起来依旧如沐春风、热泪盈眶。

我和红叶真的成了很好的朋友,该怎么去形容那种"很好"呢?不仅仅是别人口中的形影不离,我感觉自己已经把红叶嵌进了我的人生,而红叶的人生亦然。我们一起做着所有好朋友都会做的事,一起走路、一起上课、一起吃饭、一起听歌、一起躲在被窝里分享彼此的秘密、一起在大雨里放肆奔跑、一起做的事有很多很多。那时候,我觉得我们可以永远一起。

冰冷的隔阂来得措手不及。我清楚地记得那是怎样一个冬日,冰冷的空气,清晨氤氲着雾气的天空,还有下午五点就开始涌上来的暗沉沉的暮色,让人萌生出一种时光流逝得很缓慢的错觉。我想我再也不会撞上那样寒冷的冬日了。

那一天,大雪覆盖沿途。我提着红叶和我的水壶往宿舍走去,想着躺在床上生着病的她,我不由得加快了脚步。

宿舍门是关着的,我放下水壶,准备推门而入的前一刻,红叶的声音传了出来,我清楚地听到了内容。感觉全世界都在门外沉睡了,门内的红叶,正在用她好听的声音,一点一点向我的心脏刺进去。

"她说她不喜欢陈静伊,还说她小气,可我觉得陈静伊挺好的啊,学习很刻苦……"

这些字眼,雪一样覆盖住温热的情感,像是给13岁的心脏撒下一把荆棘的种子。我推门而入,红叶的声音也戛然而止。重重地放下水壶之后,我感觉自己在那个空间里显得那么多余,一刻也待不下去。

"怎么这么早就打完水了,今天提前下课了吗?"我一直没有去看红叶的表情,但我从她闪烁的话语中读到了她的慌乱。

"我跟老师说你生病了,请假先走了,这是给你买的药。"我从帽子里拿出药扔在桌子上,然后转身冲了出去。我就是要让红叶知道我听见了。

我怪红叶,因为她背叛了我的秘密和我们的约定,因为我错误地笃定她是跟我站在同一条战壕里的。最渴望听到的不过是"既然你讨厌她,那我也讨厌",可红叶把我推向了一个完全相反的境地里,打乱了我自以为是的脚步。

后来,我总是尽量避开红叶,而红叶也没有解释什么,配合着我的躲避。那段时间,我的情绪比任何时候都要循规蹈矩,只是在很多个漫长萧索的夜里,压抑和委屈才会慢慢爬出来,站在窗台高昂着头,对着清冷的月光高唱凯歌。

我也试着体谅红叶,体谅她的有口无心和漫不经心。可那种冰冷到断裂般的倔强裹挟着我,让我义愤填膺,让我无动于衷。我想砂砾一定会磨穿风声,自荒漠生长出美丽的蔷薇,时间会在千沟万壑的心上穿针走线,妙手回春,然后我跟红叶就又像以前一样。

可红叶等不到那时候了,她留下了一封信就转学了。

红叶在信里说,我是她最好的朋友,一直都是;她说她一开始就知道自己在这里不会待太久,本无所谓交朋友的她,遇见了横冲直撞的我,这是她最美好的遇见;她说她为那次的事道歉,她知道我不会原谅她,所以选择安静地离开,不再打扰我的生活。

我们的友情开始于她的回信,也因她的信潦草结束,从此,她便成了我生命中杳无音信的人。我总觉得这是我活该,是我的固执,让我连跟她好好说再见的机会都没有,让我连回信都不知道寄往哪里。

我后来也曾不止一次回到那所学校。剥落的树皮,刻满了成长的印记,一个个场景在新叶飒响的瞬间重放再重放,磐石上的点滴湿意,宛如无声的时光刻出的永恒。而那个我们最初遇见的教室,黑板上写满数学公式,我能记起红叶坐在第一排隔着堆满课本和笔记的课桌转头对我微笑的表情。我也无数次幻想过我们久别重逢时泪流满面的场面,不知道红叶是不是跟我一样,在风尘仆仆的回忆里望断天涯路。

北岛写过：你没有如期归来，而这正是离别的意义。我一直对红叶的离开不能释怀，那一年有很多熟悉的歌，依然会在宁静的清晨于心中想起、回荡，然后淡去，复归于平静。可唱出了过去，却唱不出那时的心情。

后来，我身边也徘徊过二三好友，我们拼尽全力地在一起，也因为一些不足挂齿的原因各自散去。分开的时候，我总是怪自己年少，不懂两肋插刀同甘共苦，让距离和时间乘虚而入，可又因为年少，很多过错总是可以轻易被原谅，所以很多事情的发生，就简单地归咎为命运和缘分。

既然是过客，留不住，就祝福她。

张月

女,西北大学文学院2012级创意写作班学生。

庭院几许梨结满园

每每看到有树结有果实,不论是古树,是幼株,或是枝叶繁茂,抑或是枯萎近亡,总会满心欢喜。就像看到了记忆中的那棵梨树,会开满雪白的梨花,也会结有满树的果实。

是在惦记着那棵伴我长大的树,还是在追寻着儿时的记忆,早已不得而知了,其实又有什么区别呢?往昔的一切都如烟雾,慢慢散去,就像那颗慢慢枯萎的梨树,最后已结不出一颗果子,就像记忆中的外婆,一点一点地消瘦,最后,再也看不见了。

犹记,每年春天,外婆家院子里的那棵梨树,总是开满满树的梨花,风吹过伴随着飘落的细小花瓣,美得像仙女在撒花一般。那时我们总爱跑进去,让花瓣撒在我们身上,直到今日,那时的场景依旧留在我的心中,那是一种对美的震撼与惊叹,至今难以忘却。

对它,更多的记忆,是那汁水满满的梨子。每年,果子成熟的季节还没到时,我们就迫不及待去摘那虽青涩却基本有了型的小梨子。那时的梨有些酸,还带着点涩味,可我们也不愿意放弃吃梨的机会。

现在回想起来,其实在那时孩子们的世界中,总觉得有吃就很心满意足了。更何况,是自己亲自摘的。那些岁月,孩子们总是很馋,梨子少不够分,要是拿到了总会异常兴奋,吃起来那是带着一种自豪与骄傲,像在说着,"看,我有,你们有么?"所以每年真正梨子熟的季节,倒也没多少了。

在那里,有午后外婆的轻声哼唱,外公摇椅缓慢摇晃,兄弟姐妹打打闹闹,还有伴着我们成长的那棵梨树。

那棵守护着一方天地的大大梨树,竭力地伸长枝干,想笼罩住庭院的每一处。在那里,它愿意开出满树梨花,结出满树果实。就像一个忠诚的仆人,愿意为主人献上自己全部的力量。

　　可它也会死亡,就像人类一样,年老了,就会一年比一年衰落,再到后来梨子已不怎么结了,树上稀稀落落的只有几颗,高高挂在枝头,就像耗尽了全身的心血,只为能再奉献一把。可终是免不了死亡的逼近,就像那时已撑不了几时的外婆。

　　记得,那年夏天,虫子很多,甚至有许多都爬到卧室外正对着院子的窗户上。透过窗户,还能看见在树上有更多的虫子,密密麻麻地挤在枝干上,叶子上。细长细长的虫子是绿色的,我知道更多虫子藏在了树的身体中。随着时间的推移,虫灾的蔓延,树的叶子已经掉光了,再也不见以往的繁茂,死亡的气息在它的身上展开。我知道它一直都在默默地承受痛苦,无法挣扎,不能离去,只能慢慢等待生命被耗尽。

　　最后,当我再一次回到那里,院子里似乎一下子空了,再也找不到任何东西,恍惚间,我只知道再也回不到以前了。

　　那棵树,大概和外婆一起走了吧!

赵天实

女,西北大学文学院2012级创意写作班学生。

所谓重游

要说故地重游,有的不是那地儿,而是再次归来的心境。

因为我的家在东北,又借助着近几年国内高铁事业的发展,所以只要在放假期间,我就会各个东北重要城市之间"流窜"。尤其是沈阳、哈尔滨,还有我自诩的第二个家——长春。

即便不是这个寒假友人的出游,我也会再次在这几个城市间奔波着。

只是,和以往不同的是,身边相伴的人不同,心境也就不同了。

就像大家说的那样,越是身边存在着的事物,越是容易被我们忽视。不论是人,还是物。

这次的重游,去的除了我所熟悉的商业区之外,更多的是我从前未曾去过的所谓的景点。比如长春的伪满皇宫、哈尔滨的果戈里大街、沈阳的大帅府。我曾无数次穿梭在这几个城市中,它们就那么静静地在它们该存在的地方存在着,几年、几十年、甚至上百年。

我却从来没去过,也没曾想着要去。

东北并没有西安那么多拿得出手的遗迹,我便带着他去了。

并没有像刚到西安时的那种对于熟悉却未知事物的渴望,到了,也是无惊无喜、波澜不惊。

怕是见惯了繁多厚重的古迹,友人对它们的态度也是那么不温不火,隐含着些许的无感和不屑。

说是游览,不如说是两个人走一个形式。就像到达北京,必须要看故宫;到达西安,必须要看兵马俑;到达福建,必须要看客家土楼。

说是旅游,不如说是立旗。我们更多关注的是到达了这个地点,踏上这片土地,用脚印去挖一个坑,再在坑里插上一面旗。重点在于我到了这个城市的这件事,而不是我到达了这个城市。我们大多数时间都在往向人员爆满的著名景点,却都忘了自己去感受这座城市的真正灵魂。我又何尝不是,标记着地图上一个个省份,又筹划着让自己的足迹踏遍全中国,再拓展到全世界。

可回过头来看到的只是那一个又一个省份中的一个又一个点,只有一个点。

却一次又一次向别人吹嘘到过多少个省份,游历过多少处名胜古迹。说完之后自己也会心虚,毕竟我去过的只是一个个点。

星星点点,像是真相这管针筒留下的代表着疼痛的针眼。

所谓旅游,旅是羁旅,游是游魂。

羁旅在外,只有游魂。

可我与他不同。他是暂时落脚的旅客,我却是长居此处的驻民。

他在短短几日之后便会离去,可能此生不会再临。可我却要长久生活于此,若无他意,终生不会分离。

这也就是游览者和牵引者之间的差距。

他看见的是差强人意的历史,我触摸到的是无可奈何的境遇。

故地重游,我体会到的是无可言说的一种宁静。

我不知道他眼中心中关于旅游的含义的是什么,或是去一个未知的地点,或是体验一种不同的风情,或只是像大家一样去立一杆旗。我不想知道,也没兴趣知道。

他是对未知的东北充满着兴趣的好奇宝宝,我是羁旅归乡,带着一身疲惫的丧荡游魂。

故地重游,也再找不回遗失在他乡的游魂。

周晓萌

女,西北大学文学院2012级创意写作班学生。

城

我偏是挑了个最冷的时节去了北京。

但彼时最为幸运的是,因为是淡季,游人少得多,更能让人体会到那独有的平静之美。结了冰的北海,夕阳下的城墙,覆着雪的树杈,藏匿在喧嚣街道后的小胡同,我看到的不是首都和国际化的大都市,而是褪去荣光后的那份淳朴。

但人还是多。拖着大箱子挤北京地铁的经历这辈子不会再想有第二次,永远打不到出租车,总是在排队。北京承载着太多人的梦想,也同样拥有着不可多得的机遇,但它更是无情的,不会因为你千辛万苦来到这里就会让你轻易实现那梦想。

北京的朋友带我去吃地道的北京小吃,朋友和老板很熟,说是从小就爱在这家吃,老店了,即使物价涨了味道却一直没变过。我尤其喜欢那卤煮火烧,大冬天热热乎乎地吃上那么一大碗,别提有多滋润。吃完卤煮火烧,嘴还来不及擦,朋友把一碗豆汁儿挪到我面前,眼睛带着期许地望着我,似乎想探一探我这外地人到底能不能受得住老北京的这份地道。那豆汁儿卖相不怎么讨喜,我捧起碗,摆出喝永和豆浆般的豪饮状,竟立刻被制止,"你可别后悔啊!"举起小勺,顿觉自己像是试验中的白鼠,往嘴里缓慢而郑重地放入,倾倒,咽下,酸味随即蔓延满嘴。赶紧掰一块儿旁边碗里的油炸咯吱。一分钟心神气定后,那酸臭记忆似早已远去,剩下的唯独香甜回味,并感觉胃口大开,如故宫的笨重大门被缓缓推开,金光从不断扩大的缝隙中渗出。

好喝。毕竟是第一次尝这"北京糖水",我内心是充满期待又十分喜爱的。朋友介绍,豆汁儿在北京百姓间极受喜爱,但唯独懂的人才懂,不爱的人是永远爱不上甚至厌弃的,颇有些"灵性"的命运意味。喝下它,功效也极佳——通肠。

人生有如豆汁儿,相貌鄙陋闻之不喜,生有时死有命,中间的这段漫长旅途却也不得掌控,大风大浪或者琐碎扬尘,来什么就要硬着头皮喝下去。怎又知,苦与臭的身不由己终会过去,之后的回味,是甜是香是美好啊。

有一天晚上和朋友去看人艺的话剧《骆驼祥子》,演员都是地地道道的北京人,对白念得京味儿十足,嘴皮子利索得有好几处让我没有听清。好在看过原著也看过电影,故事情节早都吃透消化进肚子里,倒也没有什么理解上的障碍。第一次看这样纯粹的话剧,舞台效果不必多说,自是十分震撼,更为难得的是演员们把小人物的命运演绎得直扣人心。对于原著的改编,编剧也下了十分大的功夫,详略得当,结局不比原著那么悲惨,给人留了点念想。

从剧场出来时已经很晚了,总是堵车的王府井此刻行人稀少只剩下霓虹灯还在孤零零地闪亮着,路灯也亮着,高楼大厦都在沉睡,有醉酒狂欢的人互相搀扶着在路边打车,路口一辆辆头顶亮着绿灯的出租车在等待生意,没什么生意的师傅就索性把车停在夜排档旁边,啃着烤红薯有一搭没一搭地聊天,嘴里吐出的哈气朦胧了整个北京的夜色。

朋友说,等春运一开始,北京就会变成空城,整日空荡荡的地铁车厢会让你恍惚,这还是那个挤到连站的地方都没有的北京吗?不再有人回收废纸箱和易拉罐,一家家门口堆得快成山了;不再有人在马路边修自行车,专卖店换补车胎的价格简直翻了十几倍,还是忍到春节过去吧;不再有人在小区门口做葱油饼炸油条,去商店买的机器做的早饭嚼来无味;不再有人摆摊卖小挂件和头饰,橡皮筋断了没那心情特意跑百货公司还被宰;想要理发,却发现一家家店因为缺人手而排满了顾客;夜晚常回家走的路突然冷清起来,因为公交站不再有排成一长队卖东西和卖各地小吃的,街头也没有了卖汽车音乐的喇叭里传来的小野丽莎……

他们真的爱这里吗?站在空气混浊拥挤的火车里,车轮开动缓缓驶离这座城市,回想过去一年的奋斗,因为爱它,他们痛过、哭过、寂寞过、失望过,却还是决定在节日结束后回来,继续新一年的挣扎。也会有新的一批怀揣着梦想的人来到这里,为了出人头地,成为传说,成为不朽,成为别人的梦。

  我笑着对朋友说,别担心,让他们回家好好过年去吧!让北京多几天空城,它会明白的,原来这些人很重要,只是它亏待了他们。

同是云游人

前年的冬天,我去参加周云蓬的读者见面会,有读者问他,"一辈子很长,所以要和有趣的人在一起,您觉得什么样的人才算是有趣的人呢?"还记得他回答说,"有趣首先一定是很会自嘲的人,要敢于把自己的缺点展示给人看。其次不能是一个凝固的人,生活中我们要做一个流动的人,不干巴的人。"

"流动的人"让我思考了很久。被印上这样的标签的人,是真正为生活而活的人。他们对生活充满着热情,迈开步子,行走在大千世界之中,去发现,去感知。而有些人,则只是为生活而生着,许许多多的人在不一样的时空里却像是冥冥注定般沿着相同的轨迹而行。人生是为了什么呀?考大学、找工作、去城市赚钱,然后呢?上班、出去玩、赚钱,然后呢?继续赚钱、处对象、陷入低谷,然后呢?哪一种不是死循环?全部都是。这样看来人生也太无趣了些。

我曾遇到过一些称得上"流动"的人。几年前,我一个人跳上火车从北方坐到南方。十几个小时的硬座真是不想再经历一次。还好坐在我对面的也是年轻人,风景一路向身后移动着,我们一路笑着、谈着,分享着彼此的故事。

新龙哥是个东北汉子,在一家企业里做培训讲师,年纪也不大,二十八九岁的样子。他的工作太忙碌了,忙到常常忘了自己是谁,又为什么这么忙。于是他辞了职,瞒着父母去了丽江。在丽江的青年旅舍住了些日子,把游人走过的和游人没走过的地方都走了个遍,摸透了哪条线路最好玩,哪条线路风景最美,哪条线路走起来比较危险。于是他索性就留在丽江开了家骑行社,成为一名领队带着人们玩丽江,生活就是每天游山玩水,好不快活。

后来他在丽江待腻了。以他的性子,可不是得腻,丽江一共也没有多大,天天看着一样的景色他也没有了新鲜感。于是把骑行社留给了兄弟,自己就只带了一辆自行车进藏了。后来发生了什么我不知道了,只是看到朋友圈里的照片上,他晒得黑红健壮,咧着一口大白牙冲着镜头笑。再后来,看到他又回到家乡工作,结了婚喜滋滋地"晒"着漂亮的新娘。

　　新龙哥在我眼里是说走就走拥有着万丈侠气的流浪者,于是我有些感慨,流浪得再野再远的人终究是要回家过上普通人的日子啊。我对他充满了困惑但又心怀着最真挚的祝福,只要他觉得幸福满足就好了啊。一般人的蜜月之地都会选在马尔代夫、巴厘岛之类,但是新龙哥果然不是安于寻常的人,蜜月旅行他又背起了背囊,和那漂亮的新娘一起去了尼泊尔,看着他们穿着当地服饰的照片,我觉得感动又欣慰,流浪者找到了伴侣继续流浪,也算是人生得以圆满了。

　　还记得当时聊着聊着,火车经过一个漆黑的山洞隧道。几十秒的时间里,谈话声静止,只听见火车摩擦铁轨的声音。火车冲进了光亮,抬头看见飘动的云,只觉得异常安心。

　　有人说,你变成谁,取决于你遇见谁。这些在路上的人,像一片又一片云,悠游又自由,遇风则一直流浪,遇雨则变雨降落。当我知道这世界上总有人和我走着一样的路,而我们曾经拥有着一样的选择,这些人就像一面镜子,告诉我这些选择不是完全的死路。他们教我如何活得立体,活得饱满,活得自由且随性。同是云游人,一直行走吧,去到另一个地方,遇见另一个地方的自己。

周春雨

男,西北大学文学院2012级创意写作班学生。

枇杷的诱惑

八岁时,爸爸在家门前栽下了一棵枇杷树。让我疑惑的是,别人家的枇杷树都结了枇杷果,可我家的树上什么也没有。我跑去问爸爸,爸爸笑着说:"长大了,就会结枇杷果。"从此,我便盼望着小枇杷树能快快长大。

上学要经过一个院子,院外是一棵枇杷树,树的主人是一位步履蹒跚的老奶奶。老奶奶的儿女们都住在了城市里,我们就经常喜欢到老奶奶家玩,常常玩到天黑才不得不离开。麦穗倒垂的时节,枇杷树上挂满了黄灿灿的枇杷果。常常,伙伴们的口水总是从枇杷果进入视线流到那些个果子在眼前模糊起来。

起初,老奶奶并不讨厌我们,她会拄着拐杖站在门前看着我们吃她家的枇杷果,酸酸甜甜的果子总会把我们吃得牙酸到再也吃不敢多吃一颗。每天放学的时候,我们这群被大人们称作"小野狼"的孩子们都会准时出现在枇杷树下,直到有一天我们发现再也够不着高处的枇杷果。后来,狗蛋第一个爬上了枇杷树,看着他在树上吃得那么有味儿,馋得树下的我们争着抢着往上爬。就这样,老奶奶的枇杷树在我们的"蹂躏"中,慢慢地,折了枝,破了皮。

当我家也有了枇杷树,我再也不用担心因为个子矮而吃不到枇杷果了。枇杷树没有老奶奶家的大,爸爸说夏天干燥,多浇水才能长大。爸爸的洒水壶很大,在他给小枇杷树浇水的时候,我就托着壶底。那喷头的水就像溪涧中冲出的瀑布,小树很渴,浇下的水不一会儿就被小树"咕咚咕咚"喝了个干净。我使出九牛二虎之力抬着水壶帮爸爸浇水,爸爸却说差不多了。

看着枇杷树,我仿佛就看见了挂在枝头金灿灿的枇杷果,酸甜的滋味催促着我的口水。我喜欢待在枇杷树下,闲时清理杂草,累时还能望望那洒在山头的落日余晖。

蝉叫了的时候,枇杷树稀稀疏疏地发了嫩芽,却没有开花。慢慢地,我意识到,这年是不可能吃到枇杷果了。爸爸告诉我,兴许下年小树就会结果。我深信不疑,更加卖力地浇起水来。从此,放学回家,我最重要的事便是给小树浇水。

水,一桶又一桶地被我洒在了树窝里,却见不到小树长大,只是发现树叶慢慢变黄了,一片又一片,打着转转在风中落下。看着常年长在水边的柳树,我以为是自己浇得不够多,于是,我在心爱的枇杷树上倾尽着百分之百的努力。

当枇杷树叶黄了又落了,只剩下枝干光秃秃伫立着的时候,爸爸来了。他没有像以前那样夸我爱劳动,却端走了洒水壶,他说:"树是需要水,可天天浇,就会把它泡死在水中。"

我当时愣了。事隔多年后我才明白,树的成长没有想象的那么急切。

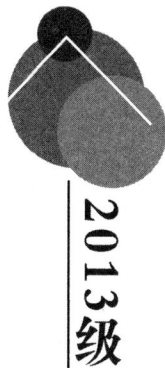

2013级

程凯

男,1995年生,陕西汉中人。为人循规蹈矩,不事张扬,乃大千世界一尘埃也。热爱生活,喜欢历史和文学,读书杂乱,不求甚解。2013年,入长安,进西大,习文学。置身于沃土之中,聆听贤师教诲,萌发好学之心。遂努力读书,虽天资愚钝,亦有感于精妙之文章。偶有创作,尤喜散文,文风偏爱质朴。笃信:作文,乃情感之自由流动,无病呻吟者,难为好文。余虽爱文章,然心性不定,不能日日坚持。至今日,文笔尚有种种之弊病,仍需勤加苦练。

普陀山

在中国,提到佛教圣地,普陀山自然是绕不过去的。普陀山位于浙江省舟山群岛的东南部。今年暑假,有机会前往拜访。我和表哥从上海出发,经过四个多小时的车程,便到达了普陀山。

一踏上那片土地,浑身的疲乏就被别具一格的海岛风光所驱散。继之而来的却是万千感慨。眼前的普陀山是那么的自由与静谧,一副与世无争、淡泊独立的姿态。我不由得将普陀山放到了中国血肉丰满的历史架构中去思考。我觉得,历史就是创造与毁灭的过程,一方面它用智慧与勤劳,创造出无数辉煌灿烂的文明;但另一方面它为了一己私欲,打着替天行道的旗子,毫不怜惜推倒了、砸碎了一个又一个令它不快的东西。阿房宫在滚滚的浓烟中黯然神伤,圆明园在疯狂的劫掠中失魂落魄。每每想到这些,我不免痛心疾首。历史,就是如此的残忍无情,亲手毁掉它所创造的文明成果。而且它不思悔改,这样的悲剧始终没能避免。

然而,我今日所见的普陀山是那么完整,也没有过多的修饰。远离中原,让它避免战火纷争的毁坏。更重要的是,它所承载的厚重而神秘的佛教文化,让历朝历代的人们心生敬畏,不敢有所亵渎。哪怕是一伙面目狰狞的强盗拿着屠刀,站在它的面前,也会心有胆怯。

普陀山的佛教历史悠久。唐咸通四年,日僧慧锷从五台山请得观音像归国,途径普陀山海域遭遇风浪无法前行,遂知观音不肯东渡,便登岸将观音像供奉在潮音洞侧,开启了在普陀山建立观音道场的先河。之后,历朝历代的人们克服重重困难,不断在此兴建庙宇,塑造佛像。时至今日,普陀山无疑成为无可替代的佛教圣地,每年都会有大批的游客前来进香礼佛。这次,我到来时并非观音盛会(农历的二月十九、六月十九、九月十九分别是观世音菩萨的诞辰、成道日、出家日),但游客依然很多。登岛的第二天清晨,我们早早起床,没有吃早饭便出发,以示对佛的虔诚。夹杂在熙熙攘攘的人群中,我们一一参拜了岛上的几座寺庙,有普济寺、法雨寺、慧济寺,尤以普济寺的影响最为深刻。普济寺是岛上最大的寺庙,接纳来自各方最多的香火。寺庙内有两棵著名的云南樱花树,树粗两个人抱不过来,犹如两条蛟龙,遮瞒了大殿的庭院。西南角还有一片绿草坪可供游人休憩娱乐。其最具特色的是普济寺的大殿,名为圆通殿("圆通"为观音别名),供奉的是观音菩萨。它是由一整块一整块的铜瓦建盖的,虽然失去了昔日的光彩,但仍不失非凡的气势。其余两侧殿供奉着各式佛像,由于平时对佛家关注不多,所以很多东西知之甚少。但这并没有消减我游览的兴致和对佛的敬畏。

离开普济寺,我们前往最后的一个游览点——南海观音像。在路上,我并没有太多关注行人,也无更多的话与表哥说。一开始踏上岛的那种感慨随着我游览时空的移换而愈发深重。一个孤悬海外的小岛,放之于四海是那么的不起眼,为何会让我们无数人心驰神往?参天的古树,古老的台阶,浑厚的壁画,大大小小的佛像。眼前的一件件事物似乎在向我昭告:普陀山是看似简单、随性,实则是那么富有内涵,深不可测。很久很久以前的人们,或为了躲避战乱,或为了隐居修道,不远万里、不畏艰辛来到此地。那个时候的普陀山不太为众人所知,它犹如桃花源,是个秘密的自由王国。当慧锷和尚将一个佛的种子播散在此后,普陀山的上空似乎被一道佛光所笼罩,所有虔诚向佛的人都会发现它的踪影,一波又一波的僧人们来此修行。他们属于这个岛屿的拓荒者。他们一步一个脚印地踩出了道路，一砖一瓦地建起了佛寺。经历了多少苦难，只有他们自己知道。为了自己登岛时那个最初的心愿，他们选择坚持，希望用自己毕生精力来构建一个佛的王国。普陀山成为了一个理想与信念的所在，成为了一个教化众生、广施善道的策源地。

来到了位于海边的南海观音像处，不由大为惊叹。眼前的观音像是我见过的最高大的，没有之一。听说有三十多米高，重七十多吨。虽然高大，但观音像依旧是那么的端庄慈祥，让人心生感恩与敬畏。观音面朝大海，遥望远方。远方有一座小山，隐约可见，名叫"珞珈山"。它的外形好似一个佛静静地仰面躺在海上。多么想登上去，看一看。可是因为时间的缘故，无法如愿。只有安慰自己，远望而生敬畏之心也许比征服它更有意义。

那刻的肚子已经饥饿难耐。在街边的饭馆，随便点了一碗面，感觉吃起来犹如人间美味。饭后，我们便踏上了归途。

我们与普陀山渐行渐远，也许终生再无法故地重游，但普陀山作为佛的代名词已在我的心里扎根。

董宇奇

女,陕西西安人,西北大学文学院2013级创意写作班学生。永远保持好奇是我对自己的要求,因为感兴趣的背后才是无穷无尽的创造力。喜欢新鲜的事物,也爱研究点儿历史;喜欢街头文化,也爱旗袍的优雅。喜欢看电影、旅行、看演唱会、交朋友,喜欢一切有趣的体验,并在体验中感受和积累素材。懂很多大道理,也喝过不少毒鸡汤,好在三观还算正,所以笔杆子和腰一样直。写作从不受文体限制和字数控制,"只自由地表达心中所想即可"也算是自己的特色。

猫走失的 72 小时

上完早上的课,我回宿舍整理好东西,往学校门口走去。

周五回家的人特别多。我提着换下来的脏衣服,在学校门口的公交车站排队、上车,好不容易抢到一个最后面的座位。刚坐下,手机就响了起来。

"上车了吗?走哪了?"妈妈的声音显得特别疲惫。

"刚坐上,今天人超级多!你在家干什么呢?"

老妈有些迟疑,沉默了一下:"昨天找了一晚上可乐,天亮才躺了一会。"

"可乐跑了?"我惊讶。

"嗯,昨天下午我有点事出去了,晚上回来发现纱窗上有个洞,可乐挣脱链子跑了。你回来的时候在院子里再找找。那家伙,没出息,跑不远的。"

挂了电话,我有点胸闷。

可乐是我两年前抱回家的猫。那年冬天,闺蜜过生日,思来想去不知道送什么礼物好。突然想起她喜欢小动物,我便直奔市里的宠物一条街。看了几只特别可爱的小狗,一问价钱让人咋舌。正准备离开的时候,听到角落里有轻微的软绵绵的叫声,我走过去一看,是两只小小的杂种黄花狸奶猫,刚出生十来天的样子,一只有手掌大小,一只稍微大些,蜷缩在一起冻得瑟瑟发抖。我问宠物店师傅这猫怎么卖,师傅说,一百二一只,就剩这两只小猫了。手里钱不多,我有点犹豫,随即咬咬牙问,师傅,两只一起买,能不能算便宜点?师傅上下打量打量我,说两只二百带走吧。我赶紧掏出钱给他。他手脚麻利地把两只小猫装在一个小手提纸箱里,递给我。

回家路上,我提着纸箱的手因为兴奋都有些颤抖。回到家,我放出两只小东西,给它们倒了点热牛奶,泡了点馒头屑,让他们熟悉熟悉新环境。接下来我又犯了难:到底送哪只给闺蜜,还是都送给她?两只一起送我舍不得,送一只又不知道该选哪只。

闺蜜打来电话说一起吃饭,我看了看两只小猫,稍微小点的那只虽然可爱但我不放心给大大咧咧的闺蜜养,于是我抱起稍大点的那只,放进纸箱,出了门。

晚上回来的时候,我妈疑惑地看着我,指了指蜷缩在暖气旁的小猫。我解释了事情的经过,我妈有点生气,随即叹了一口气:"我是一直不想养小动物的,但既然你都抱回来了,也是我们跟它的缘分,能不能养活就看你了。"

下了车,我快步往院子走去。小区有十栋楼,呈"二"字横向分布,我家住在九号楼。

我从一号楼开始一栋栋往过找。院子里野猫很多,楼后的废弃土房子、花坛、矮灌木丛我都翻了个遍,只看见几只脏兮兮的黑白流浪猫,根本没有可乐的影子。找到一栋老楼的时候,我看见老妈一动不动地站在楼后的铁栅栏旁。我走过去,问她干什么呢,她伸出一只手指头到嘴前,示意我别出声。

在她面前是一张大大的铁网,后面是一根直径约一米半的长管道,管道上依次趴着四只和可乐一样花色的猫,有大有小,看起来像一家子。我有点惊喜地看了我妈一眼,她却摇摇头,轻声说了句:"都不是的。"撒了一把猫粮在管道前,我和妈妈垂头丧气地回家了。

下午老妈出门办事，我不甘心地穿好衣服准备再出去找找。白天野猫都不怎么活动，院子里几乎见不到猫影，我跳上三号楼后的花坛，那里有一处地下管道坏了，被挖开了一个大洞，断了的管道和周围的石块裸露着，一直都没维修好。洞口结了蜘蛛网，洞里有前几天下雨的积水和一些垃圾，沤得发臭。我用手电照了照，没有异样，便准备离开。刚转过头，就看见在洞口不远处有一团黄白交替的毛，我连忙跑过去，发现那是一只手掌大的小奶猫，倒在地上，四肢伸得直直的。我掏出一小把猫粮伸到小猫嘴前，却觉得有点奇怪。小猫眼睛睁得大大的，一动不动，没有呼吸的起伏，身上还趴着两只苍蝇。它……死了。我张了张嘴，感觉好像有鱼刺卡在喉咙一样，一句话也说不出来。

我转身找了一块石头，慢慢地在花坛里挖了个鞋盒一样大的坑，然后抓起小猫的手和脚，轻轻地放了进去。一捧土撒在小猫的尸体上，我终于绷不住了，眼泪像喷泉一样大朵大朵涌了出来。我不住地念叨着："小咪咪，你安心地睡吧，以后不会再挨饿受冻了。"边说边想着可乐，越想越难受：家猫敌不过野猫，它怎么和院子里那些凶猛的同类抢吃的啊……它晚上在哪睡觉啊……猫喜欢温暖的地方，天气越来越冷了，它在哪儿睡觉啊……它冻坏了怎么办……这个呆头呆脑的笨蛋，要怎么才能生存下去啊……

可乐小的时候特别怕冷，没事就喜欢钻到我的或者我妈的被窝里，有时候到处找都找不到它，只需要走进卧室，就可以看见平整的被子中间鼓起一个包。掀开被子，它把自己团成一个球，头挨着脚，睡得呼呼的。我因为住校常常不在家，可乐和我妈待在一起的时间比较多，我妈照顾它照顾得特别仔细，从来不给它喝生水，家里做了鱼啊虾啊什么的，都是紧着它先吃。我每次都会生气："你自己吃点行不行，你怎么全都给它吃啊！"我妈总是岔开话题，笑眯眯地看着可乐："你看我儿子吃得多好。"

有次我提着一个芝士蛋糕回家，给我和我妈分别切好，可乐蹲在一旁一直喵喵地叫。我妈把自己盘子里的蛋糕切出一小块放在手心递给可乐，可乐嗅了嗅，吧唧吧唧吃了起来，吃得又急又快，喉咙里还发出哼哼的声音，好像在说：好吃好吃。我妈二话不说直接把盘子放在可乐面前。我又指责我妈，她却说："它一次才能吃多少啊，还不够你的十分之一。小小的多可怜,一天只能吃猫粮喝白水多单调,哪像你一天大鱼大肉又是蛋糕又是饮料吃得那么丰富。"

我上网查了很多关于猫走失的资料,综合起来猫离家出走只有两种原因:第一种是因为主人对猫不好。就我妈那个溺爱劲儿,这个可以排除。第二就是因为发情。一些网友说家猫跑出去是因为好奇,自己玩几天就会回来的,但也有相当一部分网友说猫的记忆很短,它到了新环境认识了新朋友,很快就会忘记主人,不会再回来的。一条信息映入我的眼帘:寻找猫的黄金时间是前72小时,过了这个时间,猫可能就会因为附近没有吃的而跑到更远的地方觅食。所以前三天一定要坚持寻找,不要放弃!

第二天上午我准备再出去找找,我妈拦下了我:"猫在晚上才活跃,你这会出去根本找不到它。晚上我们一起出去找。"

可乐第一次发情是在去年的这个时候。那时候它已经是一只一岁的成年猫了,四肢健壮有力,毛发光泽柔顺。它没日没夜地喊叫,尤其是深夜,叫声更加响亮和急躁,常常扰得我和我妈睡不好觉,我妈就把它搂在怀里,哄着它入睡。那时候对它还是自由放养,我的床上、我妈的床上、我家沙发上、我的行李箱上……只要是它能到达的地方,都被它尿得一团一团印记,整个家都弥漫着尿骚味。每天睡觉前都要先摸摸床上哪块是湿的,看见它在哪停顿下来,刚抬起腿,我就飞奔过去把它赶开。这对于有轻微洁癖的我来说简直就是严刑虐待,可乐差点被我提着腿扔出去。

晚上,我和我妈左手提着一袋新打开的猫粮,右手拿着手电筒,开始在院子里展开搜捕行动。我们从十号楼前的大花坛出发,一点点俯下身找,两只不知道谁家的小腊肠狗在我们脚边闻来闻去。花坛,没有。

走到九号楼后,我用手电照了照我家窗户附近,一只黑猫窜了过去,消失在草丛里。往前找着找着,我和妈妈又来到前一天的铁网处,管道上的猫群也不在。

走到四号楼和六号楼间的路灯处时,我们看见有两三只流浪猫在楼前的花坛上转悠。妈妈蹲下身子,在地上撒了一把猫粮,开始轻声呼唤着那些猫过来吃。那几只猫在两三米开外的地方,警惕地竖起耳朵,盯着妈妈,确定没什么危险之后,才开始轻手轻脚地慢慢靠近。它们先是低头嗅了嗅猫粮,感觉似乎没什么异味,才小心地伸出舌头舔了舔,随即放心地大口嚼了起来。这样的动静似乎惊动了附近的众多野猫,开始不断有猫三五成群地靠近。为首的是一只白色的圆脸猫,体型又高又壮,眼睛半眯着。身后是一只黑黄相间的稍小一点的猫,眼睛又黑又圆,亮晶晶的瞳孔滴溜溜地打转。猫群的最后是一个黄白相间、脏脏的、眼神有点胆怯的小猫——等等,这身影有点熟悉!我不敢确定它是不是可乐,也许它是昨天管道上那群猫的一只。我心跳开始加快,我和妈妈交换了一下眼神,她似乎也有点迟疑。

很快,猫群开始纷纷吃起了地上的猫粮。那只神似可乐的小黄花狸呆头呆脑地靠近,刚把嘴伸向地面,旁边一只比它小很多的猫抬起爪子就向它狠狠地拍了下去。小黄花狸吓得后退好几步,嘴里发出嘶嘶的声音。它看了眼正在吃食的猫群,躺下来,肚皮朝上打了几个滚,然后卧下来,把腿绷得直直的,开始梳理身上的毛。

这时候我和我妈都已经完全确定它就是可乐了,因为这一套连贯的动作就是可乐特有的习惯。我心里一阵酸楚,可怜的可乐,这么小的猫都可以欺负它,这家伙该怎么生存下去啊。

可乐特别爱干净,每天早上起来第一个动作就是用舌头湿润自己的小爪子,然后仔仔细细地用粉嫩的小肉垫儿洗脸。每次吃完鱼,都会把嘴巴周围、指缝间全部用舌头清理一遍,然后心满意足地绷直腿,开始梳理身上的毛。可乐似乎觉得自己够干净了,所以每次给它洗澡的时候都会拼命挣扎,一点也不老实。冬天洗完澡我妈怕它着凉,想用吹风机把它的毛发吹干,结果吹风机一开,可乐听到轰轰的声音直接吓疯了,伸出爪子就在我妈的脖子上抓出三道深深的血印。

可乐能听出来我和我妈的脚步声。每次我们回家,才走到楼道里就听见可乐喵喵地叫。用钥匙一打开门,就看见可乐往地上一躺,肚皮朝上,高兴地来回打几个滚儿。这个时候我都会脱掉鞋子,走过去,用脚蹭蹭它的小肚皮。

有的时候,可乐让人特别哭笑不得。它总是一跃跳到桌子上,站得端端的,我和我妈只要经过桌子,它就伸出小爪子在我们俩屁股上拍一下。我在客厅的镜子前化妆,可乐就跳起来抱住我的大腿咬一口,然后跳下来转身就跑,有时候没看清路障一头撞在沙发上,也不顾疼,连滚带爬地跑走,地面滑又跑得急,屁股都摆到前面了,我和我妈捧腹大笑。

  一群猫围着我妈打转,她蹲着喂它们猫粮,可乐就蹲在最后怯生生地看着其他猫吃得津津有味。我妈向我使了个眼色,我心领神会,脱下外套,蹲下来慢慢朝可乐移动。离它不远处,我跳起来,用外套朝它身上一罩。糟了,可乐反应比我更快,腿部一用力,转头就跑,小爪子和地面摩擦得嘶嘶作响,听着我都疼。

  我追着它开始跑,想着能把它往家的方向撵,我家在一楼,它一害怕可能就会往回钻。结果可乐完全朝着相反方向跑,我追着它跳过废品堆,钻过草丛,但两条腿终究跑不过四条腿,可乐跳上花坛,打翻了一户人家的花盆,随即消失在夜色中。

  我走回我妈身边,和她一起蹲下来喂猫粮,想等着可乐再跑回来。十分钟后,我发现五六米开外的黑暗里有一双发亮的眼睛,我打开手电筒照过去。那猫舔舔爪子,没错,是它了。我拿着外套,趁着黑暗的掩护,绕了一个半圆,轻手轻脚走到它跟前,正准备继续扑它,没想到可乐早有防备,转身又跑走了。

  我妈站起身走过来,拍拍我身上的土,说:"行了,两次还没抓住就再也抓不住了,它已经有警惕心了。不找了,它不愿意回去就算了,缘分到此也就结束了。"那只黑黄相间的眼睛圆圆的猫好像听得懂我们的对话,跟着我们一直走,还用身子蹭蹭我们的脚,似乎想让我们把它带回去。我妈蹲下来说:"不行,你不能跟我们走。我只想让我儿子回来。"那只猫跟了我们一程就不跟了,蹲在地上一直目送我们离开。

  回家的路上,我还是心有不甘,一步三回头地看看猫群。

  第二天早上老爸打来电话要带我出去散心。上午,我们开着车一路向秦岭方向驶去。一路上我都没怎么说话,爸爸说:"怎么,猫还没找到?要不再给你买一只吧。"

  我有些生气,转过头瞪着他:"这怎么能是再买一只就能解决的事情呢,其他任何一只猫都不会是可乐了。可乐就是唯一的可乐,我就是想让它回来!"

  下午两点半,我们已经盘旋在环山公路上了。爸爸把车停在石砭峪水库上方抽烟,我下了车,伏在栏杆上,想呼吸呼吸新鲜空气。水上泛起一圈圈波纹,太阳的光芒将它们照得亮晶晶的。漫山的植被绿得耀眼,天上的鸟飞得很低,发出一声声叫喊。山里的空气特别清新,和城里蜘蛛网一样笼罩着的雾霾天截然不同。我闭上眼睛,感受着阳光毛茸茸地在我的脸上爬,贪婪地大口呼吸带着植物的芳香和水的清洌的空气,微风慢慢抚平了我紧皱的眉头。

突然我的手机响了起来,来电显示是我妈。我刚接起电话,一个"喂"字还没说出口,我妈急匆匆又有些颤抖的声音就传来:"你快点回来,可乐出事了!"

"怎么回事?可乐回来了?"我急忙问道。

"它自己跑回窗台上了,我把它抱进来,一看满身都是血。"我妈语气有点哽咽。

"你先带它去医院,我马上就回来。"我挂了电话,转身往车的方向跑。

我跑到我爸旁边,看着他说:"爸爸,我们快点回去吧,拜托了我们快走吧。"

我爸说:"咱这不是才刚来么,怎么了?"

我哇的一声哭了,一抽一抽地说:"可乐回来了,但它受了重伤……它可能快死了……我想回去赶紧看看它。"

我爸把烟掐灭,和我一起上了车。我坐在车上边哭边催他开快点,哭着哭着一股疲惫感从脚至头袭来,我一歪头,竟然给睡着了。醒过来时老爸已经开进市区到我家附近了,我连忙给我妈打电话问他们在哪家宠物医院,但是电话怎么打都没人接。

我突然灵机一动,伸手指向前:"我知道他们去哪了,爸爸,往前开。"

我在家附近一个小宠物医院门前探头探脑,看了半天也没看见我妈的身影。我推开门走进去,问:"请问有一个女人抱着一只猫来过这儿吗?"

大厅的医生朝里面的治疗室努了努嘴。

我走进去,看见妈妈披头散发,眼睛红红的,怀里用我不穿的外套裹着可乐。可乐嘴里往外冒着血,两只小爪环着我妈的脖子。

"那谢谢医生了,我们先走了。"我妈抱着可乐站起身,我提过她身边的袋子,里面装了一些药。

上了车,我妈这才开始给我细细讲述起来今天发生的事。下午我妈正在家里客厅看电视,是一档真人秀节目。忽然听见几声微弱的"喵喵"的叫声,她以为是电视里的声音,便没有在意。过一会又响起猫叫声,我妈这才发现声音不是来自电视。她向卧室窗户探了探头,就看见可乐可怜兮兮地蹲在窗户外面。我妈连忙站起身,三步并作两步向房间里冲去。她推开窗子,可乐就蹲在窗外的空调外挂机上,身上像是污水干涸的样子,脏得看不出原本的颜色,整只猫散发出难闻的气味,熏得她眼睛都睁不开。我妈一把抱起可乐,发现它嘴里一直在往外冒血,红色的血一直淌到肚皮上。

"我当时看见它眼泪直接就掉下来了,真的,你当时要是在,看见它那样肯定都崩溃了。我抓起毛巾裹住它就往外跑,走到门口才想,它这么脏医生肯定不给它好好看。然后我就赶紧去厕所给它洗了个澡,我的天,那个脏啊,我洗了三遍感觉没太干净。"我妈摸了摸可乐的头,继续说:"给它洗完澡,都没来得及擦干,赶紧就找了你的旧外套裹住它往外跑,手机都忘了带。那个点儿,根本打不上车,我抱着它混上了公交车。它穿着你的外套,帽子把它的头扣住,司机还以为是个小孩儿,使劲儿往我怀里瞄。哎,话说回来,你怎么知道我在这儿啊?"

"离咱家最近的宠物医院就这家了。"我白了我妈一眼:"我给你打电话都打疯了,你死活不接,我都快急死了。可乐怎么回事,医生怎么诊断的?"

"带去的时候可乐嘴上血肉模糊的,嘴里还噙着一个什么东西,医生掰开它的嘴才发现是颗大牙,没完全掉,还连着一点儿牙龈。医生用剪刀剪掉了那颗牙,说是连根断掉的。给它拍了片子但它一直在动,很模糊根本看不清,感觉伤出在嘴上,然后用手摸了摸诊断的。下颌骨断裂,牙床撕裂。"

我听着心里难受得不行,问:"其他地方呢?身上还有其他地方有伤吗?内脏什么的都好着没?"

"我洗澡的时候检查了一下它身上,四肢都完好,就是一个指甲断了在流血,耳朵上有两处伤。医生看它的精神状态相对正常,断定内脏没什么伤。"

回到家,我把可乐抱回它的窝,给它垫了一个软绵绵的厚褥子。它窝在窝里,我把褥子折过来盖在它身上。它眼睛闭着,眼角好像有泪;嘴巴肿得合不住,就这么半张着,淌着血。我心里一阵收紧,眼泪又不由自主地流了出来。我抚摸着可乐,想帮它减轻点痛苦。

"那医生说怎么治呢?"我擦了擦眼泪,问妈妈。

"医生说下颌骨断裂就是做手术,打钢板固定,但对它身体伤害特别大,到时候还要再做一次手术取出来。而且猫不像人,人生病了做手术知道是为自己好,再难受也会忍住,猫不一样,它难受了就会一直动或者用手抠。而且医生说手术做起来也比较麻烦,因为现在没有24小时看护的宠物医院,但它做了手术就一定需要随时观察。所以我就问医生能不能保守治疗,医生说可以但是就是会非常慢,需要悉心照料,极度考验主人的耐心。"

我心急如焚,用热水将猫粮泡软,推到可乐跟前,它闻了闻,又闭上了眼睛。可乐就一直这么不吃不喝。

晚上,我熄了灯躺在床上,刚闭上眼睛,就听见房间里传来一阵轻轻的磨牙声,然后我感到什么东西轻轻一跃,上了我的床。

我打开灯,看见可乐蜷缩成一团,卧在我的床角瑟瑟发抖,样子可怜得让人心疼。于是连忙叫妈妈过来。

"它一个人在客厅又怕又冷,还是跟我睡吧。"我妈抱起可乐,向她房间走去。

第二天天刚蒙蒙亮,我起床收拾准备去学校。我走到我妈房间想看看可乐,结果发现可乐醒着,我妈也醒着。

"我一晚上都没睡着,总是担心它是不是死了。"我妈眼睛有点发直。

可乐在我妈怀里缩着,我妈衣服上、枕头旁是一摊摊干了的血迹。我用手轻轻抬起可乐的头,发现它嘴角还在滴血,突然觉得不对劲。

"昨天医生没有给它处理伤口吗?它怎么还一直在流血?"我疑惑地问妈妈。

"没有,好像就是拍了个片子诊断了一下就完事了。"

"这什么庸医！你今天得带它再去别的医院看看，伤口要是感染了就麻烦了。我给你个医生的微信，是昨天我一个好朋友推荐给我的，他在手术方面很厉害。"我连忙拿出手机，把相关信息发给妈妈，"我先走了啊，上学要迟到了。有什么事记得给我打电话。"我背起书包向门外走去。

午休快起床的时候，我妈打过来电话。我迷迷糊糊接起手机，就听见我妈说："我今天带可乐去看了，医生说情况不太好。"她声音里极力压抑着抽泣，但我还是听得一清二楚。"医生给它打了麻醉，做了伤口清理和全身检查，你知道吗，可乐的大牙不是断了一颗，而是三颗！它以后可能稍硬的东西都咀嚼不了……下颌骨的断碴都能从嘴里看得见。现在就是一个两难的问题，它吃东西的话一是吃不下去，二是一吃就会感染，但不吃东西的话就会饿死……"

"打营养液呢？在它嘴消肿之前能不能先打营养液维持生命？"

"医生说营养液代替不了饭食，它长时间不吃东西就会饿死。"

"我回去看看吧，一定有办法救可乐的。"我抓起包，打电话跟老师请了假就回了家。

刚到家，就看见可乐没精打采地趴在窝里，脖子上戴着一个喇叭状的隔离圈，口水滴滴答答地流在下巴压的纸巾上，尾巴也不摇了。我心里一阵难受，问我妈："它这段时间吃东西了么？"

"没有，什么都吃不进去，瘦了一大圈。"我妈看着可乐说。

"要么，我们试试用针管给它嘴里打一些糊状的食物？"我小心翼翼地问。

"我就是这么想的。你在家里陪着可乐，我去超市买条黑鱼回来，炖得烂烂的，它最爱吃鱼了，多少能吃点吧。"

"行。"

回来的时候，我妈手里提着一条新鲜的大黑鱼，两瓶葡萄糖液和一瓶生理盐水。她将鱼仔细清理干净，剁成一块一块的，煤气灶架上小砂锅和一点清水，煮了一小块，其余的细心包装好放进冰箱。

鱼炖得烂烂的，散发出香味。妈妈关了火，用勺子将鱼肉摁散，用手指将鱼刺一根一根捏出来，然后连鱼带汤倒进搅拌机打成肉糜，用去掉针头的针管抽了满满一管。

我俩蹲在可乐面前,商量该怎么给它灌进去。我妈抱起可乐,用手扶住它的下巴,我瞅准它嘴角的缝隙,将针管口伸进去推了一小格。

可乐受了惊吓似的使劲摆头,嘴里的鱼肉流出来了一半。它拼命往我妈肩上爬,瞬间我妈脖子上就出现几道血印。我妈不知道疼似的,一手抱紧可乐,一手轻轻抚摸它,嘴里念叨着:"儿子乖,儿子不怕,妈妈和姐姐给你喂吃的呢。吃饱了我们就好得快,宝宝乖。"

可乐冷静下来,我妈用小褥子固定好它的手脚,扶住它的头,我一点点将剩余的肉糊推进它嘴里,因为嘴里的伤,它吃一半流一半,显得特别痛苦。喂好它,妈妈把它抱进窝里,戴好隔离圈,垫好纸巾,用生理盐水给它漱了口,我怕它吃那么一点不够,又吸了一针管葡萄糖液,打进它的嘴里。它喝完咂咂嘴,又蜷缩成一团,闭上眼睛。

第二天我怕我妈一个人没法照顾它,就没去上课,给它喂食的过程和前一天一样,它依然很抗拒,只好继续给它加葡萄糖。

第三天依旧。

第四天下午,我正在学校上课,我妈突然发了一条微信给我,我点开手机,是一张照片。照片上可乐把头埋进碗里,伸出小舌头舔碗里的肉糜。又是一条文字微信,我妈说:"自己吃了点,高兴吧。"

我开心极了,回复:"吃了多少?"

我妈答:"一碗底,吃干净了。"紧接着说:"医生总是将病情说得严重,你看,只要我们精心照顾它,它一定能好起来。"

我攥紧手机,心跳得很快。可乐,你终于挺过来了。

我拍了可乐的照片发给医生,医生回复我:猫咪很坚强,你们是好人。

我曾经以为我对这只猫的感情没有那么深,但这次的事情让我明白了,虽然可乐来到我们家只有两年,但却完全融入了我们的生活,成为我们日常中的一部分。也是因为没有把它当成宠物而是家庭一份子的精心照料,才使得可乐拥有好的身体素质。它的坚强帮助它挺过了这一关,往后的日子,我想我再也不能失去它。

愿所有宠物都能被善待,在爱中成长。

封秀

女，西北大学文学院2013级创意写作班学生。喜欢看书，喜欢非虚构性写作，喜欢刺激类游乐项目，喜欢烧脑悬疑类电影，喜欢突发奇想的决定，喜欢没有计划的旅行，喜欢无拘无束，喜欢自由，喜欢狗，也喜欢猫，是一只冲动的"白羊"。

茶叶

我本来是不爱喝茶的，印象中茶一直是苦的、涩的，而且是老年人的专属。所以，很长一段时间我对茶都是敬而远之的。

不仅我不爱喝茶，家里人也没有特别爱喝茶的，只有来客人时会泡一两杯。家里放着许多别人的茶，也包括茶具，但是一直都束之高阁，因为没人用，也没人有兴趣用。

后来，妈妈的身体出现了轻微的"三高"，开始喝起了菊花、苦荞等降血脂的茶，而我每次遇到降血压、血脂的茶类也开始有意识地买一些带回家，像昆仑雪菊、决明子等。妈妈可能是为了让我们放宽心吧，总是笑着说："比白开水好喝。"

我自身体质属于爱上火类型的，从小嘴角就三天两头起水泡，那会听说茶叶下火，我记得很清楚当时连着喝了两天的碧螺春，结果却是上火越来越严重，水泡越来越多。从那以后我再也不相信茶叶下火，甚至觉得它是上火的，尤其是碧螺春，反正到现在我都再没喝过一口碧螺春！

改变我对茶叶的看法还是因为减肥，不知道哪里看到说喝普洱可以减肥，于是减肥心切的我当机立断就买了，基本不喝茶的我就此走上了茶叶之路。怎么说呢，普洱说好喝也不怎么好喝，说不好喝吧也没多难喝，我是奔着它的减肥功能去的，只是肥貌似没怎么减下来，倒让我习惯了喝茶。

前两年爸爸和妈妈从云南带回来好多茶叶，我当时随便挑了一盒茉莉花茶去学校。其实，我纯粹是为了盒子而顺便带了茶的，盒子很雅致，可以当个小的储物盒。里面一共有四袋茶，我给了一个很爱喝茶的朋友一袋，现在想起都后悔到心痛。

还记得刚撕开茶叶封口的时候我就有些微醉，淡淡的清香，像夏日午后的一场彩虹雨，从心底透着干净和美好。没事时我总是忍不住就着袋口闻，似乎闻一下心情就能好一整天。

茶泡好后香味仍然在，每次喝的时候都有些陶醉，喝完后杯子都会带有淡淡的清香，我很喜欢这个味道。就这样，剩下的三袋不知不觉就快喝完了，再剩一点的时候我活生生地给压制住了，没舍得再喝，没事的时候就打开袋口闻一闻，也是一种美妙的享受。

我还侥幸地问了一下那个爱喝茶的朋友，看她有没有喝我给她的那包茶，当时还想着如果没喝的话就厚着脸皮要回去，结果当然是喝掉了，她还问我在哪买的，特别好喝，她还想买。心里有些开心，又有些难过。

现在我每次回家就会翻箱倒柜地找有没有新送的好点的茶叶，只要一找到，我就跟发现宝藏似的两眼放光。

从没有想过对茶无感的我会喜欢上喝茶，因为我是个比较固执的人，轻易不会改变自己的想法，只是我忽略了一个重要的因素，那就是尝试。当然这个"尝试"不会是无缘无故忽然想尝试一下曾经不认可的事物，而是需要一个小小的契机，比如我尝试喝茶一开始的契机就是减肥。其实生活中很多事情都一样，所有的不可能到可能中间都有一个契机，只要这个契机出现，那么一切就水到渠成了。

黄馨平

女,西北大学汉语言文学专业。"虚构小说与散文给予我体察自我的灵性目光,同时持续推动并鼓励我深入生活内部,尝试新鲜的事物,理解更加复杂的人性。这是一条漫长而艰辛的路,需要不断自我更新和无数次试错,却是我愿意为之付出最多时间与精力去探索并完成的一件事情。而文学是我知识意义上的'家',我可以从这里出发去冒险,去做任何我想做的事情,而后归来,沉淀,反思,总结,然后再次出发。耐心和恒心,探索与坚持,是我写作之路上的关键词。"

六月的葬礼

2013年,我18岁,一个不必为自己的错误承担多少的年纪。

虽然高考结束后经常做的梦里依旧画满刺目的鲜红分数。但当醒来之后却清醒地意识到那只是个梦而已,于是捂着嘴不让自己满意地笑出来。

我终于能够迎着自己渴望的自由时代狂奔而去。但是生活和现实没有任何义务——也不必因为我渴望快乐而"必须去发生有趣的事情",幸福的到来远比我想象的要困难许多。我认为幸福在接近的时候,不过是没心没肺地走在大街上,幸灾乐祸地看着那些顶着烈日还要工作的人们,偷偷享受只有我一个人的甜美夏日。但我不知道这种轻快愉悦生活只是那些困顿和悲伤暂时离席而已,它们躲到了暗处去低吟浅唱,我听不见,只知道自己很快乐,没心没肺的快乐。

而在我最快乐的时候,高考成绩让我意识到某种只属于年轻时代的破灭,我所一直期待的"生活在别处",还有其他洒过香水,只有少女灵魂里才会出现的渺小念头像是被夏日的疾风骤雨瞬间扫落的可怜花朵。

没过多久,我的太奶奶也去世了,在一年里最应该酣畅淋漓的美好季节。

我和太奶奶并没有长时间在一起生活过,但每年春节必然会见到她。太奶奶总是塞给我各种各样的东西,从灯笼到红包,一样都不落下。小的时候因为惧怕与不熟悉的亲人在一起,他们含混的口音和浑浊的目光总让我不知所措,也总觉得那种"喜欢小孩子"的笑容十分陌生和狰狞,因而我总是远远地躲开他们。每当太奶奶抓住我的手,我都会本能地往后退缩,想要把手抽出来。但年龄大了之后就会觉得太奶奶像个孩子一样可爱,有时候还特别清醒地问我成绩和目标,叮嘱我要和同学好好相处,让人哭笑不得。她永远都是那么亲热,对我,那么亲热,似乎要将一年之中积攒的所有美好都在那个时刻塞进我的口袋里。我在很多年之后终于学会安静地坐在她身边,听着她越发含混不清地说话,然后尝试着耐心去回答。但在她去世之前,我所知道的不过是太奶奶病了很久,家人都急得发疯,因为行动不便,做医生的小姨经常在下班之后或者周末,开车穿过大半个城市专程过来给太奶奶输液,之后再一身疲惫地回去。但我所做的却不过是偶尔去探望她而已,甚至以功课繁忙为理由将为数不多的见面机会也加以推拒。为此,至今我依旧无比愧疚和遗憾,这是永远也摆脱不了的愧疚和遗憾。

回到县城里,车刚刚在门外停好,哭声已经清晰地从门内传来。我抬头,正当日中,天空白得炽烈,盯着看一会儿,泪水就会不知不觉流下来。

推开门,走进院子,一方冰棺赫然立在院子中央,雪白的颜色和日光一样刺目。看到太奶奶躺在那里,母亲的泪水瞬间夺眶而出,这里曾经是她童年的城堡,而那个躺下的老人,是她对这个世界最初的爱。而我一直皱着眉头,没有哭,或者说我没有资格哭。我从来没有好好对待过她,像一个曾孙女一样,甚至在她病重的时候我都没有陪在她床边。此刻太奶奶的脸皱成一枚棕色的风干核桃,脸上粗粗细细的纹路里记录着所有斑驳的往昔,在外部不断搅扰的吵闹与哭喊声里,本来单薄瘦弱的她此时显得更加无助,只能蜷缩成一团。太奶奶16岁时入了这个家门,从此之后的半个多世纪里,跋涉过战火和风雨飘摇的年代,她一手将孩子抚养长大。她的勤劳让整个家庭的生活都有了从容的底色,厨房窗台上种着青绿的蒜苗，还有后院的一颗冬枣树，在她的照料之下每年冬天会结满新年的果实，随便一摇，就哗啦啦地落下来，满满一地。花坛里那一颗樱花树，四月粉白的蒲团初绽在暮春的晴朗天空之下。如果是初春，那么丰郁的金黄色的小花会就爬满整个墙壁，所以我们家的蝴蝶来得最早——这些都是太奶奶留下的生命痕迹，她的影子温柔地隐匿在花和树之间。

我努力地站着，意态漠然，目光掠过花和树，落在绿丛之间的早已不是喜鹊。但是它们曾经来过，我记得。在小时候太爷爷过寿的宴会上，不知道是讨巧的客人出的主意还是喜鹊们真的嗅到漫天的喜气，我记得，它们落满了整棵树。

而如今，我却成了一个陌生的孩子，单薄的悼念像是来自客人而非亲人。我在客人式的思维中迅速检索着一切关于她的信息，可怜也只有一些看似平淡无奇的细节，以及从与母亲的闲聊里偶然知道的太奶奶是一个怎样有趣且善良，永远都在为别人担心的老太太。当然，我的母亲现在也是如此。小时候太奶奶总会毫不留情地责骂她贪玩的孙女们，我的母亲和小姨，孩子们在她的爱与严苛之下拥有一个无与伦比的美妙童年——在小县城的街头巷尾和其他孩子们没日没夜地游荡和玩耍，嘴里咬着糖葫芦身上挂着皮筋，谁家一开门就疯疯癫癫地冲进去。但是如果玩上一整天，到了晚上都不见人，自然是要挨打的。不好好读书，不按时起床上学，考试成绩不好也照样要挨打。可是在一个所有孩子都疯疯癫癫的纯真年代里，打完了哭完了拍屁股走人就是，孩子们的心被快乐和善良完整地保护着。太奶奶相当和善，邻居们经常到家里来串门聊天，她喜欢小孩子，小孩子们当然也喜欢她，邻居家的老太太过来串门更是常有的事情，她们摇着蒲扇，坐在青草与麦田气味的晚风里，那些夏夜里的家长里短，如今就像童年之梦的呓语，再不复返。

我的母亲，在谈起这些事情时，总是满面笑容。

我听到周围有人在喊我的名字，让我跪下，于是我就跪下，我没有什么话好说，也没有泪水可以流。

这葬礼将我从对生活的怠慢里重重击出，纵然在"活着"的状态中待了十多年，也未能明白"活着"到底是怎样的滋味，当"死"突然在"生"的背后耸立起一栋黑色高墙，那意义便瞬间明了地呈现在眼前。年少的心总有些轻狂，曾经认为死不过是另一种美，一种我们的低矮鄙陋的心无法触及的美，或者是一扇门，一扇随时为我敞开的温柔大门，只有它不会抛弃我，死神会在任何我想要的时候来到我身旁拥抱亲吻我。如果无法实现梦想，就理所当然纵容自己去颓废和玩世不恭，或者直接在某个深夜像开个玩笑一样敲开那扇门。于是我拼了命向前跑，表面上是承担着家人与朋友们的希冀，可我永远担心的都是自己，担心自己书读得不够回答不上来别人的问题，担心自己浅薄，担心自己不够关心别人，担心所有自己得不到的东西。我必须做到，做到最好，一点点瑕疵都不容许，否则只能一无是处。然而就在这一黑一白的极端里，不知道我失去了多少生活。年轻的我嗅不到开满山野的鲜花，看不到席卷城市的万里阳光，听不到深夜电台里的缠绵情歌，即使是巴山夜雨，青灯黄卷——感受美的能力被追求虚荣的阔步奔跑践踏，这是多可怕的事情。

　　面前的黑色丧钟一次又一次敲响，钝重的钟声腾起灰尘，它们飘进我冷漠的眼睛里，拯救了不会流泪的我。我一直跪着，手里握着鲜花，却不敢上前去将它们放在太奶奶手里，我怕听到她无奈地质问："为什么在我活着的时候没有见到过小孩子们送的花呢。"

　　十一岁的妹妹在旁边哭得很伤心，我问她："你哭什么。"她说："你不哭吗？"我只能承认她比我要亲近太奶奶得多。

　　我自私，我冷漠，我没有礼貌，我的眼睛里只有自己。我因为自己的悲伤而悲伤，因为自己的快乐而快乐，我永远在做着一个不懂事的孩子做的事情，还口口声声地责怪父母不将我视若平等的存在。一次又一次，我因为自己事情将他们搞得焦头烂额。而现在站在这葬礼之中，我仍旧一滴泪不流，会有人来嘲笑和指责我吗？只是我在嘲笑和指责自己，我任性，缺乏一种宽厚博大的理解力和同情感，血脉相延的力量使我来到这里，来到太奶奶身边注视着她最终疲倦的模样。是的，在她意识模糊的时候曾经念着我的名字，那是我的名字，可我却什么都没听到。长期浸润在无趣的教育里，热爱着所谓的高雅文化，不够敏感的生活方式早已钝化了能够热烈表达自我的能力，并且缺乏爱的培养和对家庭事务的耐心，也从未担当过现实的重量和压力。比起逝去的人，我更像是一个游荡的孤魂。

　　我跪着，直到远方的夕阳被乌云吞噬，直到冰冷的自己被愧疚融化。

巨大的白灯笼被挂上房檐,在晚风中亮起幽幽的火光。按照县城里的习俗,在出殡之前亲人们要争前恐后地往死者身上盖被子。于是前来吊唁的亲人们将一个棺材围得严严实实,我理应站在最前面,可事实上我却没办法挤进人群。连踮起脚都看不到里面是怎样的一番情景,只听见震天的哭声又响起来了。于是我皱着眉头一脚踩上了旁边的凳子,只看到他们用力地将被子往太奶奶身上盖过去,五颜六色的被子一定胜过棺木的苍白,但是我却抑制不住想要阻止他们的冲动。我一直抱着被子,等人群都散去之后,她的脸早已被挡得严严实实,除了被子,什么都看不见。

我手足无措地站在棺材的旁边,如果再盖上去,那么棺材的盖子就盖不上了,可我应该把被子盖上去,但这样太奶奶就没办法呼吸了。

"过来吃饭吧。"母亲站在灵堂门口,看我笨拙的样子,无可奈何地说道:"一会儿你跟着出殡去吧。"

"好吧。"我慢吞吞地走了出去,回头望了一眼灵堂,被子还抱在怀里。

就在这时,积聚的雨水终于挣脱浓郁乌云的束缚,雨滴似乎也迫不及待地要向这场葬礼致意,互相推着挤着,在落下来之前早就变成了一大片寒冷的水,和沁透冰凉的风一起将初夏夜之梦打碎。我望着后院的枣树,它一个人孤零零地站在那里,身上也缠着麻布和白花,雨水从它的枝叶上滴下来,一瞬间就被干燥枯黄的泥土吸了进去。

乌云密布的天空中没有一颗星星,出殡的队伍在黄昏的大雨中向墓地走去。

人们又开始哭。

到了墓地,那里早已忙成一团,有我不认识的长辈在来来回回地奔忙,有我不认识的客人在谈笑和聊天。纸钱和花圈用巨大的卡车拉过来,然后被吞没在冲天的火舌里,金黄光芒在风雨中摇曳不灭。有一朵纸花被大风吹了起来,高高地扬起在空中。在鞭炮声响起的时候,我远远地跪在所有人之后,唢呐人吹奏的丧曲沉重地盘旋在人群之上。

深蓝的夜空,雪白的花,虎斑橘色的大火,雨水将一切洗得干干净净,像冬天的夜晚一样干净。我想太奶奶在这样的澄澈里,应该很快要离开了。但任何一个逝者都不是突然离开的,也不可能突然离开,逝者生活痕迹,所在之处和熟识的人都会被深深烙上他们独有的印记。在很长的一段时间里,人们都会在不同的场景里面对不同的事物时突然想起他们。而时间是一块巨大的板,它会压过去,毫不留情地压过去,而后一切又是平的,滑的了。没有哪一种经历是不可遗忘和逾越的,甚至它们会被磨灭得改变,随着时间的流逝,一切都会变化。回忆远没有我们自诩的那样真实,某种程度上来说,客观发生的事情都会在回忆之中变得主观起来,我们完全可以做到自己篡改自己,然后选择性记忆。在葬礼上的痛哭和哀悼只是一个开始,而后那种怀念和想起会越来越少直到最后消失。逝者是慢慢地,慢慢地转过身去,最终消失在所有人的记忆里。

跪在旁边的妹妹盯着一直皱着眉头的我,可能从来没有见我如此沉默过,于是她从口袋里悄悄掏出来一颗糖递给我。我面无表情,低头剥开糖纸,突然觉得熟悉,这种古老的糖也只有太奶奶家里还有。在很小的时候,我因为羞怯而拒绝认识她,而她将一把这样的糖塞进我手里,但戾气冲天的我倒是板着脸一声不吭地扭身就跑。她一个人坐在客厅里,我从门后探出脑袋盯着她陷在沙发里的瘦小背影,窗外是阴郁的冬日,屋里漆黑一片,黄昏的天空紫灰。阳台上,一颗海芋树沉沉地垂着头,雪没有下。她一个人坐在那里,似乎在回忆着什么,一个人面对着现存和过去的所有孤独。我犹豫了一下,跑过去坐在她身边。她看了看我,没有说话,突然冰凉地握住我的手。好像在那一瞬间,我莫名其妙地懂得了她,她也稀里糊涂地明白了我。老人和小孩,有时候是一回事。

唢呐声突然停了,我被妹妹从地上拉起来,慢慢地往回走,哭声又变得零零落落,葬礼的第一天结束了。第二天从一个通透明朗的清晨开始,因为前一晚下过了雨,漫山遍野植物柔和的香气氤氲在泥土之上,蝴蝶飞过黛青山岭开出了花。

按旧的传统,我们再次来到墓地,跪在潮湿的青草上,双膝冰凉。这里是朔方黄土高原的角落一隅,没有了唢呐,只听到一个苍凉的声音在久久地唱着,那辽阔的声音像鹰一样盘旋在阴鸷的葬礼上空。而这一次是在白天,没法逃避,所有人脸上的泪水都能看得清楚,我们穿着黑色和白色,一切都格外清晰和肃穆。客人们来了又走,我已经不记得和多少人打过招呼。在他们痛哭结束后,又要回到原来正常的情绪状态,为了不难过还要扯一些完全不相干的家长里短。甚至一些多年没有见面的老朋友居然在我们家的这场葬礼上碰了头,我们的院子变成了一个岛屿,一个相聚和离散的岛屿,一个生命和死亡的岛屿。

　　第三天晨曦中的太阳比以往都要明亮,我们到了墓地再次祭拜之后就要把白花摘下来,换成红色的绸带。在火光吞没了所有白色的东西,再一次窜到半空之后,葬礼就结束了,客人也都陆续离开。我疲倦地走在回去的路上,心里仍是愧疚与自责。再也没有人要求我去痛哭流涕了,但是我很疲惫,我想回家,我要回家了。

　　一回去我就开始迫不及待地收拾东西,整理停当走出去想要呼吸一点点新鲜的空气,这几天除了从墓地回来以后站在门口的梧桐树下休息了一会儿,就没有再出去过。推开沉重巨大的木门,六月黄昏的风沁了雨水的冰静从白鹿原之上流逸进暗黄琥珀的天空里,落下来之后细细地吹在我脸上,那是树叶和麦田的味道,是关中土地的味道。橘红夕阳在卷曲飘浮的云朵之后发亮,紫罗兰晚霞一如展开的绮丽花瓣,我看见墨绿的巨大树木和流连天际的飞鸟影子,可那一声一声落寞的孤鸣却来自我的心里。我长久地凝望着这一切,感觉自己在这一片淡静的风景里缓慢消弭,我没有理由离开这里,可以在这一片琥珀天空之下永远地凝望下去,没有人会来打扰我,我心甘情愿溺毙在这清凉的海底。这种时刻对我来说是不可骤得的万分辉煌,是自由,是在春天苏醒的时候身体里突然钻进了一头活泼的熊,它带着我向浓绿的山坡狂奔而去。每个人都会经历这种时刻,而这种时刻往往非常渺小和短暂,甚至立刻就会被忘记。比如在跑步的时候耳边划过呼啸的风声,就这样一直一直跑着,突然一切都寂静了下来,忘记了疲倦,忘记了紧绷的肌肉和汗水,人群喧嚣的声音和终点线都消失了,就可以这样永远跑下去,一直跑到世界尽头,然后再转过身来看着微茫的世间。比如在盛夏的夜晚爬上山坡,躺在绵软的绿草毯子上,面对一整片星光的海域,指着闪动的星座与月亮,猜测这宇宙的背后是否还有另一个平行的宇宙,在脑海中描绘着北极星的模样,躺着的视线自然宽阔,于是某一瞬间就如同睡在浩渺的宇宙之中,把什么都忘记。

　　我和我自己永远在一起,我是多么孤独,但我只是快乐,并且自由。不知道太奶奶此时此刻走到了哪里,但至少我们还望着同一片天空。如果我坚持像以前一样认为死亡就意味着绝对的自由,意味着回归混沌和虚无,那么就一点儿也不会难过。可是我却忘记了,我永远热爱生命。

我听到院子里有人在叫我过去一起吃西瓜,听起来那一定是很甜很甜的西瓜,夏天突然又回来了。

我推开门,看到叔叔阿姨们在打扫院子,一切好像恢复了往日的秩序和平静,还有时不时轻松的笑声。妹妹一如既往地不听话,还爬上了树,怎么叫都不下来。而太爷爷一个人躺在门口的摇椅上,摇椅的扶手被磨得发亮,他孤零零地坐着,木然地注视着这一切,像个被遗弃的孩子。现在彻底没有人来理解他了,我们能做的只有照顾他的日常起居而已。我转身走过去,蹲在他身边,不知道该说什么,九十多岁的老人,听觉和光感几乎都要失敏,一句话要好半天他才能听明白,叮嘱他不要打开房间窗户因为晚上太冷,但他从来都不会记得,有时候确实很让人担心还会被责怪。几天来过度的悲伤让他满脸都是疲倦和抑郁,眼睛微微眯着不知道是醒着还是睡着了。我想就这样,静静地陪他一会儿,然后就要回家了。但太爷爷知道我在身边,突然抓住我的手,费力地睁大眼睛看着我:"你们什么时候再回来?"

我一愣:"下周吧。"说是下周,事实上我并不知道什么时候能再回来,不过还有其他的长辈会留在这里陪着太爷爷,可太爷爷依旧会陷入永远的孤独里。"一定要回来啊。"太爷爷像一个知道自己将要被抛弃却无能为力的孩子,我听到了他的哭声,一个九十岁老人的哭声,我知道自己绝对无法承受这样的悲伤。

我紧紧地握住他的手:"太爷爷你好好的……你……好好的……嗯……"不知道还有什么话可以说,不知道。太爷爷看着我,缓慢地笑了:"走了,都走了。"声音很小,那悲哀穿透了我的身体。

我转过头去,用手背擦去突然漫上来的眼泪,这次没有人要求我痛哭流涕。太爷爷拄着拐杖,摇摇晃晃,一定要送我们出门。我们一直挥手,却一直没有办法说再见。车子从炙热的风中呼啸而过,窗外的风景变成一片模糊光影。我很累,几乎要昏睡过去,于是我闭上眼睛,向着那些渐渐退隐的过去,道一句无声的,再见。

颉弋萌

女,西北大学文学院2013级创意写作班学生。

家里的剩饭

你说没营养,反正我就是喜欢吃。

我不能说我妈懒,她会打我。我妈只是偶尔做饭困难,比如遇到大雨天,她不想出去买菜。比如阴天,她不想动手洗菜。比如晴天,她不想切菜炒菜完成一整套做饭的流程。这个时候,她就会拿出一项必杀绝技,做剩饭。

做剩饭是有条件限制的。首先,家里要有剩饭。其次,我妈愿意动一动脑筋,抬一抬素手,挥一挥衣袖把剩饭变好味。一般来说,剩饭都是上一顿大菜的存货。例如过年时候,或请客,或赴宴,吃个十凉八热,那吃不完的、点富余的盘中好菜就可带回家去。又例如家里动辄来了贵客,为盛情款待,母上大人特意多做些红烧排骨、清蒸鱼之类的家常大菜——平日里吃一个,家里来人,就能吃上三四个这样的菜——虽说每次都吃不完,但作为礼节,菜还是宜多不宜少。客人把各个菜尝了一遍,欢欢喜喜走了,留下的菜就成了剩饭,留给我妈施展化朽为奇天赋的空间。这样看来,剩饭的材料无非两种,外来和自制。

外面带回来的菜多半是炒菜和小吃。汤菜不好带,凉菜带回来热,易变了味道。不过也有例外。最朴素的外带菜应该是白切鸡,一大只切成片状,在精致的盘子中央摆成没被刀割的样子,大家一块一块夹着,蘸辣酱和调料吃。饭毕,我妈把盘中零乱的鸡肉块带回家。次日再吃,酱油料酒蜂蜜,按她心里的谱子加到锅里,大火烤着,香气伴着水分一起飘出来,锅子里的汁稠了,热着滚着浓香扑鼻。白白的鸡肉一块一块放进锅里煎热挂上汁,变成甜的酱香的颜色。

小吃再造的做法很多,因材料而异。我妈最喜欢的是把寿司带回家里,通体浸裹一层蛋液,放进锅里煎成金黄。再尝,就完全颠覆了之前蔬菜和米混合在口里的感觉。软热的煎寿司与冰凉的寿司卷相较,对我而言,高下立判。

　　我天性带嗜鱼基因。每次回家,我妈总是张罗清蒸鱼。葱姜腌过的鱼肉,加了料酒去腥提鲜,大火蒸透,淋上酱油料汁。葱丝姜丝撒上去的时候,香气就催得我心跳开始快了。鱼肉鲜美,偶尔剩下,也不很多。我妈把余下的鱼肉分成段,汁水控干。蒜与花椒,醋与白糖盛大地铺陈在锅底,融合成酸甜跳动的口味。鱼段下锅,再出锅时,宛获新生。

　　我不喜欢葱姜蒜。一则辛辣刺激,肠胃难忍;二则认为它们是调味品,不能吃的。这么点矫情的毛病,被我妈一张冷漠脸治好。关于青椒炒肉、蒜薹炒肉系列的绿色蔬菜炒肉之剩饭重造,我妈会将葱姜蒜的位置从食物界边缘拉回到舞台中央。大蒜与胡萝卜切成丁,先去锅里热了,葱段姜片爆出香味儿,青椒炒肉挤进去。加上熟米饭翻炒均匀,肉香菜香饭香浑然天成。撒一把孜然胡椒,有烧烤的味儿。这应该是我为数不多,心甘情愿地把调味品也吃下去的机会。

　　除了剩下的菜,平时吃不完的主食,也可用来做剩饭。米饭不用说。油热了,两个鸡蛋拌匀下锅,热闹的蛋香哗啦啦腾起来,再随便加些蔬菜火腿老干妈,与米饭炒食,都是美味。饺子可做煎饺。饺子皮烤熟了,可做韭菜鸡蛋的小馅饼。面条可以炒,也可以凉拌。酱油耗油,白糖香葱,可以把面条的口感推到味觉的巅峰,而辣椒和芝麻酱又是另一重口味了。

　　听说,放过夜的食物确是不好。再加热,好像会导致一些成分性质的改变。追求养生健康的年代,科普的知识没少看。可是家里的剩饭吃了好多年,从不觉得吃不好,不好吃。在家的时候吃不烦,不在家更吃不到了。倒是我妈,这两年多读了些朋友圈的文章,偶尔我回家,怎么也不肯做剩饭给大家吃了。健康些也好。就是好多美味,如人生交汇一样,今生难再见了。

李嘉曦

女,1995年生,陕西西安人,西北大学文学院2013级创意写作班学生。喜欢用文字捕捉生命中不经意的感动,也喜欢让脑袋里的奇思妙想得以实现。坚信所经历的一切都会变成有趣的回忆,要更快地成长,要一直高能地活下去。

苏杭

我想写写杭州,那时候,听说西湖边有家餐厅卖的是杭州的名菜,于是就在那里吃了顿午饭,顺便过了十八岁的生日。之前去过大大小小的地方,不少。但高考完这是第一次出门,远门。于是我便赋予它第一次旅行的桂冠。

杭州是个好地方。除了养我的那方土地,也只有杭州能让我这样没什么水平但却很诚恳地称赞了。我听人抒发过爱北京、爱上海、爱家乡、爱丽江……但当一个城市卸掉一线城市、家乡情愫和跟风文艺等光环和标签的时候,就单纯地被人爱上,那种感觉,就好像初中时候谈的恋爱。

我爱上杭州,是在不知不觉中。我是坐火车到的杭州,一下火车,一股七月南方潮湿温热的气息就迎了上来。一个北方人对这种潮热是不太喜欢的,觉得所有的毛孔都被这股热流吹得张开了,汗出来黏黏糊糊,擦也擦不干净,就好像意识里的南方人那样,磨磨叽叽,腔调却高亢尖锐,弄得人满是燥热,不痛快。

不过从火车站到住宿的地方很方便,地铁站和火车站连通着,订的酒店在西湖大道,上地铁没几站就到了,下了地铁也就十分钟的脚程。

到的时候已经天黑了,但还是出于兴奋,放了行李,出门去转了转。路灯开得昏黄,走了两步,也就那样,看不出这座城的高矮胖瘦,于是就没什么兴趣了,路上人也不多,想凑合着路灯看看南方姑娘,却也怕姑娘打量。

  第二天天一亮,就拉开窗帘,本是觉得昨天已经大致看过这周遭是个什么光景了,只是想看看阳光的,谁知扯开那帘子,我却不由得惊叹了一句。硕大的落地玻璃窗,透光度竟然如此的好,一尘不染,第一次站在窗户前感觉到一丝的害羞。

  从这窗户看出去,感觉是幅被调过滤镜的画面。对面是栋欧式的建筑,看屋顶,像教堂,浅褐色砖瓦有序地贴在墙上,深褐色的包边上面有着简单却精细的雕花,还有一口硕大的钟表挂在屋顶中央,简单的表盘穆然却不失华贵。仔细看看,是个银行,于是你便能看到一圈雕花纹路的铁栅栏包围着这栋建筑,周边一圈是人行道,隔一段距离就会有被雨花石点缀着的段落,路边整齐地排列着修剪过的梧桐,那梧桐叶子绿得发翠,没什么风,看着规规整整,却有着别样的错落。柏油路黑得像刚刚铺上的,街道上还是人不多,顺着柏油路向远处望去,你会发现地上的每一处阴影大都整整齐齐,或许是太阳在正午的原因,总之阴凉的地方和太阳底下似乎是一刀切开的,并且除了满眼青葱翠绿,就只能看到白得耀眼的斑马线。

  我换了衣服就往旁边的西湖跑。西湖是不收门票的,就好像一个公园。我其实对山川美景的兴趣不是很大,我只是想看看苏先生当年虽被贬黜又是在这里怎样快意潇洒的;想看看苏小小的"风为裳,水为佩";看看走过油壁车,青骢马的西泠桥;至于许仙白娘子的断桥,我倒是没打算以这盛夏酷暑为背景在脑海里编织那个凄美的旷世恋情,毕竟人家两人相见撑的不是太阳伞。

  转了一圈,很快就下午了。西湖不小,就是游客太多。不过我倒也是可以想象苏先生当年一人霸占西湖的逍遥,只是酷暑难耐,苏小小那份香风轻透凤钗头差了不少的味道。

  从下午到晚上,我一直在西湖周围闲逛,很久没这么惬意过了,天色暗淡下来,这时候人才有心情去抒情,去感慨,于是,便是应了余秋雨先生的《西湖梦》:"与这种黯淡相对照,野泼泼的,另一种人格结构也调皮地挤在西湖岸边凑热闹。"想必这时候才能去体味"莺莺燕燕分飞后,粉淡梨花瘦"的情愫。

李琳

笔名庆长,女,1995年生,陕西咸阳人,西北大学文学院2013级创意写作班学生。或几行小诗、或几句随笔、或煞费苦心的短篇小说。其写作风格亦不少,或情真意切、或铿锵有力、或语无伦次、或平淡如水。渴望通过文字认识自己。

枣树

正对屋子的对面有两棵树,一颗是枣树,还有一颗也是枣树。两棵枣树上争先恐后地都结满了密密麻麻的枣,地上也铺了一层。

在枣树与屋子之间有一段距离,还隔了半扇墙。枣树与屋子之间,是墙的一个缺口,像是被当作开放的门来使用的。在西南墙角处拴着一头老黄牛,眼睛耷拉着,看起来疲惫不堪,像是得了什么怪病。因为房间坐北朝南,院门在屋子的正对面,所以牛与枣树之间是相互看不见的。

不过在牛北边正对面的西北角,一东一西伫立着两颗白杨树,树上绑了麻绳,最低处平绑着一个木板,做成了一个简易的秋千,但是看起来像是不会有孩子去玩耍的样子。秋风习习,这两棵杨树,一间屋子,一头牛,一堵不完整的强,和墙外面的两棵枣树,它们静默相对,一言不发。直到一个头发花白的老人佝偻着身子走出来,坐在门槛上,正对着两棵枣树,叹息一声说道:枣看着就要落光了,阿芳不知道啥时候才回来。

李璐

女,1995年生,陕西商洛人,西北大学文学院2013级创意写作班学生。个性内敛,自由随性。想变成窗外的寒风,时而沉静,时而疯狂,时而低调,时而张扬,桀骜不驯闯世界,自由洒脱活一生。擅长观察揣摩身边的人事物,想通过文字,将自己对生活的点滴感悟,将炙热的生命动力,传递给每一个你。

朋友圈里的孤独

2013年6月,高考结束,我走出考场,拿出手机下载了微信,加了几个好友,发了第一条朋友圈。

从此我变成了微信不知道第多少亿个用户。

"可以加一下你的微信吗"

入校第一天,加了舍友们的微信,建了"SixGod"宿舍六人群。

入校第六天,军训开始,慢慢加了班里其他同学的微信,建了"中文一班"群。

入校第二十五天,加入学生会,微信好友从文学院范围扩展到了其他院甚至其他学校……

越来越多的好友,越来越多的聊天群。

"收到请回复"

2013年9月来到"西大",发现身边的朋友基本都用微信交流,默默为自己的"机智"点了个赞。

第一次社团部门例会,A君没来。社长很生气,后果很严重。一番电话催促之后,A君气喘喘地跑来。

"为什么不来开会？没看到微信群里发的消息吗？"社长严肃脸。

"我……还没有微信。"A君委屈脸,麻溜儿下载安装注册登录加入群聊。

第二次社团部门例会,A君又没来。社长很生气,后果很严重。
一番电话催促之后,A君气喘喘地跑来。
"为什么不来开会？没看到微信群里发的消息吗？"社长严肃脸。
"我……我在上课没注意到消息。"A君委屈脸,麻溜儿置顶群聊。
自此,A君上课、走路、吃饭都低着头,时不时查阅一下微信消息。

"今晚九点3362教室开例会,收到请回复。"
A君激动,这次终于赶上了！低头戳戳手机——"收到"！

"在吗"

昨晚有急事求助朋友(不是没带厕纸……),然而手机电量仅剩3%,那就打一个连环夺命call给他。打开通讯录竟然发现,天呐,没有他的号码！只好发微信——
"在吗?！急！"
一句话刚发出去几分钟,还没等到回复,手机耗尽电量关机了。
留下我在9℃的秋风中石化。

"她看起来好幸福"

朋友圈里有一位朋友,一次聚会上认识的,见过几面。她还没毕业,然而生活确实异常丰富多彩——
"真是的,才来两天就晒伤了。大川非要我躺在伞下休息,不能下水伐开心嘤嘤嘤。"定位,马尔代夫。配图,阳光、长腿、沙滩、自拍以及男朋友的背影。
"健身打卡第五天,早餐是自己做的。私教今天夸我马甲线更明显了,要继续加油哦。"定位,Freemiu健身生活馆。配图,营养早餐、和私教的自拍。

诸如此类，数不胜数。

B小姐感慨，"她的生活好幸福啊，每天吃喝玩乐，连工作都不用找。本来还觉得自己生活得可以，但跟别人一比，就显得特别狼狈，想着以后的生活，总想不能过得比别人差，真想画个小圈圈，把自己关在里面纠结死。"

D君不屑，"你一定不知道，她和一个挺有钱的房地产老板在一起。据说那个老板喝醉就打她，平时她出门都派人盯着……"

B小姐咂舌。

"你是不是有毒"

D君刚毕业不久，签了工作，成为一枚小职员。

前段时间一起吃饭时，他隔几分钟就拿起手机刷刷朋友圈，然后立马点赞。

我很心塞，"你是不是有毒？能不能好好吃饭？"

D君无奈一笑，"我在给同事和老板点赞评论。刚进公司，还不得跟人家联络一下感情，刷刷存在感。"

"关他们屁事"

好朋友C小姐，肤白貌美，有点可爱的婴儿肥，喜欢发朋友圈，今天吃了火锅，明天喝了咖啡……被我们笑称为"胖友圈一霸"。

但已经半个月，都不见她在朋友圈刷屏。

打电话听她吐槽——

"我发张自拍，他们评论说，脸好圆。"

"发张吃火锅的照片，他们说，都这么胖了还吃……我哪里胖了！明明只是有点婴儿肥。"

"然后我一咬牙坚持节食一个月，每天都差点饿瘫痪，终于脸上的肉掉了一些，开心地发张照片，他们说，美图秀秀用得真好，甚至有人说整容脸。"

"还有我们单位那几个领导，看了我朋友圈竟然说我不思工作。"

"我只不过是想记录一下自己的生活，关他们屁事！"

"人们常常会低估别人的苦难,高估别人的幸福"

原本私密的朋友圈,渐渐被不熟悉的人占满,各种"晒"幸福"晒"美食"晒"旅游"晒"情侣,让朋友圈变成了攀比的平台,抒发一下情绪也不知道是你的朋友先看到还是"仇人"先看到。

当滑动手机屏幕刷开朋友圈,不由得会琢磨,为什么自己的生活一团糟,困难又令人失望,而他们,为什么那么美好那么幸福。

在流行的沟通模式中,人们往往被鼓励展现生活的积极面,宁愿,或者屈从于压力,在圈里发布好的消息、幸福的照片、耀眼的人生里程碑,比的是全世界谁最美好。

唯独负能量,只能一口自来水独自饮尽。

我们经常通过别人的外在,来判断他们的内在,以为看到了全部。而阳光之下,或多或少,人们都在进行表演,往往美好而幸福;阴影之中,不为人所见的,才是真实,往往丑陋而不堪。

这也是后来我渐渐脱离朋友圈的原因。

入校第一千一百五十六天,微信群聊数量近百,好友人数也从最初的几人翻了几百倍。而我,却得了经常不回微信消息的怪病。

如果想我,那就来见我,这比孤独的朋友圈,来得更真切。

刘贤佩

女,西北大学文学院2013级创意写作班学生。

读《艺术哲学》有感

《艺术哲学》一书主要讨论了艺术的本质、艺术的产生、艺术中的理想表达,和如何评定艺术品这几个方面的问题。然后以书中的原理,举例分析了意大利文艺复兴绘画、尼德兰时期绘画、希腊雕像等艺术的特色及产生发展的原因。

全书最为重要的两章,无疑是揭示原理的第一章和最后一章。而其中更吸引我的则是第一章的内容,即艺术的产生及其艺术的研究方法。因为正是有了这一章理论,才有了之后几章对其理解和分析的举例。

那么什么才是优秀的艺术品呢?其答案很简单,就是充分反映时代的艺术品。和艺术的产生相同,艺术家本身受到的当时艺术品、艺术家、及自身生活环境的影响本质上来说都是时代给予的影响,人是时代中的人,因为人本身不可脱离环境的特性,因为艺术又是人对现实生活的反映,所以艺术家的艺术品都是无法脱离时代的,而究竟谁的更优秀,那则与艺术家个人描绘呈现的素质和回应时代的切题性有关了。那么什么又是艺术呢,艺术又是如何产生的呢?对于这个至关重要的问题,书中采用了层层递进的描写方法。首先,定义"艺术是对现实的模仿",其次再上一个定义上追加条件"艺术是对现实的不完全模仿",之后又追加定义"艺术的目的在于模仿现实的主要特征",最后终于得出结论"艺术是模仿现实主要特征的艺术"。所以艺术毫无疑问是产生于与之相对应的现实之中的,但艺术并不仅仅局限于现实,在作者转化的过程中存在着加入作者感情时代期望的部分。如果把艺术比成是一面镜子,则它一定不是把现实原模原样照进来的普通平光镜,而是把现实世界部分夸张呈现的哈哈镜吧。但会产生什么样的艺术作品是和艺术家所处的环境密不可分的。这里,作者举了悲剧作品是如何产生的这样一个例子。1.悲观绝望占优势的精神状态;2.作者同样经历了时代痛苦;3.艺术家受到宗教影响,忧郁情感放大;4.悲伤年代的群众喜好。这四层相互震动,相互影响,所以就造就了悲剧时代的悲剧作品。所以无论如何,环境对作品的影响是巨大的,要研究一个艺术作品的产生,就必须了解它所处的时代。那个时代的环境、风俗、人民性格和生活方式都是对艺术品有至关重要的影响的。

古希腊人因为城邦之间总是相互打仗的关系,对于完美健壮的身体非常看重,所以才产生了那个时代大量的裸体雕像和我们所熟知的古希腊雅典运动会;而欧洲中世纪的社会黑暗阴沉气氛也造就了敏感,灰心,耽于幻想的社会性格和人民心理,从而使扭曲病态美的哥特艺术和神秘救世的宗教信仰大受欢迎;同理当然也可以解释为什么在17世纪完美主义者路易十四统治的法国连悲剧也那么完美,以及法国大革命后突然从封建思想中解放后的法国会出现怀疑主义等大胆且急于挑战权威的思想了。我们都知道,物质决定意识。所以同理,环境对于艺术的产生与繁荣也是至关重要的。

没错,环境不单是影响一种艺术的产生,更影响一种艺术的繁荣。下面为了论证这点,作者给我们举了两个例子:意大利文艺复兴时期的绘画作品和西欧启蒙运动时期的各国绘画作品。意大利时期的绘画是繁荣的,昌盛的,是山坡上最适宜种葡萄的阶段。这时的意大利,早已对教会的神学产生了怀疑且对于教会对人性的压制忍无可忍,所以,他们更追求对人性的探究,对生活的思索。可能因为是古罗马的直系后裔吧,意大利人非常善于享受生活而非仅仅把目标定位于活着。所以他们乐意于用书本古籍填满大脑,让自己变得文化优雅起来。而意大利又有其自身的条件性,他们到底还是生活在封建国家,人非平等,想要靠一己之力加官封爵是不可能的,所以要想过上好日子,用绘画去讨好君主和贵族则成了不错的一条路,有了社会环境的支持,使一种艺术繁荣起来则也不是什么难事了。

当然,有了正例则必然会有反例。我们都知道19世纪的法国相比同时期极度现实的英国,和一心研究本质的德国来说,可以说充满了浪漫主义气息,当然这一时期的法国艺术与其他国家相比也发展得要好。不过比起文艺复兴时期的意大利绘画,法国是远不能及的,原因很简单,人民都太"理智"了。19世纪社会已经进入文明时代,各种科学思潮的冲击下,人们耽于幻想的天性被击沉了,束缚了,画出来的东西也不免变得单调枯燥了。环境对于艺术是多么重要啊!尼德兰的绘画,希腊的雕塑,意大利的绘画,这些都是深受当代环境影响的产物。

而艺术的价值到底是什么呢?其实艺术即我们的理想,我们的理念世界,这里的一切都更清楚,更完美。评价艺术的好坏,也是有标准的。而检验这一标准的之一的,正是时间,越是经典的东西越是流传得久远,也正是这个道理。而为什么这些东西会成为经典呢?原因则就是之前说的,要反映当下环境的主要特征反映得最为深刻的那个。没有不受时代影响的艺术家,也没有不受时代影响的观众,无论你对这个时代喜爱也好,厌恶也罢,始终如此。

当然,如何表现得最好,那就是个人综合素质的问题了。提高艺术水平修养,这正是我们当代大学生通过学习应该掌握的问题,也是如何写出好作品的方法所在,今后我亦需要花更多的时间在此修培和学习。

刘之栋

男,1994年出生于陕西商洛,西北大学文学院2013级创意写作班学生。生性聪敏,温和谦逊,钟情于书,爱好写作,相信写作是一件自然而然的事,感于心而发乎文,妙在水到渠成,凡是搜肠刮肚,苦思冥想写出的东西算不得好文章。在校期间曾多次在公开刊物上发表过文章,亦在校级报纸《金色年华》中出任责任编辑,曾与同好共营创写微信平台"西创文渊斋"。

吃花瓣的人

记得老师曾以《霍乱时期的爱情》为例,进行了详尽的分析,尤其是文中马尔克斯对于爱情的阐释,被后人推崇备至。而我并不能很好地理解笔者的苦心孤诣,因为在爱情这一永恒主题之下,每个人身上都会有不同的体现。所以,这本书最能够触动我的不是他们超越了生死的爱恋,而是其中一个令人印象深刻的情节,一幅画面。

他在树下读着她寄来的信,一边朗读,一边在嘴里咀嚼着枝上的花瓣,这样的情景是多么动人。试想,在一个人寄出了千百封的信笺石沉大海以后,突然有一天收到了一封来自远方的回书,那长久的失落瞬间被疯狂的喜悦所填充,是多么令人感到欣喜的事情。

与此同时,我亦在想,不知那花瓣置于口中是何滋味呢?好在正是初春时节,各式各样的鲜花随处可见,倒不如斗胆一试,于是我便随好友下了楼。似乎迟钝的人一年四季都患了重感冒,嗅不到一丝花香,看不到一叶新绿,很不巧我就是这样的人。抱着深深的歉意,我踏上了石板铺就的小路,去寻花。

小路东侧生长着一排结着奇怪果实的乔木,从它的身上我看不到一丝春的痕迹,大概已经过了它的花季,所以呈现在我面前的只是乌秃秃的枝丫和光溜溜的树干。仔细观察,你会发现在枝头垂着一抓抓与野枣参差相似的果实,假如你的视力不大好,也没有关系,掉在地上的还有许多,而且与挂在树上的并没有什么两样。干瘪,黯淡,灰蒙蒙,勾不起人的兴趣。我用指甲轻轻划了划果面,竟是出人意料的坚韧,将它的表皮剥开,白糯的果肉就露了出来。我鬼使神差地将它放在了嘴里,在接触舌尖的那一瞬间,我感受到了轻微的酸甜,可含得久了便有些苦涩。我问朋友这是什么树,朋友说,这是香樟。原来是香樟啊,不对,这么说来我刚刚吃的不就是樟脑么?想到这儿,我连忙将它吐了出来,人总是要为自己的鲁莽付出代价的。

继续前行,我们在一片草地前停下了脚步,眼前盛开着各式各样的花,多数我都叫不上名字。先品尝的是一种在我们那边被叫作风铃子,或者小铃铛的野花。它有着长长的脖颈,在它的顶部开着一簇白花,自上而下,我们可以看到它鸭蹼似的肉叶,绣花针样的嫩茎,捻在手中便能发出类似于沙铃一般的声响,好像小孩子玩的拨浪鼓,据说它还是油菜花的近亲呢!我摘了一簇放入口中,满溢着青草的芬芳,并没有太浓烈的味道。我摇了摇头,把目光转向了它旁边生长的小蓝花,它的叶子呈圆形,在阳光下上面的绒毛依稀可见,叶缘还有锯齿,相信它一定很好吃。我刚碰到它,它便落了,好像五庄观里的人参果,好不容易才把它弄进嘴里,怎么说呢,味道微苦,但又回甘,好似父亲泡的茶叶。

放眼望去,在不远处长着几朵夏日痴,它是一种喜欢夏日的花,喜欢炙热的温度,喜欢微风的吹拂,可它总是熬不住寂寞,冬天还没有完全过去,它就在阳光的照耀下迫不及地从地里钻出来。它是菊花的一种,学名叫作蒲公英,既可入药,亦可泡茶,难怪总能在路边看到撅着屁股在地上采集的妇人。小时候我曾掐断过它的花茎,那透过截面溢出的白色汁液,给我的第一反应是有毒,令我心生忌惮,于是我便顺着花瓣小心翼翼地啃噬,尽量避免触及其他的部位。嗯,这味道倒也不坏,微甘,还有些许嚼劲,但不建议多食。

地上的花尝罢,我又把目光投向了树上。早腊梅是丛生植物,花朵最易采摘,于是第一个遭殃的便是它了。我摘了一朵放进嘴里,没过几秒,我便吐了出来,没想到它竟然这么酸,完全没有外表看上去那么可喜。桃花和樱花都长在距离地面较高的位置,落地的都化为了齑粉,于是我便勉为其难地爬了上去,为此还擦伤了胳膊。这两种花的味道差不多,又酸又苦,类似于苦杏核,回味不堪。

　　尝遍了校园诸花,我觉得还是丁香最好吃,又香又甜,还有点凉凉的感觉,让我不由得更加期待戴望舒诗中那丁香一样结着愁怨的姑娘。

冬时幽赏

"春有百花秋有月,夏有凉风冬有雪。若无闲事挂心头,便是人间好时节。"这是无门慧开禅师禅偈中的一句,写四时风景,书人间闲趣,阐明了人生的大智慧。人们常说"把你的脚步放慢一点,看看路边的风景",这话说得不错。当你静下心来去感受那时光,你会发现它像蜂蜜一般,香甜而黏稠,缓缓流入口中,那浓得化不开的温柔便是闲趣。

古人是很讲情调的,乘舟听风雨,登顶观落日,松下望月,溪上抚琴,数不尽的风流。他们对于山水有一种自然而然的亲近,一石一木,都能让他们笑逐颜开,勾起无限的遐想。在高濂的《四时幽赏》中记录了许多雅致的生活方式,教你品尝各季独有的滋味。恰巧小城里又下了雪,可不是品尝这冬时滋味的时候么?

悄无声息地,小城下了雪,轻盈,小巧,令人不忍撑伞。四野雾蒙蒙的一片,远处的山,近处的楼,都隐隐约约地披上了纱,模模糊糊地显出点轮廓。天与地的界限,也不是那么分明了,朦朦胧胧的似乎融为了一体。松针上的那点白,恰到好处,好像是停在人鼻翼上的一只蝴蝶,静谧美好。偶尔吹来一阵北风,包裹着雪花,掀起漫天缭乱的斑白,最后又羽毛般地慢慢飘摇,于凛冽之中竟显得温柔了,温柔得紧。

雪,更大了,最先露出端倪的是瓦片上鳞次栉比的堆砌,看不见了苍绿色的瓦松,看不见了深褐色的青苔,只看到了好像奶油一般涂抹着的厚厚的白。街道上行人多了起来,咯吱咯吱的响声在雪地里此起彼伏,奏出一曲冬日里的轻歌。每个人的头上都顶着一丛冬原,不待沧海桑田,便已白头,晃晃脑袋雪花竟调皮地消失不见了,直到你感到脖颈一凉,才知道是它的恶作剧。马路上皑皑一片,有的地方甚至结了冰,人们走在上面一摇一摆的,好像江里游弋的野鸭。有些童心未泯的先生或者小姐,竟在这光滑的地面上摩擦起来,整座城市好像一下子变成了游乐园、滑雪场。真是不可思议,这雪竟然还有着让人返老还童的功效。

记得小的时候,我总是和家人一起堆雪人,我们叽叽喳喳地讨论着雪人的鼻子应该用松枝还是红萝卜,肚子上的纽扣用石子还是松球。我们用妈妈的口红为它添上了鲜红的嘴巴,从飞行棋中拣出玻璃弹珠填充了它空洞的眼眶,最后妹妹竟然为它系上了谁也碰不得的围巾。不管它的脑袋是不是溜圆,也不论它的手臂是否畸形,经过我们的一番努力总归是像了人形。虽然我们的手冻得红通通的,好像十株细长的萝卜,被奶奶揪着耳朵教训是少不了的,我们龇牙咧嘴地呼出一阵阵白气的模样,是我至今想起都忍俊不禁的。

瑞雪兆丰年,是一句为人们耳熟能详的俗谚,在其潜移默化的影响下,人们对于雪有一种说不上来的亲切。所以当人们拍着沾满雪的裤子,从雪地里爬起来的时候,只要没有人看见自己狼狈的样子,就好像什么事也没发生一样,行吟自去。人们对于雪的大度,着实令我感到可敬。

在寂静的夜里,这雪好像吸却了周围的一切喧嚣,在温暖的小窝里,读几本书也是好的,雪夜读书倒是有几分古人的情怀。至于囊萤映雪那就算了,若是如此,雅致倒是雅致,不过倒显得神经兮兮了。

鲁冰清

女,1994年生,陕西西安人,西北大学文学院2013级创意写作班学生。喜欢天马行空、千奇百怪的一切事物,更喜欢冒险和尝试所有在常人看来近乎疯狂的事。拖延症重度患者却踏上了写作的不归路,十分认同写作就是呈现作者的白日梦,可以在写作中找到一丁点儿的自信和喜悦已是无限满足。是个没有什么写作功底,文学方面的积累也不是很多的写作爱好者,所以更喜欢写一些生活中不起眼的事,虽然会被认为是情感上的无效宣泄,但还是乐此不疲地创作着。

再也不会脏的被褥

深夜,被梦惊醒,摸摸床边和身上,还好,被褥都在。

我是在一个不知名的小镇上长大的,由爷爷奶奶带着,没有补习班,也没有兴趣班。在镇上的一个厂区子弟学校上学,也住在厂子里,上学只需走一分钟这种事情,想必城里孩子永远体会不到,课间跑回家看电视也都是常有的事。总是看着窗前认识的不认识的爷爷奶奶叔叔阿姨,冲他们甜甜地喊着,跟着隔壁的爷爷学现在看起来幼稚无比的魔术,和小伙伴在操场上放风筝,约好朋友周末去山里捞蝌蚪,我十二年的时光在这里度过,除了欢声笑语还是欢声笑语。

十二岁那年我离开了小镇,去城里求学。走的那天,竟高兴得不像样子,甚至忽略了爷爷奶奶眼里的不舍,我太骄傲了,因为全镇考上那所知名初中的孩子寥寥无几,并且只有我一个女生,现在的我无法用语言形容当时的心情。顾不得手里沉重的行李,我迫不及待地想迎接新环境,超过三层的教学楼是我从未见过的,单人单桌的优越设施也让我兴奋不已,我憧憬一切美好,哪怕有点不切实际。

对于十二岁的我来说，住校是一件很神奇的事情，感觉那时的我是向往孤独的，渴望一切只有自己一个人的空间。日子平淡地过着，我却无比开心，一个人吃饭、一个人上下自习，这些事我不知道期待了多久，直到有一天。

那是开学后的第二个星期，一个无比寻常的晚上，上完自习回宿舍，推开门的那一刹那我脑子里昏昏沉沉的。被子在地上胡乱扔着，依稀可以看到脚印，床上的褥子被掀起来，枕头更是不知去向。我在心里重复了无数遍询问事情情况的话，我承认我紧张了，问"你们谁这么讨厌在我这捣乱"会不会显得态度太强硬，问"你们对我有意见可以提出来没必要这样"会不会错怪好人，然而我的不正常反应没有引起其他任何一个人的注意，他们连上厕所都在一起，我像是一个外人，沉默了好久，我还是开了口。

"你们谁知道我的被褥是怎么了？"

"……"

"我早晨走的时候还是好的，是不是你们谁不小心弄到地上了？"

"……"

"其实也没关系的，我重新收拾一下就好了。"

"……"

忽然觉得地上的被子好沉，好想叫个人帮我一下却迟迟开不了口，拍拍被子上的脚印，把褥子重新铺好，在暖气片下面找到枕头，没有洗漱，我哆哆嗦嗦地爬进了被窝，她们还在打闹着没有熄灯，我只能两眼放空地盯着天花板。"没关系。"我幻想着这句话是回应她们不好意思说出口的"对不起"，却清楚地知道我是说给自己听。

第二天晚上，情况依旧，脚印明显了，褥子和床单分离了，我酝酿着也胆怯着。

"为什么这些东西会在地上？"

"……"

意料之中的应答，根本算不上应答，因为压根儿就没有人理我，这次的脚印拍了好久还隐隐约约存在着，花了比前一天更长的时间整理好床铺，我逼着自己睡着。

又过了几天,旧事重演,不过这次换了位置,被子在床上乱扔着,褥子在地上躺着,令我开心的是没有脚印,枕头就在床下面很好找,我简直有点想说,谢谢。

如此反复,持续了两个月之久,幸好只有一次枕头被丢弃在楼道。其实我明白,再多的委屈也压不住我的骄傲,我宁愿所有的东西被踩躏也不愿意让其他人知道。我也多次拿出手机按下爸妈的号码,但一次都没有打出去,不是不愿意诉说委屈,只是他们不在身边怕他们担心,直到今天他们依旧不知道这件事。

十二岁,我用着摸不透的心态坦然地接受了这件事,没有掉一滴眼泪,因为我没有一个朋友,我以为我可以享受孤独,事实证明我必须得接受这样的结果。困境带给人的除了坚强就是学会自娱自乐,我无数次在深夜惊醒,摸摸褥子和被子,然后用力嗅被子上的味道,因为妈妈临走前在家里就把被褥晒了好几遍,所以即便是被扔到地上无数次我依然觉得有家里的味道。

这是八年前的故事,我不知道故事的起因,也不知道故事为什么结束,只知道十二岁的我看似坚强。八年后,我一年里哭的次数多到数不清,不同的是,每次都有人陪。

八年多来,我第一次云淡风轻地说起这件事,愿意把这件事写下来。

现在的我也还是会在做噩梦醒来后,习惯性地摸摸床边和身上,还好,被褥都在,但更好的是,我有可以陪伴一生的挚友。

感谢孤独不再,你们踏云而来。

牟帆

女,西北大学文学院2013级创意写作班学生。"喜欢感慨,喜欢记录生活的点点滴滴。就像每个热爱写作的人一样,喜欢旅行,热爱生活。写作其实就是把自己的生活和想法分享给别人,我喜欢分享,从不吝啬,我喜欢拿着笔在纸上挥洒,喜欢指尖在键盘上舞动,看着自己的经历和想法变成一个个文字,那些文字,它们带着我的情感,代替我传达心声,那是多么的美好和梦幻啊!"

海

我很小的时候听说海是没有边界的,我想不通没有边界是什么概念,也想象不出它到底有多大,我只见过家乡的河,夏天的时候也不失汹涌澎湃,听说这水最终流到海里,如此汹涌流入海中也不过像百花丛中的一片花瓣,我依然难以想象它的样子。

八岁的时候,我第一次外出旅行,目的地是南方的某个城市,终于有了见识海的机会。

我们一早就去了机场,那是我第一次坐飞机,我常常幻想能像鸟一样地飞,能从高空中看看这个世界的样子,飞机上升的时候我激动万分,趴在窗户上看着它离地面越来越远,家乡的风景尽收眼底,那长河就像一块银白色的绸缎,镶嵌在各个小镇之间。正是傍晚时分,天快要黑了,飞机飞上了云层却是一片光明,太阳不那么刺眼,它的光圈蔓延了半个天,外层是金黄色,越到里面颜色越深,从金黄到橘红,就像一个煮得半熟的鸡蛋黄。往下看已经看不到城市建筑,一望无际的云海,让我想起西游记里的腾云驾雾,想象着会不会在哪一朵云上面正站着某某某神仙,挥舞着拂尘,摸着自己的白胡子……

下了飞机才知道天已经黑了,想起在云上还一片光明,以为真的有地上一年,天上一天的说法,愈发觉得神奇。

　　我们在城市里玩了几天,去的地方大多记不清了,那时候大人们总说我太小,等长大了就会忘了这次旅行,我当时争辩,我才不会忘,我一定记得牢牢的。但时间长了,旅行的很多地方我确实只能靠照片才想得起来,然而说这话的情景我却一直记得,刻意去记的事情却反而忘得干净,只是对海的印象多年后依然深刻。

　　几天后,我们坐轮船去海南,在琼州海峡漂荡了几个小时,船一直从日落开到黑夜。那船有三层,夹板上还停着一些汽车,我站在船尾,够不到最上面的栏杆,只能踮起脚尖在栏杆的空隙里看,看船划过海面留下长长的一条线,看四面八方都看不到尽头的海跟天相接,看海的颜色随着天的颜色渐渐变深,海风吹着我的头发,湿湿的,全黏在了脸上,妈妈拿着照相机给我拍照,我捋了捋凌乱的碎发,那种惬意现在回想起来依然存留心中。

　　下船后去三亚,买了一身海岛服,蓝色底,上面印着椰子树。脱了鞋踩在软软的沙滩上,跟爸妈一起搜罗贝壳,收获了一大袋,抬头看见一艘船远去,消失在地平线,心中一阵赞叹和开阔,仿佛只有放开胸怀才能想象这片海,它实在太大,我这颗心盛不下。我们将自己埋在沙子里,海水一下下漫上来给我挠痒痒,太阳不留情面地烤着,口渴了就去路边买椰子喝,头顶就是椰子树,现摘,喝完再劈开吃椰肉,味道就像果冻,滑滑的。

　　晚上回去我们身上都晒得通红,依然乐此不疲。去海里游泳,我第一次下水,抱着游泳圈漂,丝毫不敢松手,一个浪打过来溅一脸水,等水干了我舔舔嘴唇,这才知道海水又咸又苦,干了之后一身的盐。

　　回家后我将捡来的贝壳摆在书架上,书上说,将贝壳放在耳边,就能听到海的声音,我试了试,果然听到空旷的声音,那声音像是风不紧不慢地吹,像黑夜里无尽的海,给人带来空旷的寂寞感。

　　现在我懂的知识越来越多,知道云层上不曾住着神仙,知道海里没有美人鱼,知道那贝壳传来的声音并不是海的声音……

　　后来又去了一次深圳和厦门,看到的海再也没有那样美丽。

乔妮

女,西北大学文学院2013级创意写作班学生。

春天的修行

在传统的佛教中,修行无非打坐、念经、参禅、烧香、拜佛等步骤,依众生为根种,悲心为雨露,方便为和风,忍辱为枝干,般若为花叶,成熟菩提道果。一生的修行,世人看着辛苦而无趣,而其中的一悲一喜,只有了解其中的奥妙,也只有经历了千辛万苦,才能超然物外,淡然处之。

春天来了,北国有着鸟语花香,却没有温柔的轻风,每年凛冽的沙尘暴总是如约而至,带给北方人民一次刻骨铭心的修行。

坊间流传,陕北之风,一年两次,一次两年。说法虽然有点夸张,但也表现出了风之大、持续时间长的特点,当然,更多的则是给人们带来的痛苦。每当春天来临,天气回暖,湖水融化,柳枝吐芽,鸟语花香,好不活泼,但是美景难耐,一场风刮过,携带沙粒以及各种不明飞行物,刚整理好的发型瞬间凌乱在风中,刚脱下秋裤的双腿也已经在瑟瑟发抖,赏春的心早已逃之夭夭,对春天也早已从期待变成恐惧。因此,也便有了春天注定是一场修行。

当沙尘暴漫天飞舞地肆虐时,行走在路上最直接的感受便是紧绷的皮肤发出微弱的呼救。风时大时小,但总免不了"沙沙"的声音。风小时,勉强敢偷偷地抬头试探一下空气纯净指数,但没抬一会,左眼就进沙子了,好不容易揉出去了,右眼又跑进去一颗,哭笑不得;风大时,逆风行走真是一个体力活,闭眼低头,全身上下没有一处裸露的皮肤,摩托车不敢加速,自行车甚至直接在家停工了,就算全副武装,回家后也不免发现衣服上沾满了灰尘,就连呼吸的鼻孔都变了颜色。一整个春天,尤其是风大的日子,只能是这样度过,但这又何尝不是来自自然界的一场修行,处处考验着你的忍耐力。只要你出门,不论你年轻貌美还是蹒跚华发,不论你年薪百万还是一文不值,你忍或者不忍,它都在那里,不离不弃,久而久之,你便会锻造出惊人的忍耐力,毕竟这么狂躁的沙尘暴你都默然了。

还记得在神木中学读书的时候,两座教学楼之间刚好有一片空地,每当沙尘暴来临的时候,总是发出撕心裂肺的嘶吼。夜幕降临,高三学子无不埋头奋战,教室里只有"沙沙"的写字声,说时迟那时快,没有一点预兆,外面就发出了怒吼,教室的窗子齐刷刷地自动关闭,整个校园都充满了一种诡秘的气息。王二说:"估计是窦娥的冤屈发生在了现代,老天要惩罚那个负心汉。"李四说:"不对不对,肯定是我妈最近给我零花钱太少,老天爷都看不下去了。"就这样,外面狂风不已,教室里早已七嘴八舌地开始议论纷纷,欢笑声与外面形成了鲜明的对比。像魔鬼,像怪兽,像抱怨,像惩罚,只有拨开这扑朔迷离的外表方能看清其内在的本质,这或许是给我们世人的另一场修行吧。我们做的每一件事情,遇到的每一个人,因为各种主客观条件,导致我们不能看到其原本的面目,因此我们认识事物有了偏差和错觉,但只要当我们静下心来仔细观察,认真钻研,花费一定的时日,其中的规律一定会浮出水面,而我们纷乱的心也会在那时平静下来,原来那魔鬼也只不过是一场风罢了。相反来看,刻舟求剑之人,正是因为只看到了表面的刻痕,没有深入思考才做出了愚蠢的决定。

春天易逝,韶华难再,从古至今,春天早已是文人骚客笔下的熟人,不单单是其中的美景与感伤。而这北国的春则更多了几分不经意间的凛冽,一场春风,一次修行,每一次的思索也必定会回报于夏天的绿意与生机。不单单如此,那经历过寒霜彻骨而融化的湖水,历经波涛骇浪而南归的大雁,又何尝不是一次人生的修行呢?

师阳

女,陕西汉中人。2013年进入西北大学文学院汉语言文学专业进行学习,2015年加入西北大学文学院创意写作专业,期间不断进行文学创作,偏爱散文和动漫推荐写作,资深二次元、声控、手控,愿手执温润,观繁花锦貌,享静好岁月。

猫

春乏秋困夏打盹冬眠。人每天都在睡觉,却又似都没有睡觉。一年四季都是困顿的,疲乏的。今年西安的冷气袭来,让人每一个细胞无时无刻不在叫嚣着对温暖的渴望。

想要变成一只猫,过闲散的生活。毛茸茸自带暖器并且可以随时随地而眠,在冬日暖阳中做一个甜甜的梦,睡醒了揉揉惺忪的眼,伸一个大大的懒腰。再迈着轻柔的步伐,纵身一跃,到喜欢的人的脚边盘卧着,微眯着双眼发出呼呼的像是睡着的声音。做一只幸福的猫,可以无时无刻撒娇,让喜欢的人摸摸头,喜欢爱抚的触觉和令人依赖的手感。

此前对猫有一种莫名的好感,大概是因为毛茸茸的又很亲近人,也不凶狠,会动的生物总是招人爱怜,尤其是当猫下崽之后小猫咪更惹人怜爱。之前外公家养过猫,我还很喜欢抱着玩,一次在外公家与猫玩耍的时候,外公对我说:"不要和小猫太亲近玩耍,会让它们产生依赖性,怕一出院子就被人顺手带走。"之后,我就和猫不怎么亲近了。还记得外公家养过很多只猫,有黄白相间的,也有黑白相间的,黄色的瞳孔会随着光线的变化而变化大小。有时去外公家,听见外婆说猫不见了,猜测着是不是跑出了院子被谁带走了,但是没过几天,猫却能准确记得回来的路线,出现在外公家的院子里,悠闲地晒着太阳,外公坐在椅子上,猫就卧在外公脚旁。那时外公家还养了狗,狗和猫总是不合,有时候会打架,狗的身躯比猫庞大许多，牙齿锋利，自然占优势。平日间它们都是小打小闹，可有次狗不知道怎么下了狠口，我看见猫脑袋后面一撮毛都不见了，只留下血红色秃着的皮，外公便将狗和猫分开养，将其彻底分开。后来，因为上学，很久才去外公家一次，坐着和外公外婆聊天时，外婆看着一只肥肥肉肉的毛色有些暗淡的猫说，这猫跟着我们已经好多年了。小时候的我，没有体会出外婆的言外之意，后来才知道，猫的寿命很短，时光一晃，就到了告别的时候。

　　看过一些灵异小说，说浑身黑色绿色瞳孔的猫带灵性，我便不敢和这样的猫直视。之后也曾看过关于猫妖的鬼片，被吓得很惨，之后对猫那个瞳孔，就十分害怕。就算现在娓娓道来的时候，心里也是发毛。之后，对于猫我便都是远观，再没有近距离接触过，猫在我心里依旧是一个很奇特的存在。

　　小时候不谙世事的我也希望家里能够像外公外婆家养只宠物，但是现在，我却十分怯懦地不敢养宠物。我怕告别，我怕任何形式方式的告别与离开。要是最后要离开，我宁愿开始就不要陪伴。害怕告别，也希望没有告别，但是这种期盼只是存在于我的希望之中。现实往往是真实的，就如同外公家的猫的死亡一样，突如其来的告别。

田斯嘉

女,1995年出生于陕西西安,此后长驻于此,西北大学2013级汉语言文学创意写作班学生。喜欢充满烟火味儿的老街道,发现不被觉察的生活瞬间,体味别样人生。想用余生走街串巷,肆意游走,透过自己的眼看遍世界,记下那些与众不同的故事与景色。要认真活,用力活。笔尖在纸页上留下的印痕,就是我的一生。

世间唯余这抹蓝

蔚蓝的天空,透蓝的湖水,湖边生长密密麻麻的芦苇,随风肆意摇荡。刺目的阳光照得人睁不开双眼,闭了眼,脑海中还是蓝蓝的倒影,耳边是簌簌的风声。这里,是泸沽湖——一场不愿醒来的梦。

泸沽湖位于四川省西南角,凉山州与云南省丽江市交界处,素有"高原明珠"之称,以秀丽的自然风景及迷人的母系社会文化闻名于世。

我沿大理一路北上,从丽江出发前往泸沽湖。七小时的颠簸,历经险阻抵达这片"处女地",还未进入景区时,已深深被这片"世外桃源"的全景所震撼。

夏季是泸沽湖的旺季,虽然交通不便,但仍不能阻止游人对她的向往。当地的摩梭人除了极少数做生意的还穿着特色的民族服饰,其他人来来往往,若是不说话,定是看不出他们与普通游客之间的区别。

来泸沽湖不坐猪槽船是最大的遗憾,那一页扁舟漂荡于水中,晃晃悠悠地前行。猪槽船由两人掌舵,一男一女,多为夫妻。摩梭族家家之主,皆为女性,其家庭成员血缘,均为母系血统。如家庭成员中,祖辈只有外祖母及其兄弟姐妹,母辈只有母亲,舅舅和姨母。然而随着汉族文化的传入,男人地位有所提升,比如我坐的那条船,当家的就是丈夫。

坐猪槽船可以驶向湖心的小岛，亦可前往岸边欣赏湖中的"水性杨花"。湖心的小岛上有一座藏传佛教寺庙，庙里的僧人并不强求游人购买香烛，却依旧香火旺盛。上岛时恰逢傍晚，夕阳透过烟雾缭绕的香炉映在金黄的转经筒上，因被游人抚摸已有些许褪色的转经筒竟绽放出耀眼的光芒。

　　摩梭族的"走婚"习俗为这里附上了一层神秘的色彩。而走婚桥恰巧就是这一习俗的见证者。这座横跨草海、连接两岸村落的木桥，长达三百余米，为"走婚"的"阿夏"提供了便捷的通道，亦被称为"天下第一爱情鹊桥"。

　　若你来到泸沽湖，一定要去摩梭村寨参加篝火晚会。司机会先带你去摩梭人家里饱食一顿，拌青稞、议猪膘是这里招用来待尊贵客人的食物，桌上摆着两瓶酒，带着红绸带的是给女人喝的，口感醇厚绵长，是为果酒。我偷尝了一口男人酒，和白酒口感相似，辛辣爽口。大快朵颐之后，便是欢乐的海洋。游人纷纷加入摩梭人的行列，大家围着篝火竞相歌唱。奇妙之处在于，若是有男游客游戏失败，将会由摩梭女子来实施惩罚。这里不愧是女儿国，两三个女人竟然将一个壮实的中年男子高高抛起，再合力接住。而后是歌舞大联欢，游人与摩梭族人围成一个大圈，跳着摩梭族的特色舞蹈，好不热闹。结束后，一行人趁着夜色迎着晚风潜行，回到岸边的小木屋过夜。

　　泸沽湖，我愿长眠不醒，停留于此。

不如一路向西，去大理

假如这个世界上真的存在笑傲江湖的武林盟主，那么他来到大理的第一件事，一定是遣散所有手下，悄悄找一个靠近洱海带露台的院子，整日望着对面连绵的苍山，种些花草，细心浇灌。或许他会与一个白族姑娘相恋，婚娶，从此安心过着隐居的生活，当一个满身都是烟火味儿的农夫。至于俗世的武林盟主？谁还稀罕。而这个不问世事，隐于小城的农夫，一定是快乐的。因为大理，柔软了他的烦躁与不安。

大理是毓秀清丽的，光风霁月的景色与善良质朴的人文相融合，化作一汪清泉，留下了无数口渴而难觅甘甜的路人。"大理，其实就是一帮有理想的人按照自己的意愿建立起来的乌托邦。"Steve 先生在客栈这样对我说。

Steve 先生的挚爱是饶小姐，一个愿意十几天不洗澡陪他一路北上徒步到西藏的姑娘。Steve 先生和我讲这个故事的时候笑呵呵的，还指给我看墙上的路线图和照片。我看看厨房里穿着格子围裙在磨咖啡的饶小姐，完全不能把这个精致优雅的女人同墙上那个蓬头垢面的人联系起来。

"啧，爱情的力量真伟大。"我冲 Steve 先生使了个小眼神。他悄悄地告诉我，其实有轻微洁癖的饶小姐完全是被逼的。他们原本从事了五年多的酒店管理工作，却因为厌倦了大城市的生活节奏，放弃了原本不错的工作，选择了说走就走的旅行。两个多月徒步搭车的旅行经历，让他们变得更加坚强和勇敢。一路向西，最终选择留在了大理。

"为什么是……"我话音未落，饶小姐端着咖啡从厨房走了出来，浓郁的香气弥漫着小巧却温馨的客厅。"你不觉得大理很像一个江湖吗？"饶小姐为我送上一杯卡布奇诺，笑意盈盈地看着我。"这里行走着来自四海的侠士，有的头顶斗笠，有的身披背篓，有的自由歌唱。他们热爱这里的蓝天白云，热爱这里的新鲜空气。"不知怎的，我脑海里竟闪现过段誉与乔峰饮马江湖的豪迈。"我们想要留下来,是因为我们爱这里,这里有我们爱的人。"饶小姐闪亮的双眸凝视着 Steve 先生,Steve 先生转身紧紧握住了饶小姐的手。突然那一刻,我就觉得,这就是大理,一个没有刀光剑影,却充满着爱与柔软的江湖。

　　后来,与朋友骑单车环洱海,一路上结识了不少朋友。骑累了便坐下休息,交谈时大家你一言我一语,恍惚之间好像重回那个"鲜衣怒马,仗剑天涯"的年代,同三两好友交流习武心得,借此希冀自己的武功可以更上一层楼。伴着苍山映在洱海中的倒影,夹杂着些蒙蒙细雨,我们一路沿着环海公路前进,到达喜洲时已是中午。期待已久的喜洲粑粑卖相不佳,可其中滋味定是只有尝过的人才明白。一路的疲惫与寒意,在吞下一个粑粑之后全被驱赶走,简直比小说里的灵丹妙药还要管用。归途是比来时更加漫长,没有了期望与动力,就像是修炼武功时难以突破的瓶颈,努力挣扎却没有丝毫用处,依旧是望不到尽头的终点。抵达客栈时已是傍晚,天竟然放晴了,晚霞与苍山交织在一起,洱海面上水波涟涟。看到这一切时,我心满意足,有一种"大功已成,即日便可功成身退"的奇妙感。大概,这就是饶小姐所说的江湖。

　　人间江湖即大理,所以,不如一路向西——去大理。

王坤

女，西北大学文学院2013级创意写作班学生。半吊子老好人一个。写写东西无非是因为开心。非要说的话这个人大概是：以享受生活为荣，以浪费粮食为耻；以能厚脸皮为荣，以虚伪造作为耻；以与人为善为荣，以钩心斗角为耻；时而以文思如泉涌为荣，通常以自说加自话为大荣。

走不了天涯的人回来是为了继续走下去

嗨
近来十天不是没有话要说
而是反倒有太多话要说
每一刻的下一刻可能都要发现一个迷人的小细节
可手边没有纸笔没有键盘没有一双失聪或敏锐的耳朵

听到有人讲普通话就变得很开心
但是这个开心的次数大概每天都可以用十个手指头数出来
远远不够
不够

走着走着会变得很开心
走着走着又忽然觉得无趣
走着走着会在旁边人奇怪的目光里笑出声
走着走着躺在只睡一边的大床上不能闭上眼

我可能对贵阳的评价不是很高

但这不意味着我瞧不上贵阳或者贵州
只是贵阳让人不舒服
让作为一个游人的我
让不只是作为一个游人的我
这个不舒服我想不会是所有人的通感
可能去了贵州坚决没有考虑去黄果树的人不很多

我代表不了全部
但是实话是我不舒服

我在笔记里没有说我要逃离这个地方
我在笔记里只写了我今天吃了多少在镜头下更加美丽却忘了气息的食物
我在笔记里只写了我今天走过的那些小山头小河流在某事某处某个视角真迷人
我在笔记里写了全部的积极

于是消极留在心里

电影的镜头一直很摇晃
我当时还和别人说《路边野餐》这个电影我看出了晕车的感觉
现实生活中贵州还真的是个让人晕眩的地方
不论是交通语言气味还是迎面而来含着泥土色的赤红灰黄的面庞
数不清上了多少坡自然也不知道对应地下了多少沟
如果没有一座座像极了窝窝头一样的山包
贵州和关中平原有什么区别

人总是以貌取人的动物
不能抑制的
虽然外形的确也和人的综合情况不无关系

但是当那些看起来并不友善的面庞展现出简单的善意的时候
怀疑论者会陷入愧疚之中
就这样错过了享受善意的时机

真实的镇远凯里是什么
我大概用我眼睛看到了一点点
走在安顺的宁静的夜晚街道上
我产生了一种想要给自己的孩子取一个叫作安顺的昵称的想法
我想这就是喜爱和赞美了吧

到苗寨的时候
空气湿冷阴寒
木头房子却是明黄色的
带着没有加工的木头理所应当的味道
又偏偏不是新房子

火车票有厚厚一叠
在各个小城镇之间穿越宁愿绕路也不想乘坐班车
不知道是小时候晕车太过厉害的后遗症
还是因为故事里悲惨的故事总是发生在山间的客车上
而不是总能真相大白的火车上
火车叫作扎克扎克扎克
客车可没有这个可爱的名字
尽管在火车上遇见的总是一幅幅令人难过的画面
如果发生在自己身上
"那一定很可怜吧"

不要觉得别人可怜
这是不礼貌的
所以假设一些事情发生在自己身上

然后自我怜悯悲戚吧

最不想再去的地方往往会被最多次地提起
也只有去到那里才能发现那里有那么多可爱的名字
花果园
眉池
油榨街
绿洲湾
木瓜山
水牛坡
百花坪
马房边
……
太多
看起来每个地方都有话可以说
如果当时对他们进行命名的是同一个人的话
我一定认为他是当时中国最有趣的人

托这次出门的福
觉得自己可能已经克服了挑床的毛病
虽然依旧睡得小心翼翼多加防备
但总归还是踏踏实实地睡了
第二天不带着后悔的心情又醒来

吃也占了很大一部分
反正只要是原始的真实的都想试试
也因此发现了自认为是各种蔬菜中最名副其实的一种
鱼腥草君
我能吃
只不过需要不断自我安慰自己嘴里的不是颜色鲜艳的小金鱼

拍照也是
挑挑选选相机里能上传 869 张
也就是说至少有三百张照片是手误删掉了之后会痛心疾首的
尽管一些可能对于我这个唯一的人以外
是完全主旨不明的乱拍
但是最糟的那张让鳄鱼飙泪了有人敢信吗
我不太信
但我只能不信而已

长得大概不够酷
所以被问最多的一句话是你为什么一个人
差点弄了个短期文身在手上

长得大概不很美
所以搭讪的总是老爷爷老爷爷和老爷爷
不是所有的老人都有正确而透彻的世界观
但从他们漫长的一路轨迹上
人可以遥想自己的未来

站在客栈四楼露台上看洱海日出
等自己回神过来的时候竟然是在低声背诗
这样风雅的行为怎么想也不会出现在我身上
可它出现了
这荒谬就好比我现在完全想不起来自己当时念的是哪一首
也从来不知道下次又会念另外的哪一首

好多事情
不需要理由

飞机回到西安

首先是看到了雾霾
灰蒙蒙的一片天之下
西安横纵规整的城市道路让我这样的盲目整齐推崇者雀跃不已
不需要深深狠狠吸一口气告诉自己嘿你回来了
看一眼就闻到了嗨我回来了

自己的地盘
就是手机没电没网也不用心慌
活的百度地图不就在自己心里
这样恢复掌控的感觉一级棒

我爱走走也能走走
走走只是随便走走
走不远也走不了不用回头
可一旦人不走出去
失去的不只是外面
还有他将永远不知道回来的意义

我说了我有869张不成熟的图但那不是你的图
所以我不给你看我看到的你也别想看我看到的
你可以自己去看
你理应自己去看

(写于结束十天云贵之行后)

白二二三事

高中的时候,白二喜欢吃白二宽。至少是经常吃二宽。这一点和我不一样。如果是我,遇到一种,要总是在砂锅里沸腾沸腾、翻滚翻滚的粉儿,且胆敢和我的绰号同名同款,一定是避之不及的。唯有"二"到了一定程度,当得起"二"这个诨名的人,才会喜滋滋地把另外一个自己吞进嘴巴里,消化在胃里。很明显,那个人是白二。再一般来说,头脑简单的人总是乐呵呵的。

但是这位白二又不是这样——她似乎很喜欢打破我对人类认知的常规。反常到什么地步呢?就是直到现在,让我在很多小东西中挑一件给白二,那肯定会是太阳,或者肯定会是什么颜色鲜艳明朗的物件。上帝知道,在那个人人都装得一副好B,却反复无常、兵荒马乱的年代里,怎么有人就是能从头到尾地始终代言着阴郁和灰黑。白二也不是不同我们一起笑,一起闹。

她笑,她也闹。但往往就是这种从众和合群之后,马上又跌落回自己世界的人,才更让人觉得,忧心忡忡。大学之后,我大约才知道,这样与人无害,但是却也没见得多善待自己的人,果然是有着之所以阴郁的正当理由的。大学之后,再见面,阴郁部分的问题也不知道算是得到了解决,还是转移到了什么其他奇怪的地方。总之,那份气息基本上消散到了正常人都有的程度。无疑,是好事,是巨大的飞跃与进步。大学之后,也不是尽数消解了所有的问题——二,恐怕是要成为此人一生一个恒定的主题了。

谁起的二这个名字,我不知道。我只是跟着一起喊,喊到现在,提起此人脱口而出的是白二而不是名字——也或许,是我们一起为她的二拍手称快的时候,无形中把她往二的道路上一步一步推进了吧。空口无凭的事情,是没趣的。二的事情很多,我记性不好,琐琐碎碎的事情,忘掉的也不少。但是有些事情,已经记住的,现在还记得的,理应永远都忘不掉。列举其三。

其一,啤酒瓶子的故事。"嘿,你还记得当年的啤酒瓶子吗?"我若是拿这句话去问她,绝对能逼出她一副更加娇憨的情状。这样的事,谁会忘?怎么会忘?

高中时候,白二手腕手背交接处,长了一个不大不小的包——在她瘦嶙嶙的手背上已经足够明显——后来我才知道,那个包有个很有威慑力的名字,腱鞘囊肿。一般人,运气好的,可能揉一揉,或者热水敷一敷再配合着揉一揉,也就下去了。显然白二没有那么幸运。于是,有一天中午,白二外出寻医。后面的事情,是此人自己讲给大家听的。不知道她是什么心态,但是当时她倒是的确丝毫不介意自己就是那个,直把人笑得眼泪冒出来的,笑话里的主人公。

她大致是这么讲的。她去看一个学校附近的老中医,——根据我个人脑补,是一个看起来有些邋遢,带着笨重的老式玳瑁眼镜,流里流气却又让人感觉亲切的老人。老中医看了看那颗囊肿,表现出熟门熟路的模样,边转身去找什么东西,边让白二闭上眼睛。好个白二!果然极听话,马上合上眼。老中医找到了趁手的物件,一瓶抡下——治疗外凸的囊肿,很简单,把它敲回去咯——我似乎听到老中医这么说着。等到白二睁开眼,看到了啤酒瓶,和比之前平滑了太多的手背。

我不知道白二是不是兴高采烈地回到学校的。我也着实不太想知道那可能惨不忍睹的画面。白二讲完她的治疗过程后,我憋着吃惊和笑,问她,就这样?白二认真地答,就这样。我再问,他让你闭着眼睛别睁开,你就真的没有怀疑地就闭上眼了?白二认真地答,是的。我很怕白二在后面补充一句,直到医生让我睁开眼,我才睁开眼看的呢。所幸的是,如此医生,当真需要遇上如此病患,才能如此医治。但不幸的是,没过多久,囊肿君卷土重来。

其二,手的故事。白二的手,很有特色。当然这个特色,不怪她。但是依仗着自己的手卖弄很傻很天真的模样,就是真的让人难以忘怀了。课间,课上,教室里,户外——白二无数次重复着把手举到我们都能看得到的地方的动作,同样无数次地在展示她的手的时候重复这样一句话,

×××说了,等她学医学成了,第一件事就是回来,帮白二把手变得和众人一般寻常。我不知道那个豪情壮志的同学说这句话的时候,是什么样的心情。我也不知道白二在我们面前一次次地提起这个事情的时候,又是什么样的心情。但是,总的来说,这是两个善良,单纯,向往美好的,好人。尽管,好人二号着实很傻气。

　　其三,修正液和风油精的故事。又是白二那双,独一无二的手的故事。说起来,简单又简单。可能某二同学上课闲得要命,玩修正液。又笨得要命,修正液漏了一手,——那颜色,可比抹一百层什么BB霜、CC霜来得更直接。然后,就是那样一双鬼气森森,又散发着修正液迷人化学恶臭的手,耗掉了我多半瓶风油精。刚巧是夏天,风油精我随身携带。死马当活马医。我不管不顾地捏起风油精给她的手加料,卫生纸用了一团又一团,结果是非常让我惊喜的,小半节课的工夫,满手的惨白只剩下丝丝缕缕的白色纹路。

　　没想到,死马,还真的医活了！在很多的时候,我很嫌弃白二这个人。因为她实在是二得可以,二得可怜。但是也就是这么个人,可以做到很多我做不到的事情。比如说,承认自己的二,并且开心地接受它。后来再见面时,我是这么告诉她的,你除了瘦了很多(在这里我已经无力再讲,她可怜巴巴地告诉我,说自己瘦了是因为学校附近没有饭吃),其他方面,没有一丝长进——依旧那么傻气,蠢蠢的,二着并开心着。可是谁是真的傻到不知人事呢?答案不一定吧。就好像一个憨憨的人,反倒可以在心中把一件事情深深地埋起来一样。谁敢说二的人就是真的没心没肺,不管三七二十一地安土乐天?实际上,我不认为白二是那样只顾悠然自乐的人。但是说真话,我能给她的最好的祝福,不过就是一句——

　　我希望她能,一辈子,真的,就这样,二下去。

王瑞雄

男,陕西延安人,西北大学文学院2013级本科生,2015年进入创意写作班学习。曾担任小说《逆杀》创作组组长,剧本《抉择(第一版)》(演出时曾用名《重生》)创作组负责人。实验短剧《莎剧撷英》曾获西北大学第二十九届"黑美人"艺术节最佳编剧奖(第二作者)。其人好读书不求甚解,写文字聊以自娱。涉猎广泛,不意深浅,作为寡淡。性慕荣利,然甚懒散,常自苦于此。

半亩天光

一

在这片苍茫的神州大地上,曾经有那样一个时代。

那是一个英雄辈出、草莽横行的时代,那是一个书生意气、名士风流的时代,那是一个宽衣博带、神采飞扬的时代,那是一个最美好又最糟糕的时代,那是一个最智慧也最愚昧的时代,那是我们无限神往却不敢渴望的时代,那是我们只能追思而无法临摹的时代。

那几乎是政治最混乱的年月,却也是文化最灿烂的时光。

那是魏晋,也是"未近",一个我们从未走近的时代。

对于这个时代,那群人物,我们甚至不敢逼视,对于那些奇妙的故事,那股怪异的风,我们甚至不敢伸手碰触,于是只能静默地谛听,却仍因陌生而惊恐,以至怀疑。但他们又是那样真实的存在,就如我们存在的真实,不管我们如何惊恐,怎样怀疑,他们依旧纵酒狂歌,依旧抚琴夜啸,依旧穷途长哭,依旧青白眼冷看世间。

我甚至不敢抬头端看,不敢细细分辨,只怕打搅了他们,又恐伤了自己。然而不过好奇的一瞥,却如水墨滴落素宣,渲染成一幅只能惊叹的绝笔,又如悠远的天音从远古荡漾,划破混沌的荒凉,那种韵味,那种风姿,那种境界,再也挥之不去。

于是,翻开《世说》,抖落尘色,我决心走近那个世界,走近那群人,也走近自己。

二

半亩方塘一鉴开,天光云影共徘徊。

这本书里实在藏了太多秘密,"记言则玄远冷隽,记行则高简瑰奇"(鲁迅语),一笔一画,都是玄妙,字里行间,韵味无穷。

"陈仲举言为士则,行为世范,登车揽辔,有澄清天下之志……"(《德行》)

陈仲举,即是那位自称"大丈夫处世,当扫天下,安事一屋乎"的陈蕃。在文中,"登车揽辔"当作"走马上任"讲,但我曾想过这样一个场景:某一天,或许应该是个萧瑟的初晨,陈蕃振振袍袖,洒然踏上车子,信手揽辔持缰,极目远望,长天尽头是云山苍苍,江水泱泱。他胸怀天下,而眼里却是万千黎民,他眸光坚毅,长衣在寒风中猎猎……这定然是极动人的一幕。他的躯体也许并不伟岸,但这一刻,他的身影一定比路旁的树,远处的山,苍凉的天,都要高大许多。

而这个离我们逐渐更远的高大背影,叫作"澄清天下之志"。

《世说新语》开篇四门《德行》《言语》《政事》《文学》,也是儒家所谓"孔门四科",然而幸之魏晋时期汉儒的余威虽未尽散,但老庄玄理在何晏、王弼等诸人的影响下早已蔚然成风,更兼有佛学禅思的逐渐涌入,这四门中竟少有冷冰冰的腐儒朽语纲常迂词,虽然仍以"四科"作为基本价值取向,但文辞考量,也有人性温情。

如郭林宗论黄叔度"汪汪如万顷之陂,澄之不清,扰之不浊,其器深广,难测量也"(《德行》),要我说,就是"这人水深"呵。再如刘仲雄谈"生死孝":"和峤虽备礼,神气不损;王戎虽不备礼,而哀毁骨立。臣以和峤生孝,王戎死孝……"(《德行》)我认为这话董仲舒大概是决然说不出来的。

而至于《言语》一门,则更能体现魏晋言谈"简约玄澹""清新俊逸"之风。支道林养鹤,见其顾翅垂头,便道:"既有凌霄之姿,何肯为人作耳目近玩!"这又何尝不是支公内心的自白!而谢道韫"未若柳絮因风起"的故事更是脍炙人口,晓喻至今。

再如王承为东海太守时,有小吏偷了池塘里的鱼,主簿欲详查,王说:"文王之囿(周文王养禽兽打猎之地),与众共之。池鱼复何足惜!"(《政事》)一件小事,便可看出晋人的雅量和风度。

而冀州刺史裴徽更能"释二家(傅嘏,荀粲)之义,通彼我之怀,常使两情皆得,彼此皆畅"(《文学》),这又是何等的知己,何等令人艳羡的境界!

事实上,那个时代,离不开那些故事;那个世界,也离不开那些人物。

如果说魏晋风度是一片江山如此多娇,那么那些人物就是雪里梅香,是风中竹语,是月下松涛,是巍峨的远山,是突怒的怪石,是清泠的流响,远在天边,近在眼前,淌在心间。

他们的精神在舞蹈,他们的灵魂在醉歌,他们让我们看到了文化最动人的肤色。

那么,就让我们稍稍驻足,再靠近些,也再看清些。

三

无疑,这些人物都倜傥通脱,一派烟云水气。

事实上,魏晋风度三大特征,便是"真性情""高智商""美仪容"(易中天《中国智慧·魏晋的风度》)。

在《世说新语·容止》里就曾写道:夏侯太初"朗朗如日月之入怀",而王羲之赞叹杜弘治"面如凝脂,眼如点漆,此神仙中人",又说会稽王司马昱"轩轩如朝霞举",王恭更是"濯濯如春月柳"。再如李元礼"谡谡如劲松下风"(《赏誉》),公孙度论邴原是"云中白鹤"(《赏誉》),庾子嵩评价和峤"森森如千丈松"(《赏誉》)……凡此种种,神姿风仪,依稀可见。

据记载,曾有人对王戎道:"嵇延祖卓卓如野鹤之在鸡群",王戎感叹说,"那是你没有见过他父亲啊!"(《容止》)嵇延祖即嵇绍,而他的父亲就是鼎鼎大名的"竹林七贤"中的嵇康。

嵇康,字叔夜,居于山阳,"所与神交者惟陈留阮籍,河内山涛,预其流者河内向秀,沛国刘伶,籍兄子咸,琅玡王戎"(《晋书·嵇康传》),"七人常集于竹林之下,肆意酣畅,故世谓竹林七贤"(《任诞》)。好在上文中的"有人"虽未见到嵇康神姿,我们却可有幸一睹:嵇康身长七尺八寸,风姿特秀。见者叹曰:"萧萧肃肃,爽朗清举。"或云:"肃肃如松下风,高而徐引。"嵇康风采,可见一斑。他的朋友山涛更是盛赞"嵇叔夜之为人也,岩岩若孤松之独立;其醉也,傀俄若玉山之将崩"(《容止》)。

况且竹林七贤远达通脱,各有风姿。刘伶也算是异类了,虽然"身长六尺,貌堪丑悴",但他"悠悠忽忽,土木形骸"(《容止》),醉酒佯狂,放浪自适,颇有异姿。而至于山涛、向秀、王戎等人,自然更是俊逸风雅,天生仙骨。如裴令公就称王戎"眼烂烂如岩下电"(《容止》),亮晶晶的眼睛就像山岩下的闪电一般……

然而竹林七贤虽皆名士,但其代表,无疑则是阮籍和嵇康。

那么阮籍是个什么样的人呢?也许从他一句"礼岂为我辈设也"(《任诞》)便可看出一二。

晋文王司马昭宴客,席座严敬,"唯阮籍在坐,箕踞啸歌,酣放自若"(《简傲》)。阮之简慢高傲,呼之欲出。然而他又实在是个至孝之人,葬母之前,"临诀,直言:'穷矣!'都得一号,因吐血,废顿良久"(《任诞》)。

也就在这时,嵇康来了。

此前,嵇康兄嵇喜前来吊唁,痛哭流涕,却被阮籍冷冷翻了翻白眼。嵇康听闻后立刻就明白,这就是自己苦苦寻求的知己啊。于是他携琴带酒,来到了阮籍家,送别阮母。阮籍闻弦歌知雅意,微微抬头,两人对视,青眼相交,一场名载史册的友谊就此产生(《晋书·阮籍传》)。

从此,这两个名字永远地缠绕在了一起,即便在久远的文化历史中,也不曾分开。

"非汤武而薄周孔","越名教而任自然"(《与山巨源绝交书》)。以阮籍嵇康为代表的竹林七贤,饮酒、清谈、服饵、食药、行散、游玩、打铁、驾车……

一日,嵇康、阮籍、山涛和刘伶"在竹林酣饮,王戎后往",阮籍说"俗物已复来败人意!"王戎就笑道:"卿辈意,亦复可败邪?"(《排调》)就这样,他们做着相对于最正经的礼教而言最不正经的事情。他们有时也许还自言自语,甚至自得自乐,偶尔或许还自怨自艾,就如朱耷笔下那些在残山剩水间白眼向天,冷对世间的孤禽。

其实,不管他们如何的风流放旷,如何的潇洒不羁,但苦闷与郁气就如埋在花底的毒刺,在阴影里凝固成冰冷而尖锐的黑芒,再浓再烈的老酒也解不开,化不了,除不掉。

然而嵇康却是快要死了,这死亡来得太突然,却也早有预兆。嵇康曾"游于汲郡山中,遇道士孙登,遂与之游。康临去,登曰:'君才则高矣,保身之道不足。'"(《栖逸》)确实,嵇康相比于阮籍,实在太刚硬,太直率了,正如他自己也说过"阮嗣宗口不论人过,吾每师之而未能及"的话(《与山巨源绝交书》)。他太过刚硬,阮籍老翻白眼,而他老梗脖子,于是司马昭不得不杀了他。

显然,他也明白自己的缺点,也许亦是优点。于是他的赴死,就带着震撼天地的悲壮。

地点是东市,那天风萧木寒,万物肃杀,阴云遮掩了日光,嵇康信步走上刑场,"神气不变"而"索琴弹之,奏《广陵散》",一曲毕,他仰天长叹道:"袁孝尼曾经请求学此散,我舍不得传给他,《广陵散》就此绝传了!"(《雅量》)

然而,就此绝传的又何止一曲《广陵散》!还有那一身铮铮风骨,那一脉嵯峨人格,那一股气韵风度!

"孔融死而士气灰,嵇康死而清议绝"(王夫之语)。孔融是"建安七子"之首,嵇康为"竹林七贤"代表,今日司马,当年曹公,杀鸡骇猴的伎俩何其相似!

也许,这就是文化的一种悲剧,它总是经常受到政治的无情碾压与埋葬。然而政治的黑手早已在陈棺中枯萎,而文化的种子却往往挤破坟土,抽出新芽,绽放一片最烂漫的繁花。

魏晋风度,第一眼便是血染的风华。

四

一般认为,魏晋清谈可分为五大集团,除了前文一笔带过的"建安七子",以何晏、王弼等人为代表的"正始名士",以及说了不少的"竹林七贤",再有就是王谢世家,和桃源陶令。

专门描写王谢世家的,有《簪缨世家》和《华丽家族》珠玉在前,就只略说一下个人比较喜欢的"飘若游云,矫若惊龙"的王羲之(《容止》,另据《晋书·王羲之传》,这八字是称赞王之书法,但窃以为形容逸少,又有何不可?)。

王羲之,字逸少,殷浩曾称他是"清贵人","一时无所后",说他清雅高贵,一时没有谁能赶上(《赏誉》)。他曾当过右军将军,故世称王右军。

据说太傅郗鉴曾在王家选婿,门生给他报告说:"王家诸郎亦皆嘉,闻来觅婿,咸自矜持,唯有一郎在东床上袒腹卧,如不闻。"郗鉴大喜:"正此好!"(《雅量》)毫无疑问,这位袒腹而卧,旁若无人的就是王羲之。所谓"东床快婿",就是如此了。而至于其"书成换鹅","写字提扇","墨染池黑"等故事,更是闻名遐迩,传颂至今。

说到王羲之,便不能不提《兰亭集序》。

"永和九年,岁在癸丑,暮春之初……是日也,天朗气清,惠风和畅。仰观宇宙之大,俯察品类之盛……快然自足,不知老之将至……"文字灿烂,可谓字字珠玑,不仅写得好,而且写得好。前一"写得好"是指书法,后一"写得好"则是说行文。作为书帖,被誉为"天下第一行书",气息冲淡缥缈,虚和自然,笔力俊逸奇崛,浑然天成,如迎风修篁,如临溪疏影,云蔚天光,令人目滞。而作为文章,也是妙不可言。绘景抒情,自辟蹊径,评史述志,不落窠臼。并且打破陈规,提出"一死生为虚诞,齐彭殇为妄作",这在谈玄成风的东晋,难能可贵。

王羲之曾对谢安说:晚年光景,自然如此。只能赖丝竹管弦来消愁怡情,但还总是担心子侄们会减少了欢乐的情趣。事实上,王羲之一直在思考,但越思考越疑问,越疑问越困惑。因为"向之所欣,俯仰之间,已为陈迹,犹不能不以之兴怀,况修短随化,终期于尽",在岁月的无情冲击下,那么蜉蝣般的个人又能留下什么呢?"后之视今,亦犹今之视昔"(《兰亭集序》)啊!那么人世间何处才是乐土?那么到底有没有理想的世界呢?那么在什么地方才可以抛开世俗庸物呢?

这些问题有答案吗?

当然有。

什么答案?

陶渊明,《桃花源记》。

五

事实上,魏晋风度的极致,便是五柳先生陶渊明提出的"桃花源"设想。

陶公在《桃花源记》中写道,桃花源里"土地平旷,屋舍俨然,有良田美池桑竹之属。阡陌交通,鸡犬相闻。其中往来种作,男女衣着,悉如外人。黄发垂髫,并怡然自乐"。显然,桃花源虽然"小国寡民",但也不失为东方的"理想国"和"乌托邦"。

其实,知识分子再如何放浪形骸,但骨子里最虔诚的信仰却不会改变。虽然陶公慨叹"归去来兮"而决心"归园田居",却还是以极大的热情留下了传颂千秋也让世人神往千秋的桃源情结。

由于多种原因,《世说新语》中并未收录陶渊明,但我还是愿意略略提几句。

因为我们常常感叹于他"采菊东篱下,悠然见南山"(《饮酒》)的闲适自在,我们常以为他是个清癯的老者,在星夜里带月荷锄踽踽而归,我们常沉浸在他描述的"心远地自偏"的境界里,却忘记了他"刑天舞干戚,猛志固常在"(《读山海经》)般的执着与刚毅。他远离庙堂是因为现实中政局混乱,官场黑暗,还有社会风气与自身性格的影响,但又由于他"外道内儒"的文化积淀,使他心底仍充满了"大济苍生"的愿望。

于是,就有了著名的《桃花源记》。

回到《世说》,我常有一个疑问,读《世说新语》,我们到底读什么?

窃以为,读感受。

鲁迅先生说《世说新语》是"名士的教科书"(《魏晋风度及文章与药及酒之关系》),但我个人以为"是真名士自风流"(《菜根谭》),而教出来的则多少带着伪,这些当然就不是真性情了,那就更不是魏晋风度,这恐怕也就是魏晋风度终究只是"魏晋的风度"的原因了吧!

因此,读《世说》,得读感受。

魏晋风度是一股浩荡的长风,任之在胸怀鼓动,在耳边呼啸,在心中激荡,吹绽灵魂的花蕾;魏晋风度是一抹抚过溪流的轻云,云影之中缥缈莫名;魏晋风度也是一片神秘的天光,仿佛是通往异世界的入口,在澎湃,在呼唤,在期待。

那么就让我们扎入《世说》,尽情去感受那股浩荡的风,那抹缥缈的云,那片神秘的天光,那种别样的精气神,那些魅力永恒的天地人。

谈魏说晋,旧路难新。

堆砌数日,终成斯文。

祖陵风雨

一

再上桥山,是一个凛冽的秋晨,风起沮水,衰草荒烟。

远处的天空苍白而枯涩,这座祖陵仿佛还在沉沉梦中,我开始接近它,接近那位隐藏在危危崖岩森森古柏深处的祖先。

是的,祖先,黄帝。

在许多传说中,黄帝最终驭龙升天得道成仙了,而当这位伟大的王者跨上天降黄龙的那一刻,肯定也看到了太多的泪眼与不舍。以前连年征战时,挥舞的战戈、横飞的血肉、嘶哑的呐喊与敌人的刀剑划破将士胸膛的撕裂声也不曾让他动摇半分,可是这一刻他却犹豫了

——如果一切的搏杀是为了部落的子民,那么今日的离去又有什么意义?

然而,他终于想通了,或许鲲鱼只有离开了北溟,才能化而为鸟,双翼垂天,扶摇而上九万里吧!

"一切就交给你们了。"他在心中默念,挥了挥衣袖,作别西天的云彩。

一瞬间,人们已经知道了这位王者的选择,也许那一刻他们没有明白,但以后他们必定会懂得。他们没有阻拦,但他们需要纪念,于是黄帝的衣襟被扯下,靴子被拽下,长剑被抢下,勉强葬在一起,立起一座小小的衣冠冢。我相信,当时的黄帝一定哭笑不得,甚至想笑骂几句,可是却又生生忍住,忍着泪痕,再看了一眼天边如火一般灿烂的朝霞。

很难想象,就这么小小一堆封土,便寄托了千秋万代的哀思,这就是文化的伟大。

也有人如皇甫谧曾说黄帝"在位百年而崩,年百一十一岁",因此陵

园之中,便葬有黄帝尸身。当然,无论他是得到成仙,还是溘然长逝,是羽化升天,还是入土为安,我相信冥冥之中,天地之间,他都会护持龙脉,庇佑子孙。

面前是一棵柏树,如虬龙盘绕,枝叶遮天,乃是"柏树之冠",据说为黄帝亲手所植,极为古老。

是的,这里的一切都太古老了,大至桥山沮水,庙宇陵园,一道岭,一座院落,小到枯藤老井,碑石砖瓦,一口钟,一炷燃香,无不充斥着一种原始的气息。

不禁遥想起黄帝所在的那个时代。

二

那是一个古老的时代。

因为古老,所以神秘。《世本》和《大戴礼记》中,以黄帝、颛顼、帝喾、唐尧、虞舜为五帝;而孔安国《尚书序》和皇甫谧《帝王世纪》等,则并以伏羲、神农、黄帝为三皇。总之三皇五帝,黄帝必为其一。

随手翻开《史记》,这本书一开始便这样说:

黄帝者,少典之子,姓公孙,名曰轩辕。生而神灵,弱而能言,幼而徇齐,长而敦敏,成而聪明。

应当说,黄帝可算是中国历史的起点。然而那个时代是如此的遥远,我们不得不有些将信将疑,并且开始左顾右盼。

提到黄帝生地的古籍有很多,地点也有很多,正因为太多,反而无从选择。现在可见最早的是在《国语·晋语》中,认为"黄帝以姬水成","故黄帝为姬",姬水或即今陕西渭水;也有人认为黄帝"都轩辕之丘,因以为名,又以为号",此外黄帝又号"有熊氏",河南新郑则号称"有熊氏之墟",因之,陕西与河南,当最有说服力。

我们可以这样猜测,当少典部族分化出的一支迁徙到广阔的黄土高原后,一名叫附宝的女子生下了黄帝,这个小男孩一出生就表现出了自己的神异,就连司马迁在甄别筛选了各种材料之后,也只好从古籍中取录一节,"神灵""能言""敦敏""聪明"便皆为《大戴礼记》中的话。

据说黄帝发明了"轩辕"。"轩辕"就是"车",是推车、马车,也是兵车,这意味着先进的生产工具、交通工具与战争工具尽在掌握,昭示着黄帝部族的迅速崛起,更何况还有传说黄帝和族人除了农业外,还养蚕、治玉、采铜,甚至大臣仓颉还创造了文字。

当然,与其说创造,不如说整理归纳。而今白水县依然有仓颉庙,北屏黄龙山,南临洛河水,古柏参天,文字千古留香。据说仓颉为黄帝史官,"龙颜四目,生有睿德",他仰观天象,俯察万物,将星斗环曲、山川形貌、风云流变、龟背纹理、鸟兽爪痕、掌指纹理融会贯通,创"鸟迹书",为文字之始。

这当然是一件大事,文字的出现,意味着交流可以延伸,思维就此发展;意味着历史得到传承,文化能够积累;意味着人类从此由蒙昧入开化,由蛮荒岁月进入文明生活。于是天地鬼神皆惊怒恐惧,"天雨粟,鬼夜哭"。

这便是谷雨。

传说之中,文字创立的契机,与一次谈判的失利有关。谈判的对象,是黄帝命运中的第一位对手。

是的,是对手,而不是敌人。

他便是炎帝。

三

炎帝姓姜,与黄帝同时而早,或许是出生在陕西姜水。"姜"就是"羊女",即牧羊女,因此有人认为炎帝部落是羌人东迁的一支,"羌"即牧羊人,总之,炎帝与"羊"有关,何况他出生的地方,就叫常羊山。

然而炎帝的长相,却是牛首人身,入主中原后,图腾也是雄壮有力的公牛,也许是因为炎帝"以火德治天下",性烈如火,暴躁如牛;也许是因为炎帝处在女系氏族到男权部落的过渡时代,所以才从"羊女"变"公牛"。

也有后人将之称为"神农氏",是,也可能不是,司马迁认为是,因此这样说——

轩辕之时,神农氏世衰。诸侯相侵伐,暴虐百姓,而神农氏弗能征。于是轩辕乃习用干戈,以征不享,诸侯咸来宾从。

……

炎帝欲侵陵诸侯,诸侯咸归轩辕。轩辕乃修德振兵,治五气,艺五种,抚万民,度四方,教熊罴貔貅貙虎,以与炎帝战于阪泉之野。

从氏族到部落的过程,象征着男权的逐渐崛起。天然的破坏力是男性力量的彰显,然而好战必亡,炎帝在收服了周边不少小型部落之后,终于年纪大了,实力也逐渐衰弱了。

当炎帝的威严不足以震慑天下,当他掌中的利刃不再锋锐如昔,诸侯也不会再服从不会再受其约束了。他们群起而林立,相互侵伐,争夺地盘与百姓。就在炎帝决心再次出征之时,西方的高原上,有一位年轻的王者正在带着自己的族人迅速扩张,并且很快就要马踏中原,吞吐万里,将为部落时代与男权社会的到来敲响晨钟。

诸侯看到了黄帝的强大,他们外强中干,也许还有些忌惮愤怒的炎帝,于是纷纷归顺黄帝,拜倒在这位年轻王者的麾下。

黄帝的兵车与炎帝的战旗相遇了,这两位伟大的祖先的目光终于碰撞在一起。

这是一场无奈的战争,是两种文化之间的碰撞,先入中原的农耕文化与后起的农牧文化势必要一决生死,这是历史发展的必然趋势,也是人类进一步强大的必然选择。这一战,没有退路,必须前进。

他们或许也曾惺惺相惜,也曾暗暗犹豫,也曾试着谈判,但因为各自心中庄严的持守,最终只能干戈相交,兵戎相见。

至今依然没有阪泉之战的确切地点,但可以想象,这必然是一场惨烈无比的战争,尸横遍野,血流如河,竟可以将舂米捣衣的杵子浮起来!然而中原的竹木如何能搏杀首山的赤铜,原始的农具如何能挡住凶猛的兵车,终于,黄帝"三战然后得其志"。于是在黄昏的血色中,升起来的是黄帝的龙旗。

如血的夕阳下,风展龙旗如画。

四

我开始上山。

小道独行,人在山中。两旁是参天而上的松柏,雾影重重,刹那间风烟俱净,神化攸同。就是这一片幽森的深林,阻隔了俗世尘嚣、浮华喧闹,也留下了这一片小小的天地,让逝者得以安然而眠,让生者能够清心自省,也让我们再来面对祖先时,不至于太过羞愧与难堪。

天地俱静。

拾级而上,眼中只此一山,山中只我一人,于是无边际的浩大久远纷至沓来,于是无穷尽的孤独渺小此起彼伏。

因浩大久远而生神圣,因神圣而庄重;因孤独渺小而生虔诚,因虔诚而肃穆。就像是一种古老而神秘的仪式,唤醒了血脉中与生俱来的气息,与这座神秘的桥山融会贯通,合为一体。

心灵越肃穆,心思却越活泛,关于黄帝的那些故事传说一一闪过,最终定格在一幕

——黄帝也在上山。

他手握大旗,登高一呼,云集响应,他感受到了将士们滚烫的热血,炽烈的目光与高昂的斗志,战血已沸腾!

阪泉之战的胜利,宣告着中原部族的大整合,也宣告着农牧文化的先进。黄帝看到了天下,他决定要登上中华之巅,放眼四海,飞龙在天。

这时,他遇到了生命中的第二位宿敌。

战神蚩尤。

五

蚩尤是九黎族部落的酋长。

九黎,则很可能是九个部落的联合体,大概属于东夷群体,主要活动在黄河下游,以及长江汉水流域,范围广大,族人众多,并且英勇善战,凶猛无比。《龙鱼河图》中这样记载——

蚩尤兄弟八十一人,并兽身人语,铜头铁额,食沙石子,造立兵仗刀戟大弩,威振(震)天下,诛杀无道,不慈仁。万民欲令黄帝行天子事,黄帝以仁义不能禁止蚩尤,乃仰天而叹。天谴玄女下授黄帝兵信神符,制伏蚩尤。

当然,也有人认为是蚩尤先侵犯炎帝,炎帝求救于黄帝,炎黄联合以抗蚩尤,如《逸周书》;也有人是蚩尤挑战黄帝,黄帝慨然应战,如《山海

经》;甚至更有人说炎黄联合先灭蚩尤,攘外之后,再与阪泉三战而决雌雄。

总之,黄帝与蚩尤终于交战,地点在涿鹿。

这场战争之惨烈,比之炎黄阪泉一战更为残酷。根据《山海经·大荒北经》等记载,黄帝令应龙蓄水,攻冀州之野;蚩尤则率领魑魅魍魉,请来风伯雨师,掀起滔天大雨,洪灾肆虐。黄帝无法,只好命天女旱魃阻止风雨,趁着天晴雨霁的片刻,奋力掩杀。然而蚩尤再次布下漫天大雾,黄帝最后发明了指南车,再突出重围。最后,九天玄女下凡尘,密授兵信神符,这才赢得大战。

这一场战争杀得天昏地暗,黄帝胜利之后,斩蚩尤首级葬之,押解蚩尤的木枷上血迹斑斑,化为一片血色的枫林。

这是一种悲壮的美,血色的枫林如燃烧的火焰,在铜青色的天幕下,在残血殷红的荒原上,是唯一真实的绚烂。

蚩尤虽死,黄帝却将他封为"兵主",即战争之神,画在战旗之上,象征无往而不胜。这当然是一种胜利者的恩赐,然而依然无法平息蚩尤的愤怒,这种愤怒破土而出,冲天而起,化为了匹练似的赤绛云气,名为"蚩尤旗"。就连天际有一颗彗星,"类彗而后曲,象旗",古人认为这颗妖星主征伐之事,每一次出现,都预兆着兵乱将兴,也便称之为"蚩尤之旗"。

只是这里还要交代一个问题:"蚩尤"到底是什么?

这个问题至关重要,因为这涉及我们民族的神话创造和历史书写问题。

蚩,从虫,也就是蛇,上面的部分是"止"(趾),结合在一起,表示蛇灾;而"尤"则是灾难、罪过,或者特异、突出。那么"蚩尤",就是"可怕而另类的蛇灾",这当然不太可能是自己取得名字,而更像是别人对九黎的称呼。

是炎黄部落对九黎的称呼。

无论神话创造,还是历史书写,主动权都掌握在胜利者手中。我无意用险恶的小人之心来猜度远古巨人,然而在大战之后,最需要的便是安抚子民,平靖天下。为了尽快让九黎臣服,为了尽快让东夷归心,他只好出此下策,于是黄河文明的伟大创建者之一,那位战神蚩尤,便成了妖魔。

可是我们应当记住,是蚩尤手中的战斧劈开了黄河下游的山林,开垦出第一片土地;是他在苍茫旷野上的第一声凄厉的长啸,撕裂了鸿蒙的苍穹,带来了文明的火种,从此薪火相传,泽被后世。

我们不仅是炎黄子孙,也是蚩尤的后人。

六

我不禁想起,此去西南三百余里,正是宝鸡神农镇,那里也有一座祖陵——炎帝陵。

所谓的"炎帝"故里也有很多,因为黄帝并未杀死炎帝,与炎帝握手言和,收编其部队,共同斩杀蚩尤。因此炎帝也传了一世二世三世乃至十五世,且第十五世名为伯夷,佐尧帝掌四岳,佐大禹治洪水,因功受封于吕,为吕侯,是吕氏得姓之始,后世大名鼎鼎的姜太公吕尚,似乎便是他的后代。这些二世三世等迁徙于各地,因此我们今天依然会看到各地的"炎帝故里"。然而论及真正的第一代炎帝的陵墓,当在宝鸡。

我们一直自称为"炎黄子孙",如果炎帝就是神农氏,那么他的业绩则主要在于农业。炎帝之前,是伏羲时代。伏羲是毫无争议的"三皇"之一,据传他画卦结绳,授人渔猎,是典型的采集经济阶段;而炎帝(神农氏)制耒耜、立市廛、做陶器,刀耕火种,完成了向种植经济的转变。

而宝鸡的天台山、常羊山、清姜河、炎帝陵等,多个地方则构成了一条完整的炎帝神农氏从出生到逝去的炎帝文化链条。

相对来说,黄帝的业绩似乎要更广泛、更深刻一些。实际上,这是因为我们的祖先崇拜情结。众所周知,中华文明的演进,经历了生殖崇拜(如伏羲之蛇),图腾崇拜(如炎帝之牛,黄帝之熊或龙),最终定格为祖先崇拜(祭祖文化)。从先秦而后,我们的祖先崇拜情结,让我们把一切功绩归于伟大而神秘的祖先。

于是黄帝便成了文明与智慧的化身。于是黄帝为人文初祖,制衣冠、建宫室、演历法、创音律;于是他身边的妃子大臣,也都成了圣母先贤,嫘祖始蚕、仓颉造字,都宛若神明。

其实,黄帝更为重要甚至最为重要的功绩,也是他成为华夏最重要的始祖的原因,就在于他能够兼收并蓄,海纳百川,没有地域偏见与民族歧视,团结海内,天下一统,形成了华夏民族的雏形。

七

黄帝不仅是祖先,也是圣贤。

据说黄帝统一天下之后,巡游海内,封禅泰山。经过了半生征伐,戎马倥偬,烽烟渐渐消散,他似乎也有些厌倦,"举风后、力牧、常先、大鸿以治民",垂拱无为,与民生息,有凤凰衔图,黄龙捧书,成为上古文明中的一大盛世。这种无为而治也被后人看为道家的源头,称道家为"黄老之学"。

相传中医的形成也与炎黄有关。炎帝神农氏(我们不妨暂且将之看为一人)尝百草,辨药物,后人假托有《神农本草经》;黄帝于崆峒谒广成,过王屋得丹经,又向玄女、素女求教长生之法,采药修炼,后人便寓黄帝岐伯君臣问答,而成《黄帝内经》一书。而《神农本草经》与《黄帝内经》,皆为我国汉族传统医学经典著作。

以上当然是后人假托附会之辞,但也不难看出炎黄祖迹或圣迹的巨大影响。记载炎黄的文字有很多,除了上文提过的《国语》《史记》,再如约成书于春秋战国的《竹书纪年》中这样说:

炎帝育于姜水,故以姜为姓。

东汉皇甫谧《帝王世纪》则说:

炎帝神农氏,姜姓也。母曰任姒,有蟜氏之女,名女登,为少典正妃。游于华山之阳,有神农首感女登于常羊,生炎帝,人身牛首,长于姜水,因以氏焉。

再如《山海经》:

黄帝取密山之玉荣,投之钟山之阳。

……

川乔山有黄帝祠,大荒内有轩辕台,射者不敢西向,畏轩辕故也。

此外,如《管子》《抱朴子》《吴越春秋》《汉书》《水经注》《淮南子》等,皆有关于二者的记载,或者长篇大论,或者只鳞片羽,但从中都可以看出炎黄二祖在岁月中的痕迹是如此深刻,在历史中的烙印是如此醒目,对后人的影响是如此深远。

大哉炎黄！伟哉炎黄！

八

我看着黄帝陵。

就是这座祖陵，沐浴了五千年的风霜雨雪，俯视着八万里的沧海桑田。一个个朝代王旗变幻，一群群人物粉墨登场，政权交替，战争来去，辉煌的、消逝了，荣耀的、落幕了，厚重的、沉淀了。风流总被雨打风吹去，唯有这座祖陵，岿然不动，仿佛时间在这里凝固，岁月在这里停歇。

历朝历代都少不了对炎黄的祭祀。

古人说，"国之大事，在祀与戎"。戎，是战略安全，祀，则是文明安全。只有回首过去，才能传承文化，延续文明。只有知道我们拥有什么，才知道我们失去了什么，还缺少什么。也只有在祭祀之时，我们才能稍稍寄托自己的情感，问问自己的内心，找寻人生的答案。

有答案吗？不知道。但我想，情感寄托永远与文化情节密不可分。祭祖，是身份确认；朝圣，是价值追寻。祭祖，让我们知道我们从哪里来；朝圣，让我们知道我们往哪里去。无论是祭祖，还是朝圣，都是在寻求那个人生的终极答案。

而答案，只能在文化中。

起风了，流云漫卷，山林呼啸如同鬼神哭号。

下山以后，再次回头，狂风翻卷，大雨落下，水雾弥漫，宛若整座祖陵在吞吐天地，于风雨中沉浮。

杨蕾

> 一个来自陕北的妹子。热爱中文、热爱生活。坚持着先做人再做事的信念,敢想,敢做,也勇于放弃。街上路人行匆匆,几个还在做自己喜欢的事,不如随心所欲,做真实的自己,追喜欢的梦。

把根留住

故乡的概念,总是要等到你久久地远离她,才能真切地感受到她的含义与分量。

叛逆期的时候拼命地想离开家,好像笼中的小鸟无数次渴望挣脱牢笼,所以高考填志愿的时候,毅然决然地没有选择一所离家近的学校。我告诉自己,虽然这不是什么远走高飞,但我也得走得远远的,到一个父母管不到的地方,过一段自己的生活。那个时候,就这么单纯地认为这就是长大的标志,好像自己的人生就要从此开始,青春终于要掌握在自己手里了。

后来,梦想真的实现了。记得我当初到达北京,飞机稳稳地停在首都国际机场的时候,身边是高高的电梯和大批的人群,我跟自己说:"北京,我终于来了。"于是,生活由原本家乡的地面之上的公交车变成飞驰的地下铁,由原本家乡的了如指掌的每一条街巷变成一个个从未听过名字的坐标,由原本家乡的广阔静谧的星空变成直插云霄的摩天大楼,由原本家乡的最喜欢的那几个旗舰店变成数不过来的购物中心,由高中时厚厚的一摞摞卷子变成了 word 文档和互联网。出去吃饭的时候再也遇不到曾经能记得我点菜喜好的热情老板了,手里的排号小票写着"您前面还有 86 桌客人在等候"。

去了只在电视上看过的九万人的体育场,见了七年前贴在墙上一抬头就能看到的海报里的那个明星,那些年抽屉里放着的卡带和CD忽然变成现场版仿佛就是一场梦。才刚进入十二月份整个城市就已经开始张灯结彩了,飘着雪的夜里,北京世贸天阶的巨大的LED屏在无数欢呼声中定格了那一句新年快乐。所谓的大城市啊。一切都是精彩纷呈的,在眼前闪烁着。好像在一条风景绮丽的路上走着,永远没有尽头的样子,在大城市的日子,周围的人都在跑,每个人都拼尽全力,我也慢慢地就被推到了人群中,被迫地习惯这样的节奏。

睡满六个小时的日子越来越少,出门的时候路边飘着的是小吃摊的豆浆油条包子饼和粥的味道。教务系统成绩单选项里揪心的数字一直在变化,填了一个又一个网申,刷了几乎所有的题库。乘着早上8:30和晚上7:00等了好多趟依然人挤人的地铁,进站出站的时候扶梯上挤满了人。走在天桥上的时候一眼看过去是堵在路上一动不动的看不到头的车辆,空气中永远充斥着汽油味和尘土味。排得越来越密的时间表,压缩的越来越短的假期,一件接着一件的做不完的事,一天连着一天的繁忙。时常因为芜杂斑驳的睡意在深夜毫无征兆地醒来,白天喧闹的世界归于深水般的平静,那种巨大的失落感和空洞铺天盖地而来,仿佛梦境一般,忽然来到一个迥异的陌生空间,周围空无一人,不知如何是好。不记得从什么时候开始,生活就这样改变了,没有任何的接受与不接受而言,好像漂得久了,很轻易地就把自己弄丢了,变成了一座城市喜欢的模样。

"孩子,最近过得怎么样?""嗯……还好吧。"不过是不能回家的法定节假日,不敢停留的昂贵的太平洋百货,不再是小时候零点鞭炮声不断的春节,哈德门广场中心那颗最大的圣诞树在每一个冬天里安静地亮着灯。不过是把过去的一切全部归零,在陌生的城市习惯别人的方式用旋转的速度学习、工作和生活。比别人多用一倍的时间赶一个接着一个的作业,用还没有路边乞讨的人说得地道的普通话做课堂展示,每一次展示之前为了做到最好还要在私底下练习无数遍。带着没有优势几乎有些尴尬的外地人身份,填了比在家乡时多几乎三倍的实习和工作申请,和在这座城市生活了二十多年的人竞争着同样的机会,熬了无数的夜,收了很多个默拒。一路上就是这么磕磕绊绊的,摔倒了再爬起来,再摔倒,再爬起来,我一直在外漂着。

"孩子,什么时候放假啊?什么时候回家?""就快了。"太累的时候总是想起小时候的事情,我生活在远离大都市的一个陕西的小县城里,这里是我童年开始的地方。小时候我最盼望的就是过年,一到春节,我们都会聚到奶奶家里,我有三个表姐、两个表哥,为此我曾无数次感到幸运,这填补了独生子女孤单长大的空白,点缀了童年一起长大的回忆。作为大家族第三代的我们兄弟姐妹几个人,一见面就恨不得一口气聊到天亮,把一年的故事都讲完,每到过年大家的娱乐活动也从自己举办唱歌、讲笑话、成语接龙演变成打扑克、下五子棋,孩子们的世界总是丰富多彩、无边无际的。每到过年全家人都会坐在一起包饺子,手艺颇好的大舅是主厨,早早地剁好所有的馅,肉馅、素馅各一大盆,然后放在客厅里的大桌子上,家里的女人们开始和面、擀饺子皮,孩子们坐在爷爷亲手做的属于每一个人的小凳子上,也学着大人的模样开始包饺子。

这时大街上总有锣鼓的、唢呐的、踩高跷的和跑旱船的人,家里的孩子们兴奋地嚷起来,大人们也拍拍手上的面,跑到门口去看。队伍中的人都穿得花花绿绿,拿着大红的扇子或手绢,其中有一个扮猪八戒的,格外招小孩子喜欢。其实每年都是那些人,都是那些衣服,但记忆中永远只记得他们的衣服那么好看,那时的天很蓝,没有一点烦恼的我,小孩儿们追着队伍跑,顶着零下三十多度的寒气,跑了一年又一年。

已经不记得有多久当我回到蜗居的时候,没有听到那两个人问你今天过得怎么样,有多久没吃过妈妈亲手做的饭菜,有多久没听到谁唠唠叨叨"注意身体"了。没有人在我学习的时候轻轻地把洗好的水果放在我的书桌旁,亦没有人十点左右就跟我说关灯睡觉。有的时候埋头写作业,连时针在零点之后划了大半圈自己都不知道。没有人给我买回来我不喜欢的衣服,我再也不用担心衣柜里会有妈妈为我选的保暖衣服了,没有人在我生病的时候准备好开水和放在杯子旁边的药,去医院的时候我总是一个人迷迷糊糊裹着大外套一边咳嗽一边挂号。

前年连着生了两场大病,一次又一次地抽血化验打吊瓶,等化验结果的时候和坐在旁边的老奶奶聊天,听她说着她自己的故事,说着她生病去世的儿子。老奶奶说"人活着最重要的是身体",当我正忙着用棉棒按着抽过血的针口时听到这句话,鼻子一酸,想家。

我们总是想,远方尚远啊。我们好像对学习,工作,结婚,度假做了好长好长的规划,就是忘了填上那一项:回家。

　　"累了就回来吧。"世界上最爱我们的人这么跟我们说,我们这一代人,无论走到哪里,始终都是异乡的陌生来客,在城市与乡村之间的夹缝中踽踽独行,但只要家还在,总能找到回去的路,漂泊的行程中,心落地,人才会安宁。

张航航

男,西北大学文学院创意写作班学生。静如处子,动若脱兔。可以在体育场上肆意狂奔,感受运动带来的乐趣,也可以一个人蜷在安静的一隅,独享一份美好的宁静。大学期间,虽没有多少让人惊喜的作品,但却喜欢用文字表达内心的想法。爱好和平,与世无争,文字风格也如一面平静的湖,波澜不惊。常常寄灵感于生活,努力追寻生活的真实!

怀念一棵树

今天看到这样一则消息:湖北襄阳花费四百多万元保护一棵工地上的古树,这棵古树树龄达到了323岁。

许多网友对这项举措称赞有加,大家纷纷在朋友圈里转发了这则新闻。而我却想起了家乡那棵只能存在于记忆中的千年古木。

三年前的一个夏天的午后,雷声大震,狂风肆虐,一场暴雨从远方来袭,几丝闪电从天边划过地面,然后狠狠击中了不远处的古树,伴随着呼啸的狂风随之而来的是一声惊天的巨响,家乡存活了一千多年的古树轰然倒塌,万物陷入了一片死寂。

熙熙攘攘的人群从远处向古树断裂的地方聚集,人越来越多,宽广玉米地的三分之二被古树倒下的枝干覆盖,人们把古树围成一个圈并不断向后延伸。古树倒下后没多久,几乎全村的人都来了,不是为了看热闹,而是为这千年的老者送上最后一程。在众人的眼里,我看到了遗憾与不舍,有人甚至流下痛苦的泪水,那种痛如同自己失去亲人一样,的确,我们所有人都失去了一个亲人。

一个不起眼的村子因为古树的存在而变得不再渺小,古树是小村庄一道亮丽而独特的风景。在通往村庄的路口,远远就可以看到一个高大挺拔的身影骄傲地屹立在苍穹之下,遮天蔽日的枝干撑起一抹浓绿,如同一片小小森林,呈现出无限生机。

　　就像一位穿越千年的老者,用自己的德高望重宣告一场盛世;又如一个至尊至圣的神灵,庇佑着大地的子孙。古树在不经意间成了家乡的吉祥物:谁家孩子病了,大人们总会来树前,磕几个头,上几炷香,祈求孩子早日康复;贤惠的妻子,总会在丈夫出远门打工前,在古树的枝条上系一条红丝带,保佑丈夫平安归来;白发苍苍的老者,会在日出前的清晨和日落后的黄昏坐在古树前的石椅上,对着古树倾诉几句,聊聊往事。古树是孤独游客旅途中的依靠,为他们遮挡骄阳、赶走风雨;古树像一个老好人,无条件地满足所有人的要求,包容一切;古树更是一个倾听者,倾听烦恼、忧伤、孤独、痛苦、欢笑、泪水……我们在古树的怀里成长,古树在我们的心里凝固。

　　古树的周围分布着大大小小的村落,周围的村民如同子女一样成了古树的守护者。曾听老者说,很多年以前有人在古树上砍了几刀,然后古树涌出了鲜血,周围的村民便认为古树是神灵的化身,出于敬畏,他们不约而同地约定,祖祖辈辈都要保护好古树,不让古树受到任何伤害。这个传统保留至今,如今那些老一辈村民早已不在人世,他们的承诺由子孙去履行。一天,一位老者把众人召集起来,他告诉大家古树托梦给他,在梦中古树断了。大家心里很不安,来到古树前,有人爬上树发现树的一个主要分支出现了裂痕,于是村里人聚在一起商议拯救古树之事。大家聚资买来固定古树的材料,动工那天,所有人围绕古树磕了头、烧了香之后便开始工作了。青壮年们爬上树给裂开的枝干安上钢架,然后抹上混凝土,工程足足做了五天,完工后古树就像被打上了石膏,看起来坚固无比,大家悬着的心也就放下了。这以后大家更相信古树具有灵性,对它也有一种难以言说的情愫。

　　和古树的故事并不多,在我心中它就是一道风景,每次经过它身边总忍不住用相机拍几张,然后用敬畏的眼神多看它几眼。在同学和朋友面前,古树是值得我炫耀的唯一资本。别人问我有什么,我会用古树概括所有。我之于古树是一位诚挚的仰慕者,古树之于我是一种象征美好的符号。我一直在想,古树跨越了千年,一定是有什么想要对人们诉说。千年的生命,它甘愿选择隐藏在遥远的大山,不张扬,只是用顽强的生命让我们见证了它经历的风雨。到底是我们选择了它还是它选择了我们? 这是我一直思考的问题。现在,当它倒下的那刻,我明白了,是它选择了我们。在它面前,我们都是它的子孙,每一辈人的酸甜苦辣都深深地刻在它的年轮里,历久弥新。它是我们灵魂深处的归宿,就像一个个远离他乡的游子时刻挂念着自己的母亲,回到故乡时总能找到一份寄托。古树庇佑着一方水土、一方人,在它倒下的那一刻依然如此。就在它的周围聚满了民房,如此的参天大树只要轻轻倒下,这些房屋便会荡然无存。万幸的是,古树倒在了一个远离民宅的偏僻角落,它是不会伤害它的孩子们的。

  大家都认为是狂风暴雨是古树最后的终结者,但我觉得暴风雨是为它送行的最好方式,它的确需要休息了,经年累月的风吹雨打已让它疲惫不堪,坚固的躯体被侵蚀得体无完肤,再也无法承受千千万万枝干的巨大压力了。它生得平凡,应该要去得壮烈,也许这也是天意吧。

  古树倒下后,只剩下一个几米高的树桩屹立在原地,上次经过树边,发现树桩的顶端一棵树苗绿得发亮,想必千年之后它又会静静倾听后人的故事吧!

张煦琳

　　暂时二十一岁九个月大,性别:姑娘。祖籍山东菏泽,户籍陕西渭南。作为山东人,身高始终是暴露我基因的最有效途径。作为渭南人,在习大大当上主席进行雷厉风行的大改革后,我小小的城市自尊心与自豪感得到了极大的满足与提升。自小生在渭南,长在渭南,对渭南感情极深。于是当乍来到郭杜这个富有内涵却稍显荒凉的地方,思乡之情便泛滥不可收拾。但勉强算个争气孩子,为着心中刚刚冒出小芽的文学梦坚定在此扎根。可谓:胸有千壑,欲以书卷相填;情起万丝,愿以西大相系。爱好有静有动:静如读书旅行、绘画手工,动如唱歌舞蹈、打球下厨。

夫何一佳人
——赏读《长门赋》与《楼东赋》

　　"夫何一佳人兮,步逍遥以自虞。魂逾佚而不反兮,形枯槁而独居。言我朝往而暮来兮,饮食乐而忘人。心慊移而不省故兮,交得意而相亲。"
　　本该是怎样美丽的一个佳人,却因忧郁而步履渐缓,眉头紧锁,陷入深思。你的魂儿已经远去且决计不会再回来了,这使得我形容枯槁,含愁独居。口中说着清晨离开,暮色将至时便会回来,不料却因与新人饮乐而忘记旧人。你爱的那个人已不再是我,于是从此便恩情断绝。
　　短短几笔就勾勒出陈皇后满腹忧愁,橐橐踱步的可怜之相。她言语郁郁,埋怨着君王的无情。
　　"伊予志之慢愚兮,怀贞悫之欢心。愿赐问而自进兮,得尚君之玉音。奉虚言而望诚兮,期城南之离宫。修薄具而自设兮,君曾不肯乎幸临。廓独潜而专精兮,天漂漂而疾风。登兰台而遥望兮,神悦悦而外淫。浮云郁而四塞兮,天窈窈而昼阴。雷殷殷而响起兮,声象君之车音。飘风回而起闱兮,举帷幄之襜襜。桂树交而相纷兮,芳酷烈之闇闇。孔雀集而相存兮,玄猿啸而长吟。翡翠胁翼而来萃兮,鸾凤翔而北南。"

我所做的是何等的愚蠢,但那蠢事却只是为了博取你的欢心。希望可以予我机会,容我哭诉,我心中万分焦急,只因等待着你的回音。明知是虚言,但仍然愿意相信那是诚恳,心里始终期待着,期待着有朝一日可以相会长门。每天都将床铺整理好,你却始终不肯幸临。走廊寂寞而清冷,风声凛凛,晨寒相侵。登上兰台含情遥望,精神恍惚,似梦如魂。浮云缱绻,涌至四方,长空幽暗,天气骤阴。雷声殷殷,如你的车群。冷风飒飒,吹动床帐帷巾。桂木交错重叠,香气浓烈。孔雀纷纷来朝,猿猴长啸哀吟。翡翠收敛翅膀,相连而降,鸾鸟与凤凰南飞北往,不知何定。

既然期望重获荣宠,那么不免要对自己做出一番检讨。陈皇后痛斥自己的愚蠢,并把这些愚蠢的缘由归于深爱。她谈起自己的日常:每日将床铺整理好以待圣临。这是明知不可能而为之的举动,寥寥数字,一个为爱已然痴傻的女子形象便跃然纸上。只因为太想念,所以连雷声都听成了君王所乘坐的宫车之声,这无疑是值得人们同情的。

"抚柱楣以从容兮,览曲台之央央。白鹤噭以哀号兮,孤雌跱于枯杨。日黄昏而望绝兮,怅独托于空堂。悬明月以自照兮,徂清夜于洞房。援雅琴以变调兮,奏愁思之不可长。案流徵以却转兮,声幼妙而复扬。贯历览其中操兮,意慷慨而自卬。左右悲而垂泪兮,涕流离而从横。舒息悒而增欷兮,蹝履起而彷徨。揄长袂以自翳兮,数昔日之諐殃。无面目之可显兮,遂颓思而就床。抟芬若以为枕兮,席荃兰而茝香。"

深情地抚着玉柱,凝望玉台广大的样子。白鹤长鸣哀哀,孤单的雌鸟在枯杨上久久直立着。望得来黄昏却依旧望不来你,千种忧伤只得付与空堂。明月照亮我的孤寂,清寂的夜就这样侵入洞房。抱瑶琴却已弹不出正调,况且我本也知道愁思自是无法以此相遣。按琴变徵,音色轻细而悠扬。将这些乐曲连贯观之,自可以看见我慷慨高昂的情操。宫女闻声垂泪,泣声如网,不绝于耳。微微叹气,不觉抽泣,趿着鞋子起身却再次陷入彷徨。举衣袖遮住面容,万分懊悔昔日的张狂。我没有面目再见人,只得满腹颓然,悒悒上床。团拢芬若以为枕,荃兰茝制成的席散发出淡淡的香气。

陈皇后明知愁思无法排遣，却依旧做着无谓的挣扎，借此表达自己高尚的情操。以往的交横跋扈已然不见，取而代之的是一个连宫女都为之"涕流离而从横"的苦命女子。

"忽寝寐而梦想兮，魄若君之在旁。惕寤觉而无见兮，魂迋迋若有亡。众鸡鸣而愁予兮，起视月之精光。观众星之行列兮，毕昴出于东方。望中庭之蔼蔼兮，若季秋之降霜。夜曼曼其若岁兮，怀郁郁其不可再更。澹偃蹇而待曙兮，荒亭亭而复明。妾人窃自悲兮，究年岁而不敢忘。"

忽然从梦中醒转，隐约又枕于你的身旁。蓦然惊醒，却发觉原来一切都是虚幻，心魂惶惶，若有所亡。午夜的鸡鸣声使我更添愁绪，挣扎起身，独对月光。星辰密密，横亘穹苍，毕卯已移，出于东方。庭院中月华如水，如深秋之寒霜。夜色深深，似一年那么漫长，心怀郁郁，不由感伤。我无法再入睡，只好静待黎明，将明微暗，那曙色始终无法从远方行至我眼前。我不禁自悲感伤，唯有在心中默然许下：年年岁岁，永不相忘。

情深之处，自入幻境，陈皇后仿佛又回到了两人相恋的那段时光。然而梦醒心碎，只得强忍悲伤，望着天际等待天明，并且在心里默默告诉她的夫君：无论岁月逝去也好，你将我忘掉也好，我都不会将你从心里抹去。

司马相如身为男子，对陈皇后的心理把握可谓面面俱到。陈皇后说得出的，或是说不出的，他都将它们化为文字，倾注在《长门赋》里。《长门赋》作为一篇皇后的罪己书，其中没有过多地检讨自身的错误，而是着重描写了一名女子失宠后的可怜情态。辞藻华丽，情感真挚，文风寂寞却不绝望、卑微却不自贱，这实在是很值得称道的。武帝重拾旧情是不大可能，他在最后一刻对陈皇后心软，我以为是爱相如才华之缘故。刘勰所说的"情"与"采"，《长门赋》的确是一个很好的例证。

然而六百多年后那位梅花般的女子却没有陈皇后这般好运了，即使她笔下灿灿生花，君王流泪动容，却还是留她在幽宫寂寞地凋谢。她的文采未必不及司马相如，君王也并非完全忘记了对她的所有情意，只是那新宠美丽却蛮横，耀眼却狭隘。她的美丽耀眼使她压轴"古代四大美女"，她的蛮横狭隘却使她将玄宗当成了自己的私人物品，近者必除。杨玉环确实很对得住她的"羞花"之名，可是在我看来，这未必是什么好的名号。骄横的杨妃扭着丰腴白皙的身子不可一世，恶狠狠地羞辱梅妃这朵将谢未谢的残梅。她威胁玄宗不许去看望她,彻底斩断了梅妃最后的盼念。纵有华赋如长卿,奈何宠人跋扈,君王无情!

《楼东赋》知名度也许不及《长门赋》,但其珠玉般的文采,激流般的情思确是不输《长门赋》的,况且这是那位失宠的梅妃亲手所作,自然也就更多了一分真实。

"玉鉴尘生,凤奁香殄。懒蝉鬓之巧梳,闲缕衣之轻绿。苦寂寞于蕙宫,但凝思乎兰殿。信摽落之梅花,隔长门而不见。况乃花心飏恨,柳眼弄愁。暖风习习,春鸟啾啾。楼上黄昏兮,听风吹而回首;碧云日暮兮,对素月而凝眸。温泉不到,忆拾翠之旧游;长门深闭,嗟青鸾之信修。

忆昔太液清波,水光荡浮,笙歌赏宴,陪从宸旒。奏舞鸾之妙曲,乘画鹢之仙舟。君情缱绻,深叙绸缪。誓山海而常在,似日月而无休。

奈何嫉色庸庸,妒气冲冲。夺我之爱幸,斥我乎幽宫。思旧欢之莫得,想梦著乎朦胧。度花朝与月夕,羞懒对乎春风。欲相如之奏赋,奈世才之不工。属悉吟之未尽,已响动乎疏钟。空长叹而掩袂,踌躇步于楼东。"

她作惊鸿舞,一舞成名。玄宗赞她:"吹白玉笛,作《惊鸿舞》,一座光辉。"她也曾获尽君王的无上荣宠,天真地以为可与玄宗"一生一世一双人",直到那名叫杨玉环的女子的出现彻底打碎了她所有的美梦。梅妃性格柔弱,远不是善妒且工于心计的杨妃的对手,很快她就被赶至上阳东宫,终岁难见天颜,难得的一次相见也被杨妃破坏。玄宗告诉梅妃,他不敢见她只是怕杨妃撒野。而我却以为,是玄宗不够爱她的缘故,至少没有像爱杨妃一般爱。梅妃本想请人代赋诉悲,无奈世人惧势且无才,最终只得自己亲自动笔。

积满灰尘的玉镜,香味尽散的妆匣。她已经懒得再去梳漂亮的发饰,懒得再去穿美丽的衣衫。她只愿精心描摹着自己的寂寞:花倘有心,飘扬的全为怨恨;柳若有眼,流出的必是哀愁。梅妃的笔下流出淡淡的哀怨,怨君王喜新厌旧的无常。他忘记了太液池中清波微漾,她含笑陪他演奏《舞鸾》妙曲;也忘记了画鸥仙舟里,他情意绵绵,许下山盟海誓,要情比日月。可是胸中愁闷还未尽言,却已响起报时的晨钟,梅妃不得长叹哭泣,在楼东漫步徘徊。

梅妃所言便是她内心所想，未经他人揣度，就那样毫无保留地倾泻于纸上。她的寂寞已化为仇恨，她怨杨妃夺取她的爱幸，但其中更多的则是对玄宗的怒其不争。《长门赋》中司马相如尚对天子的权威有所保留，只是一味地委屈求全。而在《楼东赋》里，梅妃却借杨妃之名，大诉自己对玄宗的怨与恨，抒情更为大胆与直接。直抒胸臆的张扬凌厉，也是《楼东赋》另一特色所在。只是可怜这直言不讳的女子，终是不愿再低下自己高昂的头颅，只淡淡面对玄宗的补偿道："何以珍珠慰寂寥。"然后决绝转身。

此两篇赋作都充分地抒发了后宫女子在失宠后的心酸与悒郁，词词句句充满幽怨与寂寞之感，读罢令人不觉为之动容。意曲词婉也好，直言怨怒也好，不同的抒情风格都同样忠实地表达出了她们的落寞心境。这是男权主义下柔弱女性的悲歌，也是她们的深情对君王无情的强烈反讽。寂寞难言，我们却依旧能读出她们的苦痛与无助，可见这两篇赋作在抒情遣意方面的成功。

夫何一佳人，总是君无情。

张壮

男,西北大学文学院2013级创意写作班学生。

执着

李同学,初次见他时,对他的印象并不好,无论是谁见他印象都不会太好。因为他的外貌——一只眼已经失明。

所有人在还不懂世故的年纪,碰见一个残疾人,总会有异样的眼光,或同情,或嫌弃,总会有那么一点。

记得高三与他同班时,很多同学都很小心翼翼地与他相处。没有人会问他的眼睛,因为这很不礼貌。一位同学说过:"我与他相处虽然很好,但总觉得差了什么,大概是他有一只眼睛是坏死的。"

许多个清晨,所有的学生都在上晨读课,很多人在聊天。我看到他每次都很认真地看书,背书。我知道学习是学生最重要的事,但做到一丝都不懈怠,在我看来那是很难想象的。

我问了他,为何这样做。他说:"相比于其他人,我拥有的不多,我有残疾,但我的心不是残疾的,我要做行动的巨人,很多事我都可以做,可以比别人做得更多。"

一些没有他优秀的同学,虽然很佩服他也很同情他,但嫉妒心往往会让人丧失理智,某同学说道:"他没有自信,自卑促使他比常人更加努力,但这只会使他更自卑。"

另一位同学反驳道:"他即使自卑也比你自强得多,你拥有再多,也会失去,他一无所有,十分努力便能打垮一切。"同学未再言语,保持了沉默。

他也许从小受到的歧视太多,所以后来就慢慢培养出了异于常人的踏实性格,说着简单,确实很多人做不到的。

他还是个热心帮助别人的人,无论大事小事。记得一次班级里有个女生在路边施舍一位乞丐,却被乞丐抢了钱包,女生急得直哭。没有人上去帮忙,一方面乞丐身上并不卫生,另一方面都怕摊上事儿。就在那一刻,他毫不犹豫地上前把钱包抢了过来。至此,很多女生被他的行为感动,很多人也能直视他的目光,那人性的光辉在眼光中闪动,越过了残疾,触动了许多人。

他也很爱运动,每次都和同学们在操场踢着足球,挥洒着汗水。他很认真,即便是运动也会一丝不苟地去做,普通的娱乐活动也会找出自己的弱点,强化训练,做到与同学更加淋漓尽致地去玩。做一道题目,不会便去问同学与老师,会的失误了,便会想方设法地提醒自己以后要更加注意。

记得那年暑假,他邀请几个同学去他家玩,酒足饭饱之后,他聊起了往事,我们也第一次问了关于他眼睛失明的事。他第一次直面这个问题,我们也终于明白这可能影响他一辈子的残疾的由来。"小时候的疾病,没钱,便失明了。"很简短的一句话,却述说了似海一样深的无奈。

他还有很多事迹,说是说不完的。

在向高考奋斗的日子里,他总像是有看不完的书,学不完的知识。焦虑很明显地写在他的脸上。

后来我问了他的同桌,为什么一个总是对生活充满希望的人,会如此异于常人的焦虑。他的同桌回答道:"正是因为他比别人更加努力,比别人拥有的少,他才更怕失去,更怕一无所有,高考啊,那可是高考啊!"我明白了,我们即使做到了对一切充满希望,但当失望的阴影到来时,我们终不会放过自己,担心自己的懦弱与无能会毁掉自己所有的努力。

我从此以后更加关注李廷同学,尽自己所能去帮助他。不过命运难以揣测,付出的努力也会有失败的时候,高考时他考上了三本,但因家境原因,便辍学加入了农民工的行列,早早踏入了为了生存的生活。不过我与他的联系并未断开,每天,在社交工具上,总能看到他的状态。无一不是描述了生活的艰辛,但却并不放弃之类的。

寒假时,同学聚会,与他见了一面,他不再像上学时那样生机勃勃了,看起来更像是被生活打倒的硬汉,但他的眼神却无比的坚定。我想,他即便高考失败了,却依然没有被打败。

当时在饭桌上,我能感觉到,不止一位同学想去问他:"遗憾吗?"但终是无人问出口。我是怕伤害他,便没有说出口。一位同学和我说:"他那么勤奋那么努力,何苦再用一件遗憾的事去折磨一个仍对生活充满希望的人呢?"

　　时至今日,我与他见面仍不多,他的QQ仍在更新,生活仍在继续,他也许比常人过得苦了许多,但苦尽甘来,他从未放弃心中的理想,生存只是他现时的状态,他终会一飞冲天,成为生活的王者。

赵海涛

男,1995年生,天津人,西北大学文学院2013级创意写作班学生。热爱写作,在学习期间进行各种文体的写作,诗歌初学者,常言自己的诗歌为"试作诗"。愿在踏实地写作与学习研究后,树立自己的诗歌观念,从而在诸多诗人的影响下写出有自己特点的诗歌作品。

汉长安城赋

古都长安,神州首善。蓝田聚落,仰韶城垣。高陵壕环,建制初显。星殒朝歌,凤鸣岐山。牧野一战殷商殁,鹿台一炬姬周兴。沣分两京,西酆东镐。文筑灵台,市兴成康。幽崩骊山,平王东迁。春秋五霸,战国七雄。秦扫六合,扩都咸阳。东迄黄河,西达千渭,北起九山,南至秦岭。冀阙兰池,甘泉上林,六国宫殿又阿房。独夫骄固,戍卒函谷,楚人炬之为焦土!

汉初高祖,斩蛇沛丰。合兵项梁,灭秦入关。约法三章,退于灞上。东出彭城,垓下鸿沟,以布衣提三尺剑而终取天下!四海既平,京都暨商。良言忠口,娄敬子房。大风起兮云飞扬,高祖得猛士以走四方。高帝太祖非平王,定都何须在洛阳?雒邑城郭,寥寥百里。地薄平坦,周而不全。关中天险,长治久安。崤函陇首,渭泾灞沣。长据天时,久拥地利。南临巴蜀,沃野千里,物产富庶;北阜匈奴,开关放市,屡见其效。其西汧涌,开源众流。九州上虞,自东顺流,朝发夕至。周起丰都,秦雄咸阳。雍州寔惟历朝兴盛之宝地,君临天下之龙脉。华实之毛,防御之阻,金城千里,天府之国。奉春留侯,建策演成。

皇明暨发,相国奉诏。秦宫俱焚,首复兴乐。易名长乐,此为基础,取名乡聚,修建长安。渭河渡口,武关岔道。关中腹心,易守难攻。东缮长乐,西兴未央。双星并立,龙首原上。帝后居此,威仪至高。惠帝元年,长安兴垣。周回十里,城高五丈。三条广路,十二通门。覆盎西安,宣平清明。烟云相连,渠环水绕。汉武盛世,筑台柏梁。木兰为栋,文杏为梁,金铺玉户,重轩镂槛。未央西侧,垣外建章。栈道凌空,俯仰云霄。八街九陌,桂宫明光。南凿昆明,北拓上林。亭台高筑,苑囿广袤。珍禽奇兽,奇珍异草。班固美赞,托口西都。张衡拟作,因以讽谏。精思傅会,十年乃成。

胜地不常,盛宴不再。盛衰荣辱,犹如转烛。城应朝兴,都随代改。隋初旧都,久经战乱。宫宇朽蠹,残败不堪。污水沉淀,壅底难泄。龙首原南,新都大兴。盛名难却,犹称长安。隋恭禅让,李唐兴盛。大兴不再,改称长安。太宗大明,玄宗兴庆。无言西楼,杯酒兵权,都城不再,渐没长安。昔时金阶,白玉堂前。即今难见,青松古柏。奉元洪武,建府西安,此后长安,寔惟府县。关中八景已难全,遗址尚存汉长安。

朱斯韵

女,1995年生,海南海口人,西北大学文学院2013级创意写作班学生。怀揣有对文案的小梦想,喜欢旅行、摄影、音乐,想要用有限的生命,去看无限的世界,做一个笑得开朗、能很洒脱地脱掉鞋子奔跑的人。

还好有阳光

我的宿舍没有阳台,天气好的时候,阳光会肆无忌惮地直接透过陈旧的墨绿色的窗帘洒进来,暴露空气中飘浮的细小的尘埃。

能在温暖的阳光中醒来是一件很幸福的事情,感觉好心情会伴随整整一天。我通常会选择在周末的早晨洗衣服,看到那么大的太阳,想到衣物能见到阳光,水分在太阳的烘烤下蒸发,晚上收衣服的时候能闻到好闻的太阳的味道,心里就很兴奋。于是起床,脸都不洗,就抱着一大袋脏衣服下了楼。

洗衣房里成排列着五台洗衣机,刷卡收费使用,每次使用之前我都会清理收集废物的网兜,丢掉块状的黑色废物,用牙刷刷洗表面,冬天的水会把我的双手冻得通红,当我离开它的时候,它还会像胶水一样附着在我的指间,让我感到黏着感。我对这件事情是排斥的,但是每次都做得很认真,感觉像是在整理一个星期以来的负能量一样。

我拿着脸盆和许多衣架来到两栋宿舍楼之间的空地,蹲在地上发呆,等着我的衣服们回到地球。

我仰头,见到了西安久违的蓝天。西安的蓝天和海口的不一样,西安的蓝天,蓝得更透彻,更大气,一整片天空就只有蓝,像是证件照后的蓝色背景一样,任何东西在它的映衬下都会十分显眼。而海口的蓝天,好像更可爱一点,更清新一些,它的颜色没有西安的那么深,是一种嫩嫩的蓝,是婴儿衣服上的颜色,还飘着一团一团的白云。

不知道在这同一时刻,海口的蓝天有没有比我印象中的更可爱,而北极的天是不是也蓝得这样深邃?非洲的呢?澳洲的呢?……

我常常会去想象地球另一面的事情,对未知的世界保持着极高的好奇。生命好像就是一场无休止的修行,我想像顾城诗里写的那样:"把我的足迹,像图章印遍大地,世界也就溶进了,我的生命。"我一直在坚持"用有限的生命去看无限大的世界"这件事情,想要去经历更多的东西,但是无论我到哪里,都不会忘记海口的蓝天。

虽然都是蓝天,但是不同地方的都各有不同,我看着这片一碧如洗的蓝天,不禁会想象跳伞的感觉,成为这个城市的最高点,俯瞰整一座城,那是什么样一种滋味?

心脏因为这个想法而狠狠地抖了两下,身体感到一阵兴奋和狂喜,不知从哪里飞来一群麻雀,呼啦呼啦地飞进草丛里,找不见了。

晒衣服的线随着微风轻微地颤抖,青草上有昨夜结的一层薄薄的霜,空地上种着几棵小树,树影斑驳在凹凸不平的地砖上,和我的影子靠在一起。

我专注地盯着这片蓝天看,想把它看得更浅一些,更像海口一些。

洗衣房里传来洗衣机凶猛的一声怒吼,提醒着我洗衣机已经安全着陆了。我把湿漉漉的衣服一一取出,受着它们重力的牵引弯着腰端着它们来到空地上,重复着甩、搭、挂三个动作。时不时能甩出小水珠,在阳光的照耀下泛着闪亮的光,能闻到淡淡的洗衣液的味道,空中传来飞机的轰鸣,这一切,让我那么熟悉,好像我已经回到了家里。

冰与火是不相融的,但是此刻手中浸湿了的冰凉的衣服和温暖的阳光却显得那么和谐,默契地给我的心里多添了一丝柔和的温度。

曾经听过一个小故事,有人问霍金:"这个世界上有什么是令你感动的事情?"霍金想了一会儿,一个字一个字地在他的电脑屏幕上敲出:"遥远的相似性。"

听到这句话的时候,我仿佛感觉到了一颗陨石坠落在地球上,轰地一下,震荡了我的心、我的大脑、我的皮肤、我的血管、我的五脏六腑……感动像是洪水猛兽向我扑了过来。

好像无论做什么事情，都是在寻找遥远的相似性，当那些相似性被发现，就会带来惊喜和感动，那是一种强烈的共鸣感，因为这样的共鸣感的存在，人们好像才能继续走下去，才能感到不那么的孤独和无助，就像我现在的感受一样。

我把衣服一一晾在了尼龙线上，满足地端起盆往回走，离开了阳光，走在那阴冷的一层楼道里，孤独随着那刺骨的寒冷钻进了我的心。人像是一个孤独的磁铁，独自走在人生的大道上，努力地，像是疯了一样去寻找着陪伴、共鸣和相似性，让自己不那么孤单。爱情、亲情、友情、事业、学业、梦想、衣着、鞋子、帽子、房子、车子、戒指……

我们，作为人，好像真的都很孤独。我有些想家了。我打开宿舍的门，舍友规律的呼噜声让我又寻回一丝安定，我站进了阳光里，身子又再次暖了起来。

2014级

边欣月

　　笔名月哥儿,女,生于西安,长于西安,西北大学文学院2014级创意写作班学生。性格多变,容易相处,热爱艺术,喜欢军事,擅长发呆,耽于幻想。曾习舞蹈、乐器、绘画、跆拳道,爱好广泛,不求甚解,浅尝辄止。热爱文学创作,憧憬诗酒花茶的惬意人生,喜欢丰富有挑战的生活,相信生活永不止一面。

西安印象

　　西安是我从小生长的地方,见证了我的出生与成长,承载了我的欢乐与悲伤。我爱这个地方,这种感情早已不知不觉根植在我的心里,我爱她,爱她清晨喧嚣的菜市场,爱她时而拥挤的马路,爱她晚上闹哄哄的夜市,也爱她夜里不甚明了的星。

　　穿过早春叫卖的鱼贩,一尾鲤鱼奋力一跃,冲天而上。水嫩嫩的黄瓜被整整齐齐地码成好几层,淡蓝色喷壶呼出温柔细腻的雾,把上面的绒毛笼罩,亮亮地在阳光下晶莹地闪烁着。空气中氤氲着葱、生姜、胡椒面、花椒粉的味道,还有鱼腥味,讨价还价的声音和裁缝店里散发的布料味混在了一起……帆布鞋踩在有花纹的粉色地砖上,金色的阳光洒在塑料袋里罗非鱼的身上。

　　友谊路两旁的梧桐树把天地都染绿,向前方无尽地延伸,愈来愈窄。

　　春天是令人振奋的,一大清早起来后背上书包,跨出门槛走进熹微的阳光里,泡进青草味之中,满眼都是院子里绿得逼人的及腰灌木。上面还有白白的蛛网,因为早晚温差的缘故,还能看见晶莹剔透的水珠,当时觉得真是美极了,像水晶、像珍珠。停下脚步驻足观看,守在窄小洞口的小蜘蛛就害羞了,一溜烟儿折了回去,不见了。

　　夏天总是睡不醒,一出门就感受到太阳已经使出了浑身解数,用尽全力发光发热。空气越热,眼前的事物就变得越模糊,取而代之的,是一股一股的热浪,像水波一样扭曲了视线。梧桐叶子倒愈发绿得逼人的眼,顶着烈日走在路上,心里只念着"怎么还没到?"

尽管后来搬了几次家,还是会经常想起以前那个又小又偏僻的房子。一家三口挤在几十平米的屋子里,因为只有主卧有空调,所以夏天就在卧室的地上铺一张凉席,打开空调,三个人坐在上面吃西瓜。电视上放着妈妈买来给我学英文的动画片,我一有空就看,看了不下二十遍,每天最开心的事就是跟着里面的卡通人物 Gogo 唱英语歌。

西安的夜晚就是另一番景象了,烤肉摊是我喜欢的地方之一。在这里总能找到浓浓的烟火气。在没有城管的时候,露天摆放几张白色塑料圆桌,生意火爆得不得了。烤肉、烤筋、鸡脆骨、鸡翅、锁骨、烤香肠、冰峰、汉斯啤酒、二锅头都是这里的标配。一口凉凉的冰峰下肚,清风吹来,全身每一个细胞都舒服地叹了口气。

几位彪形大汉热火朝天地围坐在一起谈天说地,抽烟喝酒,抓一串烤肉在嘴边,从左到右,像是在吹横笛,兴之所至干脆脱掉上衣大声地猜酒划拳,桌上的签子在白色的大灯下银晃晃地闪。

诚然,有人十分厌恶这样的情景,既粗鄙又不卫生。但这并不影响我喜欢夜市,喜欢烤肉的孜然味,喜欢外焦里嫩的鸡翅,喜欢冰峰被开瓶器打开的瞬间冒出的一小股白烟,喜欢一口下去发出"嘎吱"声的鸡脆骨,还有"五魁首啊,六六六啊,八匹马啊"的豪迈放旷。

有人总结陕西人的特点是"生冷硬蹭横"。一言不合就吵架,吵不过瘾就开打,周围还一定围着一群看热闹的。这样的评论真是中肯又有趣,之所以说陕西人脾气不好,是因为说话声音大。我想,声音大的原因也许跟地域的生产方式有关吧,陕西地处黄河流域,依靠传统的农业生产,"面朝黄土背朝天"。想想看,一望无际的农田,彼此交流起来,声音不大一点,另一人怎么听得到呢?久而久之,就养成了习惯。只是声音大并不代表不好相处,相反的,我认为陕西人古道热肠,热血善良,潇洒豪爽,向往自由自在的生活,有侠肝义胆的精神气儿。

西安几乎没有秋天,肃杀的空气里是梧桐叶相互碰撞发出的"沙沙"声,深褐色干枯的叶子,夹杂着几片红叶,纷纷然落在水泥路上,厚厚地铺上一层,中午没人的时候走在路上,一脚一声"嘎吱",有趣极了。好像世界都安静下来,听我一人踩出轻重缓急的乐章。

夏末的时候往往连下好几天的雨,将夏的余热浇透。水滴砸在地上,变成一个大泡泡,破掉,再变出泡泡。每次下过雨空气都会特别好闻。还记得我母亲曾说过,下雨伊始,空气里是人味,污浊肮脏;下雨时,是地味,是人味的残留;雨毕,那才是泥土的味道。

许多南方的同学都没有见过雪,而我上大学后的第一个冬天,一大早就被隔壁宿舍姑娘们的声音给闹醒了,原来是下雪了呀。

隔壁宿舍的女孩都来自南方,有海南的,有福建的。她们说从来没有亲眼见到过雪,一大早睁开眼发现外面白茫茫一片,欣喜之情便油然而生,久久难以平复。

我想,我是完完全全能够理解她们的。小时候一睁眼,目之所及,花草树木,楼房马路都换上了白色。惊得我一蹦三尺高,恨不得立刻夺门而出,狠狠地在雪地里打几个滚。

只是西安的雪下得并不大,至多盖住脚脖子,在草坪里滚个雪球倒是绰绰有余。算下来,我已有十二年没有滚过雪球了,如果有条件,即使没有手套我也是愿意去疯一回的,只是觉得我这么好的滚雪球技术得不到机会施展,实在浪费。

从杨柳依依到雨雪霏霏,这"八百里秦川"的中心,保留了我太多太多的经历与回忆,蕴含了我终其一生也许都没法与之抗衡的美好时光。于每个西安人而言,这里即是故乡,这里即是家。

柴琴

笔名司青,女,蒙古族,西北大学文学院2014级创意写作班学生。是一个对西安有深刻情结的新疆人。喜欢浓烈的民俗地方特色和深沉的现实主义风格的作品,并以此为目标进行创作。

西安

西安这座城市,从一走出火车站,入目的灰色城墙便开始提醒:这里是有着数千年历史的帝王之都。

可当你刚充满对历史的崇敬感时,陕西人那特有的方言和豪爽大笑又会让你感受到那生活味的市井气。这是一个历史感与市井气融合的城市,一个鲜活生动的城市。

在我看来,西安的城市群有着很强的特色,明明是现代化的建筑但在细节上又处处体现着古都城市的标签,这细节可能是一座楼台,可能是一片花纹,也可能是一角屋檐,还有可能是一抹灰墙。让人仿佛透过钢筋水泥土看见那秦军披挂铠甲,神情凝重,旌旗挥舞,一扫六合;看见那一只小小春蚕从长安一户农家蠕动,一路向西,吐纳锦绣河山;看见那潼关外风沙漫天,羌管悠悠,听见将士悲愤的呐喊与马嘶;看见那大慈恩寺里,唐玄奘挑灯席坐,译经习佛;看见那李隆基脉脉地看着华清池里洗凝脂的杨玉环,情意绵绵,飞花满天;看见那辉煌宫殿里歌舞升平,龙飞凤舞,推杯换盏……

在这种厚重历史下的西安人却是闲适乐天的,他们将生活过出了自己的味道。这味道里有着浓香扑鼻的泡馍味,人们彼此说笑着,伴着糖蒜呼呼两口,吃出豪爽大气的性格;这味道里有着香辣劲道的油泼面,人们彼此分享着,伴着面汤咻溜一声,吃出红红火火的日子;这味道有着干酥白香的锅盔馍,人们彼此招呼着,伴着各式菜品咔吱一口,吃出充实舒适的生活……

他们将生活过出了自己的旋律,这旋律有着潇洒响亮的长鞭声,大爷们三两成群,将生活抽出陀螺般顺畅有趣来;这旋律有着优美的音乐声,大妈们成群结队,将生活跳出舞蹈般精彩动感来;这旋律有着高亢激昂的秦腔声,老老少少呼朋引伴,将生活吼出秦腔般豪爽潇洒来……

这就是西安,一个需要品味聆听的城市。无数次我在梦中抚摸城墙冰凉的垒石,听他讲述一个个久远的故事,一份份沉重的岁月。我看见他干涩的皮肤下青色血管里流淌着的诗词戏曲,我闻到他骨髓里散发出的淡淡紫檀香,我听见他低低地唱着秦腔……

陈星

笔名任诞,女,西北大学文学院2014级创意写作班学生。希望自己写出的文字"词旨清新,无纤毫俗尘",而字里行间往往存未达之意,多是消遣所作,深以为憾。欲奋发图强,发迹于市井,然极易迷失于人生之路,心性不定,道阻且长。文学于我,似心有一结,需字字句句寻迹拆解,待成红绳一根,系腰缠足,剜肉黏肤。

四月十八记一小事

这几日的风总是斜刮着,拧着一股劲往人毛孔里钻来。叶子簌簌地坠落,一下一下地,无情地抽打人的脸庞。这样的天气里,只能看见带鳞的羽翼从眼前掠过,风将天地席卷得一起一伏,不安,反常。如同那年的四月十八,是蓦然回想起的那一天,我也是这样缩着脖子来回窜动在寒风之间的。

进门那一瞬间,我醉倒在了温暖如火种一般的空气中,他们游离于皮肤之外,却也彷徨在我更深层的肌理之中。我像条冻僵了的蛇,安静地蛰伏在靠窗的座位上。默默地,独自地嗅着玫瑰死亡的臭味,迷迷糊糊盯着眼前不断变换的幻灯片,那种流动,好像洪波之上来来回回的风信子,泥丘上的希望。

生命若皆是如此无聊但温暖,我希望他能持续到我死去的那一天。而如今只能小声地喟叹,人生真是空虚啊。

抬眼瞧瞧窗外打着旋乱飞的叶子,叶尖已泛黄了,我静静地跟随它在空中飘忽不定的轨迹,像一架小型滑翔机。叶脉依然清晰可见,我不知道这是什么树上飘下来的叶子,也并不知道他在飘下来之前究竟长得一副什么样子。只瞧得他绛红色的叶脉在灰白的空气中格外打眼,我不知他究竟往哪去,只觉得,这一刻,我与这片叶子的命运,就此连接起来了。

我翻了个身,饶有兴致地撑起脑袋,梗着脖子追寻他。

他仍在飞翔。

不得不说,造物主是如此神奇,人有多面,而就连一片叶子也有多番不同的脾性。风起时,他身姿妖娆,比风筝更显几分灵活,比水中鱼稍少一分羁绊。叶子两面,轮番地打着滚,让我想起了高粱地里肆无忌惮的孩子,我甚至想象到了他在风里呼呼啦啦被吹散的笑声。

嗨呀,其实他也只是个孩子呀。未曾完全泛黄枯萎,就离开了树根,离开了稳定而持续的关怀。暝色深沉,再无伴他熟睡的银莲花的呼吸声,清晨雾重,不见同他一齐节节上升的蚯蚓。他在风中的漂泊可为人所知?他在雨中的冒险可有人替他紧张?在一切之后,他是否有家可回,有枝可依?我忍不住代替他曾经所归属的那一片土地,那一个枝头为他感到欣喜与担忧。而又突然觉得,似乎与自己也是无关的呀!

风似乎小了些,我将窗户开了个小小的口,一阵凉意袭来,我不得不重新关上了它。叶子展现了些许疲态,正面的翠绿被空气染得稍苍白了些,也沾染上了些许灰尘,而反面绛红色的脉络也略微无神。他兴许是飞不动了,可他仍然在窗户外坚定地被风裹挟着。

这究竟是一种游戏,或是一种冒险,还是一种命运呢?

我有些疑惑,而这时,风停了,瞬间我便不见了这只小小的叶子。心里蓦然有些空荡荡的,我站起来伸着脖子往下看。果然,他飘飘然地轻轻落在一大片叶子中,那里恐怕有甲虫的须触,穿山甲的鳞片,或许还有根本看不见的蛇蜕。而在他落地的一瞬间,我便分不清他与其他一切别的东西之间的区别了。

从此,我和他再无任何联系了,我们命运短暂相交的几分钟就这样过去了。

无味地坐下,却因为方方才的无心之举被当代文学老师叫起来念课文,只记得是汪曾祺的《晚饭花》,记得有这样的句子:

"晚饭花开得很旺盛,它们使劲地往外开,发疯一样,喊叫着,把自己开在傍晚的空气里。浓绿的,多得不得了的绿叶子。殷红的,胭脂一样的,多得不得了的红花……"

四月十八日当代文学课上念的片段,有些模糊了,只是我现在仍旧记得,我遗憾了很久的绿叶子。

汪曾祺有晚饭花,而我的绿叶还未疯狂地在炙热的夏天里好好绿上一季,就已经被短暂而诡异的妖风吹走,零落在了暮春里。

我与他短暂相交的那一点时间,都已经清晰地印在了脑海中。我可以想象到他也在枝头变得浓绿,绛红的脉络逼人不敢直视,而他的周围,也有着殷红的,胭脂一样的,多得不得了的红花。而我却再也想象不到他再次在风中恣意张狂的身姿,年轻的,鲜活的,像风一样易怒的少年。

来年的四月十八恐怕没有机会再读汪曾祺的《晚饭花》,因为世界上的事情似乎都是那么复杂,这套程序里所有的步骤已经做完,世上再无此种情感的回环,我有点遗憾,只因那个暮春里看到的那片叶子,似乎让我有一种错觉。

服从了自然的精神错觉。

伤逝
——子君的手记

我将在孽风和毒焰中拥抱过去的涓生,并不说什么,为涓生,也为自己。

冬春之交的时候,确切来说,就是前天,我听着父亲的脚步声拐过胡同口,踏进小院的大门,掠过紫藤棚,站在了旧屋的门口。而我仍然直愣愣地看着窗檐下老紫藤攀附四处的枝蔓,它们半枯着,形致与我们刚来这里时候无差,只是老了些,和父亲一样。

"走吧"他说。我点头,起身收拾了板床上的衣物,收起了桌上的书本以及所有手札,临走还搁下所有的铜板,并顺手撕掉了雪莱的半身像。撕前,我虔诚地看着这张半身像,但察觉到自己的眼神开始空洞,便迅速地转身走开了。

似乎大概的确是时候结束了。

紫藤棚下还有几片已经龟裂开来的桐树叶挺着尸,官太太正倚身在躺椅上嗑瓜子,眼见着我来了,眼珠子转了转,两片刻薄又苍白的唇瓣开开合合始终是没有说出些什么。也似乎是被我压抑的神色惊着了,难得没有出言嘲讽。我鼓起勇气,"麻烦您替我带话给他,就说,就说我走了。"

我觉得自己的灵魂快要被檐上的鸟儿衔走了。

回到家的这些日子,我也的确觉得自己的精神早已被销毁于那间屋子里了,放掉涓生一个人去战斗,这却是我也不想的事。幼时听人提到人将死前会倒着想起自己所经历的一切,现在的我大抵也是这种情况了罢,翻阅着和涓生留下的一页一页的手札,心中竟升腾起了灼烧的快感,许是看过便尽数在心底里焚掉了的。

我和涓生的相识相知相爱是在会馆完成的,像一套齐全的仪式,而尽数毁灭掉这一切的,也都是在吉兆胡同那间小屋里完成的。

我了解涓生,了解他的一切,他的身世,他的缺点,他的意见,他也从不隐瞒。我曾在他坚定的脸上看到了我们未来的曙光,然,这曙光亦使我惊觉自己的无知与懦弱,一时不知如何是好,只希望涓生是我的针砭药石,当然,我也愿意为他销膏靡骨。

在会馆中,他对我谈旧习惯,封建家庭,专制,这些都使我觉得好奇,我越发崇拜他了,我偷偷地记住他滔滔喷涌的那些话,默默在心中描摹那张我从不敢看的雪莱像,这些东西一边批挞着我过去的那些怯懦,一边使得我眼中也充满了胆气,我能看得出,那便是和涓生一样的坚决。

那无数的小心翼翼呵,终是在我回家与叔父对峙后引爆了奔雷,我对涓生说:"我是我自己的,他们谁也没有干涉我的权利。"这一剂足以焚尽我的精与魂,血与肉。耳朵嗡嗡作响,我被自己惊着了,同时我也很欣喜,是了,那便是涓生的语气,是涓生说话的范式,我也终于有了和涓生一样的坚决。而奇异的是,我竟也不愿将我的改变全归为涓生所致,私以为涓生实在并无我这样的坚强,然每每在会馆中见涓生眼中的光芒快要点燃方桌上的书本,我只得把这些心思又都收回心里。

那些日子,涓生的确是高兴的,他看向我的眼中,也多了几分我期盼已久的欣赏,我仿佛终于跨出了第一步。而我更加察觉到,他对我的爱,是真真切切地深了,再与涓生并肩时,心里亦多出几分底气来。毕竟至今我仍记得那时他是怎样将他纯真灼热的爱意表达给我的,那些话,那时听起来轻飘飘的,像无数根羽毛,骚动着我的心,我迷惑了,且并不知他要做什么,仔细想来,它们许是黏结成了有血有肉的翅膀,竟将我的心带走了,就在那个晚上。

那个奇妙的夜呵,我全身似乎都被锁在了涓生的话中,那些个铜墙铁壁,逼我直面那样放肆而大胆的示爱,我手足无措了,只觉察到眼睛还是自由的。我听不见窗外簌簌落下的桐树叶子,听不见噼噼啪啪的烛焰,只看到涓生眼底那束迷了路的曙光正向我的轨道上急速前进着,涓生的脸庞却是越来越模糊了,我不安,我紧张,我又瑟缩着,是了,那呼啸而来的还有那么多的讥讽嘲笑,像风一样迅猛地朝我的脸打来。

但我并不胆怯,我预备和涓生一起战斗了。

去年的暮春,大约的确是最幸福,最为忙碌,也最为尴尬的时光。涓生已然敢于拉着我的手在路上同行了,这使我觉得空气中那些嘲讽不屑的眼光都被涓生那微微发汗的手掌给融化了。我坦然,并不以为意,与涓生对我的爱相比,与我们的战斗相比,他们的眼光和那烂俗的想法,又算什么呢？又能算什么东西呢？

我这才透彻地发现,这世上原并无我们的容身之地,但这是不会阻拦我与涓生继续战斗的。

寻得住所算是那一段时日里颇为开心的事情了,虽很偏僻,但我和涓生并不在乎。那吉兆胡同里的南屋,自此之后便是我与涓生共同生活共同战斗的地方了,想想真是令人欢喜。

也并无什么好的家具,但我并不肯委屈涓生用去他大半的积蓄,便执意卖掉了我的耳环和金戒指为屋子又添了一些东西,这也能算是个家的样子了。

吉兆胡同里的生活按照我梦想的那样进行着,那样一种甜蜜,让我完全挣脱了与家里的来往,好似与涓生的距离又拉近了,多么幸福的一种生活啊,空气中碰撞的都是我们思想的声音,它们会安静地飘落在地面上,令我觉得灰尘都是可爱的。

我们聊天,谈诗,白日里听涓生小声批判实事,夜里与他相拥而眠,这便是我日思夜想的生活,那日子已被满满地裹上了金黄的色彩。倘若真是这样过一生,那便也是无憾的。

火星汹涌成焰的时刻总是漫长,登上巅峰后也会悄然熄灭,风或是雨,轻而易举地都会熄灭这种热情。人生也是如此,人的生活第一要义是求生,我须与涓生携手同行,而在搬进吉兆胡同不足两月后,我能感受到的,只是我捶着他的衣角,快要与他一同灭亡了。

涓生那样优秀,我渐渐察觉到自己跟不上他的脚步了,世道变得也这样快,生计也是愈变愈难了。我须放下诗集洗手做汤羹,而涓生也不得不敛起双目低头抄些文件。

新买回来的小鸡与阿随太吵了些,而涓生似乎也不大喜欢阿随。隔壁的官太太也是养了一群小油鸡的,而我与隔壁的官太太也时常因着两家的小油鸡混在一起而争吵,这些,我是不能告诉涓生的。我必须要留给涓生一个安静的环境，一个合适居住的环境，而不是一个连诗意与思想都无法栖居的地方。

生活往往只会雪上加霜，雪中送炭这种事我和涓生在这年代里是从未遇到过的。我终日在灶台前油污满身，希望做给涓生的是合他口味的饭菜，但是我似乎尽了所有努力也没能让涓生觉得满意。

每次瞧着涓生用饭的表情都是一次审判，我手足无措地立在一旁，每每回过神来，总是一身冷汗，我惶惑不安，我竟不知我畏惧涓生到了这个地步，或是畏惧自己的无能到了如此境地。

涓生为了安慰我做出很多连我也并不想看到的举动，但是我的心里仍不免生出几分惶恐，在这里，在涓生的身边，除了给涓生料理好衣食我还能做什么呢，我似乎不能给涓生分忧了。一旦思及此处，便摇摇欲坠了，这便意味着我无法与涓生战斗了吗？此刻我连对涓生勉强地笑笑都没力气了，望向窗外的藤蔓也总是枯黄，梧桐也总是凋落。

最令人失望的事也是终于来了。《自然之友》的总编辑带来了信条，涓生不能再去那里办事了。涓生脸色都变了，我竭力安慰，可是似乎也不知如何措辞。"那算什么，哼，我们干新的……"此刻，我遗憾地发现连自己都无法哄骗安慰过去，声音中的怯懦那么明显地摆在了桌上。我为自己羞愧，恨不能立刻将那一封信条吞进自己的肚子，好像这一切都没有发生过。最终，无奈地终于与涓生商量要登广告寻求抄写和教读，并再寄信给总编辑请他帮忙收用涓生的译本。

那一晚，过得似乎十分漫长，怎么都等不到天亮。在低眉为涓生拟定广告时，总是会不由自主地将烛光当作日的初生，却又一次次地被夜的寒冷惊醒。

我仍旧记得那个夜晚屋里的寂静，黑夜四处奔破，为着明天的到来，而涓生的绝望层层叠叠，却压倒了我。

我要做什么才能帮助涓生呢，我如何才能与涓生分担呢，身体里大大小小的血脉似乎都在辗转逆流，冷热交替，身体的冰冷使我颤抖起来，好似被这间屋子凝成了琥珀，而明明涓生就在我的身边。

当时情景，似乎除了硬着头皮面对也别无他法，涓生整日写些稿子，并翻译些译本。我决计努力要为涓生好好料理生活，我希望把小油鸡喂得更大一些,这样可以为涓生补身子,我催促涓生,也催促自己,我尽量让自己忙碌一点,不希望涓生在为我们的生活奋斗的同时,我却什么都做不了。

我对自己的要求似乎没有带来更好的局面,而使得生活更加混乱了。我和官太太不止一次地为阿随瘦弱的体型争吵,我并不恼她无趣的嘲讽,只觉得这样似乎太过轻易地戳破了我与涓生在一起的信心?然而,她并不了解我与涓生在一起需要的勇气和坚定,她又如何能够轻而易举地便摧毁了我全部的信心?然而,使我绝望的是,她却轻易地做到。一个陌生人,她怎么能?我竟连一条狗都养得如此瘦弱,我没有更多的勇气去面对涓生。他日渐消瘦的面庞,日渐凹陷的眼眶,都让我觉得心惊。

生活完全将我肢解,我迷失在其中,不得方寸。

好在小油鸡勉强可以做一顿餐,作为那些日子混乱无比困顿无比的安慰。然,不隔几日,涓生竟将阿随送走,我不知阿随被涓生送将何处,这种年月,阿随是否活得下来我不得而知,只觉得涓生实在心狠。

初冬的天气也十分狠冽,风呼呼的,心是跟着凉了。

我不因涓生送走阿随而置气,只因涓生向我解释说阿随已成为我们生活的一个重担而惶惑。我们的日子如履薄冰不假,但已经穷途到连一只小狗都成为负担,这着实让我心惊。

涓生的行为比隔壁官太太对阿随体型的嘲笑还要使我害怕退却,我这般没有能力,生不了炉子,做不好餐饭,甚至连一只小狗都无能力养活,在涓生眼里,我还有何种资格与他共同战斗。

我的怯懦与麻木愈甚了,它们仿佛是刮过的鱼鳞,被涓生用爱化作的刀片一层层剐过,如今,留一些,掉一些,掉下去的,在涓生脚下径自流淌出汩汩污血。我惊恐而犹疑地盯着涓生,他已然避之不及。怕污了涓生的眼,我只得逃开了,而涓生,也逃开了。

自那以后,涓生很晚回家。

家里的冷煤快烧尽了,我枯坐在家中,这冰冷的颜色快要使我窒息。我瞧着煤块哭哭啼啼的呻吟,扫过雪莱面无表情发着冷笑的脸颊,又将视线投向那简单的灶具,这屋子竟是这么大,这么空。

我不自觉地抚向自己的后颈,因它竟在不自觉地散发凉气然后凝结成寒滴又穿透我的脊背。我不知我是在何时变得如此怯懦了。

但我抗拒承认它，我仍旧是在努力着的，我仍旧是可以与涓生一同战斗的人，我不怨涓生丢掉阿随，是死是活便是它的命了，与我们无关，我可以做到和涓生这样两厢厮守一起战斗。我不是捶着他的衣角使他无法前进的人。

然而这一切勇气在看到涓生比烧过的煤块还要冰冷的脸时就皆是烟消云散了。我努力向涓生表现着柔和明媚的温柔，却控制不了恐怖的神色自然地表现在脸上。而我看得出，涓生也十分想安慰我不安的心，但是他不知道，每每他展出笑容的时刻，大概也算作是牵强的罢。

那以后，再看涓生，总生出一种不真实的感觉，他的脸渐渐模糊了五官，他的身形消瘦，是快要羽化登仙般的飘逸。他的轮廓日渐钝化，棱角分明褪成圆润无边，我常忆起之前的涓生，那样年轻活泼，脸颊鼓鼓的充满活力，眼角立起永远可以撄人心，而如今的他更像是失意的老人。我才开始怕了，我意识到快要失去他了。

于是我一遍又一遍地逼问着涓生当日与我求爱的场景、话语，希望从中得到往日他爱我的影子。而涓生也在不断地提及往日与我共话的诗集、诗人。我仿佛身处悬崖处彷徨踌躇，一句应错我便死无葬身之地，我已不是过去的我了，现在的我沾满了生活的气息，许久不再读雪莱、碰《诺拉》，偶尔翻起只觉得这些都是空的，都是假的，无法教我如何与涓生战斗，更无法指引我如何跟上涓生的步伐。于是我再也看不到涓生眼中的真诚，他的敷衍俯拾皆是。

每当涓生敷衍于我的时候，我会怀疑自己是否逼得涓生太过，同时又会劝服自己，当时的涓生本就是这样对我的。这些日子以来，是我变了，但是涓生未曾变过，他依旧在战斗。

我不再逼问涓生那些过去的旧事了，本以为问时觉得虚空，不曾想，问完更觉得如此。涓生给的答案往往不能使我心安，我犹疑着，甚至会盯着涓生想要看看是否是当初决心与我一同战斗的青年，怎么如今变得如此虚假。所以我猜想，在涓生眼中，我回应给他的微笑大概也是更加嘲讽才对的。

我终是开始怨了，而我本不该怨的，涓生曾经提及过他最反感旧式女子整日哭哭啼啼满腹闺怨。而我如今正一步步变成涓生最为反感的人。我曾经为涓生磨炼出的思想和豁达无畏的言论,如今想来,也只是一场梦而已。

我想这很有必要完完整整地记录的一场梦,大半已经过去,现在只剩下那场梦消减的时分了。那个早晨,涓生轻声将我从烟熏缭绕的灶台边唤过来,他干净整洁的仪表映在我油污满身的脸上,我好像突然懂了什么,我的双手开始微微地颤抖,但我绝不肯让涓生发现,于是我将它们扣在一起,佯装安静地听着。

他引起旧事,谈着我们的过去,谈着女性的果决,但涓生脸上却并不是提及美好回忆的幸福,似乎更像放下某种包袱的坦然。话也都还是去年在会馆的破屋里讲过的那些话,但现在也已经都成了虚空。传入我的耳中,我除了沉默仿佛再也不能做什么来欺骗我自己了,不知何时,我发现我扣紧的双手竟开始颤抖。

良久,我觉得我的心好似已经被涓生的话语截成了一片湖,大的小的,好的坏的,里面又深又暗快要淹没自己了,湖底长满的水草也要拉着我的脚踝脖颈,我想要彻底宣泄。可是竟又舍不得这些日子的长久累积。如此荒谬,我却不甘,也不愿意相信,我鼓起勇气质疑涓生询问涓生,却竟终于得到自己意料之中的结果。

新的路的开辟,新的生活的再造,为的是免得一同灭亡。

怎么听,都像是涓生送给他自己慰藉的话语。

他未来新的路的开辟,新的生活的再造里,没有我。

我大概彻彻底底失去涓生了,那一瞬间,我没有半分力气与他辩驳,竟是先恐慌自己的去处。我的眼神四处张望,想要穿透这间小屋,穿透这吉兆胡同,却发现哪里都无法让我容身。从这点来看,大概的确我也不爱涓生了吧。我们二人就这样沉默了,我等了这么久的结果,恐惧了这么久的结果,得到的那一刻,不知是释然,还是充满希望的绝望。

临末,他飞快地走了,一深一浅的布鞋声铿锵有力地踏碎了门口的落叶,那是踏碎旧生活奔赴新生活的果断决绝罢?翻飞的衣袂裹挟着窗口的枯黄藤蔓,那是离开灭亡开始战斗的坚定不移罢?

只有我,被遗弃在了这里,被遗弃在了涓生的旧生活里。

我的身上似乎不那么冷了,只脸上有什么在汩汩地流动着,声音太大，连心都跟着颤动了。却又忽而疑惑地感受到像针扎似的疼痛，大概已经麻木了。我胡乱擦了一把，又将自己挪到了灶台边，看着饭变焦变黄，再变冷变硬……

不出两日，我与涓生决裂的消息被家里知晓，我决定妥协了，也不得不妥协了。麻木地收拾好行装，便等着父亲来接我。只是收拾好行装的日子还住在吉兆胡同里。日子闲了下来，不用再整日发愁做什么饭菜，不用再疑心与那人之间的繁杂纠缠，也不再惧怕了。

最为遗憾的是，我终是妥协了。

回到家，却不比吉兆胡同处好很多，我的灵魂我的心仍旧是日日夜夜煎熬着，像是被自己啃噬，也像是被涓生啃噬，尖锐的噬咬声不断地将我唤醒，不许我安然沉睡一晚。我听得到他们日夜低语的密谋，听得到他们日夜商讨着下一步要攻克我何处。其实我早已缴械，也再经不住这些日思夜想的折磨了。

偶尔我也会想，如果我不遇到涓生，而是漠然等待未来的命运由别人决定，那么日子会不会稍微好过一些。但由着我遇到的是涓生，他教会了我抵抗，教会我何为无畏如何无畏，教会我人生的战斗应是永不停歇的，我却遗憾，始终是没有学会。且若涓生遇到的不是我，是一位擅长家事大胆独立的女性，那么他是否一早就开启了新生活，便不必走我这一趟弯路了。

身体似是被禁锢得严严实实，锁在这样沉闷的空气中无法抽身，而每一次灵魂和记忆被鞭挞的时候，心也不会再感受到痛楚了。这些日子，眼睛已被泪水腐蚀浸泡过千次万次了，一两次也是不要紧的。父亲已与叔父商量好要将我送进哪户人家了，余下的日子，也就是走向人生尽头了。

家中的窗口没有长长的藤花藤蔓，也听不到风吹过树叶簌簌下落的声音，死寂，只有死寂。我日夜都幻想在灼目无尽的日光下行走，以激励内里不明不白不知死活的心跳，也想要在黑暗无边的暗夜里为自己奔波劳累一次，战斗出一个明天。

只是我还是不甘，我从没有真正与涓生一起战斗过。今日，天气晴好，无风，我便要真正战斗一次了，只不过，不是和涓生罢了。

堂屋里那根往日瞧起来寡淡无比的红柱子今日起的确开始变得艳了。

程靖婷

女,满族,西北大学文学院2014级创意写作班学生。原产于大东北,现混迹于大西北。喜欢阅读,喜欢书写。用阅读领略别人眼中的世界,用双眼与心去走还未能亲自走的路;用书写记录美好的细枝末节,为了在忘记之后,重新记得。立志永远保持不被拘束的自由、独立思考的能力以及顺其自然的生活态度。不喜一成不变,喜欢未知且又在可控范围之内的生活方式,在固守本心的同时,向往比远更远的远方。

夜之小面馆

火车晚点了五个来钟头,到站的时候已经是凌晨一点钟了。

接站的朋友早就被我们连闹带玩笑地哄回了家,在经历了十几个小时的长途跋涉之后,我们一行五个人早就已经又累又饿,此时只想赶紧找个地方吃点儿热腾腾的东西,然后抓紧时间去好好地睡上一觉,安抚这已经疲累至极的身体。

车站附近原本拥挤的人群很快就散了开来,喧闹的空气也渐渐安静了下来,我们一行人拖着行李箱走在异乡冬夜凄冷空寂的街道上,只希望能够早点儿找到一家饭店,来抚慰一下咕咕叫了许久的肚子。

一路上,除了稀稀落落的路灯与光线昏黄的小旅馆,再也没有其他的光亮,我们不甘心地继续向前走着。终于,看到了不远处昏暗的十几瓦小灯泡中,若隐若现的"陈记面馆"四个字。大家停下了脚步,互相看了看,终于还是抵不过肚子咕噜噜的叫嚣,带着些许迟疑,慢慢地走进了小店。

闭塞狭窄的房间,浑浊不流通的空气,油腻发亮的桌子,整个光线暗淡的小店里都没有什么人,只有在不远处的角落里,有一个一脸沧桑的中年男人坐在桌子前,他的面前是一份分量十足的大碗油泼扯面。

刚从火车上下来的我们又累又困,已经没有兴致再去摆弄已经摆弄了一路即将没电自动关机的手机,于是便半是颓废半是自持地坐在椅子之上,颓废是因为经历了十几个小时的火车之旅之后的疲惫,自持又是因为,这油腻的环境着实是让人无从安心地倚靠。

等面的时光因为无聊而变得更加漫长,肚子在咕噜噜地叫个不停,空气中浓郁得有些发呛的面香与辣子香气更是不停地刺激着空荡荡了许久的肚子,真的是如同那首歌唱得一样,"好饿好饿好饿,我真的好饿"。

也不知道是为了转移注意力,消磨不知道还需要多久的等待时光,还是为了看着香喷喷的油泼扯面画饼充饥,我的目光不由自主聚集到了小店不远处的角落里唯一的那个正在吃面的人身上。拌着辣子的面泛着诱人的红色光泽,在他筷子的翻动之间还在升腾着白色的热气,这一大碗油泼扯面,看起来就,好好吃啊。不行不行,越看就越饿,肚子仿佛也叫得更加凶残了,于是我放弃了自虐的念头,转而观察起这个正在吃面的男人来。

他穿着一身宽大的有些破旧的工人服,衣服上还留着许多白色的油漆痕迹,像是刚刚结束了一天的艰苦工作。他的头发乱蓬蓬的,还留有安全帽压过的印痕,乱蓬蓬的头发之下是几道深深的如同刀刻一般的抬头纹,抬头纹下面的眉眼中间,又是皱成了一团的"川"字纹路,他的眉毛和双眼都很小,但鼻子硕大得有些不和谐。这一张长方形的脸,脸色又黑又亮,泛着油光,沟壑深浅分布,上面布满了岁月的刻痕,这些一连串的特征组合在一起,显得这位陌生的中年男人带着一身淡淡的邋遢又猥琐的气息,这是一个一眼看去就能知道是生活在与我们不同世界的人。在那个时候,被保护得太好的我们还不懂得生活的艰难与辛酸,不知人间的疾苦,我们只是下意识地,想要与这个仿若生活在异世界的陌生人,保持绝对安全的距离。

他的双手很粗糙,拿着筷子在碗里上下翻动,飞速地将油泼扯面送进了口中,还发出了一阵一阵有些粗鲁的"呼噜呼噜"的声音。这是一双典型的劳动人民的手,让人情不自禁地想起了,在罗中立先生的那副经典的油画《父亲》之中,农民父亲那双黝黑、粗糙、干裂的手。他的皮肤的纹路里似乎被生活刻进了数不尽的沧桑与苦难。

他吃面的速度很快,一大碗满满当当的面在几分钟之内就见了底。或许这是在长期的艰苦的工作环境之下练就出来的一种生存本能:在灰尘漫天、噪声巨大、气味刺鼻的工地里,尽快地吃完饭,尽快地补充体力,尽快地继续去做那些似乎是永远都做不完的活计,尽快完成手中的活儿,尽快找到下一个活儿,如此,周而复始,辗转反复。

这个中年男人整个吃面的过程还不到五分钟,我们点的面还没有被小店老板从锅里捞出来,可是他就已经吃光了碗里的食物,还似乎是意犹未尽一般地舔了舔原本干涸、却被辣油沾染得发亮的嘴唇。吃完了食物,他像是突然失去了接下来的目标,呆呆愣愣地坐在了那儿,瘫在角落中,缩在宽松的工人服里,呆滞地一动不动,似乎是已经睡了过去,就像是一个被人随意丢弃了的大米口袋。

突然,一阵手机铃声响起,刺破了安静的空气,同伴小沛有些不耐烦地接通了电话:"喂爸,嗯我们已经到了,现在正等着吃饭呢,面马上就上来了,哎一群人呢你操心个什么劲儿啊,没事儿没事儿你也早点儿睡啊,不用管我也不用给我再打电话了啊拜拜!"她的语速一向很快,像是一串连珠炮一样,还未等电话那边说完便直接按下了挂断键。我们这一群人见怪不怪,毕竟大家平时和家里打电话也差不多都是这个德行。

可是不远处的角落里,那个一直呆呆愣愣倚靠着脏兮兮油腻腻的墙的男人却突然有了一点儿动作,作为唯一一个处于活动状态的人,他在不经意之间吸引了我们这一行所有人的目光。他的手有些费力地在口袋里掏来掏去掏来掏去,好不容易,拿出了一个看起来就很有年代感的"老头乐"手机。

他眯起眼睛翻了翻手机,像是在仔细辨别小屏幕上的字迹,手机按键在安静的小面馆里发出了咔嗒咔嗒的声响。在翻找了好半天之后,终于,他小心翼翼地按下了拨通键。

这个时候我们的面已经上来了,我们跟店主道了谢后拿起了筷子夹起了面条,却都有意无意地不发出太大的声音——我们的注意力还都停留在不远处的角落里。

第一遍,他的电话好像并没有拨通,他重复着之前的步骤又拨打了几次,过了几分钟,一个充满了地方口音的"喂"字告诉我们,电话通了。

"喂,喂,哎娃儿是我……哎也没得啥事儿,就是给你打个电话。"男人的脸上堆着笑意,眼角的皱纹更深了,"哎没啥事儿,这个月的生活费明天就给你打过去,你想吃啥吃啥,想买啥买啥,我这还有呢不用舍不得……啊,你说,行,行,下个月就给你买……啊,信号又不好,那行,那行……喂,喂……"

他不甘心般地"喂"了好几声,始终都没有得到对方的回应。终于,他像是有些舍不得似的,将老头乐从耳边拿到了眼前,嘴里还在自言自语嘟嘟囔囔着什么,声音很小,还带着方言的口音,但是我们都听到了他那有些委屈还有些自责的话:"……娃儿咋总是说信号不好,我该换个电话了是不是……"

一时间本来就安静的空气好像变得更加安静了,忽然,一阵手机铃声又响了起来,小沛再次接起了电话,态度却是比刚才和缓得多:"喂,爸爸……嗯对的我们刚吃上饭,等会儿找到了住的地方我再给你和妈妈发个微信……放心不用担心我,我们大家都在一起呢……嗯好……你们也早点儿睡吧,晚安……"

不远处的角落里,那个中年男人又一次呆呆愣愣地倚靠在脏兮兮油腻腻的墙上,又一次像是一个被人随意丢弃了的大米口袋。

然而,虽然大家都未曾说出口,但是我们都知道,有什么东西已经默默地发生了变化,有一些感受已经有了很大的不同。

临走的时候,我们在面馆老板有些讶异的目光之中,悄悄地把那个中年男人的那碗油泼扯面的账也给结了。虽然只是小小的几块钱,但是,我们是不约而同地真心希望,在这个冬季的寒夜里,他能够感受到,来自于萍水相逢之人的一点点小小的温暖。

虽然这并不能抵挡他心中那不愿面对的严寒。

"20 +"的我们在烦恼什么

在我们曾经写过的那一堆奇形怪状的文章里,总是淋漓尽致地渲染青春的美好与激情,炮制不忍卒读的伤痛与别离,我们总是喜欢把这些情感变化归结为青春期的躁动,荷尔蒙的咆哮。

根据世界卫生组织(WHO)的规定,青春期的年龄阶段为10~20岁,但是青春期的进入和结束年龄存在着较大的个体差异,约可相差2~4岁。令人感到忧伤的是,"20 +"的我们正在以过隙小白驹儿的速度,被不情不愿地赶离了这个叫作"青春期"的舒适区,在奔三的康庄大道上撒蹄狂奔。

在青春期的末端,我们总是想方设法抓住些什么,以此抓住青春期的尾巴,让它不至于在眨眼之间便消逝不见。然而就像是一直想要挣脱束缚拥抱自由的人,这所谓的"挣脱束缚"反而最容易成为一种执念,最终成为了桎梏。那么,"20 +"的我们到底在烦恼些什么呢?

今天就将要以采访时间为顺序,分享好多个被骚扰了一下午的,"20 +"年轻人的烦恼。

陈松松

"毕业快一年,却发现自己还没工作,朋友都工作了,却发现他们都变了,想想明年也许我也会被催婚,好悲伤,别的父母都给孩子介绍对象,为啥我爸妈还让我学习,不过随着年龄的增长,有一个烦恼亘古不变,我的罩杯永远都是A!!! 好悲伤……"

阿桀

"我深知活着就是世上最美好的事,但是我想不出支持我美好下去的理由。"

软丸子

"烦恼就是明明很担忧的事情过不了多久就会忘掉,比如前一秒担心以后工作,后一秒就和朋友出去胡吃海喝,希望自己快点成熟起来。"

P桃菌

"打的和司机交谈一路,以为司机对我很好,结果下车被告知绕远路,多收了20RMB(难怪人家滴滴和优步现在发展这么好)。"

渣诚哥

"烦恼就是没有钱。在自己最无力的年纪遇见了想要照顾一生的女孩儿,简单说,还是没钱。"

苗炸

"想睡觉但是好多东西没做,困死……"

送希望的呱呱

"作为一个从小就是班里小透明的人,最尴尬的就是我的好与坏都不会引起一丝波动,也许能在成绩好点的时候得来一眼羡慕,但是却没有重归集体时的欢迎……

还好我有几个真的在乎我的朋友,就这样吧。"

A

"我们期末考试嘛,然后有个室友都不怎么会,然后我就教她啊告诉她啊,她平时上课还偶尔逃课的那种,然后复习的时候每天都问我看多少了,真的让我觉得特别烦,她说问我不是想跟我比是想给自己施加压力,可是每天都能问34遍,然后有一天我们在图书馆我同学就问她啊你总问别人干啥啊,总比啥啊,她说比你看到多超过你就行啊,我当时好气哦,我觉得学习是自己的事儿,每个人理解能力也都不同,为什么总是看着别人的呢?然后现在成绩出来几科了,她分数都比我高,我心里特别难受,她啥不会都是我教的……然后吧我觉得我闹心又好像自己多小气看不得别人好一样,但是真的很伤心……我也知道我这个室友人不坏,可是有些事真的没办法说……"

阿爽

"我的烦恼:每次下定决心要好好学习的时候,就是最想睡觉和玩手机的时候,心塞。"

乔DERDER

"我脑子里有整个世界,可手里空空如也。"

笨笨

"减肥总是减不下去,呜呜……"

PP

"20岁的暑假是多么漫长,想念是冰镇的西瓜和啤酒,想念是每晚独自一人慢跑时清爽的风,想念是等着一天天快点过去,又在期待着你的来信。"

多多

"回家看着空空的屋子,打开电视,也觉得静。

翻了几遍通讯录,也找不到出来一起吃个饭的人。

那些想做不敢做的事,终会后悔。可是下一次,还是不敢。

遇到几年没见的熟人,因为自己邋遢得要死,转身想躲,却被叫住的时候。

饿了一天,期待美美吃一顿,却打到了难吃的菜。

明明没有努力学习,期末考试却依然有一股清高的迷之自信,最后发现成绩不好时,居然还会伤心。

想发散童心,却看到动物园的动物都在睡觉。

新的一个月的生活费发下来时,算了一下花呗,京东白条,分期乐和欠同学的钱。发现,又要吃土了。

支付宝和饭卡里的钱不知道怎么花得那么快。"

葵久

"我发现自己浑身都是自己不爱的缺点,想吃药治疗自己,可是找不到能吃的药。"

FERFER

"对朋友:

1. 走在路上见到跟你很像的人想叫你的名字却又想起你在别的地方。所以你见到跟我很像的人会不会也想脱口而出叫我的名字。

2. 一天发生好多心累心酸又委屈的事,打了半天字想告诉你,却又觉得生活不易,自我消化吧。不打扰也是一种温柔?

3. 想解开的误会怎么解释都像给自己的错蒙上一块遮羞布,可是你就敢说你没错么?

对自己：

1.每次都告诉自己要坚强，其实每次都想哭。想跟别人一样有普通的烦恼，可是我还有更大的烦恼。

2.越过山丘才发现无人等候。

3.异地读书过节的时候毫无氛围，跟普通周末没啥两样嘛。"

小百

"蹲下系鞋带，抬头发现他们已走远，没有我，他们依然很开心；我记得我们一起开心地疯闹，你却忘记我那时就坐在你身边。"

阿衍

"麻麻很伤感地对我说：'院子里的小盆友都叫我奶奶了，我都老了。'

我哀怨地看了她一眼：'是啊，时间过得好快呀，我都成阿姨了，宝宝明明还小嘛……'"

郭智敏

"我喜欢的，永远得不到；我想为其奋不顾身的，永远没有魄力。"

G

"才过完生日，认识第九年的男神在12点的时候给我唱了生日歌，送了我礼物，可是我知道，我和他永远只能是朋友了。"

二狗

"你们知道穷人最可悲在哪里吗？在我看来，是一辈子打拼一些别人一出生就有了还不乐意珍惜的东西。最可气的是，等到自己终于杀出一条血路，拿到手了财富、权势，却发现这些东西都带不进棺材，也不想带进去，因为那些最后想抓在手心的东西，早就典当给生活，贱卖给世故了。这还算幸运的，每个穷人起初大多都是两眼抹黑，看不到明天是好是坏。也不清楚今天做的一切是否有实际意义，满世界飘荡着钞票的气味，成功人士在灿烂微笑，文人骚客在无病呻吟，这都与你无关，又戚戚相关。于是有人怒了，有人哭了。还有人疯了，最多的是还有人麻木了。（借用别人的话）"

图图

"自己一个人在国外留学，每到夜深人静的时候，就会想家……"

Pam

"20岁还在为体重烦恼,脸上的痘痘也很烦,为考不过的科目二烦恼,天呐!还有一个重量级的考研烦恼。"

小儿无赖

"明明要做的事情已经堆成山,还是提不起精神好好去面对,莫名其妙的懒惰大概是最让我烦恼的事了。"

20年代末端

"豆蔻年华之时,因为不舍而一直被压在箱底的百褶裙,到了今天才拿出来想要穿上,在人众人面前大放光彩。

但是这时我发现它的款式早已过时,色彩也因岁月蹉跎而抹去了当年的鲜明,而自己腰间的赘肉已经不允许再将这样的裙子套在身上,眼眸间的衰老更是无法让自己再对这件裙子继续抱有当年的新鲜与热忱。

生活中有太多的错过,让我在时光流逝以后遗憾当时没有好好把握,即使上帝给了一次重新拾起的机会,我们却也没有了当年的那颗心。"

夏夏

"现在最难过的是,我用尽自己所有的辞藻来描述构架我想过的生活,他们听不懂,有那时间你还不复习考公务员!爸妈不会害你……"

萝卜王子

"想我中华建国仅数十载,百业待兴,百姓尚不富足,雾霾尚未平息,国足未曾夺冠,番邦一直装B,又有天灾人祸接连不断,夙兴夜寐,未尝不嗟叹,黯然神伤。"

不V

"寝室门口的白墙缺了一块绿漆,头顶上有一盏照明灯,老远看见了就知道到了。从洗漱间回寝室的走廊仅十几米长,想起你的时候,常常会走错门。"

璐璐

"最忧伤的莫过于你眉飞色舞地讲了一个笑话却没有人笑。"

哦喷

"喜欢的人总是想想,觉得,算了吧,当朋友就好。因为经历过伤痛,又害怕走不到最后。"

范小二

"半夜突然想吃红烧肉算吗?"

弓长犬次郎

"每次一牵涉到什么政治问题就会发现朋友圈的智障多了起来,不过说到底人民的本质就是愚蠢的,你们人类绝对不可能聪明到哪里去,需要和你们人类不断接触真的让我很烦躁,我需要一个独处的空间,一个相对安静,不那么愚蠢的空间。"

小 ju

"想得太多,做得太少,讨厌孤单,少了些能够分享心事的人。"

洛瑛缤纷

"玩王者荣耀最怕碰见坑逼的小学生队友了,昨天连输 6 局,活活把我从黄金排位扯到青铜,还是给他们作业留少了。"

小斌哥

"不想事事都听别人意见,也不要给我建议,现如今好为人师的失败者太多。"

呈呈

"我的烦恼就是挣钱的速度没有花钱的速度快。"

成熟稳重

"二十多岁的我们,每天都在面临这烦恼,刚从学校毕业就想找一个好公司大公司,进入了好公司却发现实习阶段工资太低,不够生活,还要面临着实习不通过被开除的风险,通过实习之后还要被老员工使唤,再加一些钩心斗角。都说二十多岁正青春好年纪,可谁又不是在这时承受着压力和烦恼长大的呢。"

月哥儿

"我初二戴牙套矫牙,一年后摘掉了,因为偷懒不戴保持器,结果复发了。前天再次戴上了牙套……"

轻言

"最孤单的时候大概是,注册网易云音乐的时候,傻傻输了两次她的电话号还纳闷自己怎么一直收不到验证码。分开很久,以为忘了很多,意识到这个的时候。她又会不会在看到两条短信的时候,傻笑着大骂一声:

'白痴!'然后想起那个曾经待她如宝的男孩。

生日那天,凌晨近2点,未眠,手机振动,'二狗,生日快乐,本来已经睡着了,突然想到是你的生日,然后就醒了。''嗯知道啦,早点睡吧。'

嗯,现在已经不联系了。那些爱过的人身边都有了其他人,那些说好的奉陪到底,还有那些约定好的单身毕业后就在一起,一切都只是美好的记忆。也许20多岁的我们,还不是更好的我们。年纪轻轻,心已老矣,20岁的我们过早地消耗了对生活的热情与激情,愿我们的生活新鲜精彩。"

你好绿茶

"给重要的人发微信,一直没有回复,以为她有事,却发现她发了一条朋友圈……"

火火

"实习环境艰苦,有苦自己承担就好。"

小无赖

"悲伤的是原本以为在大学收获了难得的友谊,可那仅仅是自以为,更悲伤的是无意中了解到朋友对自己不是真心实意而在她面前还要装作一无所知。"

郭宇铭的宝宝

"在寝室说了句话,没有人回应,只能自己接下去当自言自语。"

锅煎

"本来想写车祸大战三百回合但只能写出意识流。"

珀斯

"明明世界有很多很糟糕的人事物,社会或者别的人却总是要求我们去用笑容面对,去宽容,要大度。可是明明就是很过分的事情呐,比如小孩子调皮捣蛋,把东西弄坏了,大人却说,小孩子嘛就不要怪他啦!小孩子怎么了,小孩子就可以肆意妄为做错事情不负责任不道歉吗?"

Aurelia

"应该是一个人在外面,花钱很费,又不好意思向家里要钱吧。"

小强

"在西安裹了一个冬天终于觉得自己白了一点,然而回海南一天就被烈日打回原形。"

虚花悟

"我想要有更好的未来,但不知道考研是不是我好的归途,每次跟父母聊起这个话题,总会不欢而散,马上大三了,可我还是处于纠结状态,我该怎么选?"

曹甜甜

"我的烦恼,有个想要当作家的妹妹缠着我一定要写一个烦恼的事,这算么?

今年我二十四五岁,脱离了家庭圈养制变成了社会散养制,这时才觉得,尼玛这点工资不够的好么,又不好意思和父母开口要票子……"

FK

"马上就要去海外工作了,离开家人,不过也没办法,也是自己选的路,男孩子出去闯闯也好。还好有老姐陪着父母。最后,嗯,愿喜欢我的女孩子们都不要等我。心里还是比较复杂的。"

贺萌

"还是卢梭的那句话,'人生而自由,却无往不在枷锁中。'"

小黑

"长得黑,眼睛不大,没有更聪明一点,如果再聪明一点,就会更开心一些了吧,驾照还没有考完,烦恼。"

微斯人

"俗气的养家糊口也不是件简单的事,可是还是想要挣脱养家糊口的日子。把日子经营成生活,不想将就。"

写在后面

这是一个在好久之前就想要做的话题,却一直都不知道,该要从什么角度去切入,在这个就要交稿的下午,终于被迫连滚带爬地骚扰了一票小伙伴儿,整理出来了大家作为"20＋"年轻人的非典型性烦恼。从宏观的角度来说,大家的烦恼大多集中于学业、情感、前途、家国大事,以及对于自身价值的思索之上;从微观的角度来说,又各自有着不同的侧重点。

有的时候会感觉,我们的征途就是那星辰大海,无穷的远方,无数的人们,都与我有关。可是有的时候又会感觉,"20＋"的自己会少了许多的激情,仿佛那些年轻时的热血已经混合着遮天蔽日的雾霾,变成了灰扑扑的半凝固状态,再难复曾经的汹涌澎湃。

　　Anyway,在刚刚好的年纪里,以"20 + "年轻人独有的思维方式烦恼一些在独有的时间段里所要烦恼的事,这也不能说不是一件很奇妙的事情。

　　毕竟,青春期的尾巴,也还是,青春期呀!

邓光玥

女,西北大学文学院2014级创意写作班学生。骨子里是重庆人的火辣直爽,码起字来还是南方人的柔软。喜欢那些世俗的、日常的小幸福,心里坚信写作和生活一样,越简单越纯粹。最喜欢一个词"解夏",是希望在一次次苦夏中成长,断烦恼,净行律。最后,愿你我平安喜乐。

世界那么大,我只去过东南亚

在4月的时候,开始计划这场说走就走的旅行,在7月14日这一天来临之前,是漫长的查攻略和找民宿,当终于坐上前往曼谷廊曼机场的飞机的时候,才感到这一切那么真实而生动。我,走出了国门,真的要在另一个国家旅行了。

这是一个彩色的国度——曼谷,你看见的我是彩色的

正如我在po照的时候所写"你看见的我是彩色的",我看见的泰国是彩色的,建筑、交通工具与人们脸色挂着的微笑一样,都是温暖的色彩。目之所及,粉色、橙色、黄色、红色的出租车穿梭在城市的马路上,有着丝毫不逊于城市霓虹的明媚。即使在黑夜里,它们在路灯的照耀下还是那样可爱。各种马卡龙色的屋子相映成趣,他们不是将建筑涂成一个颜色,或许窗台是粉色,墙面就是绿色,屋顶就是红色。每个屋子的主人将自己彩色的小小房子,藏在玻璃的高楼大厦的背后,一个转角,一抹鲜艳的色彩就跳入了你的眼眶。不需要讲究什么色彩搭配,关于自己的小天地,每个人都是自己的艺术家。间或还有占据一栋五六层小楼的超大涂鸦,涂鸦人物居高俯瞰着来来往往的人群,好似真的天使降临。伫立的房屋,流动的车河,这彩色是热闹的、是繁华的、是生生不息的。

曼谷汇聚了泰国众多美食，街道两侧是随处可见的售卖泰国当地特色小吃的餐车，有的卖的只是简单的炸丸子、烤肉串，有的卖的是泰式奶茶和鲜榨果汁，有的是炒面和炒米粉。热情的泰国人民即使在他们食物的色彩上也有自己的生活情趣。芒果糯米饭下面一定垫着一张新鲜裁剪的芭蕉叶，糯米饭有绿色紫色和白色三种。红色的石榴汁要和黄色的芒果汁摆放在一起，如果这家摊主卖的品种丰富，还可以来个颜色过渡。椰汁糕因为紫米的加入，于是有了两种颜色的搭配。泰式奶茶一定是在杯中加满碎冰再倒泡好的红茶，最后倒入炼奶，看白色的浓稠与红色的茶水合二为一。用椰子壳装的椰子冰淇淋，不满足于香浓的白色，点缀花生碎和巧克力酱，完美俘获女生的心。烧烤摊上才升起烟，定睛一看，烤肉串上还有红色的圣女果和黄色的菠萝，让肉串的口感层次更加丰富。

建兴酒家的咖喱蟹是旅行过程中最让我难忘的美食，第一眼相遇，就被它浓郁的黄色咖喱和红色蟹壳的激情碰撞深深吸引。还有慕名而去的水门鸡饭，让我和我的小伙伴在"有生之年"见到了如此小清新又少女的"肉菜"。薄荷绿的餐盘和鲜嫩的鸡肉，口感和视觉效果一样让人幸福得不得了！即使摆在便利店的著名 MAMA 方便面，因为冬荫功口味、绿咖喱、黄咖喱口味的不同，摆在货架上也是红红绿绿一片，好不热闹。让人垂涎三尺的大餐，明艳缤纷的甜品，这彩色是视觉的、是嗅觉的、是味觉的。

在曼谷一定要去打卡大皇宫，金灿灿的大皇宫融合了宗教建筑的特点，在奢华之外更有庄重和肃穆。天气很好，有微风有阳光，屋檐上的风铃向远方传去悠悠的清音，抬头一望，那金色随着阳光播洒在天空之中。虔诚的人们举着未开的紫色莲花寄托一些心愿，水缸中盛开的粉色莲花在镜头的错位拍摄下托举起这繁华的宫殿。在凉亭中修学的小小女同学以粉色、白色、红色的蝴蝶结区分学校。走出熙熙攘攘的景区，找到附近的甜品店，顾客们在冰糕棍上画着随心所欲的小图案，写着各种语言的小秘密。路上常常见到红色的邮筒，大小各异，衬着不同的街景，每一个都是一处风景。曼谷的商场门口和商场里面，也常有各类艺术装置，更甚者是年轻人喜爱的一家百货——每层楼以世界著名城市的风格进行装修，让逛街都像是在穿越。轻轨上是明亮的黄色椅子，各大银行的 ATM 机是缤纷的紫色、红色、绿色、蓝色、黄色……

去曼谷一定不能错过它的铁道市场和水上市场。铁道市场其实就是将摊点摆放在铁轨两侧,每到火车进站时,商户们纷纷收起遮阴的布篷,收起搁在铁轨附近的货物和秤,然后坐在自己的摊位前开始闲聊。等鸣笛的火车由远及近再到驶入站台,小贩们又支起布篷,阳光经过布篷的层层阻拦,带了些丰富的色彩,又映在鲜艳的水果上。在著名的铁道市场上,我们也豪气地买了好多袋水果——拳头大小的菠萝,一口半个;果蒂还是绿色的、生平所见最新鲜的山竹;还有饱满大颗的龙眼。袋装售卖,就这性价比就满足了我们猛吃水果的心愿。至于水上市场,那更是神奇的体验。摇摇晃晃的小木船,载了一船的游客,晃晃悠悠驶入河道,与贩卖各种工艺品和小吃的木船一次次"擦肩而过",货物的交易,就是伸手的距离。有时河道太过拥挤,堵得厉害了,旁边的船主拿着长长的木棒一推,两条船各自往各自的方向就去了。

河道的冷清处是河上人家的小日子。房子与房子之间的水泥路是架在河上的,旺盛繁殖的水葫芦,随着水波轻轻拍打在水泥路架上,高一点的地方衍出了湿润的苔藓。丛生的水草随着河水的起伏轻轻拂过船身,留下一道道深深浅浅的痕迹。河畔人家种植的花草映在水面上对镜梳妆,不过是凤仙、雏菊这样的普通花卉,但是在夏季的绿色中传来了一点热闹的声音。河道的冷清处,却是平常人家生活的热闹处。有的人家建起自家的小船坞,有的人家里传来孩子的啼哭声和电视的嘈杂声,有的人舀起河里的水浇灌自家门口台阶上的植物。日头有些阴,晾晒在河边的衣物和生活一样缤纷多彩。土盆里绽放的花朵,在风中微动的晾晒着的衣物,这彩色是生活的、是寻常的、是随处可见的。

你看见了吗,这是一个彩色的曼谷。

这是一个新鲜的古城——涂鸦清迈

我想怎么形容清迈呢?涂鸦清迈,这个"涂鸦"既是动词,也是名词。在清迈古城里处处可见随性自由的涂鸦,一面破败的墙壁,就是一张巨大的画纸。关于涂鸦,作为一个绘画爱好者,我也看到过很多关于此的讨论。有人说这是对城市文明景观的破坏,有人说这是让街道焕发新的光彩,有人说这是一种不严肃的艺术,有人说这是年轻人宣泄和表达的独特方式。不管怎样,我认为,一个好的涂鸦作品,能让街道变得生动有趣,但是又不破坏这里的气氛,我想在清迈,我感受到了涂鸦真正的魅力。

在古城的街道里走着,一户人家的车库门就有一幅涂鸦,停车场杂草丛生的角落有,堆放垃圾的墙边有,自动售卖机上也有。随处可见,各有特色。且还有一种原创形象,有的占据了一座屋子的整面墙,有的只是一个符号,它们让寂寞的街道热闹起来。清迈虽然是老城,但是它是一座内心依然年轻且不甘寂寞的城市。画廊,创意咖啡馆,艺术展,大型艺术装置,在这座古城里随处可见。

所以,这个"涂鸦"也是名词。你可以在这里看见古老文明留下的城墙和城门,可以看见游人如织的传统寺庙。但你也可以看见,寺庙的对面就是一排排年轻的咖啡馆和甜品店,城墙边就是泰国随处可见的7-11便利店。它们在这里奇妙地遇见,又在这里和谐地相处。清迈是一座缓慢的城市,古城里都是慢慢走着的游人。

漫步清迈,总有美妙的遇见。我们碰巧遇到了一个小学里在举行游园活动,是地区间学校的文化交流和展示活动,有管乐团表演,也有小学生和初中生能够接受价位的零食供应,还有售卖自己手工作品的学生摊位,这样的游园活动早已经藏在我们的记忆深处。我们"不客气"地混了进去,吃吃喝喝,我的朋友们还"厚脸皮"地找当地的孩子们合影,他们也是笑嘻嘻地配合着。每个学校都有不一样的校服,白衬衫与西裤,白衬衫蝴蝶结和百褶裙,小小的男生和女生,各有各的可爱。走到偏僻的街道,路上没有几个人,偶尔有院子里的人出来丢垃圾,那种日常化让你觉得你好像快要融入这座城市。清迈又是一座充满活力的快节奏城市,酒吧与美食店里世界各地的人都有,各种肤色各种面孔,举杯畅饮共享美食,震耳欲聋的音乐,让这座城市的夜并不平静。

在一个下过雨的夜晚,刚刚吃过著名的美食——凤飞飞猪脚饭,满足口腹之欲,又被清迈的夜景满足了眼心之欲。街上尚有积水,倒映着城市的灯光,并非五颜六色,而是温暖的黄色,照着清澈而平静的护城河,照着城墙的残垣断壁,照着往来的行人,照着穿梭不息的红色双条车。夜深了,街道上的店面大多早早关门,只是那些迎送全世界游客的酒店和青旅还灯火通明。旁边有小酒吧，悠扬的音乐声和笑闹声从门缝里溜出来，伴着微风，送我们回到可以看见护城河的房间。

这座城市也和我们一同浅浅入眠了，晚安，清迈。

这是一个失落的世界——行走吴哥窟

走进吴哥窟，需要在森林里寻找它的足迹。走在宽阔的沙石路边，一侧是宁静的湖泊，一侧是破败的寺庙，我们去得很早，只有两三个游客在这座小庙前拍照。有些倒塌或者倾斜的石柱上，还残留着一些精美的石刻。在砖瓦缝里，是翠绿色的青苔，它们给了这座小小建筑新的生命。在千年之后，祭祀的神明在现代的信仰中已经陨落，但是那些还屹立着的建筑，还在此时高歌着古人的虔诚。虔诚的国家倾举国之力，搜罗一切能找到的矿物巨石，一步步垒砌高大的圣坛，四方造型，环环相扣，用传说中的咸海环绕须弥山的格局，营造他们心中的神圣世界。

在高耸而茂密的热带雨林中，透过层层叠叠的密林，一个转身，就看见了吴哥城。偶有僧人前来朝拜，他们穿着及地的僧袍，沿着因为无数人走过而圆滑的台阶，一步步走入这座世界上最大的寺庙群。黄色的僧袍在太阳的映照下泛着光晕，在廊柱之间忽现的僧人身影，那僧袍一角扫过的地面，伴着时光的倒退，回复到往昔的平整光滑。斑驳脱落的雕刻回到了当初在工匠手中初露光彩的时候，被风雨打磨的寺庙，一点点回到千年之前的模样。随着太阳升起，阳光扫过那贴着金箔的女神像的面孔。来来往往的僧人沉默不语，肃穆的表情伴着庄严的氛围。在建筑设计师刻意建陡的楼梯上，僧人的脸几乎贴到楼梯面，一个脚掌还踩不满一级阶梯。但每一个攀爬者保持敬畏之心，走过须弥山的五层台，进入神殿追寻自己的信仰。而高台之上的神像，表情肃穆，手持法器，双眼或睁或闭，山川河流却尽在心中。

然而时间永不停息，留给我们是沧桑的吴哥。走在长长的回廊里，一侧是雕刻精美的廊柱，延伸到黑暗的回廊尽头。清晨的阳光斜射进走廊，没有一盏灯，在这里，是明与暗最奇异的融合。阳光描绘着光与影清晰的轮廓。正如印度教所信仰的善与恶的并存，而日头变换，明与暗又交换位置，是善与恶的轮回，生命的周期。另一侧的雕刻讲述着古老的传说：阿修罗们与神仙们合力握住巨蛇那伽翻腾乳海,旁边还有猴神哈纽努曼在协助,以求取乳海底的可以长生不死的甘露。所以,在暹粒这个城市所有的桥墩,都是这条多头的巨蛇,它的身躯与形象,千年之后又为这个地方增加了神秘的色彩。登上高台,大大小小的寺庙和高塔林立,掩映在密林中,从地平线上升起的热气球又在告诉你,你在探索的是曾经失落的世界。

走过镜池,初开的莲花让坚硬的石头建筑温柔了一些。毗湿奴的法器是莲,梵天从莲中降生创造世界,朝阳中的吴哥在镜池中的莲花中绽放,在虚幻与现实之间切换,沉睡千年,等待世人惊艳它的美丽。吴哥每一天都在莲池中绽放,在巴肯山沉睡,日复一日,三百六十五天都是一段故事的启幕与落幕。

走到巴戎寺,看到最为出名的"高棉的微笑",则更为亲切。巨石从地面一块块搬运上来,堆砌然后雕刻。越过千年时光,尽管有的神像面目已经模糊,但是那眉眼与嘴角,依然令人动容。后人将那微笑的脸理解为阇耶跋摩七世国王的肖像,五十四座高塔,每一座高塔之上都是四面佛,高地远近,十方诸佛,无所不在。在阇耶跋摩七世的时代,印度教虽然与佛教已有融合的趋势,但是在其宗教信仰里始终相信苦难与邪恶的存在,人间并非只有幸福与安乐,神与虔诚的信徒同在。因此,无论你走在巴戎寺的哪一处,你都可以看到不同角度微笑的佛像,因为阳光的照射,他们的眼半睁,那笑容含悲含喜,又好像不悲不喜。他们面容是对怀揣罪恶的人的拷问,是对经历磨难的人的鼓励,是对迷茫的人的启示,经历轮回与考验,极乐就在修行之中。

吴哥太美,它仿佛是在原始森林中生长的神庙,与植物共存,那些从石头缝里顽强生长的植物在告诉着你,它们为这伟大的建筑群赋予了新的生机和意义。走在崩必烈与塔布隆寺中,高大的树木将粗壮的根系盘桓在石头上面,躯干从石头缝里向天空延伸,根系又向下紧紧抓住堆砌的石块让建筑连接得更加紧密。于是,这些从石头缝里生长的植物,带着这些跨越千年的建筑一起生长,和这片雨林一起生生不息。

你来吗,吴哥在等你,那是一个永恒的世界。

失落西安

在西安这个城市,我印象最深的不是千年古都的风采,不是秦腔与泡馍,反而是很多大城市都存在着的城中村。因为我的城市,城区与农村已经界限分明,大多自修的房子已经离城市很远,更不要提繁华的城中村。我很感慨它自成一派的繁华,佩服它的别有洞天,深感它和人一样顽强的生命力。

城中村像是西安一块繁华地带与另一块的过渡,它们声色张扬地袒露自己低俗但是真实的繁华。尽管它破败的外表,不过是由一块块花枝招展的广告牌和闪烁的灯牌装饰。它不屑最高端的商场那样含蓄艺术的广告牌,它的宣传直白而简单。它的个性很鲜明,在城市规划的刻板的路灯之间掺杂了一些不规矩的低矮的灯光,那应该就是它了。

若是走近了,村口一定是一群小食摊贩凑在一起,硬生生成了"夹道欢迎"的姿态。摊主卖着让人眼花缭乱的小吃,油锅烹炸的嗞嗞声,板栗翻动的摩擦声,米粥冒泡的咕噜声,当然还有摊主的叫卖声,每一个声音都在挑拨你、吸引你。走进村子,头顶扫过的是村子的牌坊,当然也有无名的村子,它的名字可能会靠口耳相传逐渐形成。走到村子的主街上,两旁的店铺放着夸张的网络歌曲,售卖着价格低廉的物品,不高不低,刚好是这个村子里的外来者和当地人都可以接受的价格。老板或坐在店里悠闲地嗑着瓜子看着手机上的视频,或者倚在门边同隔壁老板讲话,却没有多少人招揽匆匆的顾客。村里大多是相熟的人,或是来来去去的租客,忙碌着自己的生计,买的也就是日常需要的东西。因而不需要招徕,只有新开的店,会大肆宣传一番,想在这里站稳脚跟。

走到主街的某个支路口,会发现那是另一片天地。这里不是商业的热闹,而是生活的热闹。从哪家窗户里传出来电视机的声音,小孩哭闹的声音,大人聊天的声音,炒菜的声音,就是普通人家最简单的生活的声音。

但是这种热闹也是安静的,在距离商业这样近的地方,好好生活也是内心的一种安静吧。在村子的楼一年一年加高的时候,天空被逼到了只剩一条窄窄的细缝的地步,然后又被防盗网、网线、晾衣绳、电线等割裂成小块,很是寂寥。落水管里滴落的水在地上晕出一片潮湿的青苔或者杂草,想要努力存活下去,就像生活在这里的人。有一些村民是当地人,守着这里繁荣的商业和店面生活;有一些是外来者,他们想要努力在这个城市生活下去,从低廉的城中村开始起步,向往着隔壁商圈的高楼大厦。或许每晚望着窗外,想着,距离这样近,距离又是那样远。在城市逼迫着这一块小地方既要生活又要商业的时候,城中村也在发展着自己的未来。

等到深夜的时候,摊贩散去,店铺关门,劳累了一整天的人回到自己小小的家,沉沉睡去。这里的睡眠时间似乎总是很短,这里的生活不是朝九晚五,等到深夜才"让自己下班"的人,收下了最后一笔进账,可能不过是10元钱。而明天又要早起,挤上公车去往或许在城市另一边的公司,或是早早支上早点摊卖出6点第一杯热粥,或是要送孩子去离家很远但是很好的幼儿园,或是……要生存下去的世界里,总有很多或是,让人要起早贪黑。

所以早些睡吧,明天又要早起,明天还是要生活,明天……

明天还是城中村,或许吧。

冯凭

  笔名冯周，女，吉林长春人，西北大学文学院2014级创意写作班学生。生于寒冬，长于北方，遂性情较冷淡，然而外冷内热，沉溺于文字之中。喜欢散文和小说，喜欢悲剧，喜欢文字中对美的呈现，也喜欢对人性和苦难的揭露和慰藉。从拿起笔以来，一直在寻找自己的文字归属，然路途漫漫，大道迢迢，幸而得到指点，能有所进步。今生有幸入创写，来世愿做笔中仙。

书店，只是店

  把两本崭新的书握在臂弯里，我走到柜台前右边的队列后站好——我庆幸我前面只有一个人，这样我就能早点结账。三楼的柜台前坐着三个年轻女人，却只有两台机器——两边的女人一人操作一台，而坐在中间的小姐低着头玩手机，看不清脸。

  "下一个。"我前面那个学生样的孩子拿着一本黄色封皮的经济学类书走开，到我了。我把书放在柜台小姐身前那堆满东西只余出一点狭小空地的桌子上，开始翻钱包。这是一个年轻的女人，像所有年轻女人一样，她画着精致的妆，长长的指甲涂着浅色的指甲油，染成棕黄色的头发松松盘起，有几缕垂下落在颈边，神态如一株倚着墙的海棠花般慵懒。

  她用一只手将两本书一并拿起来，又转着手腕将书立起，眼皮轻撩看了一眼书码，左手在键盘上敲击几下，又转过头看一眼，这样大概两三次，她放下书说："一样的吧！"疑问的话，肯定的语气。

  一样？我愣了一下，有些不确定自己听到的——虽然是同一系列的书，主色调一样，但封皮的图案还是有很大差异的——是了，她根本没把两本书分开来看。

  "不一样的！"

"嗯？"

她又撩起眼皮看了我一眼,右手翻动把上面的那本书拿掉,露出下一本。没说话,柜台小姐又用左手单独在键盘上敲击几下,手腕一抖一抖的——我才发现,她是用指甲敲击键盘的。

"120。"她重重地戳了一下按键。

120元？我拿着一张红色票子的右手在空中顿住。我记得两本的价格差不多,一本36元,另一本也绝不会超过50元。120元？怎么会是120元呢？

"真的是120元吗？"

我的声音充满了不确定,也没有把票子继续递上去,只是看着她,又看了一眼那躺在一堆杂物上的两本崭新的书——我想自己确认一下。当我把左手伸向书——这个角度看就像是我已经摸到它们一样,它们被一只白色的手轻巧快速地截走了,我感觉这回顿住的不只是我的手。

"对啊,一本36,一本42,一共120……嗯？怎么120？"

她那双化着淡粉色眼影的水色眼睛从半睁到瞪大,好像月亮从初一到十五迅速膨胀起来。她扔下我的书——哦,现在还不是我的,两手在键盘上重新敲击。这次很快,她用中指又重重戳了一下按键,一旁的打票机就"吱吱"地响起。

"78。"她看着打票机轻巧地说。

我把一百元递过去。

她的视线如烟缠绕着那慢吞吞吐票的小机器,右手停留在机子上方,等它把印有黑字的部分吐出来后,手腕一扭——票子就下来了。

我等待着,右手保持着交钱的姿势,书被旁边那位小姐拿走了——不知什么时候她已经把自己从手机里拔出来了。她半睁着眼从一边抽出一条长长的酱色的类似封条的东西,动作熟练地将它环在两本书的腰间,然后放在小小的空地上,接着又弓起身把自己埋进手机里。

这时右边的小姐从我手中抽走了红票子。

"一共78找您22票子拿好下一位。"她一口气将话说完,全然没有停顿。

话音刚落,一个小男孩扑到柜台上,他那双白白胖胖的小手扒在柜台深红色的边沿上,大大的眼睛闪亮地盯着柜台上堆积如山的杂物,像一个偷窥的小淘气包。

他的妈妈紧跟其后,这是个高个子的女人,化着成熟的妆,看起来精英一般的她此时像所有母亲一样,左手肘挎着一个米白色的包,小臂挂着一件大衣,双手拿着三本封面精美且不薄的儿童读物。她站在小男孩身后,用身体和柜台形成一个保护圈,温柔地把孩子护在怀里。

我忙拿起书离开队伍,可刚走两步我就停下了,我突然想起这个书店是可以办卡的,这样我以后买书不是可以便宜一点了吗?我有些懊恼自己怎么才想起来,不然或许我可以省一些钱的,说不定这些钱又能买一本书了。

"不好意思,我问一下,这里办卡要多少钱?"

"你都买了还办什么卡!"那个中间的小姐突然抬起头用尖利的嗓音刺向我,同时把那三本儿童读物同样打上"封条"。

"104 收您 110 找您 6 元,票子拿好下一位。"

高个子女人拿起书牵着小男孩的手从我身边走过,下一位上前,只有我依旧愣在那里,像是在等什么,也像是在努力地接受消化着什么,整个人仿佛打满了石膏动弹不得。

不久,我动了动我僵硬的脚,迅速转身离开。当我低头看看手里沉甸甸的书寻找一丝安慰时,首先映入眼帘的却是一条广告"××培训,专业教授经济心理学课程——您还在为……"

我毫不犹豫地撕掉这"封条",扔到垃圾桶里,转身把书塞进书包,做这些事情的时候我的脚步甚至都没停过,我只想尽快离开这里,回到属于我的地方去。

当我挤出书店一楼因签售会而拥挤的人群,粗鲁地用身体拨开透明胶质的门帘,看见外面的车水马龙时,我的心突然平静下来——就好像接受了什么我明明懂却一直不想接受的东西——

书店,只是店。

一个独居女人的夜晚

天花板上传来"咣"的一声巨响,震得挂在上面的灰都抖了一抖。睡在下面的她一下子就惊醒过来,打开手机一看,"AM2:05",她愤愤地把手机摔在枕头上,楼上这样闹,谁能睡得下去。

楼上的战况愈加激烈起来,肉体包裹着骨头连番滚在地板上的声音透过新区隔音并不好的天花板传过来。女人尖利的叫声,男人混着大舌头的唾骂,呵,这家男主人准是又喝多了。还有孩子语无伦次听起来只是"啊啊啊"的嘶吼哭叫。人间百态。

可这人间百态合不该在这种时刻上演,这让人一会怎么上班?

她被惊醒的胸口仿佛憋着一团氢气,堵着让她血气不通,拉着让她上楼找邻居说理。可好歹她的理智还没有被氢气轰掉,她一个独身居住的女人在这种情况下去敲人家的门,估计只会被人骂出来,惹急了说不定连她一起打,跟醉鬼可没有什么好讲理的。

物业?

难道要像上次一样气冲冲地给物业打电话结果被人家打太极拳一样推回来,还明里暗里讽刺了一番她是租户人家是住户——难道她是租户就应该老实点吗?

她在床上坐了一会,扒拉着自己乱糟糟的头发,感觉清醒了许多。提拉上拖鞋,"啪嗒啪嗒"地拎着水壶在卫生间灌了半壶水。拧开水龙头,水管里先是发出像呕吐一般的"咕噜"声,然后是一两声电焊般的"刺啦",最后终于从水龙头里喷出了水。卫生间的灯又坏了,她盘算了下时日,发现除去出差和加班的日程,她大概要下周末才有心情去打理这些烦恼的家务,而这中间的数天,卫生间的灯也只能坏着。

不过坏着就坏着吧,反正也不耽误多大的事。她抬起头看了看全是水渍脏兮兮的镜子,手腕一翻把壶中的水倒掉。不用透过卫生间几近没有的光线也知道这时候流出的水一定是黄色还带着一点水锈的,她等了一会,又接了一壶,才拖着人字拖回到了客厅。

把水壶放在墙角插上电,自己坐在客厅的桌子前拄着下巴等水烧开。水壶是前一任租户留下来不要的,插线特别短,每次烧水只能放在地上。她静静地发着呆,或者说,听着楼上的家暴。

记忆里也曾有过这种时候。那时的她还在上初中,她睡觉的房间一墙之后住着一对中年夫妻和他们的儿子儿媳。那天晚上也是在睡觉,她的床头正对着与隔壁相邻的墙壁,没等睡着她就听见头顶的墙壁传来一声声怒骂。她当时小啊,吓得躲在被子里,她经常听大人们议论说隔壁的男主人是个精神病,酒精中毒烧坏了脑子。她不懂精神病为什么不在精神病院待着,总之就是对隔壁家的这个中年男人有种小动物对上猛兽的恐惧,仿佛他一发怒就能撕了自己一样。而今天,近距离听见他殴打自己的妻子儿子,这些事情和她只有一墙之隔,她不由得吓得不敢动,甚至连去隔壁房间找妈妈都做不到。

时间长了,她也能听见几句他们的争吵,具体内容她现在已经记不得了,但能肯定的是那是有关于钱的,或许还有养老院的事情,因为隔壁那家几乎每次大吵小闹都是因为钱,还有过后不久那家男主人就被送进了养老院。

听多了,她竟然渐渐有了兴奋感,那种小孩子碰上大事件的兴奋,真是唯恐天下不乱。

她跳下床跑到妈妈的房间,哦,爸爸出差了,所以半年来家里只有她和妈妈两个人。妈妈说不用管他们,要是怕就来和她一起睡,她拒绝了,跑回了自己的房间。

后面的事情有些模糊,她近来只能记住一些形象的画面,对事情倒是不敏锐,据说这是长期疲惫导致反应迟钝的表现。她只记得那时的自己大着胆子敲了两下墙壁,就像同学在课上玩闹那样,对面的男主人声音小了点,不过没过多久又是一如既往地摔打,她又敲了两下,这次对面传来了重物击打在墙壁上的声音伴随着男主人骂她的喊声。

这下她吓坏了,躲在被子里,缩在床脚离墙壁远远的,不知不觉间就睡着了。

第二天上学的时候发现楼道里满是烟雾,听说隔壁的男主人放火烧楼了。

　　思绪被楼上传来的瓷器破碎的声音拉了回来,应该是摔了碗,接着是小孩子两短一长的"啊"和最后含糊不清的"不要"。

　　楼上那家小孩有3岁了吧?她把烧开的水倒进碗里,冲开多到冒尖的奶粉,不知从什么时候开始,她喜欢喝特别甜的,冲不开有疙瘩也不怕。那家女主人和男主人都是一副瘦到脱节的身材,也亏他们能中气十足地闹了这么久。

　　用勺子搅拌,看着碗里白花花的冒着热气的奶,她心想,她现在这样的心态和那些在电车里听见人的死讯反而抱怨上班要迟到了的人有什么区别?

　　但是环顾四周,在这个电灯总坏,只有不到30平米的偏僻出租房里,她又能有什么办法?刚开始她没有同情心吗?她有的,只是在漫长的时间里,在一次次的无能为力里被消磨殆尽了而已。

　　托马斯·沃尔夫说:人类生活持久永恒的境遇不是爱,而是孤独。

　　为了保证睡眠,她喝下一碗甜到发腻的奶,生活中不会有韩剧男主角宠溺地为你擦去挂在嘴上的奶胡子,你有的只是一张纸巾,或者一个锈迹斑驳的水龙头。

　　漱了口,她重新躺到床上,因为吵闹的是楼上,她不必像初中一样躲在床脚。但是也因为逃也逃不开那声音,与声音带给人的不安定感,她只能戴上耳机听音乐,在悠扬的歌声中寻找一丝慰藉。

　　希望明早起床不会再听到放火烧楼的消息。

郭雨菡

笔名戈无斡,女,西北大学文学院2014级创意写作班学生。三尺微命,一介不逗比。透明人类。易尴尬,常拖延。干啥啥不成,吃啥啥不剩。长期混迹知乎和公众号之间。笔名随便起的,写东西也是随便写的,整个人也是随便长的——随便一点,人生每天都是晴天。

列子御风而行

你听过凌晨四点的鸟叫声吗?那种婉转、泠然、滑如丝绸的啼叫。
间关莺语花底滑。

我在一室昏暗中听了一会,心神陷于其中,困意都消融了。薄窗帘透露出暗淡的天光。头脑昏沉,只是茫然间觉得,这叫声幽幽出现在夤夜里,不似是人间之物。我知道,它会叫很久,很久,就像一幕歌剧那样久。往往是这样,我还没有睡觉,鸟儿就已经醒来了。

一日阴天,在路上独自走着,四下无人,安静得像是初雪过后的天地间,在我几乎以为自己失聪了的空当,忽地响起一声嘹亮的鸟啼,仿佛近在耳边,却不知来自何方。我对于啼叫声特殊的鸟,有一种执念。我举头寻找,寻不见它踪影,只听得高高的树桠上那叫声舒缓,低低震荡几个尾音,复而高昂,直冲云霄,让我想起了被誉为夜莺的女高音达姆娆。然花腔高音终究是人力可及的技巧流,有章法可循,而鸟儿的叫声没有章法,兴致所至,灵动流转。它傲然凌于水泥与嚣尘之上,不受规约,无所束缚,在它的王国之内,以它的体制作乐,又让人想到传说中止梧桐、食竹实的鹓鶵。

最后我听了很久,直至行人渐多,直至天色不再那么晦暗。那是初春的下午,光秃秃的枝丫西面是设计感很差的建筑,充栋的是无数垃圾或典籍;东面是无处安放的废土堆,久而久之亦花树满堂,自成一丘。啼叫声从高高的枝子传来,影影绰绰,有些孤独。昂首观之,项为之强。

我常常想,走在这样一个校园,人少或人多,高峰时期或午休时段,总有许多滚圆的麻雀从半空中停降在地面,互相呼引,亦不怕人,需得你走得近了才往远处飞一两步,察其意态,似颇有些留恋;稍下点雨,路面就会多出无数肥长的蚯蚓,若遇上好心的则被拎着丢到草丛里;更有许多被三心二意的女孩子丢弃的猫狗。

人和自然,看上去很和平,甚至其乐也融融。

我常常又想,缓慢,安静,其实是很不错的。不再有理想国,不再有终极追求,不再有所谓伊人,而是停留在当下,或者说,停滞。很久前混混沌沌的我,某日忽然意识到,如果我想,或许我现在就可以过上想要的平静的生活。只要把达成目的的手段当作目的,把通向远方的路当作远方,我心即我法,我自身即我行动的归所,那么无需仰仗外物,靠内心及内心之反思便可通达所欲之安静了。

然而这好像也只是我的一己之见,足以戳穿我的浅陋。少见有什么人会为一段美妙的莺啼而驻足侧耳;地面上憨态可爱的麻雀亦观众鲜少,门前冷落;比起留意地面,人们往往行色匆匆,粗心地踩死蚯蚓许多;幼时讨喜的萌宠如今也多被遗弃。

不过幸而我听到了。我看到了。我捡起了它们,丢到草丛里。莺雀若无我之灵明,如何能辨其清妙出尘?有如一气流通,无间无隔。

我走得不快,我常常被路边的鸟叫吸引,走不动路。这样的我,往往觉得如果少了我的欣赏,对于鸟儿来说就好像损失了什么。这想法自大得很,令我羞惭;然而即使没有我路过,它们依旧会在高而复高的枝丫上,如山涧幽泉一样,清澈地啼叫着,泼洒自在。我之驻足,不曾损益其一丝一毫。

这让人伤心。如同几年前,我站在高中时代的教学楼上,看到一只滑翔而过的鹊鸟。

那时即便是课间众人亦情愿窝在室内,唯我一人站在走廊上,独享空气凛冽。顶楼极高,视野极其开阔。适逢雨后,天色晦暗,一只黑色的鹊横贯视野,划破寂静的清晨,它背负高远长空。那一瞬间我忽然想象如果我是它,我张开挺拔的双翅,翻羽上沾染雨后潮湿,而我身下不再是坚实的地面,我在无尽的流风中滑翔而过,迎面而来清新的水汽,于是一时间天地空旷,鸿声叫断。行走而足不触实地,这让人有些紧张,然而莫名又有些激动。

它很快飞走了。但那一瞬间不知从何处翻涌而来的沸腾,却留在了我的眼底和心里,挥之不去。那一瞬沸腾,非宗悫之长风,实是云行信长风。

于是我对会飞的鸟类,有一种执念。

会飞,多么神奇。不是飞机,不是滑翔机,不是跳伞。而是实实在在自己在飞。虽然我激动得有点"中二",但是我必须忠实地承认我做此想象时,心底里那止不住的热意。

然而,我终究不是它;即便我成了它,也终究不是我记忆中的那一只它——毕竟每一天出现在荷叶上的露珠,都是一颗新的露珠。且我是如此笨重,又何谈长空浩荡,星汉灿烂?如此想来,无论站着,走着,坐着,我无时无刻不感受我的沉重。当我躺在床上却无比清醒之时,床承我躯壳之沉重,我承我无知惶惑之沉重;当我自卑局促之时,这沉重让我软弱得无法直立,呼吸成伤,要我倒在街头,倒在地上,倒在比地面更低的地方;当有一日归去,大地又载我腐朽之沉重,叹一声弃世何悠哉来,装模作样又老神在在。寅时的曦光照进我干涸的眼睛,却也让我听到寅时的鸟啼。那声音轻得飘上了云端,我沉重地埋在地底;而土壤之下,又有岩石。

那轻盈地游荡在云上的妙音,是地底人绮丽的梦。

梦着梦着,一梦到西洲,梦到蝶,梦到蚁,梦到梅生,梦到太虚,生生死死,浮浮沉沉。醒来时也不过睡了片刻,清晨特有的轻微喧闹声从四处传来,让人有些分不清梦与现实。

今人戏言,情不知所起,一往而情深,再而衰,三而竭。梦这东西,浅尝辄止,就十分美妙了。就像路途中望见一片花,忽闻一缕鸟啼,偶尔得之最为欣喜,多了则餍足,过了则五感生厌。我们始终无法从这种边际递减的限制中超脱开来:于适时,肉体凡胎则尤为可憎了。这世上有无边无际的美,可惜人力终究有边界,人类并不具有无边无际、不会衰减的欣赏美的感官。

即便是再偏爱安静的神殿,沉溺于寂静久了,也会落满尘埃,与荒原无异。自以为清雅的爱好意趣更是无力,它多是疲于支撑起繁冗而沉闷的日常。我这样的凡愚,正当沉闷烦忧,居则忽忽若有所亡之时,出则不知所如往之际,出门听鸟啼、夜间闻三清也无法拯救我,便朗诵修短随化终期于尽,生寄也死归也之类,朗诵得一派颓唐之意,仍觉得委顿到土壤中去了。白日放歌须纵酒,山形依旧枕寒流。沉重使我无法放声,于是被旁人嘲笑猥琐,再豪迈的诗念得一分气势也无。再多的遥想,都日复一日地随着一曲明日歌,散去了。

夫列子御风而行,泠然善也。虽免乎行,犹有所待者也,何况吾辈?

吾不会飞,吾也只是个念想罢了。除了长身体的年龄吾辈们会在梦里平地飞升,飞过田野和湖泊,实际上,吾只能看着飞过去的鸟儿兀自激动,然后怅然若失罢了。

若我能凭风觉八极,目尽长空闲,那该是多么恣意畅快,又深知多么不切实际;正如同人类凭借脚与大地的摩擦力行走一样,若我能飞,即便是飞到云端,高歌婉转,届时说不得又要惆怅于托起双翼的风,怨离不得它;若我游于无穷——谁又能证明无穷之境无所待?如此循环,看来在我的愚思之内是无法寻得一个终结了。"携飞仙以遨游,抱明月而长终",这样的理想,也是无法实现了,看得越是清明,就越是痛苦。

终有一日我若凭虚御风,游遍八荒四海,看过五蕴十法,十二因缘——也只是想想罢了,"终有一日"这说法它就是个伪命题。

今后即便百般茧缚,做遍大梦,也只此一件,心心念念,难以割舍掉了。要之,人人大约都有一个愚不可及的梦吧,如是而已。

西安：与「古都」的断裂

西安是个我无法理解的城市。

好像是个文明古都，有过很多辉煌，对于我这种没文化的人，大约文化气息也会很浓，可我第一次来这里的时候，到底也没感受到这种氛围。

所谓的十三朝古都，难道竟是只能在节庆日或庆典上花里胡哨的头面与服饰，只能在城市对外的宣传标语，以及没多少人真正怀揣求知欲去观瞻的历史博物馆里，体现其遗风了吗？

城墙是没多少看头的，墙头罢了，没有 PS 过的实物，都灰突突的；回民街好吃的店也只有那几家，鲜榨石榴汁？嗨，自己买点临潼石榴也能榨；历史博物馆说实话对于浮躁的我而言，其实也是看不下去的，连字都不认得，我宁愿去看孙皓晖的《大秦帝国》。

大抵那些来西安旅游一次，就在朋友圈感慨"秦风唐韵""盛世斯人"的人，想象力都比较丰富。

他们用大脑补足了自己理想中的西安，补足了眼睛所及景象之外的暗涌的情绪。

而西安，也给了他们足够的余裕，默许了任意的补足。

好像哪里有种违和，就像中日合拍的那部纪录片《新丝绸之路》中，穿着一套浮夸书生服饰的堺雅人面带微笑，游走于市井之中的那种尴尬一样。

西安，我可以理解作为一个现代化城市所存在的西安，比起北上广，它落后，它深处内陆，它发展不如东部的城市迅速，就连旅游业都没有那么精致。我可以理解作为科研教育重地的西安，我甚至可以理解身处大陆中心，战略意义上的西安战区，然而我却始终无法理解作为古都的西安，我感受不到它。古都西安，古都西安，就像是一个空概念，我感受不到它的外延。我想，这可能是我眼睛不太好使的缘故吧。也可能是，大脑是个好东西,我什么时候才能拥有——这种原因吧。

大概,西安古都这个名字,也只是一个旅游宣传的卖点罢了。所有新时期的古都,其氛围大约都是在本世纪刚刚打造的,间以马不停蹄的施工。旅游可以让商业发展,故而所有围绕古都进行的宣传,都是那么急躁,叫嚣着,嘶吼着,透露出一股社会主义初级阶段的金钱的味道。金钱自然是好的,所以我对金钱与商业的西安,着实是喜欢的,古都呢?就算了吧。

二十一世纪的西安,终究有一天,也会成为古老的历史,地铁,小寨,大唐西市,啊,金碧辉煌的商业区,多么美好的历史啊,那个时代的人,挤着公交车,过着繁忙的生活,这是多么的欣欣向荣啊,令人向往的,二十一世纪的古都。好像和任何一个更老的时代,没什么阻隔感。

这就是我所无法理解的西安。

大概,真正的"古都",只存在于无聊的,厚重的,覆着一层尘土的史书中吧。

可是又有几人能看呢。

郭子嫣

西北大学文学院2014级创意写作班学生。坚信故事是为心灵发声,所以不管是软萌甜文还是现煮鸡汤都希望以文字体会思考的力量。写作之于我是娱乐、是抒发,但更多是整理思路的过程,是用书面的逻辑检验思维正误,是成长。

做个普通人就真的那么令人讨厌吗?

阿凤告诉我,如果不能璀璨耀眼地过一生,那还与咸鱼有什么差别呢?

此时我正面临才思枯竭的困窘中,他的一句话无疑是当头棒喝,让我出了一身冷汗。随之而来的就是焦躁与不安,因为我知道,有限的储藏总有掏空的一天,新奇的想法暴露在越来越宽广的涉猎面一下,也不过是前人重复百遍,习以为常的事情。

每天从肚子里往出掏字,令我渐渐明白了,世间无谓创造,而只是由已存在事物不断触发的巧合。

当年的李白凭窗望月觉相思,我所做的也不过是一些机械性的重复。

与其说是创造,倒不如说是发现比较好。

想通了这些我顿时觉得自己干的事情十分普通,甚至是精神世界里,一个干体力活的。

可是阿东却打断了阿凤的话问我,做个普通人就真的那么令人讨厌吗?

普通人?似乎是所有雄心壮志的退路。泯然众人,也像是最后的安慰一样。

阿凤坚持,这不过是loser(失败者)的借口,当你想变得普通,你就是在向一整个花花世界低头了。

可是阿东却摇了摇头,他说,你认为泯然众人是一件很容易的事吗,也许有些人一辈子的努力都只是为了勉强持平别人的脚步而已。

上学,工作,恋爱,结婚,他们就像在不断地赶公车,车辆马上就要开走了,可是他们却正从上一辆车上下来,连跌带跑地上这一辆车。

阿凤不屑地嗤笑,庸人,就是为了所谓的合群而打乱了自己的节奏。

但是阿东反驳道,难道你不认为就是一直有一辆车在他们面前召唤着,他们才能不断往前赶吗?如果没有你所谓的那辆承载庸人的公车,很多人会被时间的长河远远抛在身后,他们按照他们的脚步缓慢挪动着,然后一事无成,甚至连原本通过努力可以获得的东西也失去了。

那辆对你来说缓慢的公车就是时间的脉络,提醒有的人走得慢了,也给走得快的人加倍的惊喜。

它不是跟着你的标签,也不是你的人生定位或目标。

所以,你不用担心有一天它会阻拦你的脚步,它只会在你飞不动的时候接住你,让你不至于继续下落。

那么,何必顾忌它呢?

做个普通人,也没那么令人讨厌吧。

郝梦

女,西北大学文学院2014级创意写作班学生。喜欢黑暗中的光明,期待笔下的文字能予你一段梦境。

孤独为伴

醒时折花

披散着湿漉漉的发,我沉默着看向窗外。漆黑的夜像魔术师手中的黑布,一点点地覆上了这座水泥森林。

它要开始乐此不疲地游戏了。而我静静地存在于明与灭的边缘,看着满天黑灰色铺展开来,企图囫囵吞下整座城市。

它的胃里是次第而起的灯火。

一切正如一场进行中的精彩魔术,观众们无从得知这块黑布揭开之后的样子。所以每一天每一个人都有一份发自心底的期待……或者是畏惧。

我感觉自己游离在黑布与城市的空隙里,像是行走在云端,又像是盘旋于天际。有很多难以言述的感觉将我淹没,再将我捞出,反反复复,乐此不疲。

所以在黑布完全蒙上我双眼的时候,在城市上空的我恍然间看到了那位将自己完美隐藏的魔术师嘴角的一抹神秘笑意。

我轻轻将手环在膝上,将头埋在臂弯里。耳机里的歌声淌进我的耳朵,带着最舒服的温度。

黑暗顺势朝这座城扑了过来,来了个结结实实的拥抱。

我欣赏着这一帧帧未连贯的画面,努力拾起梦的碎片。

时常在想一些没人知道答案的问题。

这些奇形怪状又冰冷锋利的高楼会不会将黑布划破?

在这位魔术师的眼里,这座城市是不是就像我们看售楼处的楼板模型那样袖珍可爱?

黑布看见自己怀里的城有了那些星星点点或是大片大片的霓虹灯,会不会难过?

到处都弥漫着微微的冷意。它透过指尖缓缓游离,缓到使我产生了目光能清晰地追逐它行进轨迹的错觉。它与体内源源而来的炽热相遇、融合,却没有中合成温暖。

它始终固执地、骄傲地存在着。

许是内心的热烈在黑暗中奄奄一息,又或是它有不容置疑的力量。像是在一杯水里滴上两滴黑墨水,就会变成几缕黑丝,一团黑雾,最后是一整杯不再澄澈透明的液体。

它就是那滴黑墨水,总能让人联想到黑暗邪恶的力量。

当黑暗挟持着冰冷张牙舞爪而来,大部分人选择裹上厚厚的被子,在暖气片旁或是空调屋里美美地睡上一觉;还有一小部分人,一边感到恐惧,一边却昂起头捏紧拳头让自己看起来有底气,顺便也斜着眼看着眼前无形的黑暗来掩饰自己快要睁不开眼的慌乱。

这一小部分人其实更加贪恋哪怕转瞬而逝的温暖。可惜对于已经成为这小部分人的人来说,温暖很少降临在他们的生命。温暖之于他们,比顶级奢侈品店的标牌上那极易被数错的零更加奢侈。

因此他们的感官愈加敏锐,内心愈加温柔。一朵花,一片云,一只在草坪上撒欢的小狗,每天循环却永不重复的日升日落,都足以将内心点亮。

风将我脸颊旁的发温柔地拨开,让我能更加清晰地欣赏这漫长得给人以无尽之感的夜。

在这样一段天空没有任何颜色变化的时间里,我看到了万千色彩。

渡君一梦

一条长长的石板路。

路的尽头是一团黛色的烟雾,明明灭灭,如真似幻。每每往前走两步,烟雾就向后退两步——我与路的尽头始终保持着令人绝望的距离。

又或者说,它根本没有尽头。

路的两旁发出幽冷的光芒。我将目光定格在那里,才发现上面是刀尖,各式各样的刀尖——长的、短的、厚的、薄的、光洁的、有花纹的……

细碎而完整的光令我不得不移开眼,我将头转向了最后一个方向。

我的身后是巨大的黑暗。黑暗逐渐凝成一个大而不见底的洞,像是怪兽张大的嘴,散发着让人毛骨悚然的喘气声。我仿佛感觉到了有一团团热气喷附在耳边。

我没有选择地、用尽全力地奔向没有终点的前方,直到步伐逐渐变小,直到我的双腿再也支撑不起心中的恐惧与绝望。我就那么伏在地上,倾听周围令人心惊的寂静。我甚至感受到了地下传来的微弱的"咚——咚——"声,听起来像是什么巨物的心跳。

我咬了咬牙用尽全力地站了起来,继续跌跌撞撞。眼泪因为太重而被不停向前的我丢弃在原地,渗入石板的缝隙里,而后消失不见。

但是我还是感受到了鼓膜里不停震动着的"咚——咚——"声。我好像看到一大片人山人海在欢庆着什么,每个人都在敲打着一面大鼓。待我想上前细看时,无数鼓槌猝不及防而又准确无误地打在了我的身上。鼓点声一点点带走了血液的热度,可我唯一能做的只有压制喉咙中随时都可能翻腾而出的尖叫,用最快的速度逃离这里——

因为它还在我的身后,它近得足以吞噬我的影子,和我的全部。

在绝望的路上我绝望地奔跑着,并且变得越来越绝望。

我缓慢而费力地睁开眼睛,犹带着一点点心悸。梦境是那样的真实,真实到我觉得自己可能只是跑到了路的尽头,尽头是我的床而已。

其实每天醒来的时候,我总是感觉自己一边想要睁眼,一边又条件反射地将它紧闭。我在沉睡与苏醒中不停地挣扎着,以至于我经常分不清楚自己将要进入的究竟是梦境还是现实。

我将自己蜷缩得更小,将怀里的玩偶抱得更紧,盯着白花花的墙壁开始发呆。

虽然我有一个听起来更像是祝福的名字,可是我从未应验过这份祝福。每天晚上的入睡都会让我感到微微的不安甚至是恐慌。每天入睡前到清醒后的这段时间里,我总感觉自己在一个平行时空走了一遭,只是这个平行时空带给我的是永恒的惶恐与不安,而我无力抗拒。

所以我逐渐习惯了早上疲惫地醒来,挠一挠那从一只眼的眼角经过鼻尖再到另一边脸颊的痒痒的、干涩的痕迹。

曾以为自己逐渐习惯了类似的场景反复出现在梦里。可是在很长一段时间里,我都抗拒去玩"Temple Run"这个身边人都在玩并且不停地推荐给我的游戏。

在醒来后我也会安慰自己说,那"咚咚"的响声一定是我自己紧张的心跳,我居然在梦里自己吓到了自己。

打开手机锁屏,我看了一遍通讯录里一个个用"1"和"0"拼出来的名字,然后关上了手机。

我打开门跑到楼下,看了看周遭行色匆匆而面无表情的人,然后又冲上楼爬上床将自己再度裹得严严实实。

不过我不孤独,我有孤独为伴。

闲情寄雨

雨。

绵绵的、温柔的雨轻轻地吻上这座城。

大部分的雨没能落在泥土上——那个它们与生俱来热爱着的地方。在那里它们可以催促偷懒的植物努力生长,让小蚯蚓可以更轻松地翻身,集成一个小水洼给路过的小生命解解渴……

可是在这座冰冷锋利的城市里,还有多少泥土呢?难道它们全都竖着长去了吗?

落在建筑物上的雨沮丧地对身边落进绿化带里的小伙伴说:"你们真好。"

被羡慕着的雨沉默地伏在被修剪成完美球形的观赏灌木上。

它看到了未来有人拿着巨大的水枪喷水,巨大的压力让身下的灌木发出"唰啦唰啦——"的声声抗议。只是在雨的耳朵里,这更像是灌木扭捏发出的舒适感慨。

雨仿佛看见了自己在未来被浓浓的氯气呛得流泪的样子。

雨到那时还会在吗？

雨也会哭吗？

走过繁华的市中心，我听到的是四面八方那令人心碎的抽泣。

雨羞涩地吻了吻高高的、不停溢出现代化傲气的楼。银灰色的楼变得更加锃亮和冰冷。

它淡漠地看着无数深情而来的雨绝望地滑了下去，转瞬消失不见，仅仅留下一条条满是不舍的湿迹。

每一座钢筋水泥砌成的巨兽都在载着里面的人们快速向前奔去。它没空理茫茫人海中的我，以及这突如其来的一场雨。

我独自一人来到在城市边缘的郊野公园。

旅游淡季、工作日、下雨、郊区这四个因素将一整个公园的人都变没了。沿着大路走了一个多小时，我只碰到了几个工作人员。

雨丝落在我的毛衣上，温润无声。这个角度看不见，再换一个角度又再度出现，像一颗颗碎钻在调皮地跟我躲猫猫。

突然心血来潮，我踏上法式梧桐的枯叶，再用另一只脚踏上下一个……虽然因为它们被雨淋湿了没有清脆的"嚓嚓"声，虽然有的叶子隔得太远需要跳跃，我依旧那么认真地跳着。

跳着跳着，我觉得我就那么直直地跳过了时间，跳回了童年，跳到了歪歪扭扭的粉笔线。

好在寂寥冷清的路上，没有人会对着一个大姑娘幼稚的行为投上诧异或是无奈的眼神。我不需要再用"正常的走路方式"行走，偶尔"得意忘形"，挺好。

天空大概是觉得我跳累了，它更加卖力地哭了起来。于是我不得不就近找了个亭子避雨。

我轻轻昂着头，望着雨滴从亭檐上坠落，每一滴近处的雨都清晰可见。从一开始几乎定格的透明，到不断加速坠落的水光，再到纷乱消失，就像我们太多人的一生。从出生开始清晰而认真，长大后很多事情就被模糊了界限、一笔带过，在老的时候就在不知不觉或后知后觉中归于尘土。

那不断加速着的凡生。

想起以前我告诉其他人我在看雨时他们一脸不解:"雨?雨有什么好看的……什么也看不清啊。"是的。你平视着前方,只能模模糊糊看到一片雨雾;当你抬起头,会发现一个不一样的世界。可能有的时候你抱怨生活太过于乏味,只是少了一个抬头的动作而已。

……或者少的,是一颗安静的心。

避雨避得已经有段时间了。望着不知还隐藏着多少雨水的、阴沉沉的天空,走饭的一句话突然浮现在脑海里:"躲了一辈子的雨,雨会不会很难过。"

我想应该是会的吧。越难过越想被接受,越不能被接受越难过。它许是陷进了一个无限循环的怪圈,找不到出口。

雨,那我来做你的缺口好不好?

雨,你看到我张开的双臂了吗?会觉得开心吗?

在一片朦胧中,我看到了一柄黑伞缓缓而来。

待伞离得近些,我才看清伞下是一对老人。老爷爷一手拄着拐杖,一手撑着伞,看起来有些力不从心。

"老头,我来撑吧……你歇歇。"

老爷爷停住了脚步。在我以为他要将伞递给老奶奶的时候,他将拐杖往自己的腿上靠过去。一次没有成功,他又重复了两次。终于靠稳了后,他开心地呼出一口气,然后用特地腾出的手——

将自己头上的帽子小心翼翼地戴到了老伴头上,将被帽檐压长了的发丝轻轻地向两边拨了拨。

我感觉我的眼泪一下子就下来了。它们混杂在雨水里,无声无息。

他们的影子渐渐消失在雨雾中。

我在原地站了很久。

后来,在偌大的公园里我好像再也没碰到什么人。

我就这么在雨中一直一直走着,偶尔蹦蹦跳跳,偶尔沿着地上的线走猫步,偶尔转一个又一个的圈。

不过我不孤独,我有孤独为伴。

何婉婷

女，西北大学文学院2014级创意写作班学生。生于川黔之地，红军四渡之处，飘至西北，实属意外，天性不羁，随遇而安。思虑颇重乃至常百转千回于层层梦境，沉醉其中，后知觉，此乃天赐，应当珍惜。将梦中之景之事之人诉于笔下，呈现于世，仅供一阅。

寻

最近你出现的次数似乎变得多了起来，我总是在不经意间看见你。

在路上漫无目地走着却发现天突然暗了下来，陪朋友出去逛街却怎么也找不到自己想要的东西，饿得不行四处找吃的却发现房间都已空空如也，大半夜从噩梦中惊醒，望着天花板久久不能回神，还有太多的事物我都已经记不太清了……

可就算是你出现得再频繁，我还是没有机会走上前去跟你打招呼。从你出现到消失在我的视野中，只一眼就不见了踪迹，好似你从未出现过，连同气息一起消失在空气中。你从来不会转过身来，以至于我从未真正见过你，只有掠过的背影。那个背影却让我无法忘怀，以至于在往后的日子里，你每次出现时我都可以笃定，那个一闪而逝的模糊背影就是你。这世上有千千万万个背影，雷同到无法再雷同的背影太多，你却是那么独特，在人群中独自闪烁。

在后来很长一段时间里，我才隐约明白那一种感觉被人们叫作熟悉。那是一种好像从我存在于这个世界上就已经与你熟识的缘分，是一种在内心深处烙印下的提示，是一种哪怕我不知道你是谁是何种模样单凭一个背影就能锁定的默契。我曾试过叫住你，却总是在我喉咙即将发出声的那一刹那就看不见你了。徒留在原地不知何去何从的我愣神了很久，然后失落地拖着自己离开。是这样的吧,总是看见却从未遇见,如荡漾在心间的尘埃,抓不住、挥不走,不知不觉中潜伏在身体的某个角落,久积成疾。

总是在夜里因做梦而醒来,长久如此,不知何故。深夜总是静得让人害怕、黑得让人心慌。张开自己的双手放在眼前也难看清,大概只有真正在深夜醒过的人才能明白"伸手不见五指"所描述的并不是一种现象而是一种心凉,好似"嗖"地一下身体里就突然失去了某种东西的恐慌,不适应,不受控制地流泪。好像人们会有一种感受——有时候不知道到底发生了什么,也许并没有造成什么后果,也没有到难以为继的地步,可就是心慌到怎么也平复不了,越压抑越是更加猛烈地爆发,爆发到无法自控,继而留下后遗症。这些小小的情绪慢慢渗入一点一滴的生活中,蚕食着原本稀松平常的三点一线,潜移默化地影响着自己平稳的心神。然后呢,然后就成了现在这个模样。不悲不喜,不咸不淡,不恨不爱,一切都平衡在那个点上,控制好内心的平衡使我每时每刻都在平静中与之搏斗。

也许是最近天平有些许倾斜,做事常常会停住,走路常常会呆住,看东西看着看着会定住。总会有一些小心思在思绪恍惚的时候飘忽到很远的地方拉不回来,会突然想到一些从前的片段,那些不愿再想起的往事。每每从回忆中愣过神来,看到你的身影静静蜷缩在那里,沉默又冷峻。这个时候的我内心是极其混乱的,既没有从刚才的迷茫中醒来,又多出了看到你的那种独特情绪。纷繁复杂,捋不清也道不明。每到这时便是自己最难熬的时刻,内心的某些东西在极度膨胀,从前在脑海中有过的各种极端想法像老式放映机那样一帧一帧杂乱无章地闪过。思维开始往死胡同里钻,直到钻进去就怎么都绕不出来了。接着就开始放弃,开始怀疑,否定自己否定他人否定周围的一切。偶尔会朝着你的背影喃喃自语,更多的时候却只能不停地问自己,到底应该怎么办。

煎熬过后自己会有一段稍好的阶段,内心变得些许平和,情绪波动会小很多,释然的笑容更易出现,面对再难的事也洒脱不少。而这个时候就看不见你了,一次也看不见了,不知道你躲到了哪里。

日子像按照设计好的程序一样,一项一项地过着,不偏不倚,不快不慢。直到某个夜晚,在某个更深露重的时间点突然又从梦中醒来。内心没有了恐慌,安谧得如同原始森林中鲜有人涉足的深处,条件反射般四处寻找你的身影。眼前漆黑一片,但是如果你在四周,哪怕看不见却依旧能感受到你的存在。意料之外的是我并没有感应到你,哪怕是一闪而过也没有,周围只有自己几不可闻的呼吸。就这样静静躺着,默数着以秒计算的时间,过了很久,眼睛都开始酸涩,有些微微困意,你依旧没有出现。我将自己的双手叠放在胸前,正对着心脏的位置,感受着自己不似从前那般加快的心跳,突然就明白了,明白了你,明白了自己,明白了你和我的关系。

原来,你就是我,我亦是你,你是我内心最深处的另一面投影,而我是你在现实生活中的一面。总有某些时候是内心中的你极度膨胀到再也装不下,每当这时你便会投影在我的眼前,以一个背影的方式不断提醒我你的存在。而我却是过了这么久才懂得了你,懂得了你的意义:是想提醒我,提醒我自己内心的失衡,提醒我不能再这样下去。要努力去改变,努力朝着温暖的地方前进,努力去寻找一些光将内心的黑暗驱除。每个人内心深处都有着另外一个自己,一个黑暗的影子。那是所有负情绪的聚集地,每当我们难过、绝望、愤怒时,这个影子就像藻类得到富氧化的池水滋养那般疯狂地蔓延。

想起很久以前在一本书上看到的一句话:"为何一定要去了解一个人的内心呢,其实人的内心才是最可怕的。"因为内心深处有着另一个自己,一个可能连自己都害怕的影子。有的东西不必深究,也不必真的想要去理得清清楚楚明明白白。探究一件事的过程就像是用机器在凿冰,到达安全的程度就已足够,再挖下去可能真的会天崩地裂到无法收场。很多时候,保持着一定的距离反而是最安全的。手中握着一朵鲜花,只有隔着一点距离才会嗅得那份合适的清香从而为之陶醉;心中住着一个人儿,只有保持一点距离才会寻得那份合适的美好从而为之追逐。

一个恍惚,时光追溯到很久以前。我和小伙伴一起躺在我自己的小床上,我们欢笑着将被子捂住了两颗小脑袋。拿着两个小小的手电筒在被子里晃来晃去,小小的光亮映着彼此真挚的笑脸,照进了对方的温暖内心。内心深处的东西我们并不知,也不会去探究。如同被子外的世界已经不在我们所思考的范围内了……

洪颖

女,籍贯福建省福鼎市,西北大学文学院2014级创意写作班学生。既爱书、爱电影、爱音乐,也爱吃、爱偷懒、爱睡觉,略通钢琴、画画、法语,容易害羞,也超级自恋,整日嘻嘻哈哈,生活昼夜颠倒,常年状况之外。想要尝试去做所有新鲜事,愿一生都能放纵不羁爱自由。

村庄里的那时候

"那时候的人们行动迟缓。他们慢悠悠地穿过广场,在周围的店铺里晃进晃出。在随便什么事情上消磨时光。那时候一天二十四小时,可是好像更长些。人们不需要急着赶路,因为没有地方可去,没有东西可买,而且也没有钱去买,梅科姆县之外也没有什么可看的。"

——《杀死一只知更鸟》

那时候的生活悠闲得像电影慢镜头。

村里的老人们清晨就会醒,手脚利索的会开始干活,手脚不便的会挂着拐杖静静坐在木椅子上,早晨的空气里有泥土的淡淡苦香混着温润的水汽,沁人心脾,清新澄净。

四合院一样的村庄处处都沉淀着陈旧木头的香气,雨季来临的时候,暗处的青苔被打湿、瓦片上的杂草被打湿、石头地面被打湿,起风时候连屋檐下的木墙和柱子也会被倾斜的雨打湿,村庄背后的整座山都静默在雨里,陈旧木头的味道在酣畅淋漓的雨中被唤醒而四溢,在湿淋淋的天地间发酵出夏季绿植的浓烈气息,发酵出一种蓬勃与年轻。

下雨的时候我不会待在屋里,而是会搬上一把小板凳坐在家门前的屋檐下,看着圆滚滚的雨珠一颗颗从屋檐上滑落下来,密密集集、匆匆忙忙。虽然我早已不记得这样做的趣味在哪里。这样回想起来,记忆里别透的雨滴被放大,瓦片之间的深绿色野草被放大,地面上的水汇集着流到沟渠里的瞬间被放大,当然还少不了看雨的屋檐、连绵弯曲的波浪线。

  村庄里的日子,少不了的还有各种动物。每次一逮到会自己翻身的丽叩甲就可以玩上大半天,现在想想好像都不记得最后它是自己逃跑还是会被小伙伴放生;小的时候村庄大门前的那条河还特别清澈,日光可以直直照射到河底,那时候我也还没有近视,站在高处可以看清河底的蝌蚪三五成群;隔壁上中学的大哥哥常常带我用新鲜蛛网蒙住的铁丝圈去黏蜻蜓,那时候常见的蜻蜓里我最喜欢亮红色和暗蓝色尾巴的,但是抓到最多的好像是黄绿色的,偶尔抓到尾巴颜色很特别的蜻蜓,我会到处去拿给人看;和城市一样,村庄的夏天里,聒噪的蝉鸣填充着每天的生活,无孔不入;只是夏天还要提防着神出鬼没的蛇,我记得曾经在隔壁人家后院的水渠里发现过一条银环蛇,大人们用扫把去打它,它的身体沿着扫把的握杆卷成一圈圈圆。

  好像最充实的日子总是在夏日暑假,关于寒假似乎只记得几日浓郁的年味,不绝于耳的鞭炮声,气味特别的佛香,热闹的龙灯和总被充公的压岁钱。我不喜欢放鞭炮,但是很喜欢收集放过的鞭炮,抽出里面没有被燃着的、完整的芯,把它们摆在地上点燃,它会咻地一下一闪而尽,像流星的一条条尾巴。

  那时候的生活告别了城市里的一切,学校里的小伙伴、电脑里的单机游戏和插卡手柄游戏机。不过,好像也不是一切,起码假期的作业还是阴魂不散地跟着我,那时最痛苦的时刻就是被妈妈叫去写作业的时刻。那时候还很讨厌午睡,每次中午被妈妈强迫去睡觉时,就望着天花板贴画里的人来消遣,傍晚一觉醒来的时候总是觉得好像醒在了另一个时空。那时候年年都长痱子,洗完澡后从头到脚都会扑着凉凉的痱子粉,那种罐子上的灯笼图案现在看到还会觉得很亲切。那时候的个性很奇怪,但是思绪却很自由,一切都无拘无束,每一天风风火火、信马由缰。

  有一种假期叫回老家的假期,叫村庄里的假期,叫与世隔绝、暂时消失的假期。

  那是我再也回不去的假期。

姜锦锦

女,西北大学文学院2014级创意写作班学生。"90后"懒虫一枚,正处在并将长期处在与懒魔的艰辛斗争中。矛盾集合体,虽然懒但并不妨碍"作",诗酒趁年华,趁着年轻还能蹦跶几下,希望尝试不同的事物。喜欢用文字留住某些一闪而过的瞬间,但愿时间能够在文字中缓慢流淌,让我来得及看清每一个我爱的人,每一束照向我的阳光。人生不过是个不断相遇又不断离别的过程,那么我将执着于此刻拥有的一切,相逢抑或是离别。

下午茶

这是一家森林主题的餐厅,几乎每一个角落都摆满了各式各样的植物,目所能及的地方统统都是绿色。桌椅也都是经过特殊设计的,比方说我身下的这张圆形沙发就是一个大大的"树桩"。吊灯也很别致,厚厚的藤蔓缠绕着,看上去有种原始而古朴的味道。

已经记不清是第几家了,这地方的餐厅总是开了又关、关了又开,但好像仍是逃不掉生意冷淡的怪圈,即使我觉得那些都是不错的餐厅,就像现在的这一家,真的很适合下午茶。

我盖上笔帽,日头已经开始西落。餐厅里的音乐不知什么时候停了,落地窗的隔音效果不错,从我的位置正好能看见一条繁忙的街道,于是原本喧闹的一切都在静默中进行,很多时候一旦环境安静下来,你会觉得似乎连时间也跟着变慢了。

阳光照在喝空的果汁杯上,一只小飞虫绕着杯沿儿没停地打转。就在这时,一个锋利而稚嫩的嗓音划破宁静,随之而来的是轻盈杂乱的脚步声,空气像是起了气浪,不安地躁动起来。那是一群孩子,我忽然记起餐厅顶楼新开的那家托管补习班。

这些孩子,七嘴八舌,像五色的小鸟,叽叽喳喳,每只鸟都有一颗不安分的灵魂。他们多动、跳跃、不顺从。五色的小鸟背着五彩的书包,我很久不曾看见这样的色彩。

五点,原本安静浑柔的夕阳就这样被一群突如其来的孩子撞散了。空荡荡的店里,瞬间多了好些声音,好些人。

孩子身旁都坐着妈妈,正襟危坐,监督、批评,面对作业指指点点,表情严肃认真。女孩子乖巧一些,妈妈的语气自然也就和缓些;男孩子很是调皮,蹦来蹦去,屁股根本挨不上凳子,妈妈的语气也就严厉些。

窗外日头下的人影渐长了,车站边上,人,稀疏地站着。

多年以前,我的母亲也跟眼前的这些妈妈一样,像她们一样教我解方程式;像她们一样监督我用铅笔写下一个又一个方方正正的汉字;像她们一样有一头乌黑的长发。

会为了给我解奥数题,凌晨还亮着夜灯;会为了让我写出语句通顺的作文,逐字逐句地指导;会为了限制我看电视,一进家门就习惯性地试试机箱的温度,逼得我不得不用提前藏在冰箱里的冰抹布边擦边看……会为了很多奇奇怪怪的要求,跟我斗智斗勇,把家里变成一个谍战的现场。很多事情,现在想起来很滑稽,甚至想着想着会不经意地笑出声来。但这每一个看似戏剧的瞬间却都是我们一起度过的最为真实的时光。

小时候,我一直认为她的生日很不好,日子选得很不是时候,因为几乎每次她的生日都是期中考试后发卷子的日子,而且很可恶,发的都是数学卷子。于是,直到现在我都十分愧疚,那些拜我所赐的灰色生日,真的很抱歉。

"快点写,今天不写完就不要吃饭!"一个妈妈的声音打断了我游离的思绪,我下意识地回头看看,却正好对上她微怒的眼睛,场面很是尴尬。

现在又是饭点了,不知不觉已经在这里坐了一下午。女孩儿和妈妈们已经开始享用晚餐,眼前这个男孩子却还是不愿合作,僵持之势大有打持久战的意思,反观妈妈的表情也是毫不退让。我暗笑:有其母必有其子!

后来的很长一段时间,男孩儿和妈妈之间都没有任何言语。就这样,他们僵持了很久,我也就这么看了很久。那一对儿静默而坐的身影有时候几乎会让我产生一种错觉,那一刻,我不禁有些感叹时光的奇妙。

曾经的我也是这样倔强,不懂事的时候,只是单纯地认为谁坚持到最后谁就是赢。懂事以后却更加认定"面子"这种东西,明知错了却还是会选择死扛着不说话。现在想想,很多时候当我们固执地认为自己"胜利"了,却不曾想过在这当中究竟收获了什么?代价又是什么?

前些日子,洛洛的母亲查出了癌症。那些天,远在异地的她常常会大半夜给我打来电话,漫无目的地对我讲述她小时候的很多事,甚至有好几次都在反复说着同一句话,我明白她并不是真的想表达什么,她只是想找个人听她说话。她没有哭,甚至连叹气都没有,从她的语气里我听到了一种复杂的平静。

每每挂断她的电话,我几乎都是一夜无眠。也不知道自己在想什么,脑袋里总会零星地蹦出几个奇怪的念头,紧接着就只剩下毫无意义的空白。就像现在这样,这种空白往往能将一切嘈杂屏蔽,于是我的眼前仿佛回到了默片时代,默片中有对母子静默而坐……

李瑶

女,生于陕西省,西北大学文学院2014级创意写作班学生。"爱上写作,真的是一件很容易的事情。因为——生有七尺之形,死唯一棺之土,唯有著书立说,方能立德扬名。世事如书,希望你们都会偏爱我这一句。"

父亲送我上大学

2014年7月我被西北大学录取了。

犹记得那天晚上十点下班往回走,父亲给我打了个电话,我以为他有什么事要给我交代。接起电话还没容我说一句话,父亲就开始语言轰炸了——"女子,你知道吗?你被西北大学录取了,哈哈……"听完父亲的话就愣在那儿了,呆呆的,不知作何反应,激动得已经没了理智。过了一会儿才反应过来,急忙问他是怎么知道的,父亲说是收到了短信,可我还是有点不相信,觉得一切就像梦一样,直到他把短信转发给我,反复看了几遍之后才相信这是真的。电话里父亲一直笑个不停,就像小孩儿过年领红包一样开心。

高三的一次家长会结束后,父亲特意挤到我们班的愿望墙下面,在一堆纸片里寻找我的愿望。父亲是一个"心口不一"的人,总是默默地关心我却又不告诉我,即使被我发现了还要辩解一番,我觉得这是他最可爱的一面。那天我在门缝里看见了他的"小动作",回去我问他:"爸,你今天看见我们班的愿望墙了没?""看见了。"他漫不经心地回答。没有得到我想要的答案,于是我又问:"那你看见我的没?"父亲给了我神回复:"纸片太多没看着。"对于父亲这样我也是习惯了,每次都在心里默默地吐槽:"明明就看见了,还装没看见,想关心人家就直说嘛……"或许,这就是父爱的深沉吧。

高考报志愿确实是一件十分费神的事情。记得那时候全家人什么事都放下不管,整天就专门研究这个,为了咨询专业人士24小时保持电话畅通。但是不管别人怎么说,父亲就对我说了一句话:"不管报哪个,只要你喜欢就行。"虽然只有短短十几个字,但却让我波澜起伏的心慢慢平静下来。父亲的这句话如同定心丸,给了我莫大的鼓励,让我有勇气选择自己的路。父亲如此对我,我也不忍心再看着父亲为我的事情担忧,为了稳稳当当地被录取,我把第一志愿改成了长安大学。本来不打算告诉家人的,但就在我准备提交的时候父亲打来了电话。"女子,你志愿填好了吗?"我犹豫了,或许也是怕父亲责怪,最终还是把我的想法告诉了他。父亲沉默了好一会儿:"你不是一直都想报西北大学吗?"面对父亲的疑问我十分愧疚,有一种不忠的感觉,而这不忠是背叛了理想、背叛了初心。我只能怯弱地说一句:"我怕录不上。"我能感觉到父亲当时是有点失望的。这一次父亲没有隐藏他的爱:"女子,人生就是一场赌注,不拼怎么知道会不会赢。就报西大吧,爸相信你可以的,实在不行我们重来嘛。"父亲的鼓励让我在漫漫人生路上走得更长更精彩。

对于缺乏安全感的我来说,大学是一个恐惧多于新奇的地方。一方面我很渴望大学生活的到来,因为我可以去到我向往已久的地方开始新的生活,同时也很期待在大学里邂逅一段美丽的爱情。但随着开学时间的慢慢靠近,心里的恐惧压过了新奇与憧憬。我开始害怕了——大学里没有父亲、没有好朋友、没有我认识的人……这一切都让我惶恐不安。

终于,我踏上了求学路,父亲送我上大学。

走的那天父亲早早地起了床开始"梳妆打扮"。先是从衣柜里拿出了他那套只有开会时才穿的"红豆"西装,将其平整地放在床上,然后又拿出鞋油把皮鞋擦得锃亮。第一次看见父亲如此细致去打扮,足足花了半个多小时穿衣出门。在去车站的路上父亲更是反常,还没等别人跟他打招呼他就对人家说"我送我们女儿上大学"。父亲的心情溢于言表,我知道此刻的他有多么的开心,我也明白他心里的想法。

父亲是一个心细如水的男人。走的那天我们带了许多土特产,给西安的亲戚,父亲把所有的东西细心归类放在背包里,用手掂了掂重量后默默地背上了较重的那一个。父爱如此之深沉,深沉到只需一个动作你就了解他的心意。我有一个老毛病——晕车，每次坐车就跟要命一般，非得吐出点什么才能作罢。还在家的时候母亲就说："这毛病不治上学可咋办……"说实话我对这个问题也比较揪心。上车的时候父亲让我等一下，然后急急忙忙地去了一家小药店，回来的时候手上就多了一盒晕车贴。"把这个贴上吧，免得等下又要吐。"简简单单的一个动作、一句话却已让我内心泛起朵朵涟漪。

8月31号，父亲与姑姑、姑父一起开车把我送到学校准备报到。我原本以为大学报名就像初高中一样简单——填表、交钱然后搞定。但报名那天才发现大学的报名过程竟是如此繁琐，几乎跑遍了整个校园。在我忙着交表、领表的时候，父亲就一直默默地跟着我，背着我所有的东西。我深知那两个包有多沉，所以我就一直说我自己来，我想自己背着，不愿他那么累，可最终也没能拗过执着的他。

就这样跟父亲忙碌地待了一个上午，吃过午饭他就要回家了。我想大概我会永远记得与父亲分别的那一幕吧。

这顿饭吃得格外慢，沉闷的气氛让人感觉很无力。就听姑姑一直跟父亲说会照顾好我的不用担心我，跟我说有什么事就给他们打电话……说了很多很多，以至于最后我都忘记了回答。就算吃得再慢一顿饭也是要结束了，他们开着车把我送到校门口。父亲和我都不习惯这种离别的场面，还是姑姑开口打破这沉默的局面："瑶瑶，那我们就把你送到这儿了，你自己好好照顾自己，有事给我们打电话。"我就那样望着父亲，父亲也看着我，嘴巴张张合合了多次，最后看着我说："该说的我都说了，你自己好好的。"我感觉自己快要哭了，于是我点点头转身就走了，我不能当着他的面哭，不能让他担心。但所有的这些故作坚强都在父亲关上车窗的时候崩塌了，我有一种被抛弃的感觉，泪水不听话地流了下来。

现在也慢慢习惯了这种生活，每周五晚上跟家里打个电话。父亲总是喜欢听我讲一些校园里的趣事，又爱叮嘱一些生活琐事。那天打电话回去，父亲就一直在咳嗽，我知道他的老毛病又犯了。近几年父亲的身体也开始变差了，冬天就一直咳嗽，非要等到来年春天才会好，每次看着他咳得很难受我就很揪心："爸你又开始咳嗽了？"跟我说不到两句就开始咳嗽。"嗯，这两天感冒了。"父亲总是这样对自己的事轻描淡写。"你明天去看医生呗,让他给你做个全面检查。"我实在不放心他的身体,问他又不肯告诉我。一听让他去看医生,父亲就开始安慰我:"没事啦,年年都这样,天气暖和了就好了。哎,对了,你那个……"他总是这样岔开话题,不让我担心。

父亲像一棵树,一棵时常用自己茂密的枝叶为我挡风遮雨的常青树;父亲像一条河,一条一直用自己宽阔的胸膛托着我在漫漫人生路上前行的无尽河;父亲像一片天,一片永远用自己强健的双臂为我打造一个避风港的辽阔天……成长的过程中父亲教会了我很多,一直以来他总是默默地陪在我身边,守护着我,给我一个快乐安稳的家。科学告诉我们没有下辈子之说,可我还是希望有下辈子,我希望下辈子还能找到父亲。这辈子、下辈子、下下辈子我都要好好爱他。

都说父爱如山,不容易流露。可我觉得父爱如水,不是不容易发现,只是没有用心罢了。他们在表达上是沉默的,但不代表在心里也是沉默的,只是习惯了默默付出。为天下所有的父亲点个赞,也愿我的父亲可以开开心心地过每一天。

最后,想给父亲说句话:"以后的路再难我陪你一起走,未来我们一起打拼。你看着我长大,我陪你到老,以后换我来爱你、来疼你。"

李永燕

女,1995年6月生于陕西安康,西北大学文学院2014级创意写作班学生。自幼热爱文学,高考语文130分,在校期间曾任《木香》杂志社嘉木栏目组成员,采访过多个社团和老师,2014年10月文学院辩论赛获得二等奖,2015年5月曾参演西北大学"黑美人"艺术节校园心理剧《徘徊》,之后于西北工业大学和陕西师范大学巡演。有爱心,经常去看望孤寡老人和流浪儿童。

快与慢

听西安本地的朋友说,洒金桥,是西安的一条老巷子。那里不是西安著名的旅游景点,却有只有老陕人才知道的地道的西安美食。

我和朋友来到这里的时候正值傍晚,首先是"刘信牛羊肉泡沫小炒"几个白字映入眼帘,它们靠着蓝色的招牌挂在门廊下,因为是晚饭时刻,店里已经坐满了人,看样子有本地的,也有外来的。正在思考,耳边响起了熟悉的陕西话:"走,咥一碗泡馍去。"一碗泡馍,对于外来的人来说,它仅仅是一种美食而已,而对于西安人它是劳累了一整天之后对自己最好的馈赠。

再回头看马二酸汤水饺,里面的客人也很多,熙熙攘攘的,而旁边的李唯一胡辣汤的小店里,同样也迎来了一天中最热闹的时刻,离门口最近的那一桌,只有一位大叔,喝起胡辣汤热汗直冒,一副酣畅淋漓的样子,好像还要再来三大碗的架势。

最后,我和我的朋友去吃了志亮蒸饺,刚坐下没几分钟,蒸饺就被端了上来,附着一句"请慢用"。水亮而饱满的蒸饺就像害羞的小姑娘,静静地躺在蒸笼里,让人忍不下心去吃它,咬一口下去,肉香四溢,又回味无穷。

从洒金桥走出,就涌入了车水马龙的另一个世界。站在人行天桥上,看着过往车辆川流不息,行人也都匆匆赶往下一个目的地,谁又能和我们一样悠闲呢?

看,下面一位女士在尖叫:"你撞到我了,还不道歉?真没教养!"

那个撞人的男子只是回头看了一眼,又转过头去继续赶路。

在这里,马路上的人都很忙碌,甚至无暇去休息,更不会特意去品味西安这座古城所独有的韵味。可是无论如何,西安就像一位母亲,她总是静默不语,独自承受,无私地包容着她的每个孩子。

刘欢

女,西北大学文学院2014级创意写作班学生。非典型性双子座,看起来孤僻高冷,实则有一颗敏感的心。自己没有什么一技之长,爱好音乐,习惯用看看书、码码字来体会生活的乐趣。关于作品,通常没有目的,没有逻辑,自己也不十分清楚写的究竟是什么,只是单纯想写些东西表达自己的内心。

雪中记事

飘着雪花的冬日,车水马龙的繁华街道。虽是进入了严冬,但路上的行人却不少,许是已经适应了西安冬天这样的温度。

在川流不息的人群中,年迈的老奶奶正坐在一张小凳子上,在一家看起来装修高档的餐馆前,她面前放着几个罐子,像是在卖着什么东西。凳子是老旧的木凳,非常小,让人产生老奶奶是坐在地上的错觉。那两个陶罐子是最普通的形状,朴实的漆黑的罐身,上面各覆盖着一个玻璃板,又用白色的厚棉布褥子盖在上面。

我停下脚步,闻到了泡菜独有的酸酸的味道,等到有路人经过时,老奶奶掀开了白色的厚褥子,看到了里面盛的东西——是两罐极普通的泡菜,白胖的萝卜条和我叫不上名字的绿色蔬菜,大概是自己腌的吧,看起来没有太多的其他配料。下着雪的天气里,时不时有几片雪花落在玻璃板上,老奶奶总是用手攥着自己的袖口,轻轻扯着衣服擦拭。她看起来约摸有七十岁了,花白的头发上盖着个蓝白相间的帕子,脸上的皮肤皱成很深的沟壑,身上穿着样式古老的大棉袄,是暗红色的花布缝成的,整个人看起来有些臃肿,袖口的地方戴着已经被水洗去颜色的套袖,上面蹭着脏兮兮的油污。她腿上穿着厚棉裤,有小孩子的腰那么粗,脚上一双纳底儿的窝窝鞋。由于天气冷,老奶奶慢慢把手放进袖筒里,整个人蜷缩在小木凳上,即使穿得很厚,但仍有些瑟瑟发抖,看起来依旧很冷的样子。

老奶奶坐在下雪的街道上,面前罐子上的厚褥子打开又盖上,盖上再打开,却始终没有翻开过那张透明的玻璃板。她也不吆喝,只是静静地坐着,等待有行人来问。或许老奶奶也觉得"吆喝"在繁华街道上的装修体面的餐馆前,显得格格不入。

雪依旧簌簌地下着,匆匆的行人来来往往,都把自己包裹在厚厚的大衣当中,只露一个脑袋在外面。终于,陆陆续续有路人上前询问。人是喜欢寻热闹的,只要有一个人上前问价钱,就会有越来越多的行人围成圈。我庆幸,终于有人注意到了寒冬腊月里的泡菜,也很欣慰,在这样的时代居然也还有人会选择吃这样的一种食物,手工制作的简单朴素的味道。

老奶奶掀开厚厚的白褥子,又揭开上面的玻璃板,一缕缕更加浓郁的味道飘了出来,酸酸的,闻起来让人觉得鼻子痒痒的。老奶奶用一旁的勺子舀了一勺萝卜条,又舀了一勺绿色的菜,伸手拽了一个塑料袋,将菜装进去,又递给了来买泡菜的顾客。到底是围观询问的人多,真正需要的人少,大多人只是问一问便转身走开,老奶奶也总是一遍又一遍地回答着,操着浓重的陕西方言,声音却听起来很小。

天色越来越晚,雪越下越大,老奶奶还是坐在那个地方。不一会儿,背后的餐馆亮起了招牌,斑驳的灯影下,年迈的身影站起身,收拾了罐子和凳子,一步一步缓慢地走着,大概是回家去了吧。

刘文欣

　　笔名折木，女，西北大学文学院2014级创意写作班学生。生于古都西安，2014年高考意外来到西北大学，后出于自虐心理进入创意写作班学习至今。无一技之长，长太息以掩泣。幸有爱好寥寥，人生得以慰藉。旅行为了美食，读书目的纯粹，减肥总挂嘴边，体重称了流泪。琴棋书画都不会，每逢期末总要跪。动漫游戏误终身，小说五万写崩溃。又是一日，新番还没追，推送又来催，论文要得急，考试没复习。

另一扇门

　　我很少去到那扇门后面。

　　在我九岁之前，我们家是一家四口，父亲、母亲、我，还有姥姥。一家人住在两室的房子里，我和父母同住，姥姥则单独一间。我幼时患有气管炎，而姥姥嗜烟如命，房间里常常烟雾缭绕，因此我一直被告诫不要去那间房子。在我印象里，我和姥姥见面的次数非常之少，但不可思议的是，在为数不多的几次见面中，她给我留下的印象却至今难以磨灭。

　　对姥姥第一次有比较清晰的印象是在我六岁那年，由于父母工作的原因，六岁前我都是在亲戚家长大的，到了该上小学的年纪，父母才把我接回家，在这之前，我很少有回家的机会。

　　那天，我回到几乎完全陌生的家，出于好奇忍不住跑到姥姥的房间里，看母亲照顾姥姥的饮食起居。姥姥多半时间不离开自己的床，因为全身肌肉严重萎缩，站立行走必须要人搀扶。在昏暗的房间里，她常常背靠着墙，蜷缩在床角，静静地抽旱烟。脑袋和无比瘦弱的身躯格格不入，干皱偏黑的皮肤似紧贴在骨骼上，脸上沟壑纵横，吸烟时，双颊夸张地凹陷成两个黑洞。浓厚呛鼻的烟气伴随着难以形容的腥臊气味扑面而来，我深深感到那味道是将行就木之人所散发出的死亡气息。

自此,幼小的我对这位亲人实在无法生出一丝本能的亲近之意,甚至感到厌恶。

新鲜劲儿过了以后,我每次路过那扇门都会加快脚步,仿佛门后藏着什么可怖的恶鬼一般,但当它微微开启一条缝的时候,我又忍不住向里面投以目光。姥姥有时也会偏着头看我,不过她的目光过于暗淡浑浊,我难以确定她究竟是在看我,还是在看门外的什么地方。

渐渐地,我开始遗忘姥姥的存在。直到有一天,我正躺在床上看电视,一翻身,发现门不知何时被打开了,姥姥扶着门框,正透过门缝直勾勾盯着我。

这一眼立刻使我浑身汗毛倒竖。

"姥姥,你站在这干吗?"我不知所措地问。

回应我的是沉默。姥姥没有说话,不知是没有听到,还是因为牙齿脱落而不能发声。

我从未如此近距离地面对她,和她交谈,虽然只有我单方面在说话。

"你先回房间吧。"我忍受着她身上的气味,将她搀扶起来,她好像听懂了我的话,随着我慢慢转身回去,我将她扶回床上坐着,然后学母亲的样子把姥姥的双腿抬起放在床上。她始终一言未发,只是用浑浊的双眼看着我,我不敢抬头看她的眼睛。做完这一切,我逃跑似的关上了那扇门。

姥姥在我九岁那年的初秋去世了,生命在睡梦中走到尽头,母亲伏在床上泣不成声,我偷偷跑进房间,看到姥姥的表情安详,脸上的每一条皱纹都舒展开来。

最后一次见到她是在葬礼上,姥姥躺在透明的矩形玻璃棺材中,乐队吹奏喜庆的歌,熟悉和陌生的人们神情悲戚,母亲和几个亲戚哭得声音嘶哑。

那是我初次亲眼目睹死亡。

母亲整理房间的时候,找到了姥姥和姥爷年轻时的合影,黑白照片中的姥姥笑容可掬,虽称不上美女,但也清秀可人,与她年老的模样大相径庭。因此,我对岁月流逝有种难以消除的恐惧,人生本已不易,为何在人间最后逗留的短暂时日里,还要饱经肉体和精神的折磨。

那时候,姥姥在沉默中或许有话想对我说,但终究没能开口,十多年过去,如今回忆起她的模样,心中五味杂陈。人生向死,众生皆苦,我又想起史铁生的那句话:死亡是必然降临的节日。

刘雅琦

女,西北大学文学院2014级创意写作班学生,公众号(创意写作之西创可贴)笔名依稀兮希栖。一个擅长开脑洞写得不咋样的死宅,风格不固定一切随心,想写点让人看了大吃一惊的东西。

那个凌晨五点街上的陌生人

那个时候我刚从飞机上下来,刚从机场和人拼车到达小寨,那个时间是凌晨五点。

按正常情况来讲,我绝对不会在这个时间独自出现在西安的大街上。但飞机十个小时的晚点导致了这一尴尬状况的发生。

在机场候机室几乎二十个小时滴水未进,我饿极了,找到一家专卖早餐的小车买了四个大包子边走边吃,我应该先找个公交站,然后想想怎么度过等第一班公交车来的这一段时间。

她就是在这个时候出现的。

我正沿着路边走,大口吞咽着手里的热包子,说实话,一口气吃三个着实有点噎到我了,第三个油腻的大肉包子几乎咽不下去,而食品袋里还有一个等着我临幸,吃,反而成了一种痛苦。

正在这时,我看到一个女人。当时我以为她一定是一个年纪比我大许多的女人,大概是做了妈妈的那个年纪,后来想想,我不确定她是否真的有这么老。

她从侧面走来,穿着很普通的衣服,一条颜色很浅的牛仔裤,脚上是普通的布鞋。头发简单地梳在脑后,她戴了一个普通的白色遮阳帽——噢,那是一个寒冷的冬天的凌晨,我不确定那种帽子是否该称为遮阳帽——总之,非常普通的人,非常普通的穿着,没什么特色。以至于我现在回想起来,除了"普通"一词几乎想不起她的穿着细节。

她背着一个大包,很大的,巨型的包。就像是那些即将要进行长达几天几夜的徒步旅行的人那样,大包上面绑着一个小包,大包下面也缀着一个小包,背得满满当当,行囊比她还高。

她很瘦,皮肤很黑,就像是那种长期在高原地区生活下自然形成的黑,但是面容十分和善,她笑着走来,牙齿雪白。

她走过来,问我——

记忆到这里出现了断层,她问了我一句什么,我已经记不起原句,但是大意好像是,问我到哪里去,要不要结伴去找活干之类的。

我当时是有点懵逼的,一瞬间没能明白她的意思,现在我的首要目标是顺利找到一个能把我带回学校的公交车,于是我下意识拒绝道:"我刚从飞机上下来,要找公交车……"

我话说完,她"噢"了一声点点头,说了什么原话已经不记得,大概是解释她以为我和她一样,也是上城找活干的女孩子之类的意思。

我才反应过来,结合她的一身装备和风尘仆仆的模样,大概是刚从农村来到西安想要找工作打工的意思吧?恰好在这样一个寒冷的早晨遇到了我,然后把背着大包小包从家回学校的我当成了和她一样的同伴。

说完她便离开,走向了街对面亮着灯的一家店铺,她转身的时候我听见她笑着自语:"人家刚从飞机上下来啊……"

那一瞬间,我非常后悔。

我想我大概是脑子突然短路或者被驴踢了一脚或者冻傻了,才选择了第一句就说"我刚从飞机上下来"。

什么时候想起来我都要唾弃自己,为什么要说自己刚下飞机?我完全可以说,我刚到小寨,也不熟悉情况,或者说我是要返校的学生,现在要去找公交站。这个飞机,完全是一句不必要的废话,难道飞机那二十小时的晚点就给我这么大怨念?让我时时刻刻都不忘这件事,然后在无意间伤害了一个陌生人。

"人家刚从飞机上下来啊。"

我很难形容那是一种怎样的语气,但那句话说出口的瞬间我就后悔了。现在想来,她应该比我一开始认为的年轻得多,甚至和我差不多大,但是她却背着重重的行囊,在这样一个寒冷的冬夜,从农村,或者遥远的家乡来到西安打工。也许她们村里的年轻女孩子都是这样,所以她才会错认我是她的同伴;也许她是家里的长女,还有几个弟弟妹妹需要她赚钱养活;也许她年纪轻轻就结婚了,也许没有……

现实的残酷就这样毫无预兆地突然砸在我头上。

距离那一次意外的偶遇已经过了许久,但那句感慨一般的自嘲一直深深印在我的记忆里。

甚至,我都不知道我的后悔是否也属于一种自以为是的高傲。

我始终有愧,那个冬夜,那个凌晨五点,在西安大街上遇到的陌生人。

刘奕阳

女，1996年生，2014级汉语言文学创意写作班学生。喜欢情感表达真切的散文。

无花果瘾者的自白

北方八月的阳光蒸腾着来自于地面的暑气，隐形的灼热顺着每一寸肌肤蔓延，纠缠着毛孔释放出新鲜的汗粒。万物也消歇了，在这样喘息不得的节气里。午后仿佛是专供休眠的特别时段，街头巷口都笼罩小憩的余韵，连常常撒野讨食的邻居家的白猫，此刻也懒得睁眼看一下饭碗里有没有小鱼干上供。

不知人间疾苦的孩童就喜欢在这样无人叨扰的时段里出没，三五成群地聚在一起，擦着小脸上不断溢出的闪光的汗滴，兴奋地谈论今天聚众玩闹的目的地。如今想起来，十几年前我也是这样队伍中的一员猛将。

正因为是八月，大院里所有的顽童都喜欢讨论那样一个甜美的事物。它只有在八月才会释放最佳的外表和风味，引诱着街头巷尾的孩子在午觉时偷偷爬起，群起而偷之。"我家隔壁王爷爷的院子里，无花果熟得最好，我昨天数了数，至少有七八颗表皮泛红的。"每当听到这样的话语，孩子们早已是眼中冒着星星，嘴里溢着唾液，脑子里已经事先品尝着果子的香甜了。

"好，今天就摘王爷爷家的！"这样的命令句，大概会持续一整个八月。直到每棵无花果树都只剩下光秃秃的叶子，孩子们才会相约立下"明年还要来摘哦！"的誓言，然后乖乖上学。

表皮泛红的无花果最好吃，都不消去洗，摘下来就可以掰开吃掉。颗粒状软糯的甜瓤在唇齿间荡漾，美妙的滋味会让人暂时性地忘记关于夏天的所有烦躁。之于我而言，夏季午后和小伙伴一起偷摘的无花果承载着幼年时代几乎所有的欢愉。

在幼年时代过去,搬离大院之后,我偶尔还会在夏天午后的教室里想起那样一种极其美妙的滋味,然后口齿生津,舌尖泛着微甜,心里升起小小的遗憾。

大概是在上大学之后,周末偶尔回家时,我发现院子的角落里居然生长着一棵瘦瘦弱弱的无花果树。那时还在六月,天气微热,果树的叶子也无精打采的,像是大病初愈的患者,没有一点生机与活力,我甚至担心它能不能承担起八月时繁重的育果任务,成为一棵有尊严的无花果树。

我心里一直牵挂着它,偶尔打电话的时候还嘱咐母亲,去后院取车时顺便看看那棵小小的无花果树有没有在努力地结果,如果还没有,那就一定要催它。母亲对于我的执着总是理解不了,甚至每次我严肃认真地交代这些的时候,她在电话那头哭笑不得,问我为什么要逼迫一棵无辜的果树。

暑假回家的第一天,我就去探望了那棵无花果树。

枝叶间淡淡的嫩绿色果子已经有了持续生长的姿态,像是在回报我不辞辛苦的想念一样,它在接下来的一个月里,不断产出新鲜熟透的红色果子,滋味甜美,和当年大院里的一模一样。我每天去摘三两颗,吃得不亦乐乎,摘果活动几乎成了暑假里一项重要的休闲。母亲每次沾我的光吃果子的时候,总是免不了批评我的孩子气,嘴角却还是带着微笑。

那个暑假过得很快,不久后我就要到很远的地方去上学。走之前,趁着母亲做开车的准备时,我还跑到那棵小无花果树旁边看了看,却失望地发现它已经没有成熟的果子可以供我去摘了。愣神的间隙,母亲打开车窗大声地叫我说,快走了,要不赶不上飞机。

我惊觉,原来现在已经九月,同小时候一样,是我要上学的日子了。

离去的时候,我开了车的侧窗,远远地一直望着那棵本来就瘦小的果树渐渐消失在视野里,很小声地对它说,辛苦了。

辛苦你在这个夏天为我还原了那段美妙的幼年时光。

罗雪莲

女，西北大学文学院2014级创意写作班学生。生于南，读于北，一枚来自山城重庆的跳脱少女，脑洞清奇，画风多变。经常幻想稀奇古怪的故事，做不切实际的白日梦，自家觉得有趣，便附诸笔端。一直在追寻文字的力量，企图借着不同的创作方式，让自己的生活更有趣，也让更多更多的人可以感到快乐。想要保持一颗澄澈透明少年心，坚持用舒卷自在但又好玩的文字，表达一些自己的思想和体悟，说出有温度的故事，戏笔不动声色。

猫的和解

记得除夕的前一天，是在打扫中度过的。扫落一屋子的尘埃，用干净和明亮去迎接新的一年，这似乎是每家每户新年时分都会进行的。

我负责擦卧室的玻璃，出来换洗抹布时，看到她睡在沙发上，蜷起的腿边是缩成一团的灰灰。

看到这场景，确实很意外。

灰灰是去年到我家的一只英国短毛猫，貌如其名，全身都覆盖着灰色的短毛，肚皮上却是雪白一片。

猫爱抓东西，所以家里才买不久的沙发已经是惨不忍睹了。

母亲第一次来，没有看见猫，但是看见了沙发上被它摧残过的伤痕。

像是为了证明自己的丰功伟绩，灰灰压低身子，喉咙呼噜了一声后，从房间里一窜而出，跳到沙发上，抬起爪子就开始挠，我听到沙发发出的"嘶嘶"声，头皮直发麻。

我转头看了一眼脸色垮下来的母上大人和站在一边面如菜色的姐姐，觉得大事不妙，先溜为好。

"灰总!"姐姐爆发出一声怒吼,冲过去赶它下来。它吓了一跳,从沙发上窜下来,飞奔到墙角,躲在花盆后面露出一半身子,见无危险,慵懒地眯起眼睛,抬起前爪低头舔啊舔。

它那旁若无人的高贵姿态,彻底惹怒了母亲。

于是,母亲总是想方设法地琢磨着怎么把它送走,谈判一次又一次破裂后,灰灰留了下来,可还是不得母亲的欢心。

它似乎知道自己不受待见,每次我们外出回家,它都等在门口,看我们进屋就小跑过来蹭蹭我们的腿,连老爸也不例外。

可它始终没敢去蹭母亲的腿,绕得远远的。

换季的时候,它掉毛掉得特别厉害,家里几乎到处都是它灰色的毛,从厕所到饭厅,从厨房到卧室,没有哪处没有它走过的痕迹。

母亲有点小洁癖,特别受不了地上有东西,因着灰灰掉毛的频率加快,打扫也日渐频繁。

次数多了,自然火气就上来了,母亲冲着角落里那灰色的一团就数落起来,它还是缩在花盆后面,睁着灰褐色的瞳仁看着滔滔不绝的她。

她骂累了就歇一歇,它听累了就换个姿势,开始舔毛。

这样也算是相安无事地过了一阵子。

没想到,此时此刻看到平时互不搭理的一人一猫睡到一起,竟然意外的和谐。它蜷缩在沙发靠垫和她的腿弯之间,头还紧挨在她的腿肚子上,一只耳朵都陷了进去,揉在灰毛里面。

它翻了一下身子,一只白灰色相间的爪子就搭在了她的小腿上,还蹭了蹭,然后就不动了。

沙发在客厅的落地窗前,窗帘没拉上。

那天是难得的晴天,午后大片大片的光跳进来,落在她不再光滑平整的脸上,白添了几分柔和,落到她卡其色的大衣上,让那色调更明亮了几个度,落到灰灰紧闭的眼缝上,它长长的胡须,在沙发上触弯了。

难得的平和,不论是谁先靠近谁,这一幕都让人忍不住想拍下来。

我还没来得及动作,母亲就醒了过来,腿一动,就惊醒了在熟睡的某只,母亲看到它,竟然一把捞过它,把它抱在怀里。灰灰可能还不熟悉这突如其来的亲近,挣了一下,从她怀里跳了出去。

她看了看逃远的某喵,拍了拍身上灰灰掉落的毛,起身去厨房做饭,她发福微胖的背影看起来脚步轻快,心情不错的样子。

去买一些东西,一家人出去逛街,姐姐特地去买了给猫梳理毛发的工具,母亲看见,还醋了一句,说这猫过得比人都好。

年后,母亲离开的头晚,她一边收拾行李一边嘱咐些东西,絮絮叨叨的调子,夜更昏沉。

灰灰没睡,从窗户外一跃而进,跳到床上,大概是从与客厅连着的那个长台子边上过来的。

"哎呀!"母亲惊叫一声,怪它把床单弄脏,把它抱下来。

"喵……"它到了地上,绕着她的腿转了一圈,还用脸蹭了蹭她的腿。传说中,猫的记忆有二十一天,是不是,那些排斥和害怕,胆小和被骂的记忆都翻篇了,它才突然如此友好。

看它这样,母亲也不好再板着脸,咧开嘴角笑出声。

母亲离开家的前一天,她和灰灰和解了。

吕悦

女,西北大学文学院2014级创意写作班学生。生于山东,读于西安,不曾吃过煎饼卷大葱。兴趣广泛,爱好奇特,关心风花雪月也关心柴米油盐。闲来写文,忙来也写文,自娱自乐,自给自足。美景与故事俱全,胡言与乱语不缺。小火温鸡汤,大火炖小说,乐于阅读,脑洞无数。

在寒冷的冬季回忆春天

今年的春天到来的时候仿佛还拽着冬的尾巴,今天暖风拂过你的面颊,明天寒气就挂上了枝丫,这让我买小裙子的愿望一再延后,很是令人郁闷。

但在温柔的四月风里,春天确确实实是来了。

四月十八,周一,度过了两天悠闲周末的我艰难地离开了我深爱的床,狠心地甩开了依旧纠缠我的被子小妖精,踏上了周一必备的口语课的路程。

虽然我已经记不清四月十八这天我做过哪些具体的事情了,但我依旧记得那天刚下过小雨,木槿树经过洗濯变得透亮,叶子也鲜翠欲滴,简直让人忍不住想咬一口,尝尝是不是甜味的。

一路伴随着清新的空气与高大的梧桐,我仿佛闻到了青草的芬芳。在走过教学楼拐角的时候,突然间我的衣服被拉住了。当我回头的时候,我就这样与春天面对面了。

一株紫薇花,桃红色的花朵密密簇簇地挨在一起,仿佛一群害羞又活泼的小姑娘,轻轻地拽住了我的衣角。回头的时候,花朵刚好擦过我的鼻尖,紫薇花的清香就这样毫无预兆地甜进了我的心口。

那一刻我几乎愣住了。在一个周一,一个开始,一个春天,我仿佛收到了最美好的礼物,它在我平淡的生活中荡起了一圈圈美丽的涟漪。春天这么美啊!紫薇这么香啊!我带着一种惊奇与欣喜的心情来看这株紫薇花,就像看春天悄悄伸出的枝丫。

这株紫薇花实在是太惬意啦,它自由自在地生长在这个拐角,与青草为伴,与春风睦邻,桃红色的花朵肆意地绽放,几滴露水静静地躺在花瓣上,微微折射出晶莹的光芒,仿佛要将最亮丽的色彩点缀在春天。我开始抬头看向四周,那边的冬青被修得圆头圆脑的,每一片叶子都透着绿,可爱极了;后面的竹子依旧小细腰,叶子颤颤地随风摇摆;高大的法国梧桐,撑着巨伞,但新生的带着绒毛的绿叶显得稚嫩又调皮;月季花已经有了花苞,含羞带怯遮遮掩掩不肯给人看它的美丽容颜;就连地上的青草也生机勃勃,晃着脑袋要把露珠抖下去。

天真蓝啊,草真绿啊,花真香啊。

这一刻我感受到了大自然的温柔与馈赠,我眼中的世界就像被重新涂上了色彩,每一丝雨都像落在了我的心里,细细柔柔地缠紧,最后开出一朵花儿来。

我想着:要是你在我身边多好啊。

我嗅了嗅紫薇花的清香,轻轻地拉下了我的衣角,欢快地向教室跑去。我迫不及待地想要和我的朋友分享这个美好的相遇——在这样一个平淡的日子里出现的不平凡的音符。

我不能确切记住后来我向朋友讲述的内容,但是我依然记得向朋友分享这美妙故事时喜悦的心情,像是得到了最美味的糖果献宝一般分给朋友,努力传达着我的心意。

"哎秀秀我跟你说啊今天我遇到一株紫薇花……"

马静

笔名齐水,女,回族,宁夏吴忠人,西北大学文学院2014级创意写作班学生。喜欢莫言说的"当笔下肆意挥洒的心情化为文字,我将用它记录永生"。如果说有什么是毕生无法割舍的,我想那就是文字。时而天马行空,时而温润如玉,徜徉在文字的海洋里,人生才会完整。

我的姑奶奶

清晨,顶着半睁的睡眼倦倦地爬起来,在起身的一瞬间,似乎想起了夜里做的梦,是姑奶奶,我梦到姑奶奶了。顿时,心里颇不宁静。

在家乡,我们把爸爸的姑姑叫姑奶奶。梦里,她衣冠整齐,轻松又笃定地对我笑,她一句话也没说,只是微笑着。爸爸说过,过世的人如果在你的梦里穿戴整齐面露笑容,意味着她在那边过得很好。想到这儿,我松了口气。

上一次见姑奶奶,是去年的暑假。我和母亲坐了四个多小时的大巴,到甘肃姑奶奶家。见到她的那一刻,我惊呆了。

老人家八十几了,侧着身子睡在炕上,正值酷夏,几台风扇在离她不远的地方疲惫地吹着。孙子重孙一会儿来一个,给她换冰水瓶,冰毛巾。她痛苦地闭着眼,嘴巴不停地哆嗦,手也不停地抖着。我看那身上的皮肉,简直没有一块儿完好的,全身大部分表皮都没了,只剩下没有生气的稍带些血色的肉。还有那么几块皮肉没有绽开,是好的,但也只能说是还好。大姑说那是前些天坏的,这几天干燥些了。

干燥些了。我第一次听到这个词可以用在人的身上,而且,贴切得让人揪心。

母亲平时眼口硬,我不怎么见过她哭,这会儿忍不住掩着面出去了。

我没哭,大概是还没能接受,人怎么可以成这个样子?我呆呆地站在地上,看着姑奶奶闭着眼睛哆嗦着干瘪的嘴唇无力地喊:"烧死我了,火!水!"小侄子听了,淡定地去拿冰箱里冷冻好的冰水,让我取下姑奶奶身上的毛巾在凉水里洗了换上。十岁的他那么从容,让我心里一怔,哦,姑奶奶每天都这样过吗?

姑奶奶近一个月来每天都是这么过的。我俯下身子拿毛巾,毛巾下铺着层干瘪的皮肤,皮肤周围还有些没来得及"干燥"的地方。正如她喊的那样,她的身体像是在被火烧,温度似乎已经蔓延到我的脸上。我开始麻木了,麻木地洗着毛巾,把洗好的毛巾重新小心翼翼地贴在原来的位置。当冰凉的毛巾触到皮肤的那一刻,我看到姑奶奶的嘴角露出一丝微笑。

大姑过来叫我去客厅说话,我怔怔地起身跟着她去了。刚出门,我又清晰地听到姑奶奶喊热的声音,便不由自主地想到她身上的火,想到她干燥了和还没来得及干燥的皮和肉,想到她被"火"烧的痛苦和接触到冰凉毛巾时满意的微笑。

大姑也听到了,大声叫侄子的名字,让换冰水来。

客厅里一屋子人,几个哥哥嫂子,大姑和姑父,姐姐姐夫。大家围坐着谈笑风生。姑父坐了会儿,出去了。隔着窗,我看到他在走廊踱步,消瘦的身躯笔直地晃来晃去,他的胸脯沉了一下,我想,大概是叹了口气。

晚上,大姑炖了鸡,招呼大家吃饭。我这才想起,中午到时,因为车坐得太久身体不适,午饭也没吃,实际上也没人招待饭食。那会儿天色已晚,是我们娘儿俩吃的第一顿饭。可就在我们准备吃饭的时候,却发现餐桌上只有我和母亲,以及叔叔的一双儿女,大姑家的人,都在姑奶奶的屋里说笑。弟弟妹妹早来两天,弟弟笑说:"这家人不吃不喝也不睡的。"我不太相信。

睡前去看姑奶奶,她仍旧闭着眼睛,身上盖个单薄的床单,毛巾一块块贴在胸口上,大腿上,背上。我不敢摸她的手,或者说不相信那是曾经握过我的绵软的手。我快走了,姑奶奶哑着嗓子对着大姑叫起来:"给我点老鼠药吧!求求你们了!"她重复着这句话,巴掌大的脸皱在一起,痛苦极了。大姑也在,苦笑一声:"谁敢昧这个良心。"

我突然想到,如果姑奶奶径直这样央求我给她点药什么的,我该怎么办?

之前有新闻报道美国一位女孩在绝症面前坦然选择死亡,她那叫勇敢,那姑奶奶呢?其实对她来说,死亡等同于解脱,只是没有人愿意去做,也担不起这个责任。

躺在床上,我问母亲:"为什么大姑家的人看起来好像并不是很痛苦呢?"母亲叹口气:"久病无孝子,这样整日伺候,已经算孝顺得很了。"

夜里,隔壁姑奶奶的屋里传来阵阵哀叫声,我穿衣过去,姑父在地上踱步,大姑和大嫂在沙发上默默坐着,没有任何人说话。这时我突然觉得,其实他们也是痛苦的,只是可能大人们的感情埋得深些吧。又想起弟弟说的"这家人不吃不喝不睡",我似乎理解了。

其实,姑奶奶没有子嗣,姑父是她的养子,那时候的人爱攀亲,大姑便成了自己姑姑的儿媳妇,这叫亲上加亲。姑奶奶一生做人坦荡磊落,深得亲戚邻里赞赏,虽说体格并不健壮,却硬是撑起了整个家,日子一久,家族庞大起来,姑奶奶成了贾母式的权威人物。

我和母亲在大姑家住了两天,入耳最多的就是姑奶奶听到一丝人声就求人家给她老鼠药。刚开始的时候谁都心痛,还说些劝慰的话。次数一多,便都默默逃开了。我渐渐不能把眼前这位干瘪的老人同往日神采奕奕的家族长老联系起来了。

大姑家境还算阔绰,姑奶奶实在疼得厉害时,大姑便叫来医生给注射点药物,随后姑奶奶便安静地睡过去。由于一种复杂的心情,我始终没有问过到底注射了什么,只是觉得,如果这样可以减少些疼痛,或许未尝不可。

姑奶奶的病没有人可以治,只能自生自灭,医生这么说,大家都这么说,但我的直觉一直在说不会的,一定不会是这样子。

过了夏天,姑奶奶好了。好了的意思就是皮肤都"干燥了",不必再用吸管喝水,可以吃进一点食物,胸腔也没那么"烧"了。这是个奇迹!我们以为过了这个劫,姑奶奶就该真的长命百岁,谁知今年夏天,人就没了,据说是和去年一样的病。我立刻想起毛巾,火,老鼠药,没有干燥的皮肤。

或许,人在这世上走一遭,本来就是磨难多于幸运,然而总有那么一点甜头让我们不舍,迷恋着生命的味道。如果给我一个愿望,我希望可以在生命的最后时刻有尊严、好看地离开。只是很多事情不是"我希望"就可以,姑奶奶或许也这么想过,但是……

不管怎样,生的人好好过,愿亡者获得永世的幸福。

火车上的陌生人

端午时节的火车没有十一那么热闹,车厢里形形色色的人横七竖八地躺在椅子上,到午夜时分大多都已经睡着了。我不是个很讲究环境优势的人,怎么样都可以过,甚至更偏爱恶劣一些。

我脱下牛仔外套盖在身上,旁边的座位空着,甚好。在火车上睡觉似乎别有一番风味,车厢不停摇晃,过道里的人来来往往,不遥远的车厢那头传来震耳的呼噜声……整个车厢看起来似乎很乱,却惊人的和谐,过了十二点便不再有人说话,直到第二天清晨六点钟。

上车之前,我失眠了几天,因为我的朋友,也是我此行的原因,她出了事故。随着人声寂静到嘈杂,我也慢慢清醒过来,虽说这一夜并没有睡踏实,竟意外地发现比之前稍微安心一些。

透过车窗,一缕阳光斜射进来,打在嘈杂的人们脚下,哦,原来是这光叫醒了我们啊。我看着它出神,不觉又难过起来,我的朋友此时不知道在做什么?是不是很痛苦?肯定是吧。我看到她痉挛起来,一把冰冷的手术刀插进她被卡车碾压过的腿肚,人却丝毫没有反应。我看到她在梦里吃着比萨喝着可乐,笑靥如花。

卫生间的灯终于变绿了,我召唤回自己的思维,放下手中仍然停在第十页的书,起身。

"您好,可以看看你的书吗?"一个男孩子指着我桌上的《黄金时代》。

我一愣:"OK。"

小伙子礼貌地笑了笑,我朝他点一下头,走了。当我回来的时候,我注意到他脸上有些尴尬,哦,想起来了,跟这书有关。我立马来了兴致,倘若跟他谈论这本书会怎样呢?他穿着件黑色T恤,样式简单,却很精干,戴着普通黑框眼镜,看起来应该也是学生,而且不像是平时喜欢看小说的学生。

"怎么样？这书？"我假装一本正经地以优雅的姿态坐下，正好在他对面，很奇怪，为什么这一晚上我并没有注意到他呢？或许是想到快要见那受难中的朋友了，心情比较复杂没有心思观察别人吧。

他露出一丝奇怪的笑容，我无法解读，只是觉得他这个人很有趣，这笑容很熟悉。

"挺好的。不过你喜欢这样的书？不，我没有别的意思，我知道这是文学，只是有点好奇"。他看起来有些紧张，似乎很害怕说错话。

"我不喜欢，但是很多东西只有了解过了才有资格说喜欢或者不喜欢，我在了解。"

"为什么不喜欢？"

"太乱了，我喜欢鲁迅先生的东西，既有深度又让人读起来觉得舒服。"

"那你怎么看待这本书？"他盯着我，饶有兴趣。

"王小波先生是很厉害的，我喜欢他写的《我的精神家园》，从中能感受到作者强大的精神境界。至于这书好不好，我觉得那是评论家的事，就我个人的喜好而言，我并不喜欢。我觉得对性的描写过于直白，而且过多了。我个人认为对性的描写不是不可以有，只是没有必要过于注重，毕竟食色性也，不说人们也知道，可是大篇幅去写，看多了让人不太舒服。"

他点点头，笑了一下。我愣住了，他的笑容简直和那个人一模一样，一模一样。

那个人叫海，他总是看着我笑，就是和眼前这陌生人一样的笑容，每次看到他的笑，我便觉得心里暖暖的。我的脑海里浮现出海的样子。他拉开大衣扣子，拿出一盒德芙巧克力，笑着，轻轻说了一句："我爱你。"他面前十七岁的傻姑娘幸福地跌倒蜜罐里，一句话也说不出来；他看着哭成泪人的我，笑着，揉着我的脸；他笔直地站在楼下，板着脸一句话也不说，他再也不笑了，他说："我爱你，也恨你。"

"想什么呢？"面前的男孩子也不笑了，有些紧张地看着我。

我回过神来，同样看着他，突然有些害怕。这个人怎么会这么像他，难不成有什么血缘关系？不不不，这太荒唐了。我仔细打量着，发现不光是笑容，就连眉眼也是海的模样。我的心脏有些慌张，大脑高速运转，不停地劝自己别再看了,但还是鼓起勇气继续若无其事地交谈。

"没什么,想王小波先生如果知道我是这样想的,应该觉得我很肤浅。"我甩甩头发,勉强地笑了。他也笑了,他怎么又笑了。我突然有些抵触他的笑容,但却又很矛盾地希望看到他笑,就像是看到了海在我眼前一样。

火车依旧跟个没事儿人一样平稳地走走停停,一站接着一站,像个身经百战的老头。跟他的话渐渐多了起来,原来他是与我同城的学生,不同的是,他读研,我本科;他学医,我学文学。相同的是,他的笑容和海的很像,海是我曾经认为很重要的人。

我们很谈得来,从文学到医学,从医学到人生,从人生到性。我第一次跟男孩子聊性,似乎并不觉得尴尬,反而彼此都很认真很当个学问去聊,这样的谈话不经意间让我们都吃了一惊。

"跟你聊天很舒服。"他笑着说。我也笑笑。

不知不觉六个小时过去了,我们聊了这么久丝毫不曾察觉时间在分分钟流逝,难道这就是倾盖如故?不知道,或许是。同时,我发现他除了笑容和海一样,其他方面完全不同。他很健谈,稳重,说的每一句话似乎都是经过大脑思索过。海很孩子气,不善于表达感情和想法。

他终究不是海,我承认我有些失望,也有些庆幸。

火车到站了,他说如果有缘自会再见,我点点头,会不会再见呢?若是有缘吧。车站人头攒动,一股冷气灌进我卷起的裤腿,身体已经不听使唤地瑟瑟发抖,我赶紧拉一下外套,甩甩头发走向出口。那把冰冷的手术刀又出现在我眼前,我的朋友,你怎么样了?

唐健博

男,西北大学文学院2014级创意写作班学生。读过诗书成篇,写过山花烂漫。前二十年人生喝酒写画走四方,后生很长唯愿四海为家。好民谣,爱摄影,善书画,走过大半个中国。偶尔咒骂人生太短,也会唏嘘相见恨晚。

夏天,掸掉的往事就像点亮的星星

"好久不见。"我有些尴尬,还是冲少年微笑。

"嗯……"少年脊背挺直,极其不自然地打量着别处。

"那,我先走了。"

"等等。"少年叫住我。

"留个电话吧,听说你换号了。"少年递过手机。

我迅速地摁下几个数字,然后匆匆走掉消失在人海。

相识是在夏天,却在某个冬天消失在人海茫茫。一别两宽,各生欢喜。

其实,我一直是爱夏天。

喜爱蝉鸣无止无休,温度三十五六的夏天。

光腿的姑娘拎着高仿 Prada 在路边招摇,打篮球的少年光着膀子冲我投来一个比阳光还好看的笑。

恣意的日光浓烈,透过大片墨绿的爬山虎凶猛地穿透进来,小区后面长满了旺盛的青草,野蛮地向一楼阿婆的菜园子伸展,拣近路的行人匆匆在草地里留下一长溜露出泥土的地皮。

空调发出不规律的呼呼冷气,菠萝格木地板贴着皮肤那一层轻微的冰凉,翻到三分之二的《十年一品温如言》,黄桃罐头挖空了果肉只剩下腻呼呼的糖水。

午后的阳光十分耀眼,照得铺满阳台的手工织毯上压金花纹熠熠生辉,那是外婆最爱的睡莲吉纹,好像世界在明亮刺眼的色调里膨胀。炎热且燥热的下午,唱黄梅戏的收音机还没来得及关,素描作业还没来得及抠高光,躺在地板上,睡得不想起。

梦中十二年,成了职业写手,有个死皮赖脸的爱人,会使寻龙诀。

听说今晚要下雨。

最终我被手机 QQ 的"滴滴"声惊醒,汗津津的少年,喊我去吃冷饮。

"记得带伞,晚上早点回家。"老医生笑眯眯地说,在老唐飙出第一个高音之前迅速溜出门。

跳上少年电瓶车的后座,像《海贼王》里的路飞一样大喊"出发"。

后颈胶着在席子上,黏糊糊的。竹缝里嵌进几根头发,一翻身就扯断,绷得脑壳疼,那是同桌给我剪得狗啃一样的齐刘海。

空调果然又被关了。Shit!

半梦半醒间,确实听到了"哗啦啦"的声音,应该是老唐开窗通风的声音,以一记夏雷的身份出现在梦里。

桌子上摆着从楼下巧媳妇买来的早餐,猪肉馅饼和八宝饭,腻得不怎么有胃口。

委婉地表达了没有我爱的甜豆浆,老医生正笑眯眯地将蔷薇花一朵一朵地摆于影青挑纹白瓷盘中,盘子中心积聚了一汪浅蓝色的釉水,好像北冰洋最中央的海水。老唐举着装了淡盐水的喷壶,细细侍弄着他的睡莲,"爱吃不吃。"

正巧一阵微风过,把老唐的白眼和老医生用的清透的尼罗河香水一并端到我面前。

我识趣麻溜地拎着背包出门,白色的双肩包上 Nike 的红钩钩有些扎眼。走到车库找钥匙的时候,老医生早已塞了一大盒猪肉脯在包里,剔透又好闻。

学校前的路边站着一排法桐,老医生说她在那读书的时候就有了。袖子里藏着带起的风,像鸟扬起的宽大羽翼。飞驰而过的同桌把背挺得直直的,光滑的手臂扶着车把,偶尔抬手扫一扫额头飘起的鬓角,真温柔。

洒水车里扬出的水珠,落在暑气蒸蒸的路面,筛掉一成不变的蝉鸣。

塞着耳机的少年冲我傻笑,小朋友你的刘海真可爱。这一笑,后来也就算相识了。

蔚蓝如洗的晴空,燥热悸动的夏天,四下里安静寂寞,仿佛岁月便是浅浅阳光中的一脉细流,无声地流淌着。

"你好。"

"咳,是我。"少年说。

"我知道是你。"咬着"花枝俏"费力地在大幅的观音像上勾线。

"出来喝个东西?"

"没空。"我突然很烦躁,把手机丢出去好远。

电视里那个声音糯得让人发狂的女主角在说着老掉牙的情话,午后两点半的家庭伦理剧。翻了个白眼,从冰箱里搬出一块瓜。手一抖,西瓜汁顺着手臂淌下来落在画纸上。

看着被晕得酡红的观音面,像熏染的胭脂一样,无端地就想起外婆来。外婆总像观音一样温厚暖人,无数个夏天,背着我去村头的老樟树乘凉。千户之镇,船连着屋,溪傍着巷,分不清春夏。外婆的娃娃刚会走路,咧嘴时露出一口小奶牙,隔壁会推头的爷爷总说,我跟外婆长得可像啦。

光阴在不拒衰老、不觉盈亏的日常中倾塌。好像很久没跟外婆通电话了,想着就顺手把手机捡起来,翻出通讯录。

少年的电话不合时宜地打进来:"我在楼下。"

"滚你的。"

夏天是初恋一样的暑假,是几乎无限制,可以漫长享用直至厌倦的时间。

夏天是一寸推移的光影,和所有的春天、秋天与冬天一样,提醒你不要忘记年轮的期限。

少年不识愁滋味。

徒悦

女,江苏南京人,西北大学文学院2014级创意写作班学生。爱好读书、写作,有好奇心,对陌生事物充满兴趣,奈何胆小,常被吓破胆。沉迷网络,追赶流行,爱网络游戏,混迹其间十余载。广交朋友但又喜好独行,乐于远行又常因体力不足身心俱疲。热爱美食,旅行期间百般能忍,无美食不能忍,百般节俭,个人生活恩格尔系数极高,以此推论,可视为贫。从小生活在南京,大学期间来到西安,南北生活许多不同,都有所好,适应性强,大约算一项长处。

川行散记

去四川只不到一周,成都住了三天半,彭山三天都用来比赛,并未四处转转。由此,四川这一趟,算起来也不过是在成都玩了三天。

坐火车从西安至成都,一路看见大片大片的油菜花地。火车甚是颠簸。我们傍晚上车,不一会儿便夜色浓重,外面只剩漆黑一片了。那一夜赵总是说头晕,大概是不适应坐火车,于是我们没有和同行的队友一起玩乐,只是躺在床上,四周是嘈杂的各地乘客,却又显得寂静无趣。

睡到九点多时我们又都清醒起来,赵请我一同吃零食,我们面对面坐着,谈天说地,他给我讲秦岭汉中,讲他从前去成都的经历,讲比赛,讲同学,那晚谈笑间,是难得的舒畅。

途中我说窗外那座山是座坟山,他很讶异,我用手机开了手电筒,贴着玻璃照出去,我们向外看过去,隐隐可见几座墓碑,白渠渠地立着。赵催促我赶紧关了手电,"万一看到什么不好的就吓死了。"

入蜀前夜并无很好的睡眠,但心情爽朗,第二天依旧精神焕发。

下了火车感到一阵清新。成都的空气令我想起故乡南京。每每我站在玄武湖边，也是这样湿润的空气，怡人的风裹挟着芬芳的水汽扑面而来，道旁树木还未显现春光，空气已先预示着寒冬的别离。

我们一行人拖着旅行箱，我与赵走在最后，看着道旁的商店酒楼，谋划着等会儿确定住处后该吃些什么。

最后我们一半队员住进了宽窄巷子边的汉庭快捷酒店，另一行人住在了青年旅舍，便分散而行。旅店安排妥当后，我们几个大一的纷纷换了衣服吆喝着出去吃火锅。琳不能吃辣，听闻要吃火锅便直嚷嚷，"我要吃鸳鸯的，我要吃鸳鸯的。"她大大的眼睛含着笑，嘴角扬着，脸颊上那点婴儿肥嘟着，显得很可爱。昕便很豪迈地和她的搭档——一个我们常称为"王总"的男生走在一起，看着什么都想买下来，一路地问价。

第一日住宿我们简直是讨了个大便宜，就在宽窄巷子口的新汉庭，装修简约，干净整洁，标准间只一百四十多元。正因为这个便利，我们吃了宽窄巷子附近一家人气旺盛的火锅店，热热闹闹地点了好些菜，鸳鸯锅不辣的只有中间一个小碗那么大，琳看着欲哭无泪，说，"你们谁也不许污染我的清汤。"

成都的火锅我们是耳朵听了好久，眼睛看见许多照片，嘴巴浪费着只流了好多口水，却没能真正尝到的。这次一群人来吃，总算是了了夙愿。辣椒铺满了锅，红油厚厚一层，火一开，那香气简直先馋死了鼻子，又勾引了口舌。我们是饿了好久，吃起来先是不可置信，是当真这么好吃，还是我们太饿了？后来又确信，实在是好吃。

吃完了火锅已经六点多了，算是午饭晚饭合成了一顿。天还没暗，我们便先进了宽巷子。琳、王总和昕一家店一家店地逛，我和赵以为店里那些纪念品之类各地都大同小异，倒是巷子看起来别有风味，民国的墙，古时的窗与瓦，飞檐和黄包车，真人扮作铜像在一旁一动不动，你凑上去，他便猛地吓你一跳，很是有趣。我们顺着宽巷子走到头，一转弯到窄巷子，看到一家火锅店，门口站着个花脸穿戏服的人，看着像个变脸的，有模有样地比划着。我和赵就站在那里，等着想看他变脸，等了半天，他竟反身就走回店里了。我和赵失望地继续向前逛，抱怨那人欺骗我们的感情，白让我们等了好久。

在宽窄巷子逛时，还看到一处卖三大炮的，卖东西是次，表演很是抓人眼球。一小个面团揪起来,向天上高高一抛,又稳稳接住,扔个几次,再向桌台上摆着的一个铜盖一砸,"咚"的一声清脆的响之后便好了。我站在那儿拿着手机录了一段,人流拥挤,我便和赵退了出来。

那一晚我们一行人跑去米乐星唱歌到半夜,结束又找了家店吃夜宵。我竟在成都的一家大排档里吃到了念叨了好久没机会去吃的榴莲酥,而毛血旺鸡翅等也都美味非常。那一日行程很紧凑,却十分有趣。大概是一来我很喜欢成都这样的生活环境——热闹,丰富,又清新,古朴;二来有赵这样的好友一路做伴,不打扰也不生疏,让我觉得心理上没有压力。

吃夜宵时雨歌学姐一直惦记着要去看大熊猫,第二天我们便一行人兴致盎然地去了卧龙。所见的大熊猫和印象里全然不同,可见照片用美颜不只是人类的专利,熊猫也是需要美白和柔光的。

有趣的是刚到第一个大熊猫宿舍时,那熊猫正一副大爷相地卧躺着啃竹子,我刚走近,它便向我的方向走来,我正惊喜,它却只静静地转身蹲下,先是淡然地撒了泡尿,然后又一边啃着竹子一边赏了我两坨大便。我惊讶得不知如何是好,周遭人纷纷笑成一团。

熊猫的可爱真是生性所致,不争不抢,不急不躁,安安静静地吃喝拉撒睡,生活区域空气清新、环境优雅,有的住单身宿舍,有的住集体别墅,真是别无他求了。

也许是川地养人吧,我看成都路上那些人,也是这么安安稳稳地丰衣足食,麻将馆红红火火地开着,火锅串串店过了饭点,老板便带着员工打起牌来。路边的咖啡厅喝咖啡的人不多,倒是都点一大杯茶,热气悠悠闲闲地飘上来,茶叶缓缓慢慢地沉下去,打扮时尚的男女说着撒娇似的方言,亲亲切切地聊天。

我这个游人,却真是想就此就待在这里。

成都也是个古城,且是个自备风韵的古城。景点多,故事多,商业服务业都很发达。我想生在这儿的人真是很幸福,他们大约也会想出去看看,但一定也都很想回来。就像我每每想起南京,就想着,它很好了,但或许会太让我知足,出去看看,北京也好,上海也好,都是很激烈,很丰富的。但若是就这么走下去,未必有南京、成都来得平稳。那些地方,大约适合年轻人去体验,但终老一生,我更愿意选择成都或我的故乡这样的城市。

零零碎碎摘了些片段，写了些去四川的记忆，写得也不成样子，大约也不是无用。或许可以留作纪念，留作素材，日后再翻阅，可见当初我眼中的城市，也可见当初的我。便如我匆匆回西安一样，这篇文章就这样匆匆结局吧。

王禄山

男,西北大学文学院2014级创意写作班学生。喜欢用文字记录生活的旅程。

小路

我的学校有一条小路。

它静静地躺在学校公寓楼旁边,说它是小路,其实也不小,两三米宽,约莫三四百米,直直的,不偏不倚地通向操场。

之所以称它为小路,只是因为它不是经过精心修缮,而是靠一大群人走出来的。真应了鲁迅的那句话:世上本没有路,走的人多了便成了路。可别小看了这条小路,它可是学校的"红人",每天有无数双脚从上面走过,留下或清晰或模糊的脚印,我想这条小路也是感到自豪的吧!

说起这条小路如此被宠幸的原因就不得不提学校的一个铁规矩:晨操——不到者和迟到者重罚。这道律令起初一颁布就在同学们之中炸开了锅,大清晨谁愿意早早起床到操场去呢?但是没办法,躁了两天只得作罢,于是每天早上规规矩矩去上操了。这不上操还好,一上操这条小路便火了起来,每天早晨同学们络绎不绝地从这条小路走过,浩浩荡荡的队伍分明成了校园一道独特的风景线。为何大家放着华丽丽的"大路"不走却偏偏走起了小路呢? 只有一个原因:方便。

这条小路紧挨着公寓楼,大家每天早上起来走几步路就到了,况且小路为直道,这可为早上贪睡的同学节省了不少时间。而大路呢? 虽然它更宽更平坦,但它弯弯曲曲,斗折蛇行,极尽扭曲之能,仿佛要把校园所有的风景都看个遍似的,久在校园的同学显然早已对之腻烦。事实上校园也没什么可看的。因此小路就成了大多数同学的最佳选择。

其实小路连普通都谈不上:一侧是荒废已久的草坪,里面长着半人高的长青植株,植株上沾满了灰尘,依稀还可以看出修剪的痕迹;另一侧则是高高的镂空的围墙,围墙外就是各种店铺和街道。走在这条小路上可得小心,因为这条小路是纯天然的,坑坑洼洼,一些乱石还总在不经意间钻入你的脚下。

　　走这条小路,以炎热的夏天为最佳,高高的公寓楼挡住了毒辣的阳光,而镂空的围墙又会灌来习习凉风,走在这里别提有多惬意了。而且抬头看着公寓楼上晾着的五颜六色的衣服,听着偶尔飘来的鸟叫声,闻着空气中满满的青草香,恍惚间置身于幽远的自然中,高处随风摇曳的衣服也成了招手的云彩。

　　而在寒冷的秋冬季可就是另一番景象。早上上操时间,天空还是暗暗的,幸亏有围墙外来往的车辆和早早开张的店铺为小路带来些许光亮,依稀还可以行走。凛冽的寒风挥舞在空中,将小路上的植株镀上一层银霜,也将地面冻得硬硬的。早上上操的同学们接二连三地走过,一边小心地避过小路上的不平,一边还和别人亲密地交谈着。学校里人很多,从小路上行走的队伍很久都不会断绝。熙熙攘攘的说话声和错落有致的脚步声为这条小路带来了无限生机。

　　可要是遇上了前夜下雨的情况,走过这条小路可就不那么轻松了。雨水将本就难行的路弄得泥泞不堪,低洼处更是积满了雨水,大大小小的水坑分布各处,小路一侧的植株也湿湿的,惹得行人避得远远的。此刻在小路上行走格外需要经验,可总有聪明人勇于带头,他们灵活地绕过石块,又根据路面上光亮的不同让水滩在他敏锐的目光下无所遁形,然后巧妙地绕过或是直接跃过。可遇到横在路中央无法通过的"巨型"水滩,他们也有办法打击其嚣张气焰:将几块乱石堆在积水前,再搭一块板子,这样便成了一座简易的桥。在这桥上行走同样不容易,一步一步都得好好琢磨,尤其是走到了桥中央,进退两难,看着桥下"汹涌的海洋"可不能慌,做几个深呼吸壮壮胆,平复一下猛烈的心跳,再沉着性子一步一步向前挪去,万一遇到重心不稳的情况,张开双臂,或者抬抬腿扭扭臀就保持了平衡,避免了落水的惨状。桥上行走的人无疑是紧张的,不经意间涨红了脸渗出了汗,每一秒好似比攀悬崖还要紧张。可当顺利走到水滩尽头,便会不由得呼一口气,想到刚才堪比红军泸定桥上英勇战斗的紧张刺激,一种成就感顿时油然而生。带头者又开始接下来的挑战,但他们的成功却给了后行者极大鼓励,于是一个个纷纷也过起了桥。最后历经重重磨难到达小路的尽头,就像完成了一场冒险,顿感酣畅淋漓的快感。在经历了短暂的上操之后,又一场冒险再次上演。

小路上每天都会经过众多一来一去的行人,大家仿佛都对这条小路有了莫名的亲切感,无论春夏秋冬,吹风下雨,清晨的小路永远不会孤单。也许是因为方便,也许大家是喜欢上了小路上的冒险了吧!我也常常为这条小路着迷。有时候早上睡得死,但是一听到窗外同学从小路上经过的声音我就立刻来了精神马上加入到队伍中。我最喜欢秋冬时节的小路,早上从小路经过的时候,看着围墙外流动着的灯红酒绿和另一侧陷入黑暗中的钢筋水泥的高楼,心里总有一种特别的感觉,但我喜欢这种感觉。

小路的清晨是热闹的,但在其余时间它却安静得仿佛从没被记得,仅在晚上有几对害羞的情侣在你侬我侬说着情话。这种强烈的反差十分奇妙,但它随处可见,比如花草的春夏和秋冬、矛盾着的人等。这不禁让我想起家乡的一条路。那是一条通向我家的路,弯弯曲曲地爬上半山腰的我家。因为方便,那条小路就成了我每次回家的选择。但是后来修了宽坦的环山公路,小路就被从此荒废,路上长满了格外茂盛的野草。这两条小路不同的是,校园的小路现在还将继续被行走着,而我家的小路早已不再是路;相同的是他们都经历了"热闹"与"冷清"的双重局面。我不知道如何评价这种现象,但它确确实实存在着。

世上有很多小路,正被很多人行走着,因为方便,将会有更多的小路,也因为方便,更多的小路或成为大路,或不再是路。

青岛印象

首先说明我之前没有去过青岛,除开我在青岛的亲姐给我描绘的缥缈的青岛图景,我对青岛完全一无所知,所以这次青岛之行完完全全是新鲜的,未受所谓经验的叨扰的。我这次去不是跟团游,也不是招朋引伴,只是我独自一人(之前一个人去过重庆所以不怕自己走丢)。去青岛的目的也不是纯粹的旅游,更像是一种对熟悉的逃离和对陌生的飞蛾扑火似的向往,我想这也是我这个年龄的人们的普遍心理吧。去青岛坐的是晚上的飞机,姐夫给定的。我就是在这样的情况下乘着暮色,伴随着飞机的轰鸣声,缓缓飞往青岛的那一片天。

(一)夜·青岛

"现在已进入山东边境,我们的旅行马上就要结束了。"航班上播报出这样一段平静的女声,然而我的内心有点不平静。说实话,这是我第一次坐飞机,虽然过程没有什么惊奇,但是飞机每一次偏转,每一阵颤动,我都感受到气流的亲切问候。透过玻璃窗,整片大地都温顺地躺在你的脚下,我开始和地理书上鸵型区域比对,果然就是这儿!

连片的灯光闪个不停,让你移不开眼睛,显示出青岛的强大活力。"嗖"的一声飞机突然开始加速下降,我腿上的血液不听使唤地上涌,一股压迫感和紧张感充斥我的大脑,脚下大地上的一切都以明显成倍放大的速度逼向我的眼睛。"啊,有些可怕啊!"我这才感受到坐飞机的副作用。不过我并不感到十分害怕,我一直都会使用心理暗示排遣压力,这次也不例外,"这并不可怕,一点儿也不可怕,我都成年男子汉了,嗯,都男人了还怕什么,一会儿就过去了,加油,一定不能怂……"内心一直默念着这些鸡汤,不知不觉飞机已经停得稳稳当当。

我走下飞机,走完出站口,眼睛极速搜寻着姐姐姐夫的身影,目过之处,都是眼神同样渴望的负重的旅人。

只是这种渴望在另一群人眼中可是千载难逢的好机会。

"诶,那个,等一下,你去哪儿我这儿有方便的车!"

"这都这么晚了,坐我的便车多放心!"

"喂,别走啊,我们不是骗钱的,坐我的车保证比打的便宜,这时候公交地铁可是都关了哟!"他们的表现或耐心或狡黠或稳操胜券,我静静地在原地看着,这些全国都有的现象对我来说司空见惯,我相信来接我的人肯定会在这些人接近我之前找到我。

果然,"喂,兄弟,在这儿!"

姐夫清亮的一声立即喝退了这些人蠢蠢欲动的心。我大步跑过去,大摇大摆地钻进他的车。姐姐姐夫立马对我嘘寒问暖,我当然说着让他们放心的话。车子开在夜晚的路上,速度并不快。姐姐向我介绍满街香的青岛啤酒和海鲜串儿,还有多处可见的西式建筑,香甜的酒气和腥臭的海味儿混杂在空气中,我从未感觉青岛离我这么近。青岛,我终于来了。

(二)海 or 斑马

青岛是全国闻名的海滨城市,这里三面环海,海岸线很长,有丰富的海边浴场和码头。城市的环境待久了不如到海边玩玩,戏戏水,吹吹海风,吃吃海鲜,好不惬意!青岛市中心到海边并不远,仅一个小时车程,便利的海边游玩条件并没有削弱青岛人民对大自然的热情,反而趋之若鹜,还有络绎不绝的游客,因此海边每天都是人山人海。

想要在海边玩得舒心,一番准备必不可少。我姐姐和姐夫当然知道这个道理,连夜就给我买了泳裤太阳镜遮阳帽帐篷游泳圈等应有尽有的海滩必备物品,并叮嘱我早点睡,定好闹钟明早一早出发,这将是一场激烈的战斗,必须打起十二分精神。

我们三人第二天六点就出发,到达海边浴场时已经有好些人了,迅速抢好最佳位置搭好帐篷,换好装备尽情与海玩一场亲密游戏。这里的游客男女老少都有,穿着性感暴露的泳装肆意地奔跑冲浪,尽情享受大自然的馈赠。这里的海水经过常年的旅游开发都比较清澈,垃圾和水生植物少,海底较为平坦安全,可以放心游玩,满沙滩的人在这一刻超越陌生、差异成为亲密的游戏伙伴。

  时间很快就过去了,不知不觉我们在这里玩了大半天,海水经过一次次涨潮掀起更大的波浪,彻底撩起人们征服它的欲望。午餐也是在海边浴场吃的,是当地的海鲜,比如蛤蜊、大螃蟹、扇贝等,做的都是当地口味。

  我听说青岛人吃鱿鱼都是吃生的,吃螃蟹都是直接清水蒸熟不加任何调味品,这样能保持海鲜食材的最大口感和营养,不过这样我肯定是吃不惯的。不过下次来青岛,可以试试,说不定就习惯了呢?一回生二回熟嘛。

  一天的海边玩要十分尽兴,青岛夏季气温一直很高,海边可以说是夏天解暑的最好去处。不过海边虽好,且玩且珍惜。这里的太阳辐射超级厉害,虽然我做了防晒措施,但显然不敌太阳的毒辣。回家后才发现手臂、脚趾、脖子、大腿黑得尤为厉害,都有斑马纹了,到现在晒痕还是很明显,真是气死我也。

  另外,我还去了石老人浴场,这边虽然小一些,海水里青苔多一些,但游玩体验也还不错,推荐去玩玩。黑了几个亮度的肤色真是我去海边玩的最好证明,虽然不知道白回来是什么时候,但如果再给我一次机会我还是会选择去海边玩,这就是海的魅力,何况是在青岛。

(三)一个人的旅行

  周末两天在青岛玩得非常开心,但是接下来姐姐姐夫还要上班,只得我一个人去旅行。其实,这也挺好,我很喜欢一个人无拘无束、自由自在的状态,身边没有人会限制我的行动,或是因为别人的喜好而委屈自己,不会因为团体的磕磕碰碰影响到旅行的心情,自己想做什么想吃什么想去哪里玩全凭自己做主,累了就休息,玩 high 了就 high 到底,多爽!

  我之前一个人去重庆也是基于这样的原因。有了上次的经验,这次一个人游青岛也就显得没那么辛酸。提前上网做了攻略,团购了门票,就这样开启了我的青岛独行之旅。

  我的首站是青岛海洋世界,起初根据导航到了目的地附近,却始终找不到门口,辗转了好些地方,听到路人这样那样指路,我不敢想象当时我的大脑状态糟糕到了什么地步,只记得经历了九九八十一难终于找到目的地——原来就是在海边的岛上,只差一步之遥的我竟然如此丢脸!唉,这也是一个人摸索的难处。

不过也正是这一点困难,激发了我对目标的执着追求。这跟我目前的学习状况很相似,面对的是自身不了解的薄弱项目,别人或许会给你建议,但是对是错只有自己亲身实践了才会知道真理。追求的道路上,注定是孤独的,得自己摸索,只有不断磨砺自己才会领悟真谛。接下来的旅途就顺利多了,我去了可以领略青岛沿海全景的信号山公园,还去了各具建筑特色的八大关,还有永远头顶蓝天白云的商业街天幕城,还有意义深远的世博园,领略大海风光的栈桥,以及壮观的奥帆中心……总之青岛有名的旅游景点都留下了我的身影,一个在烈阳当空的中午撑着遮阳伞的孤单的背影。这个背影似乎与周围格格不入,隔绝了喧嚣、炎热、拥堵、烦躁,唯用心与其交流。一番混迹,这个背影似乎也不那么孤独。

(四)可怕的孤独

我有时候就在想这样一个问题,人为什么要生活在社会中,脱离于整体而独立存在呢?动物固然有独居动物,但这是针对其个体生活习性而言的,独居动物在社会活动中仍会无可避免地和其他生物因素发生联系,比如植物,比如被捕食者。很重要的一个原因就是孤独。动物和人一旦感到孤独了,那是很可怕的。

姐姐姐夫一直要上班,只要在下班空余时间里才能和我相处,这是短暂而且有时间限定的。平时我都会出去跑旅游景点,但没几天下来,就没有什么让我提得起精神的新东西了,这时候我会自动进入一个休眠期,不仅仅是补充我失去的精力,还会放空我脑袋,进入一种无知无欲、浑噩懵懂的状态。具体表现就是:睡得很晚,起得很晚,大门不出,二门不迈,无所事事,吃饭睡觉,玩手机上厕所,仅此而已。这样的日子持续了四天,我真佩服自己的忍耐力。

可是没有人说话,没有事情做,冰箱有吃的不想动手做不想出去买,总之不知不觉把自己封闭在一间小屋子里。尽管我平时很独立,很耐得住寂寞,但上述这种情况持续久了我没有理由不相信好好的人会因此疯掉。慢慢地,我开始感受到了孤独,不想一个人,我开始想起我的同伴们,我的爸爸妈妈,孤独感一丝丝萌生汇聚,像痼疾一样摆脱不掉,像病毒一样深入骨髓,我感觉自己病入膏肓,慢慢腐蚀我的抵抗,消磨我的警惕,孤独感轻易地攻破了我的防线,我感觉自己深陷其中,拔不出来。我甚至做噩梦,梦到自己所住的阁楼倾斜的墙面趁自己毫无抵抗狠狠地压下来,厚重的水泥块砸碎了我的脊骨和脏腑,玻璃窗碎片扎进我的脸颊和皮肤,鲜艳的血液喷涌而出,将床单染得血红,触目惊心……我渐渐不能呼吸,努力张开嘴巴都无能为力,眼皮沉重地塌下来……"不要!"我嘶吼着喉咙——张开眼,倾斜的墙面依旧倾斜着,玻璃窗紧闭压抑着房间。

呼,原来是做梦。吓死人了。真的只是做梦吗?

(五)方特梦幻王国

今天,阳光明媚,微风和煦,气温宜人,适合出行。

坐标:青岛方特梦幻王国。

时间:八点十五分(八点三十分开园)。

现在此处人山人海,检票处排起了长长的队伍,摩肩接踵,声音喧闹。这个时候是游玩方特梦幻王国的好时候,除了一个人之外大家都满心期待,然而所有人的行为都逃不掉监控摄像头的记录。

一个年轻小伙子背着沉重的书包,紧皱着眉头,四处张望。

"一般不都是在这儿取票的吗?那个卖票的怎么说不行?这该怎么办?"

"进了园内先去取票,取了票再排队,待会儿八点半检票时候往前挤就对了,机灵点知道不?不然你得排很久。"

"拿好自己的包包,千万别弄丢了,饿了渴了就吃包里的东西,园子里面东西贵不要买知道不?"

"我跟你说,你先这么走……再这么走……最后再去玩这个知道不?这样节省时间啊,经验之谈。"

少年紧抿着嘴,张望着四处,显然在思考着什么,猛然眼睛一亮,掏出手机查看。镜头拉进,短信界面赫然写着"亲爱的×××你好,你在××网站上购买的方特梦幻王国门票,请在游客服务中心领取。"少年一拍大腿,哎呀一声,原来如此,奔向旁边的游客服务中心。

游客服务中心内,仅有一名工作人员在,少年有些失望。左边是大学生票(仅限青岛地区),只有一个年轻人在等待,右边是团体票,有很多团体在咨询。少年心想自己网上买的大学生票,站左边。不过仅限青岛地区是什么意思?不管了先站这边。右边的人员在有序地咨询,左边的工作人员一直没来,时间一分一秒过去,还有3分钟就开始检票了,少年有些焦急,又等了一分钟,右边的咨询人员终于走了,少年赶紧冲过去询问。原来方特的门票不支持网上买票,大学生票也仅限青岛地区大学生现场买。唉,自己等了这么久,原来自己根本就是被骗了,现在距离检票时间仅剩2分钟。不管了,先去现场买票。终于,在检票最后一分钟买到了票。少年调整呼吸,慢悠悠走到队伍前端,一边询问队伍前面的人问题,一边装作在那里整理包包,眼睛早已瞥向四面八方观察周围人的反应以备接下来的招数。问题问完,少年一脸平静,同时也在暗喜自己谋了一个好位置。

八点三十分钟声响起,检票信号发出,长队伍明显散了形状向前涌去,大家争先恐后,少年不甘示弱,凭借灵活的身手穿梭在人群前端,不一会儿就通过了安检,少年松了一口气,望向身后的长队伍,他们还依旧辛苦地排着队,少年的笑容爬上脸蛋,"哈哈,机灵做到了,省时做到了!"后面的队伍中有些人见识了少年的行径一脸鄙夷。然而少年不管,大摇大摆地走进去。"先玩儿飞越极限,再玩儿疯狂大摆锤!"少年想到提示,满心欢喜地晃了进去。

有提示在手,少年玩了几个游戏都得心应手,毫不费力,而其他人还在蠢蠢地排队。又是一个新游戏,提示里没提到的,已经排起了超级长的队伍,而且中间有阻拦杆,没法插队,少年只得乖乖排队。"大不了多等一会儿,反正刚才省下了那么多时间。"结果出乎少年意料的是,不时有几个小孩子绕过栏杆插到前面去,让少年心里的白眼早已翻到外太空,但也不好说什么,而且栏杆太紧成年人根本插不了队只能容许小孩子的身材。想到这里少年气得直跺脚。不过转念一想,在那些规规矩矩排队的成年人眼中自己又跟这些小孩儿有什么两样?想到这里,少年心里一虚,更加规规矩矩排队。到这个游戏结束,总共花了两个多小时。少年立即马不停蹄,参与下一个游戏。接下来好几个项目都是高空刺激游戏,少年清楚自己恐高,连坐飞机都害怕何况这种项目,但是他又不想浪费机会,所以都一一尝试。高空高难度的翻转和连续的超重失重让少年的身体遭受了极大的折磨,刚下高空座椅他的脸色就一片苍白,胃里的东西不停地翻转,想吐又吐不出来……

少年拖着沉重的身体从方特梦幻王国出来,为自己的行为感到后悔……

所有人的行为都逃不过监控摄像头的记录。

(六)民俗街

青岛有很多民俗街和美食街,我在青岛住的地方附近就有一条民俗街。那条民俗街并不长,但街道两旁有着各种各样的店铺,比如糕点铺、小面馆、早点铺、凉菜馆、服装店、烧烤摊等,其中又以烧烤摊为最多。全国人民都喜欢吃烧烤,但青岛人民的烧烤多了青岛啤酒,这为烧烤增加了不少兴致。青岛啤酒不得不提,这在全国来说都是非常有名的。

青岛啤酒由青岛本地生产,喝起来新鲜爽口。几乎每一个烧烤摊都有一个独立的啤酒机,啤酒在这里生产储存。客人来了,啤酒是必不可少的,根据啤酒的口味分为黑啤、青啤等好几个种类,在夏天吃烧烤的时候喝上一杯冰爽的鲜啤酒别提有多惬意了。每天下午五六点烧烤夜市就开始了,男男女女们围坐在一桌,吃着烧烤喝着啤酒聊着天,各家排挡连成一片特别热闹。还有要介绍的是青岛的炉包和锅贴,这可以当作早点也可以当作正餐吃的。炉包是我的喜爱,有茭白肉、莲菜肉、韭菜鸡蛋的,十分丰富也很便宜,花几块钱就可以吃得很饱。当然还有青岛当地的特色小吃,比如脂渣(就是将肥肉榨干油后调味制作而成)、鱿鱼丝、油焖小龙虾、幼鸡蛋(将快要孵化出来的鸡蛋卤煮而成),等等。这些小吃很具有当地特色,只有在青岛才吃得到正宗的,虽然有些小吃我并不喜欢。另外,我要提到的是青岛的集市,青岛很多流动的摊贩没有固定的摆摊地点,往往是逢几过几,也就是几号在这摆摊几号在那儿摆摊,届时各种农副产品都会被摆到指定的位置,分区明确,种类繁多,很多消费者都会被吸引过来,形成青岛一道独特的风景线。我参加过一次青岛集市,非常热闹,让人印象深刻。还有,我要推荐民俗街旁边的一家淮南牛肉汤店,这家店的淮南牛肉汤特别好喝,牛肉正宗美味,片大、量多,千张和粉丝相互搭配口味绝配,肉汤色正味鲜,很好吃,真心推荐。还有青岛的海鲜水饺,饺馅儿中有鱼子酱、虾仁儿、鱿鱼仔这些,吃起来特别美味,一股浓浓的海鲜味道,绝对是水饺中的一绝。每次回住所,经过那条长长的民俗街,看着琳琅满目的美食和极具特色的商品真是一种享受,各种香味儿争先恐后向你扑来,给人一种站在青岛中心的错觉。

(七)"电气帮"

青岛夏季气温很高,空调就成为了家居必备的解暑武器,随之而来的就是蓬勃发展的电气行业。

在青岛街道,电气化商铺随处可见,比如变频器维修、伺服驱动器等,作为一个文科生,我也不太明白什么意思,这些都是我在接触电气化维修人员之后才知道的。你可以浅显地理解为修空调的。在青岛修空调的技术人员很多,甚至有些还是别的地区的人在盛夏特意赶过去的,毕竟家家户户都用空调,积年累月,空调或多或少都有些毛病,对于普通的空调使用者来说可是个难题,但对这些人来说却是千载难逢的赚钱好机会,维修空调等电器赚钱快、利润高,毕竟是吃技术活儿的。

这些人会选择上门维修或是搭伙,搭伙就是跟着老板干,几十个甚至几百个维修工在厂房里快速调教机器,一台台坏掉的空调在他们手里重新获得生命,厂房里大功率空调吹着,冰水鲜果随时备着,到了饭点香喷喷的盒饭也会到来。这些工人们集体活动,白天争分夺秒干活儿,晚上乐呵呵地去吃烧烤喝啤酒,老板请客。这样的日子真是过得潇洒,聚了几个月,青岛的热乎劲儿过去了他们也就散伙了,每个月起码都能挣一万多,几个月下来收入非常可观,他们被称为青岛空调工,是定时去而复返的候鸟,乘着热署而来,伴着清爽而去,不带走一片云彩。这些都是姐夫告诉我的,对此我深信不疑,因为他也是维修工人之一,只不过早不跟空调打交道了。

姐夫还把我拉到一个名为"电气帮"的微信群,只是让我无聊时进群活动活动。也没别的啥,就是抢红包,这个"电气帮"又被称为"红包帮""老板帮",因为群里都是各行各业的老板,以电气化行业为主,还有很多开店的老板,茶楼老板、工厂经理等,男男女女,多达百人。群里每天都很热闹,最热闹的就是抢红包,老板们都很豪气,一发红包都是十几块几十块,分为五到十个包,每天都有连续不断的红包雨,老板们兴致来了发个不亦乐乎,抢红包的人忙得快活,眼花缭乱,全凭手速和网速。

  发红包全凭自愿,纯属娱乐,我加入这个群,见到了形形色色的人,也抢了不少红包呢!收获太大了,爽!群里还会发些行业间的业务信息,同行们相互交流,也方便获得相关资讯,这让我看到了青岛人民的随和友善。群里也成了闲聊唠嗑的好去处,尽管群友间可能并没有见过面,但依旧聊得很开心,有什么事儿开心的郁闷的都会发在群里,随时都有人热心回复。

  最让我感兴趣的是他们的吃喝玩乐,每天都有"今天我吃了脂渣并附上图片""今天下午晚上去哪儿吃""约不约"这样的信息,群里面很多人都混得很熟,彼此间经常约饭,一起去玩,相关的图片每天都很多,很容易看到他们脸上的笑容。青岛人生活得很悠闲,哪天不想工作了就拉上几个好友到处吃喝玩乐,舒解心情,每天晚上的烧烤更是必不可少的。他们随性、潇洒的生活更让我爱上了青岛。通过"电气帮"我了解了青岛人民的生活状态,更让我收获到了友情、经验、还有红包。

(八)温泉之旅

  在青岛不知不觉已经过了快一个月了,其中有激情,有孤独,有平静,也有惊喜。我决定在离开之前再去好好体验一把青岛的温泉。我选择了青岛一家不知名的温泉酒店,之所以没有选择青岛最有名的海泉湾度假温泉,是因为我不想体验人挤人的温泉。

  其实,我对温泉没有特别的期待,因此只选了一个很偏远的小温泉酒店。它在山东即墨市温泉村,在那里大大小小的温泉随处可见,鸿源御都只是其中一个,并不显眼,我的青岛之旅最后一站就是这么随便。

  踏上公交车,选择了最靠后的位置,因为我知道这将是一场漫长的旅途,总行程四十多公里,估计得两个多小时才到,我摆好姿势准备欣赏这一路上的风景。公交几经曲折从市中心绕到次中心,一路上交通并不太拥堵,线路很平稳,并不像"山城"重庆那样上山下地,斗折蛇行。

青岛的建筑比起西安显得更为高大,通常都是几十米高的高楼大厦,并具有不同的建筑特征,西式建筑很多,看起来并不单调。悠悠地,公交逐渐驶入环城路,视野慢慢变得开阔起来,周围变得安静,与市区的喧嚣形成鲜明的对比,空气也变得更加清爽。周围是广阔的低缓的山丘,漫山遍野的绿色铺展到远处消失于天际。汽车悠然行驶,窗外的山川树木快速向后遁去,我看得入迷,竟不知不觉到了目的地。

下车后放眼望去,密密麻麻的温泉广告牌宣示温泉村的威名。所幸,我去的那家温泉很好找,进去才发现地方并不小,来泡温泉的人也不多,正好顺了我的意。

温泉池很多,还有很多精油池、鱼疗池、温床、露天泡池,外面还有棚内游泳池,设施挺齐全的,我开始一项项享受起来。

不得不说,泡温泉真的很舒服,温暖的矿物水包裹每一寸肌肤,我感觉自己的血液都沸腾了起来,一种前所未有的舒适感充斥全身,闭上眼睛静静享受,这是上天多么美妙的恩赐!游泳池内我奋力扑腾,水的重力将我无情压下去,被水淹没,挣扎着浮起来,无数次重复……虽然我不会游泳,但我很喜欢在水里拨开阻力的感觉。这是无限的乐趣,支持我一直玩到下午五点。最终我留下依恋坐上返程的公交车。

不要问我为什么一直坐公交车,因为我喜欢,我喜欢在公交上向外望的感觉,庞大的车身,笨拙的转向,熙攘的人群和声音,流动的空气……这些都是出租车所比不了的,最重要的是沿着公交线路我可以尽情浏览这个城市的全貌,看到城市森林和大众视野所没有的光鲜亮丽之外的部分。在回来的途中,我就看见了久负盛名的崂山——孕育着清泉的雄伟的大崂山,还有现在有些落寞的世博园,公交在经过黄岛时穿过 N 分钟的大隧道,这些都是我没有体验过的,被黑暗笼罩的车厢突然驶向光明让人亮瞎眼,多少美妙的感觉!

总的来说,这次温泉之旅还是很美好的,五个小时的公交奔波以及四个小时的温泉时间,让这一整天都过得满满当当,非常充实。下一次来青岛还要去泡温泉,满满一池温热的回忆啊!

(九)姐夫

关于我的姐夫,其实也没什么好说的,就一长相普通工作普通全部都很普通的人。

他并不是青岛本地人,是和我姐当初一起来青岛创业的,之后一番打拼就留在了青岛。也不是对青岛有什么特别的热爱,只是人在一个地方待久了以后就会慢慢产生依赖,然后就离不开了,我在想是不是两年后我也会留在西安,当然这扯远了,不过这就是他们生活在青岛的原因。

"青岛挺好的,这里的人挺好说话的,不像南方的人,五毛钱也要跟你扯个两毛一分五来。"一次姐夫开车送我回家时突然对我说道。

他问我将来准备去哪儿,我微微一笑,"还没想好呢。"

其实,不是没想好,是还没有认真想过,我的性格应该不会想得这么长远。姐夫没说什么,继续跟我说起青岛来,他还跟我提到他当时的创业经历:"当时不是和你姐一起来青岛嘛,刚开始时真的是很辛苦,不瞒你说,有一次过年我和你姐都穷疯了,窝在半间出租屋里煮了棵白菜吃了,就这样过了年。"我当时听了还挺震惊的,我没有听我姐说过这样的经历,每次和她打电话她都是蛮开心的,真不知道那几年姐姐独居他乡竟遭遇了这么多心酸!唉,报喜不报忧,姐姐应该是早就学会这个道理了。

别看现在姐姐姐夫的生活挺说得过去,两人工资不错,用度自由,这完全都是好几年辛辛苦苦打拼出来的啊!我想到自己,尴尬一笑,从出生到现在一直是衣来伸手饭来张口,自己从来没有真正体会过赚钱的不易。毕业后的我也将面临社会,在创业上不知道会遇到什么样的困难,幸好,现在有了准备。姐夫是一个电气行业的工人,上文也提到过,不过现在的他算是一名真正的白领吧。

"我当时不是初中就辍学了吗,到社会上来什么也不懂,只能自己摸索,后来上了电气化专业,再后来来了青岛,做过空调修理工,大夏天的,一百多斤的空调一个人扛到十几层的用户家里面,又没有电梯,那日子真不是人过的。"姐夫回忆起他的创业之路,"不过幸好,后来情况慢慢好转了,自己做得多了,有经验了,有认识的人了,就到了现在的公司上班,每天八个小时还挺轻松的。"

姐夫笑道:"我不像你,多幸福呀,上了大学,有知识,将来是要干大事的人,到时候肯定比我轻松得多。不过遇到困难也不用怕,慢慢都会过去的。"

姐夫向我说起他的人生经验。平静的话语隐约让我发觉这个平凡的姐夫的不平凡之处,一副厚眼镜也挡不住他睿智的眼神。姐夫现在的成功,不,是目前的成功,将来说不定还会有更光辉的成就,都是靠他自己的努力换来的。家里书柜里满满的专业书籍,电脑桌面上密集的相关软件,深夜里坚持研究的背影……都是他努力的痕迹,和姐夫一个月的相处让我明白个人拼搏的重要性,要想获得好的生活非奋斗努力不可。

姐夫,一个越来越可爱的亲人,一个重要的人生导师。

(十)财神节

"滴滴滴滴","电气帮"红包群里这一天显得特别热闹。

几百条信息刷个不停,打开一看,既没有大额红包可以领,也没什么重要的事啊,大家怎么这么兴奋?我看了下日历,也不是逢年过节啊!真奇怪,就在我疑惑的时候,姐姐幽幽地说了声,"今天是财神节。"

"哦,原来是过节啊,怪不得这么热闹。"我豁然开朗。

不过,财神节是什么节日?没听说过啊,姐姐解释道:"财神节是青岛这里的特别节日,八月二十四号也就是阴历七月廿二这一天,财神节是青岛的重要节日,人们对其的重视程度不亚于春节。"

我听完惊了,还有这么一个重要的节日!

群里面约饭的约饭,买炮仗的吆喝求带,好不热闹。外面的集市开得正热,人群密集,锣鼓喧天。不少商铺中午时间就开始点起鞭炮,炮声震耳,热闹极了。下午我去了一家海鲜菜馆吃饭,没想到店里还推出了财神节优惠套餐,点了满桌子诱人的海鲜却只要很实惠的价格真是幸福!我感觉自己在青岛提前过了年。

我以为财神节就这样过去了,没想到重头戏晚上才登场,满街上都是绚丽的烟花,五颜六色把天空渲染得格外美丽。广场上被装饰得十分精致,滑稽的吉祥物,闪着光亮的小灯管,喜庆的宣传标语,让你置身在一片惊喜的光亮中。平时的烧烤摊也比往日多了一倍,爆满的食客令节日显得格外有人气,喜悦和满足全都毫不隐藏地表现在脸上。

财神节,顾名思义,就是求财的节日,这可是关系到全年财运的重要日子,没人愿意马虎。炮声越大财运越亨通,准备越多日子越红火,这一天的气色影响全年的气色。所有人都在财神节中肆意狂欢,不仅是对财富的向往,更是对舒畅的表达、对娱乐的追求,是青岛人民生活状态的表现。

  青岛人民在这个美丽的海滨城市辛勤工作,美好生活,创造出喜人的物质和精神财富,让青岛这座城市闻名遐迩,游客络绎不绝,成为人们向往宜居的城市。看了海,吃了海鲜,喝了青岛啤酒,总算没有白来,在临走之前有幸见识到青岛的财神节也算是额外的收获。

  华灯耀天,也是青岛给予我的饯行吧,明天我将离开青岛,有了今晚的华丽送别,明天再悲哀的离别也不会难以接受吧!到处都是欢乐的声音,今晚注定是个不眠夜,在青岛的最后一个晚上,我跟着青岛人的节奏要尽情 high。明天?管他呢。

(十一)西安·重庆·青岛

  火车慢慢地开,我离青岛越来越远,离别的场面并没有像电视剧那样哭得稀里哗啦,很平静。是姐姐姐夫开车送我到车站,他们工作忙就先走了,我和他们各自消失在人海中。

  青岛到西安十几个小时的车程,我得好好保存精力才能以最好的状态迎接我生活了好几年的地方。靠在车窗上发呆,我想起来了我以前去过的重庆。

  重庆是今年我在五一的时候去的,也是一个人。我喜欢重庆的轻轨,坐在上面透过玻璃车窗领略重庆的方方面面,时而从江水上滑过,时而从隧道里穿行,时而行驶在公路立交看着车来车往,这种体验是很美妙的,比青岛的公交和西安的地铁更好玩儿。

  重庆人爱吃辣,豌杂面,酸辣粉,火锅都很重口味,比起青岛的清淡海鲜,二者各有各的好。不过我还是喜欢西安的美食,毕竟吃惯了,肉夹馍、羊肉泡馍、凉皮都是我的最爱,而且比起青岛和重庆,个人感觉西安物价更低。

  青岛人多说普通话,重庆人说重庆方言,西安人说西安方言。我去了重庆听到当地人的方言就觉得很亲切,因为重庆口音很好听,跟我家乡的方言很接近,和重庆人交流毫无压力。青岛话没什么特点,西安话我不喜欢。重庆是山城，地域较小所以建筑都比较高大紧凑，一块平坦的湖泊将重庆分成两块，从江北区到渝中区每次都会跨湖而过，给人一种穿山越海的奔波感。重庆早晚雾气很大，不愧是山里面的城市。青岛地形平坦，但是天气易变，往往是即墨下大雨，市区大晴天，给人一种强烈的时空差异感。并且下雨雨停都很突然，我住的地方有时中午会突然下起大雨，几分钟后又戛然而止，好几次我都会看着天窗不由得惊叹。西安是座古城，保存了很多古代遗迹，给人一种厚重感。西安的建筑普遍都不高，我不知道这是什么原因。这点和我心中经济腾飞的省会城市形象不符。

  长这么大，就去过这三个地方，不管是青岛，重庆还是西安，在目前看来都是我喜欢的城市，以后还会去玩玩。这趟列车的终点站是西宁，也是一个令人向往的地方，旅途经过郑州、洛阳、徐州、开封、陇西、兰州等重要城市，只可惜没法停下来看看，略有遗憾。这次完成了青岛之旅，下次又该去哪儿呢？

王梓童

女,1996年8月生于陕西西安,西北大学文学院2014级创意写作班学生。自幼热爱文学,从初中开始坚持写作,目前累计小说、诗歌、散文作品字数二十余万,有"一根笔杆走天下"的勇气和决心。认同王尔德所说的"这世界上好看的人太多,有趣的灵魂太少。"致力于用文字记录世间千千万有趣的灵魂。

寿者

太阳让老猫眯了眼,看起来像和藤椅上的人一样在打盹儿。

它的胡子全白了,她稀疏的头发间却还有零星的黑色。皱纹被岁月的雕刻刀刻印在脸上,每一道都有十年二十年的故事。

退休后,下午坐在庭院里小憩半个钟头的习惯,不知不觉已经坚持了四十个春夏和秋天。除了雨雪霏霏时她会靠在室内的窗台以外,就连寒风凛冽的晴朗冬日,她也能安然入梦。她从不畏惧风——呼啸的寒流和年轻时的追求者一样,是刮不进这座宅院的。她的心墙太厚太密了。

"三朝元老"从不觉得自己是个老古董。她喜欢看时尚杂志上的模特,喜欢尝试各种甜食。尤其是牙齿掉光以后,医生的嘱咐全都被抛在一旁。清洗剂散发出的薄荷味在水中氤氲开,假牙泡在透明的玻璃杯里,时刻闪闪发亮。她每天清晨出门买菜,把那些沾着露水的新绿带回家。精瘦的小臂上突出的血管清晰可见,蓝色的静脉在松弛的皮肤下流淌,在左胸腔的心室和心房里与动脉一次又一次地见面,供给她力量。清粥小菜开水,白猫绿萝藤院。

她寂寞吗?我想是的。

但挚友和亲戚的相继离世让她习惯了百年孤独,长寿的代价随着时间的推移逐渐明显。心性是可以被洗练的,她这么想着,收住了陈年眼泪,看照片的时候终于又咧开嘴笑了起来。无论怎样戴着花镜,那些定格的镜头始终是模糊的。呱呱落地之时对美丽新世界产生的好奇,早已在与现实的频频交手中消耗殆尽。她脆弱过,崩溃过,也辉煌过,幸福过。日子早就不会给她过多的刁难,她带着赠予和宽容,继续度过一分一秒的有生之年。

与漫长一生相比,某年的事与愿违就像一颗流星,她许愿了,没有成功而已。

与亘古苍穹相比,短暂的生命过程就像沧海一粟,她生长了,没有永存而已。

她没有孩子,也没有结婚。和许多只名叫咪咪的猫度过了一个又一个春华秋实。有人说她可怜,有人说她享福;咪咪却什么都不说,跳上她的藤椅,蜷成云的形状,用粉色的舌头安静地梳理着毛发。

一下,又一下。

不在隔壁的老王

老王是我高中时期的语文老师。分科前后都是他带我们班,所以他教了我三年。

我自小喜欢学语文,最爱上语文课,上高中的第一节课就是语文,简直期待得不要不要。上课铃还没响,班主任就在教室里将老王捧上了天:

"别的老师拿奖状,都是带着封皮一摞摞,你们的王老师,光是那张纸就够垒起一摞!"

鄙人当学生十余年来,最擅长和语文老师过招,听到这样的话自然是心中一喜,没想到这一喜就喜了三年。

老王身材挺拔,声音洪亮。最重要的是中气十足,酷爱朗诵课文,逢诗必读。老王常常一手持书高举在眼前,另一手翘起兰花指配合着声音起伏,眯起一双黑豆般的眼,犹入无人之境。一诗诵毕,班里总是回荡起"老王又拖延上课时间了"的热烈掌声,不明所以的老王总是借此开启群嘲模式,嫌弃我们早读把诗都念成了经。

高中三年,老王一直对我寄予厚望。从我第一篇文言文式的自我介绍开始,老王就瞄准了我。每节作文分享课,必要点我上台朗读,似乎很想看看我接下来还能写出啥样的东西。我自然妥妥接招,每一篇作文何尝不是绞尽脑汁搜肠刮肚地构思,真到下笔的时刻反倒文思泉涌一气呵成。老王再三强调:"写作文要打草稿!你的草稿怎么写的?"我只微微一笑:"这就是草稿。"

老王装作生气,瞪我一眼不再说话,却把我放在年级语文组和家长会上可劲儿地夸。经常有我不熟的人跑来我们班,走到我面前说:

"你是那谁对吧?能借我看看作文本吗?王老师说让我来学习学习。"

"……"

老王是个心里藏不住事儿的人,有关于语文,或者我的一切,无论好坏他总是想第一时间告诉我。我已经不记得有多少次在模考第一科(语文)结束之后,我还在考场苦苦祈祷数学不要太难,老王就已经风风火火地跑到考场,走到我面前厉声厉色道:

"选择题怎么答的? 错了好多个!"

我的心里纵然有千万只羊驼奔腾而过,也只能装作"好的老师我错了"先压制住老王的怒火和我心中的疑惑。往往在试卷拆封之后,我才在老王的办公室里咆哮:

"老师!!! 那根本就不是我的卷子!!! 我字儿啥时候写成那样儿了!!!"

在经历过数次的惊心动魄之后,为了不影响后面科目的正常发挥,考完语文的我见到老王撒丫子就跑。任凭老王在身后大喊"你给我回来我有话说"我也绝不会放慢一步。等到模考结束再大摇大摆地走进办公室,老王一脸愠色看着我:"跑啥跑! 你看这,得是你卷子?!"

我翻到背面的作文:"我会写这么没水准的题目?"

彼时年轻,自命清高,认为作文大赛征文获奖都是浮云。我手写我心,开心就好了,何必参加什么比赛呢? 要不说老王是老王,高瞻远瞩,硬是强制性让我报了作文大赛的名。第一次参加作文大赛,信马由缰的一篇小说没想到就这样夺了魁。老王得知后照例是欣喜若狂,把我的奖杯在整个大办公室传了三圈。自此,省赛、国赛,一张张烫金的证书把我送入了自主招生的最高档。每当我填写"获奖经历"时,都能想到老王威逼利诱苦口婆心的模样,以及我拿奖后他爽朗的笑容,那红唇,在赞许的言辞中仿佛更加鲜艳了。

老王治学严谨,喜欢较真儿,偏巧我又是个眼里揉不得错题错字的人。高三试卷讲评,尽管时间紧任务重,我还是常常和老王在课堂上叫板。有次战况激烈,一道病句我俩谁也说服不了谁。有好事者相劝:"诶呀不就一道题吗错了又能咋!"我刚想回那人个白眼,老王在讲台上就是一声呵斥:"别吵!"没人再敢吱声,老王眉头紧锁听我咄咄逼题。直到局面开始压倒性逆转,最终我方大获全胜,为全班同学争取了宝贵的三分。

冥冥之中我总觉得老王是乐意与我过招的。常有同学向我哭诉在某卷某题死得不明不白，我若看出问题，一定会抄起卷子冲到老王办公室，非要拼出个孰对孰错来。老王自然乐意给我提高难度，一道题放在班里让大家解析，往往会最后一个叫起我。要么是我一语道破天机，一脸乖巧地看着老王洋洋得意；要么是老王狡黠一笑交代正确答案，让我暗下决心继续修炼。也许正是这样的素质训练，让我改掉了从前基本功不扎实的坏毛病，从初一开始的"千年老二"终于在高三第五次模考拿下139分，老王再次发挥喜鹊属性，扑棱着卷子在全年级各班展览了一遍，然后拍着我的肩膀语重心长地告诉我："高考冲个单科省状元！有没有信心？"

高考老师分组带队，老王恰巧又是我的带队老师。前一天下午去看考场，我爹和老王相谈甚欢。一个教我出生后三年的语文，一个教我高考前三年的语文，双王合璧，皆大欢喜。老王激动地握着我爹的手，黑豆眼睛闪烁着光亮。

故事自然不可能一路顺利，虽然是正常发挥，但我没能给老王挣得上单科状元。出分那天中午，我和老爹刚从健身房出来，就接到了老王的电话。我故意说得轻描淡写，把小分一一报给他听。那是我与老王三年来最漫长的对话，虽然只有五分钟。

"好着呢！很好！我跟你说啊文科状元的语文都没你高！很好！很好了！"老王听出来我的失落，一直安慰我。

第二天我在报纸上看到，省状元、各市状元的语文分数都没有我高。可是那又怎么样呢？我从没想过我会这样在意分数。和老王相爱相杀三年，我何尝不知他是代着着高考语文的角色练了我许多回。又或许，我在意的其实并不是分数，而是我第一次让老王失望了。

高中毕业，我和老王的故事却没结束。作为附中的优秀特级教师，照片自然是年年被搬上大学的表彰版。而如今我已是大三的学生，却还是能收到附中学弟的微信："学姐，王老师前两天又在课堂上点名表扬你了。"

恍然间我似乎记得老王的生日也是在这穿大衣的季节，貌似是天蝎座，最能拿得住我的星座。好像我只要拿起试卷，闭上眼睛写下一篇八百字的议论文，老王就能给出一个极高的分数和一个"好"字来。对于曾经叛逆不羁，经常在语文课上做数学题的我，老王从来都言辞犀利却实际宽容。现在天天写文,早已不碰数学,这样的日子,竟然也过去三年了。

我似乎从来不曾对老王说过一声感谢,或许这两个字太轻,不能表达我的知遇之恩。我给无数人写过文章,却也从不曾给老王写过一笔一画。谨以此文,送给不在我隔壁,在我心里的老王。

读万卷书,行万里路,写万万字文章,王老师,您的学生一直在路上。

杨超

男,1995年生,安徽铜陵人,西北大学文学院2014级创意写作班学生。在自己二十余载的岁月里,头三分多忆满目繁墟景,又三分浅存葱茏少年游,后三分于困与惘间且思且踟蹰。末了一分,忽抬头,但求于这四目荒诞景中尽丝缕人事之所能。

前尘旧梦吟

先给大家讲个故事吧。

在民国的时候,长江中游偏下一个叫和悦洲的沿江商埠里,有着一个很古怪的青楼,凡是在里面待过一晚的男子,必然会在第二天天未亮前匆忙离开和悦洲。起初人们还以为这些男子自己做了些什么见不得人的事情,害怕被人知晓便连夜逃走。可大家又看青楼里灯火依旧,那几个哑巴奴仆也如平日一般上街采买,镇上的人家更是没传出些什么偷盗杀掠的听闻,一切的一切都保持着往日的平静。久而久之,人们将这谈资也做烦了,也就不再提了,只是道这青楼确有邪乎,彼此告诫镇上的男人切莫要弃家人不顾。

直到建国以后,政府要关停这青楼,楼中的女子一个个跟疯了似的不愿意,待到政府将几个疯得着实有些厉害的女子关了起来,有人方才道出其中的秘密。原来这青楼不知从何时起被人施了咒,凡是在楼中欢愉一夜的男女都会换了身躯。为了保住这个秘密,楼中的人便立下了规矩,换了男身的人必须马上离开和悦洲,且终身不能再踏此地,因此保住秘密的人就可以继续等待来者,换回他们曾经的男儿身。镇上的人初听这消息一片哗然,在不可思议的惊讶中怀疑着,也有些相信了。政府感觉有些不太对劲,便将青楼的一干女子一并上交了上去,此后便也就没了消息。

其实这篇故事的原型我是在电影《长江图》上看到的,因为说的是自己的家乡,所以就记得格外深些,又加了些许润色,便成了上文的故事。

对这则故事印象深刻的另一个原因,便是以前真的很少或者从未听过自己家乡的一些故事,所以当自己真正接触到那片有些隐晦却带着奇特色彩的民间传说时,便被其深深地吸引住了。就这一方面而言,我们这一代无疑是有些悲哀的吧,毕竟我们生活在一个于废墟里重建的年代,过往的一切对我们来说都已是那般陌生。

其实就自己而言,是没有资格说出这种话的吧,毕竟先前所感受到的前尘旧梦不过是一些作家所书写的回忆和听过的一些传说罢了,又能代表多少曾经呢？出于这种有些杂乱的感觉,我去了离家并不算很远的和悦洲,想去看看自己耳中的故事。到了那里后,自己方才了解到原来和悦洲便是自己无数次在公交站牌上看到过的大通古镇的一部分。那种感觉怎么说呢,有些类似自己知道今日的合肥于古时叫作庐州时的那种感觉吧,仿佛陌生与现实是那般接近,却又那般遥远。

澜溪古街与和悦古街一起归于和悦洲曾经三街十三巷中的三街,但由于尚属江边,与需要渡江的和悦老街相比,澜溪古街显然被当作了开发的重点,建筑虽保留了很多古时的气息,很多斑驳的痕迹被保留了下来,可当走过街道的三分之一后,不知是这些斧凿气太重的古建筑使自己厌倦了,还是疲倦的自己不再那么想在有些重复的街道上继续走下去,决定回归到我初时的目的地。

在江边乘渡轮,不一会儿便上了和悦洲,下船时自己明显感觉到游客少了很多。除了洲上的居民,游客装扮的估计只有三四人,且大都是往洲上的江豚保护区去的,真正来看和悦老街的也许没有什么人吧。走了进去后,我方才明白没有什么人愿意来的原因。和悦街上了无人迹,街的两旁便是一栋栋残破不堪的徽式二层楼,"请勿靠近"的告示和长长的隔离绳无一不在告诉着人们它的残破与不堪,可偏偏不时出现的讲解牌又在不断地提醒你刚刚走过是十三巷中的哪一条,曾经有过哪些店铺,有过怎样的繁华,仿佛那过去的一切真的只是一场前尘旧梦了。

又在巷中走了好一会儿,自己看到一位老人独自待在虽显破旧但仍可住人的楼中,因为没有了门的缘故,躺在椅子上的老人可以借着微弱的日光默默看着一本泛黄的旧书。看到这一幕时,我的心情是很微妙且复杂的,但有一瞬,我知道我并非是在那做徒劳无功的迷离之梦。

杨柳依

　　笔名 Pam,女,籍贯陕西西安,西北大学文学院2014级创意写作班学生。参与创意写作之西创可贴微信平台公众号运营工作。日常爱好电影和舞蹈,热爱研究美妆及穿搭,喜欢一切简洁而又独特的东西,伪兴趣爱好是旅行和读书。日常更新个人新浪微博"-秋葵酱",分享美妆穿搭,时尚秀场评论。在变得更好更美的道路上不懈努力。

古城印象

　　我对于西安,严格意义上来说是个"外来客"——初二转学来到西安,高三搬来西安安家落户,直到现在。所以对于西安的印象,其实是无数个没回家的周末和同学去钟楼、骡马市、小寨,一遍又一遍地逛着那几家店铺,从"只是看看"到"有钱去买",中间大概过了三年。

　　之前也不是没来过西安,有一个姨妈家就在西安,只是当时来西安我并没有什么自主权,大人们要逛东大街,我就不能独自逗留在开元。小时候的"来西安"这件事,有点"痛苦并快乐着"的意思——来西安就意味着去姨妈家,就意味着可以尝到姨夫做的从未失手的好吃饭菜,所以我觉得快乐;但是同样的,我要毫无目的地跟着大人一家挨着一家地逛遍东大街,经常逛了也就是逛了,年幼的我总是空手而归,而大人们也就理所当然地认为不需要顾及我的感受,所以我觉得煎熬。时过境迁,如今的东大街萧条得不像样,拆迁修路,连一条完整一点的顺畅道路都没有,一条街望过去几乎看不到几家尚存生机的店面。可能就是小时候总是和大人一起去东大街,成年之后,当我也终于开始和同学日常逛街,一直很抗拒去东大街,觉得那里老气,觉得那里压抑。嘻嘻,其实也确实没什么可以逛的。老旧的店铺,奄奄一息地伫立着,只有靠门口鲜红的打折字样才能勉强支持。

  高中的时候,因为住校,总能争取到几个不回家的周末。虽然课业压力一直没减轻过,但是也不妨碍出去探索。当时有一个关系很好的同学,印象里去钟楼和骡马市总是和她。我依然记得一个冬天的早晨,和她早晨九点半到了骡马市五环,可是距营业时间还有半个小时。我们互相看着,看着对方哈出的气冒着白烟,看着对方冷得站不住地跺脚,然后再看着对方傻笑。我们到得有点早了。其实也就是为了出来的白天变得久一点。现在想想当时好像和她并没有进行严格意义上的逛街,只是穿梭于各个五环店,好像当时的我们只会挑运动服。也是,每天都要穿校服,只有在能露出来的帽衫和鞋子上做点文章。

  另一个能改变的,就是书包了。有一个新学期,我们相约去买书包,差点能领到一百元的代金券,但是因为她觉得我们排不到那么前的名次就放弃了那个可以兑换的凭证,所以当我们买了对于我们来说都有点贵的书包,两个人剩下的钱加起来也只够坐公交车和买一杯奶茶。不过那天很高兴,兜兜转转了好几圈,我们买了一样的书包。这一背,就过了一整个高中时代。

  我对于西安的印象,都是去过的地方组成起来的。和以前喜欢的人去过城墙根下的餐馆吃了好吃的饭菜,就喜欢上了整个顺城巷。在夜晚看了场首映,出来的时候大雁塔广场上的路灯昏黄,照得四周也暧昧,莫名地就觉得感受到了古都气息。夜晚,情绪总会泛滥。在慈恩寺商圈里玩陶艺,悄悄去拿新的陶泥在机器上乐此不疲地毁掉重做;在秦汉唐广场看天幕,仰着脖子牵着闺蜜,脸上都映着天幕的蓝光;在粉巷和回民街吃小吃,拽着同行人的手穿梭于大大小小的馆子,街角不起眼的小门店也不放过;在夜晚的和平门喝酒,震耳欲聋的音乐震得五脏六腑齐鸣,每个人的眼神透过酒杯都变得温柔。西安的夜晚让人舒服。

  其实整个西安,都让人觉得舒服。

岳圆

女,西北大学文学院2014级创意写作班学生。白日附庸风雅,夜归还是路人。凭斯文形象偶入创写之路的小透明一枚,实则肚里空空伪文青而已。唯有搜肠刮肚写些亲历之事,伤春悲秋无病呻吟。致力于将喜爱的法学元素与创作相结合,但能力有限,至今未见成效。正值桃李年华,还当继续努力。

归程

拖着疲惫的身躯上了火车已是晚上八点,拉了行李箱到自己床铺边的时候,床上坐了一个人。

这是她的床铺!但是一个老人正坐在上面。

她急需要睡眠。

昨天中午十二点考完最后一门试,但对她来说,还不是结束。还有一项作业没有写完,五万字的小说。一个月的时间零零散散写了接近三万字,最后的两万多要在接下来的二十二个小时完成。她知道任务艰巨,但是刚考完试就开始码字,无疑是一种折磨。于是怎么来着,和室友一起看了一集综艺节目,算是娱乐了一两个小时。

节目还算好看,依然是往常的竞答规则,女主持人到底是有些老了,说话有点烦。嘴巴一张一合,让她想起了一位优雅的女士吃熟透了的芒果的样子,黏黏糊糊。一个参赛者也招人厌,比赛就比赛,向对手大放厥词,这样的人就应该把他狠狠淘汰。可是呢,好像他坚持到了最后?侥幸罢了。

写了有一千字,她就有些小小的满足。伸了个懒腰,肚子还挺胀的,刚才有点吃多了。

现在已经处于对食物没有要求的地步了。在家的时候,想吃什么有什么。但出了校门,乌压压都是人,能买到什么吃什么。就算是干得噎人的卤肉饭,就着综艺节目也能吃下一大半,有点撑。哪有放假前一天还不吃顿好的死命想着狂补作业的。啧,她不就是么。

她在过道另一边的翻板凳上坐下来。

床边的老人温和地与对铺交谈,"你们这是回家?"

"对,是回家。您呢?也是回家?"

"不是。不是回家。去看看我的学生们。年轻的时候在那边插队当老师,那儿也算是我的第二故乡。这不,学生们今年要搞个二十年的聚会,非要让我回去。也该回去看看了。"

"那您一个人可不太方便,火车可要开十几个小时呢!"

"有人来接的。学生们来接。"

十几个小时。十几个小时之后,一切不是问题了。回去之后,能吃到怎样的饭呢?其实也没什么特别的,都是家常菜,没有什么特别的标准,只是在父亲不排斥的基础上增加些样式。但不会有花钱肉疼的感觉。

一定没有肉。如果父亲在家的话。

但一般她回家的时候,父亲不会去加班,也不参加聚餐,吃一顿平淡的算是象征团圆的饭。但是父亲不吃肉。说是不能吃,但不能吃也分好几种。有很多人问是不是有宗教信仰,不是的。天气热的时候吃了肉,背上起来一层红色的疹子,很痒,是过敏了。但是她没什么印象了,不知道是真是假,是不是对老爹太不关心了?过年的时候吃一些,羊肉、牛肉、鸡肉,意思一下,但闻不得荤腥。

要说她怎么知道,吃不了任何带一点肉末的食物算不算?还没有手心大的包子,咬下指甲盖大的一点儿,就知道有没有肉。外出去吃饭,上来一盆主食,通常是面条或者面片,老妈先盛一碗,尝个两三口,没有肉,再拿了老爸的碗来盛。那递出自己碗时候的戒备,真是让她不仅嗤笑,切。

但现在的她是饿着的,不想吃,就想睡觉。

这张床来程或许有一个人,也许是像她一样的学生,盖完了被子整整齐齐折好。拍一拍被面,细小的灰尘在空气中结成一张细密的网。不对,是一个匆忙出差的人吧?急急忙忙下车,忘了管床上散乱的被子。列车员把它折好,但却忘记拉出窝进去的被角。

不想想其他,她只想蒙头大睡。但此时,只是看着被占的床铺发呆。

"也不知道是谁的铺位。"

"我的。"

她听到自己的声音有点陌生,为什么会陌生呢?有点冷酷,有点遥远。努力克制自己床铺被占的愤怒,努力克制近两天睡了不到七八个小时的眩晕。兵荒马乱。

下午写了几千字,不算快,有点后劲不足。她不时休息一会,以免反胃的感觉更强烈。为什么就拖到了现在呢?

小学暑假结束前一天,彻夜亮灯狂补作业。初中,应该是第二天早晨写完作业提着书包去上学。高中啊,那么多作业自然是能写多少写多少。原来自己一直是这样呢。十二个小时。

于是一夜无眠。十二点,有些亢奋,挺久没有这种感觉。两点,不困,但思路受阻。四点,没有人一起奋战了,也没有顾及夏日夜半的宿舍是否阴冷。六点,眼睛有些花,四万七。等她贴着打印店电脑屏幕颤抖着打下模糊的标题字样,飘着回到宿舍,八点。结束了,还剩两个小时。

"学生,我能不能跟你换一下?老了,不方便爬。"

她朝老人指的床铺看了下,中铺。

"好。"正好。

连刷三张,没有买到中铺,只能先保留下铺的票。下铺啊,不方便就在于太方便,谁都来坐上一屁股,再面对面聊聊天,怎么休息?过了两天想起来再去买,没票了。退了之后被别人一抢,还回家么?算了。

"真行啊?学生你不要为难。本来也能换对面铺的,但是人家已经跟人换了。"

"没事没事,可以的。"现在就直接爬上去是不是不太好,让人家觉得她有点难相处。忍忍。

"人老了就是这样,出门在外老麻烦别人。"

老了。不知道他老了坐火车出远门是什么样子的。不,他早就老了。

在小学的时候,给住院的他送饭就是全家的例行任务。好像从修房那一天从梯子上掉下来开始,全镇闻名的三爷,就倒了。病这种东西,不用多,要压倒一个人,一种就够。肺结核,高血压,心脏病。偏偏一出院就叼上了旱烟,没人敢管。

他在最后一次住院十七天后过年的第十七天离开。她没有参加期末考试。

赫赫威名的三爷,病来如山倒,威望犹在。可是他好像没有走出过那座小城。或许年轻的时候有过,反正她的记忆中没有。

"来,学生,吃个这。不要嫌弃。"老人递过来一个西红柿。

"谢谢您,小事儿。"现在不吃会不会不好?如果她想去再洗洗是不是不太礼貌?还是咬了一口。

她也给他递过很多东西,下地用的锄头,休息时的旱烟,驴拉车上的缰绳,病房里的饭盒,和土炕上的一只梨。

一只梨,他只拒绝了这个。"爷爷不吃,你吃。"他躺在炕上,头要费力扬起才能看到站在地上的她。她就收回了手,咬了一大口,清脆,但甜不甜呢?当时怎么就没再坚持一会儿?

"学生,实在是太感谢你了。下铺贵吧?我把钱补给你,不能让你吃亏。"

连忙按住老人翻钱包的手。"不用不用,不吃亏,我有学生证,打折。本来就想买中铺没买到,跟您一换,正好,不吃亏。"说的话一多,有些晕乎,脑仁儿疼。

怕老人家再提起给钱的事,她赶紧爬上了铺位,落荒而逃却也合意。

车顶的灯光逐渐模糊,和老房子吊着电线的摇晃的灯泡重合,假期找时间回去看看。大伯一定会说她不打电话回家,可是真没什么好聊。回去看看,说就说吧。

被子猛地被拍了一下的时候,她的脑子里"嘣"的一声,一根弦断了。

"刚上车的换票了啊!"

送走列车员,再没人能打扰她。慢慢续上那一根断弦,世界也进入了黑暗。

总算是,回家了。

张玮

笔名张希里,女,西北大学文学院2014级创意写作班学生。一个细节控,一个咋呼儿童,一个山林爱好者,一个社会偏激人士,一个自有理想国的国王,一个像青草学习呼吸的养生家,一个时时刻刻自我纠难的怪咖,一个想去冰岛建栋圆屋的梦想家,一个渴望在森林久居的伐木工,一个与所有软体动物对立的战士,一个走遍雪北香南林寒涧肃的旅行家,一个认为文学将与衣食住行并驾齐驱的普通写作者。

信仰之名

伏在我案头的《新华词典》上是这么解释信仰的:信仰指对某种主张、主义、宗教或对某人、某物的信奉和尊敬,并把它奉为自己的行为准则。其实抛开恋人间酸腐的情话(例如"你是我此生不变的信仰。"),一般都是指向性明确的:宗教。宗教是个人的,民族的,乃至国家的,可意会不可言传。今天想谈的,是与政治无关、与利益无关、与集团无关、与历史无关、与铅字无关、与他人无关的,我所认识的信仰。

既然是诉我所知,我将记录的便是有关于家乡的点滴,所见所闻不过是栖息小镇的沧海一隅。打我有记忆起,奶奶便是对宗教颇热衷的人。她身体一直不好,时常拖着病体各地去求佛,散财无数,终善报寥寥,抑郁了近十年,甚至有轻生的念头。后来,一些基督徒因"结果子"(传教的一种说法)来到奶奶住的小区,听闻此事,便主动祈祷,还将黑皮《圣经》放在她的床头。奶奶不识字,自然是不懂圣经内容的,但她见到这些从未谋面的陌生人纷纷跪在床前,垂下头来,双手合十,面色庄严,一人领头祷告,其他人闭眼听着,领头人停顿之处,他们便高声"阿门",以"愿世界和睦"结尾,祷文在后加持。除去为当事人祈祷,也为与己无关的苍生告解。

他们把十字架链贴在锁骨前,大多衣着朴素,打眼望去只是最平凡的身边人。他们称奶奶为"姊妹",年龄差自然是有的,有二十出头的年轻人,更有花甲之年的"老姊妹",却不论辈分,统称"姊妹"。祈祷毕,便留下祝愿,自行离开。这和奶奶之前所接触的佛教太不同了,她疑惑,信教怎么能不买香不求经呢?怎么能不请一尊佛像到家中祭拜呢?怎么能不翻山越岭去跪拜真佛呢?她不需懂宗教,她只懂佛或上帝:那一定是截然不同,截然对立的存在吧。

在她看来,转变信仰就像从"敌营"到了"友营"。从此开始学认字,诵读《圣经》;学认谱,唱赞美诗;学驾车,去做礼拜;学告解,去做见证。因为是在我刚上小学的时候,奶奶改信基督教,俗话说六岁有记忆,相比于先前的求佛时期,印象自然更深些。那时候跟奶奶家住得近,她就常带我去教堂。小镇的教堂很有年头了,大门有1927年建造的标志。基督教堂和天主教堂的富丽堂皇不同,大多讲求精致秀美。教堂就在古街景区的外围部分,门外便是河流,对街便是景区,夜晚常与灯笼同眠。近两年游人多了,也算是不大不小的一个景点。奶奶自诩,信了上帝,她是从地狱中解脱,全身心释放,她将佛教视为撒旦,视为魔鬼。我小时候随妈妈去普陀山游玩,那里是佛教徒朝拜圣地,我们在那儿合影留念,自然觉得无妨。回家将照片冲洗出来,放进相册,有一日竟然发现奶奶将照片上的观音像或者佛像偷偷剪除,只留下我们尴尬的身影。这举动或许还能理解,但她将改信基督教之前的照片也一一翻找出,甚至将与龙相关的景象也全都剪除,我便很难认同了。她自然有自己的说辞,"这些都是迷信之物,我们只信仰上帝,上帝才是唯一真主。"彼时,她身体已健硕得可以与我们正义凛然地辩论,我们由着她,只能把相册相框都藏在不起眼的地方,以免她"痛下狠手"。所以,有关于信仰的独占性或者说"侵略性",从我奶奶身上就"很成风气"。

见奶奶面色日渐红润,对事待人都愈发开朗,爷爷起初是陪着她做礼拜,后来也受了洗。爷爷精通音律,在唱诗班中做过领唱,也做钢琴伴奏。一次去奶奶家,看到奶奶戴着老花眼镜,举着《圣经》缠着爷爷问这是什么字,又让爷爷再教一遍新的赞美诗。爷爷在抄曲谱,见我来了,就像见到了帮手:"你快来教教她!一个字我都教了三遍了哟……""我已经很好了,我已经认识好多字了……"这时候,奶奶就冲我辩解。

　　印象里,最早爱上声乐或是乐器,好像还真是因为和爷爷奶奶一起唱赞美诗。我是没有受洗的,但常被他们带去教堂。教堂主建筑的侧边有一栋小阁楼,里面有专门提供给青少年做礼拜的教室,称为"主日学",周日晚上大人们去主建筑里做礼拜,孩子们就在主日学里做游戏,读《圣经》,唱诗歌。牧师的女儿名唤"恩惠",我们就叫她"恩惠姐姐",都喜欢腻着她。在那儿度过了小学和初中的时光,回忆起来,宗教意味很轻,年龄限制着我们的世界观和宗教观,更多的是一群最纯真的孩童,出于对歌唱或者对玩耍的热爱,聚在一起,朗诵同样的话语。每周一次的集体会晤,像是完成某种仪式。有些人来过一次就再也没出现,大概大人把这当成了托儿所;也有些人因为搬家未曾告别就离去;而更多的离开者属于第三类:因为长大,比如我。不仅是因为生理上不属于青少年的群体,更在心理上明白信仰不该是用以玩乐的,当初因为某些原因错过了受洗,大概也是奇妙的旨意:我尊重基督徒们的虔诚与热忱,却没有能力全身心投入,认可这个主体为基督徒的身份,白话来说,便是志不同道不合。

　　我不敢说基督徒到底是个怎样的模样,因为我认识的都是小镇上的信徒。他们热心无私,任何人遇到麻烦,甚至是遇到丧事,他们便不求回报地帮助或看护。但这份热切有时很容易转变为偏执,比如我奶奶信任所有对她宣称是基督徒的陌生人,她希望我们学习工作甚至交往的人群都是基督徒,她希望我的日常是同她一般祈祷数十次,她是个绝对真善的信徒,但当她将这份虔诚强加在身边人之时,压迫感就开始渗透。她听说我入了党,我一回家,她便把一本《圣经》放我床头。"你这是对上帝的背叛啊。"她颇有要替上帝惩戒我的意思。之前读张承志的《心灵史》,他的宗教观偏激晦暗,而我打小接触到的宗教,大多是爱与利他,就算利己也是为离世后的天路历程。所以我不反感信仰真主,但何谓永不背叛呢?是受洗后就不踏足与基督教无关的境地,还是说戒酒戒烟戒淫欲,或是不与其他信仰的人事物接触?倒不是说无神论就值得赞同,但因为信仰此教就对别的宗教嗤之以鼻,实在是不符合宗教大爱的宗义。

　　信仰应是给予人澄澈稳静的心,浮海里有一木舟可攀附,茂林中有一木屋可安居,说清楚些,就是迷惘时好歹可以在内心祈祷,有个祈望——

或许上帝真的会在某时某刻降下奇迹,这样生存才不至于荒唐绝望啊。我一直是这样理解信仰的。所以,我仍觉得信仰应放在心上,至于行动与否大概是因人而异了,像我奶奶"专制"性的极端举动,或许属于一小撮群体。我很难说清我的宗教观,在读了大量西方文学作品后,更是对无神论、泛神论理解得混沌,我不赞赏奶奶的行为,也不认同大津的殉道(《深河》主人公之一),但对宗教的真善性和引导性,我始终有类似孩童的期望。信仰,多美的两个字啊。

而使这样的想法造成一些改变的,还是由于七月末的一场旅行。七月末和朋友去了厦门,关于旅行就不多赘述,毕竟这不是旅游攻略。在离开厦门前,去往的最后一个景点是南普陀寺。该寺因供奉观世音菩萨,成为闽南佛教圣地之一。同行的好友家中信奉佛教,她有意去为家人求佛经,自然要去烧香拜佛,我们认识很久,所以熟稔双方的情况。她担心我介意进寺庙,于是提出让我找阴凉处等待。我拒绝了,因为专业缘故,我必须接触各国各代的宗教典籍,也要接触各处各地的宗教建筑,就算抱着学习的态度,也该去游览一番吧。我陪她进寺庙,见她双手合十,跪在观音佛像前。诚挚的模样同基督徒祈祷的模样,并无二异。身边有老人向地上投掷红色月牙,我问朋友,她答说是求解,月牙指的方向便是答案。每个宗教都有他们告解的方式,不分高低,更无贵贱,信徒皆是一样的恳切。

寺庙有免费的赠香处与点香处,还有赠经阁与赠水点。我不知该称这些寺庙中繁忙着的人们为什么,只好与凡世的义工同论。赠经阁处的义工弯着腰,带笑递水给游人。游人伸手多要几瓶,她也不问,笑着一味递上。我经过她身旁,踏进赠经阁,她突然放下水瓶,脚步轻轻地跟上来:"小妹妹,能麻烦你把帽子摘了吗,谢谢了。"因为天热一直戴着阳帽,不料是冒犯了典藏经书之地。我道了歉,立马出门,在树荫下等着朋友。看来这份虔诚,是不该被我这样只讲求新奇的眼睛所沾染的。我在树下百无聊赖,就一直看着她。南普陀寺是知名的佛教圣地,人流量很难计数。白衣苍领的她和所有游人一般平凡,却气定神闲,像寺庙回荡的歌声,像寺庙种植的榕树,悲喜自知,只做递水的动作。她的样子,似乎真的见山不是山,见水不是水,又似乎见山只是山,见水只是水。

很难描摹的感觉在我胸腔里蔓延开来:

信仰是不是真的需要表露和行动,而不是单纯地安放心中呢?

受奶奶影响,常常偏激地认为不该像她那样,以己教为尊,所言所行都以己教为先,应当把信仰藏心里才是,不该影响他人的思维。但换个角度来想,仅仅追求自我信仰,也是变相的自私自利吧。有困难烦忧了,才去在心中祈求祷告,而不以实际行动为上帝做些服务与传播的行迹,这也是逞口舌之快。打个不恰当的比方,恋爱中人,有口口声声海誓山盟之人,也有默默付出细致入微之人,谁都明白是后者靠谱。信仰也是,先放于心,再付诸手。传教不是言传,更是身教。

我最终没接过那瓶水。

信仰的重量未免太沉了些,我还不敢伸手。

张孝雨

笔名于璟，女，西北大学文学院2014级创意写作班学生。伪文青一枚。喜读书，文史哲科，杂学旁收，虽无古典气质，但醉心于中国古典文学。喜写字，文风混乱，脑洞不够大。我的文字，只用于记录而已。喜动漫，周末一场二次元世界的风暴旅行足矣。喜欢认识奇怪的人，但追求简单的文字，简单的生活。最大的梦想是写自己喜欢的文字，并且能够赚到养活自己的钱。养鱼种草看动漫，偶尔来一场走就走的旅行，穿着汉服在人迹罕至的旅游景点拍照片，就这样一鼓作气将伪文青的人生进行到底。

世间再无蒲先生

他出生于山东淄川的书香世家，是蒲槃的第三个儿子。父亲给他起名叫蒲松龄，希望他得享遐龄，如松柏一样长寿。

靠着父亲早年经商攒下的一份家业，蒲松龄的童年衣食无忧。十七岁时他娶妻刘氏，她不识字，未能与他煮茶泼墨，共话诗书，但温婉贤淑，二人亦是琴瑟和谐。

十九岁那年参加山东省科举，三试第一，可谓一考成名。当时任山东学政的清初大诗人施闰章对他的才华大为赞叹，说他"观书如月，运笔成风。"

若以世人冷眼看来，这年蒲松龄已经到达了人生的巅峰。此前，他是"少年不识愁滋味"，却从不"为赋新词强说愁"的蒲三公子，诗酒人生，潇洒自如。

民间传说那时他骄傲到要出对子和魁星一较高下。故事荒诞，情理却真，蒲三公子少年得志，意气风发，他有骄傲的资本。

但是老天最爱戏谑这样的幸运儿。

十九岁之后,他便成了在贫穷中找寻浪漫,在俗世中找寻仙境,潦倒终身的蒲先生。然而世人记住的却正是这位登高跌重的蒲先生,和他那五百多个专写花狐鬼怪的荒唐故事。

后人说,施闰章肯定他,是用一位诗人的才情和智慧。然而官场中多是蝇营狗苟之辈,蒲先生再难遇到一位有才情的诗人。这份灵动洒脱的才华也入不了科举八股的青眼。

蒲先生不能免俗,他终身为功名戚戚忧忧,一生参加乡试十几次,却未有一次登榜。直到七十二岁那年,仍是个贡生。

那时他想起儿时父亲偶尔提及的一个梦——蒲先生即将出生的那个晚上,父亲梦到一个瘦骨嶙峋、胸前贴着膏药的病和尚晃晃悠悠地进了妻子的房间,接着便被新生儿的啼哭惊醒。父亲讲这个梦时,他下意识地摸摸胸前的一块青痣,又听父亲说道:"那和尚的膏药正和你这块痣在一个位置。"

后来他想,这大概是他逃不开的宿命,他须用潦倒不堪的一生来还那病和尚前世的孽债。

二十五岁时,蒲家家道中落。兄弟分家时,蒲先生只得二十亩薄田,三间老屋。

正是满眼繁华,殆如云烟,蒲先生是那个病怏怏、晃悠悠的苦行僧,走不进大千世界的繁华场,却走进荒野农场的三间破得连门都没有的老屋,找堂兄借了块挡不住尘事琐碎的门板,从此这里便是他的聊斋。

正是这一年,蒲先生开始写《聊斋志异》。

好友张笃庆看不过去——家徒四壁,功业未就,只能当私塾先生勉强养活妻儿,却有闲心写些花狐鬼怪的无稽之谈,真是荒唐!于是写诗苦口婆心地劝他:"聊斋且莫竞空谈。"

张笃庆自然是好意,蒲先生明白。虽是明白,失落之意却也难以掩藏:"知我者,谓我心忧;不知我者,谓我何求?罢了罢了,古来知音难求。"

蒲先生选的这条路,受得住无人并肩而行的寂寞,却受不住千方百计要拉他回俗世的好心。

这位张笃庆只不愿蒲先生懵懵懂懂撞了南墙才回头,却不知世上就有这么一种人,明知前方是"南墙",硬要自己跑去撞一撞。

不但如此,撞疼了也不回头,还要再加把劲,直撞得头破血流,油尽灯枯,斑斑血痕化作赤莲。他们的魂魄便附在青梗峰下的一块顽石上,须要等到某一日,空空道人将那满纸荒唐言抄入人世,才算了却尘缘,功德圆满。张笃庆没能劝回他,于蒲先生以至于后世人,都是一件幸事。

《三借庐壁毯》中说蒲先生曾在柳泉边摆摊煮茶,一杯清茗换一个故事。若不是如此,蒲先生笔下那五百多个鲜活的花狐鬼怪,五百多段坎坷跌宕的人生,就算绞尽脑汁,恐怕也难写出来。

也有人说这个故事比聊斋还聊斋,都"家徒四壁妇愁贫"了,哪里还有闲钱闲心请人喝茶听故事?

想来确实奢侈,因为蒲先生穷。也正是因为穷,这以茶换故事的传说才显得浪漫。这种贫穷的浪漫,世俗人不堪其忧,蒲先生不改其乐。

白天要当私塾老师,不得空闲,大多是在晚上,银河高耿,或是明月在天。一壶清茶,幽香袅袅,面前是一位有故事的陌生人。那人一边喝茶,一边细细讲来。蒲先生静听苦思,讲完了,故事里的小狐狸已变成一位杏花烟润的女子,在不远处静静看着蒲先生,或是嫣然含笑,或是面色如霜,夜色中只能看个隐约。

蒲先生送走客人,取出纸墨一挥而就,那女子便施施然从夜色中走出来,走进他的聊斋,与蒲先生执手相看,笑靥如花。

这部《聊斋志异》,蒲先生一直写到四十岁,这十几年间,听惯了冷嘲热讽,看淡了人情冷暖。朋友次第离去,深夜孤坐时,回忆起往日里的慷慨谈笑,他不免心生悲凉。

张笃庆虽真心关切,却始终不是他的知音,这样的朋友,又岂能长久?王鹿瞻惧内,纵妻虐父。蒲先生看不过去,写信痛斥王鹿瞻,他毫无悔改之意。这样的朋友,不仁不孝,须马上绝交!不但如此,王父死后,蒲先生作文沉痛哀悼,并作《马介甫》讽刺王鹿瞻——二人益是疏远了。

朋友越来越少,哪里能怪蒲先生?他正像是聊斋里那些精灵,爱得彻骨,恨得干脆,不容许一丝杂念扰乱他纯粹的精神世界。

友情要纯粹,若是相识相知,便是一生的朋友;若思想异途,从此就撒开手,一刀两断,才是干净。

幸运的是这位"痴儿"终于还是遇到"臭味相投"的朋友——同窗王世禛曾为《聊斋志异》题诗:"姑妄言之姑听之,豆棚瓜架雨如丝。料应厌作人间语,爱听秋坟鬼唱诗。"

诗写得平淡无奇,了解蒲先生的人却大多会被打动。王世禛之于他的意义,正是沧海中之孤舟一芥,汪洋中之孤岛一隅。他不必再感叹古来知音难求,王世禛可算得上一位。既如此,先生愿足矣。

他的才华无人可以否定,只是不合时宜。幸而除了施闰章,还有一位没有留下名姓的毕先生赏识——蒲先生三十九岁时应同邑毕家聘请,设馆城西西铺庄,给毕家当起了家教。这一当,便是三十余年。期间待遇优厚,毕家上下以师长之礼敬重他。七十一岁蒲先生从毕家撤帐归来时,已有养老之田五十余亩,再不似早年的一贫如洗。

人生的最后四年,蒲先生终于得以与家人长聚。子女儿孙,笑笑闹闹,日子仍然清苦,他安心受用这迟来的天伦之乐。

两年后,七十五岁的蒲先生在山东淄川的老家过世。

他带着病和尚的前世孽缘降生,这个世界——世人熙熙,皆为利来;世人攘攘,皆为利往。他看够了,也看倦了,自己也是一生为俗事烦扰,烦透时,便躲进聊斋,那里是他的世外桃源。

如今离去,两袖清风,这一隅世外桃源留给后世人,病和尚的尘缘总算了结。

此后五十一年,《聊斋志异》初次刊刻行世,五百多个花狐精灵从厚厚的十二卷《聊斋志异》中逃出来,逃进曾将蒲先生抛弃了的人间繁华场,才有人恍然大悟——"这个人,了不起!"回头看时,蒲先生早已经拂袖绝尘而去。

他有自己的世界,花狐鬼怪,善恶有报,爱恨随心。人间的烟火味虽好,亦有太多烦恼。他是不愿回来了。

*本文发表于2016年08期《哲思·恋恋中国风》,更名为《且入聊斋谈狐怪》。

会笑的猫

刘阿婆养了一只会笑的猫,那年夏天是花巷街孩子们中间的新闻。

总有小孩子探进刘阿婆家的吱嘎作响的木门。刘阿婆坐在堂屋尽头的竹椅子上,吧嗒吧嗒地抽着旱烟。堂屋光线不好,总看不清楚屋里的情景,听见刘阿婆咳嗽两声,用烟锅敲敲椅子腿,然后"吱呀"一声响,孩子们就知道刘阿婆起身了,便像麻雀一样呼啦啦地散去,一边跑一边嘻嘻哈哈念着顺口溜:"老婆婆,啃地瓜,没了牙,满地爬。"

除了喻哥哥,没人敢进去刘阿婆家终年光线昏暗的土屋,据说那里曾养过几百条蛇。那时候刘阿婆的傻瓜儿子还活着,蛇就是他养的。傻瓜死后蛇都从屋里逃出来,一时间花巷街人都不敢出门,在家里也小心翼翼,不知什么时候就会踩到软乎乎的冰凉皮肤。

喻哥哥说傻瓜就是踩着蛇被咬了才丢了命。也有胆大的人捉了蛇来煮汤,喻哥哥说舅舅就逮了蛇给他熬汤喝,所以他从来不长疮,也不怕蛇。

他讲这些故事的时候,花巷街的小孩子们都用崇拜的眼神望着他。

喻哥哥因此成了花巷街的大王,领着孩子们一次次冲向刘阿婆的家,他回家后兴奋地告诉我,就差一点,他们就见到那只会笑的猫了。喻哥哥一直不带我去,他说:"刘阿婆的眼睛在黑屋子里还冒着白光,你看了要害怕的。"

我哭着一定要跟去,舅妈给喻哥哥下了命令:"带着肖肖,不然就不准出门。"

"好吧,自己跟上。"喻哥哥说完飞快地跑起来,我只能远远跟在后面。到达时刘阿婆的院子里聚了六个小孩,喻哥哥打头,慢慢挪向木门。屋子里黑漆漆的什么都看不见,那天刘阿婆没有坐在竹椅子上抽旱烟,而从土屋旁边的菜地里走出来。孩子们飞快地跑掉,只有我和喻哥哥没逃走。

刘阿婆提着菜篮子慢吞吞地走过来,她蓝色的对襟衫洗得泛白,步子颤巍巍的,脸皱得像松树皮,凉森森的眼神不停地在我身上转悠,我害怕地大哭起来。

喻哥哥说:"肖肖别哭,我念顺口溜给你听。"说完便绕着院子跑起来,大声念着顺口溜:"老婆婆,啃地瓜,没了牙,满地爬。"逃跑的孩子们停下来哄笑着鼓掌。不远处童佳萱安静地面向我们站着。喻哥哥卖力地跑着,念着,还从刘阿婆的菜篮子里捡了一根黄瓜。

刘阿婆不理他,慢慢地走向木门,从菜篮子里拿出一个西红柿给我,然后转身进屋,没有一点声息,像从黑漆漆的屋子里消失了。喻哥哥抢过西红柿,和黄瓜一起扔进屋里,拉着我跑开。

"不能吃她的东西,吃了眼睛要变成和她一样的。"

喻哥哥说:"她和蛇待了大半辈子,眼睛就变得和眼镜蛇一样了。肖肖你看。"喻哥哥把他的作业本递给我,纸上画了一条歪歪扭扭的蛇,头上戴着圆圆的宽边眼镜:"像不像童佳萱他爸?"

"像。"我点点头。童佳萱的爸爸是数学老师,暑假里老师们每天下午来村子里散步,晚上又到河边钓鱼,晚饭后我和喻哥哥出来玩,总能遇见他们。她爸爸可不就是这个样子,背弯弯的,戴副大眼镜。

"你都没见过眼镜蛇,就知道吹牛!"童佳萱从我们旁边经过,手背在后面,头扬得老高。她穿一条红色的百褶连衣裙,背上的大蝴蝶结随着她的步伐摆动。

"我没见过眼镜蛇,你还没见过会笑的猫呢!"喻哥哥慌忙把画着眼镜蛇的作业本塞进裤兜里,对着她的背影大声说。

"猫才不会笑,你骗人。"

"刘阿婆家就有一只,不信你问她。"

"嗯。"我点点头。

"刘阿婆有多老?"我总觉得她枯树枝似的骨头有一天会刺破薄薄的苍老的皮肤。喻哥哥没有回答我的问题,他伸手捂住我的嘴巴:"肖肖,别说话。"

这时候我和喻哥哥躲在刘阿婆家的后墙窗底下,和我们一起的还有童佳萱。

她蹲在我旁边小声说:"喻小凡,你肯定在说谎。"

"不信你就别跟来。"

"我来是为了证明你在说谎。"

两个人越吵越大声,我正不知道怎么办,头顶传来一声猫叫。

"肖肖,看,猫来了。"喻哥哥扯着我的袖子,眼睛却望着童佳萱。

"别说话!"童佳萱瞪了喻哥哥一样。三个人都安静下来,仰头盯着传说中那只"会笑的猫"。猫是向日葵一样的黄色,额头一撮雪白的毛。它躺在窗台上,额头抵着玻璃,半眯着眼睛。

等了好长时间,我的脖子都望酸了,腿都蹲麻了,猫还是自顾自地睡觉,一点要笑的意思都没有。

"喻小凡,大骗子!"童佳萱背后的蝴蝶结一颤一颤。"三年级还骗人,羞死了。"

"骗你是大黄狗,你们去河边等着,我去把它捉出来。"说着就往前院跑。

"喻哥哥,屋里黑。"

"我才不怕。"喻哥哥没理我,一溜烟跑得没影。

童佳萱的裙摆在河堤上沾了泥巴,她用纸巾轻轻擦着,却怎么也擦不干净。她问我:"你叫什么名字?"

"肖肖。"

"肖肖,你认识我吗?"

"认识。"我点点头:"你叫童佳萱,我还认识你爸爸,喻哥哥说你们是同学,你爸爸是数学老师。"

"我才不和喻小凡当同学,他成绩那么差,整天就知道瞎玩,还往我桌子里放死老鼠。"童佳萱扬起头:"我只和好学生做朋友。"又看着我说:"肖肖,喻小凡欺负你的话,你就来学校告诉我。我是班长,一定帮你教训他。"

我摇摇头:"喻哥哥不欺负我。"

她正要说什么,忽然听见有人叫她的名字。

"肖肖再见,爸爸叫我回家了。"

"喻哥哥还没回来。"我拉住她的裙子:"他去给你捉猫了。"

"我不稀罕看,猫不会笑,喻小凡骗人。"童佳萱小跑着离开了,背上的蝴蝶结翅膀似的扇动。

"童佳萱呢?"喻哥哥抱着猫回来,四处张望。

"回家了。"我望着他怀里的耷拉着脑袋睡觉的猫:"喻哥哥,它真的会笑吗?"

"不会,他们骗人的。"喻哥哥垂头丧气的神情和猫一个样。

"笨猫,这样都能睡着!"他使劲拍拍猫的脑袋,猫轻轻哼了一声,从他的怀里挣脱了。

"肖肖,回家。"喻哥哥拉着我的手,沿着河堤走向舅舅家的方向。

"喻哥哥,刘阿婆的黑屋子怕不怕人?"我问他。

"怎么不怕人?"喻哥哥的脸红红的。"黑漆漆凉飕飕的,我抱了猫就逃走了。刘阿婆硬要给我吃她蒸的包子。"

"不能吃,吃了眼睛要变成刘阿婆一样的!"我连忙接过话。

"当然不吃了,我又不是那只笨猫。"喻哥哥丢下我跑得飞快,我小跑着跟在后面。

夕阳点燃了晚霞,天空被染得绯红,河水也映红了。

朱怡蘅

女,西北大学文学院2014级创意写作班学生。"怡红快绿"的"怡","蘅芷清芬"的"蘅",名字缘于《红楼梦》。笔名笛风,"落入楼台一笛风"的"笛风",从初中写文开始,一直沿用至今。作为一个来自南方的北方人,性格多元,文多话多,喜欢生涩少见的成语,崇拜契诃夫,最大的优点是少有拖延症。文风时而沉郁时而跳脱,不过需要精进之处颇多,最大的心愿是有更多的朋友阅读其作品。

小园归去

属于落蝶的整个世界。

世界是铺天盖地的锈黄色的时候,才觉得这一场冬雨来得太急,也来得太猛。似乎是应了小雪的时节,却觉得这样的满地落叶比雪来得柔和。现在,在这个三楼大窗的外面,绿色暗淡着也夹杂着黄色。也许有叶子"簌簌"的声音,还有风,尽管听不见风呼啸而过的声音。

做了诗歌的鉴赏题,又是"独怜幽草涧边生",又是"飞蓬""尺素",老师说那一种思想感情叫思乡。

今天早晨在暗黄色笼罩的车站等待的时候,周围是一如既往的昏暗,可却突然发现西北方的那盏路灯格外的醒目,朦胧又明亮。灯笼在枝叶里,光圈像一只独立的眼,大得突兀而不寻常。周围还是寂寞的,寥寥人影划过光斑无波无澜。

那么,在这个时刻,在这个凝固的思绪里,没有万水千山,我的故乡,你也是如此安静吗?

人们早早地苏醒过来,指针转过了相同的半圆,街上却是灯火明亮。南方和北方,似乎只有相差的苏醒时间。似乎只是似乎。

其实是真的过去了很多年了,我还记得我离开故乡的那一天,雨下得很大,水面刚刚漫过鞋底。还有一段足够短的彩虹,像是调色板上调色的小角,但却足够明晰。然后,没有太多的欣喜和怀念,就这样匆匆离开了。

此后,归期寥寥,次数屈指可以数清。

我忘了那个院子里的小径留下多少我采的花骸,那个灌木丛里有多少过家家的小锅小碗。我在地上留下涂鸦,我把粉笔压碎埋进雪里。那些那样多的过去的事,应该被藏进了八音盒里,当我拧转记忆的阀门,我听到故乡的声音。我想到独酌独饮的醉翁,我想到那个小亭子和那个让我滑了一跤的醴泉,我想到外婆的小园。

说不上是不是所有南方的宅子都是这样的:临着一条老街,有青石板铺成的路。门是双开的,有木制的纹理。门前有两个矮矮的石墩,同样是青灰色,表面被衣角打磨得平滑,仔细看的时候会发现表面有水滴常年穿凿而成的小水坑。

小院里有大大的前院、后院还有别院,前院有广玉兰和栀子花,后院那两颗银杏树种了许久。而后院里大大小小有孔的石柱,大概是我幼时玩耍的乐园。家里还有一口很大很大的水缸,听外婆说,在水缸还没有被雪撑裂之前,里面生长了一只背后刻了文字的乌龟。

很多很多的故事在这里发生,在这里封存,然后又埋进关于这里的记忆里。

现在我不在那里,外公外婆也早已离开了那里。外公生了很重的病,需要更方便的治疗。即使那个宅子蒙上了厚厚的尘土,潮湿的空气多雨的时节滋长出青苔,花败落叶飘零,我还记得那里。

蚂蚁也许搬进了新家,那只花白的猫也不知道漂泊到了哪里。

外婆原来亲自种菜的小园子现在是荒废的土地,蚯蚓还在松动土壤。

有一面我一直不知道有什么用的高墙隔开了两户人家,现在一定还孤兀地站在那里。

很多东西变得面目全非,也有很多东西始终如一。

我在西安再也没有见过那样的风景。

还有一首诗里有"不知溪源来远近,但见流出山中花。"

这里有积雪的太白和水声潺潺的峪口,却再没有那种触动了。

似乎人总在离开之后才会怀念,当我归去,物非人是,那时候,我又会怀念这里吧。

生命随白发老去

太阳很大很大,升过屋顶的时候是很亮的橘红色,而更多的天空像是病态的嘴唇。发白的光洒完房间的东面,镜子有不规则的一部分反射的亮斑投在地板上。顶层的小阁楼养的灰鸽飞过,似乎划开了天空,也划开了眼角,有一堆微微凸起的波纹。

我惊恐地想要用手抚平那褶皱,却发现手背的皮肤干涸枯瘦在一起。心脏开始急速地跳动起来,日夜以一种不可估量的速度擦肩而过,给鬓角刷上白漆。我再次惊恐地闭上眼,右手一下一下地抚着胸口,自己安慰自己说,睡一觉吧,睡吧。醒来的时候你还是个十九岁的姑娘。

然而却没有。

再次醒来是因为窗外霹雳的雨声。好似突然来了一阵风,雨打在玻璃上,然后下滑滴落在窗台上。雾气压得很低,是很浓重的灰蒙色。爬起来的时候小床发出木头"吱呀"的呻吟。平时拉窗户是件稀松平常的事,现在却觉得有一点儿难。雨把玻璃上的浮灰冲走了,我看见玻璃上自己清晰的轮廓。很显然那是一个老人。

对,老人。

又睡了一觉的我面对这个面容的时候内心突然变得无比平静。但我依然感到茫然,我不知道现在有什么事情可以做,身边除了自己没有任何人。我拼命地想要寻找除了我之外的一丁点声息,哪怕是树叶沙沙的颤抖声。可是,雨声突然消失了,世界依旧安静得可怕。

摸寻到客厅,我看见立在柜子上的电视,我拿起遥控器漫无目的地换台,可是渐渐地,手指按着"NEXT"的频率一点点变快,屏幕上只剩下一条明灭的线。翻着翻着,我似乎又在某一个瞬间丧失掉了兴趣,那些青春洋溢的脸似乎和自己隔了一条不会停的河。

还剩下什么呢。真寂寞啊。

我把自己埋进了沙发里,意识似乎又变得混沌起来。脊背随着蜷曲的姿态固定成弯曲,手背上生长出淡褐色的斑。白发像是一场出来的雪,好像只需要一个夜晚,就可以覆盖完所有的青丝。我似乎又在梦里了。

我没有想到自己又睡了过去,悠悠转醒的时候已经分不出昼夜。摇了摇水壶,发现里面的水拍打着内壁发出可怜的响声。无奈只得重新去烧水。左脚和右脚相隔的距离容不下三个手掌。开关在触手可及的地方,厨房的灯照得人暖洋洋的,灯光把影子揉成短胖的一团。

等待水开的时间显得格外漫长,喉咙里又的的确确缺水得厉害,只得拿了桌上的玻璃杯,去冰箱里搜寻一点儿喝的。显然,冰箱里也是一无所有。手心附在杯面上,那些纹路透过薄薄的阻隔显得繁复而干燥。我踱着步子又坐回沙发上。

时间似乎过得太过仓促,星夜以秒也敌不过的速度从指缝里流失。当所有的回忆像潮水一般涌过来的时候我摸不到任何东西。记忆只停在了十九岁,然后在几十页的空白翻过之后突然就这样老了。

我开始陷入走不出的迷宫里,我不知道这是关于遗忘的绝症又或是什么。

也许。我想,也许这终究还是梦吧。

睁眼看到的是黑夜,我突然又不确定面貌的衰老。我告诉自己生活的痕迹不会轻易地被抹去,但那种苍老却触摸起来那样真实。

究竟,我是怎么了。

"嘀——"

好长好长的嘀声唤醒我的意识。我想迈脚去看是不是水开了,却朦朦胧胧地看见沙发边上颤抖着的闹钟。

似乎,我只是说似乎。

似乎是梦。

我再次闭上眼回想刚才皮肤苍老之后的事,和刚才闹钟响起之后的事。在另一个时间老去的我和老去的梦,她们苍白地聚居在一个角落里。

而我依然无法确定,究竟,那是否只是一个梦。

  陷进沙发里的时候,我开始回忆一些过去的事。曾经的软弱和屈服,曾经以为过不去的坎儿和河,现在和猝不及防变老相比起来,也可以云淡风轻地作为往事一笑而过。

编后记

今年年初,段建军院长嘱我和字民、晓辉、然兴编撰一套本科生优秀作品选,作为学生创作实践的一种阶段性总结与展示。文学院素有文学创作的传统,并视之为大学教育的题中之义。上世纪八十年代以来,我们以西北大学作家班、"黑美人"艺术节、"文苑华章"、"抒雁杯"青春诗会以及创意写作专业为载体,持续推动学生的创作实践,结出了累累硕果,培养出以雷抒雁、贾平凹、迟子健为代表的一大批享誉文坛的作家,为我校赢得了"作家摇篮"的美誉。时光大浪淘沙,把很多记忆磨灭为尘埃,也为我们留下了厚重的文本与沉甸甸的荣誉。因此,踵迹先贤,继往开来,不坠斯文,是我们义不容辞的使命。

我们以敬畏之心面对辉煌的传统,而以谨慎的态度面对每一篇学生的心血之作。经过半年的酝酿与切磋琢磨,这套丛书终于初具规模。这本散文集是其中的一部分。

散文在诸种文体里是最自由最随性的一种。它不像诗歌以精微的语言反刍灵魂深处的悸动;不像小说和戏剧,经过他者的世界却总会撞见卑微的自己。顾名思义,散文的书写是随性的,如叙家常。散文是一条寻常路。晨风习习,旭日初升,和平日里一样,我们穿过这条林间道,不用大声喧哗,不用窃窃私语,我们相视一笑,遇到襟怀坦白的自己。最美的散文就是林间路上的书声与笑语,不伪装,不造作,如黎明林间的气息。但寻常并不是所谓寻常,简单也不是真的简单。寻常是对技巧的扬弃,所谓简单是厚积薄发。王安石对唐朝诗人张籍有两句评价:"看似寻常最奇崛,成如容易却艰辛"。而苏轼《与侄书》说:"少小时须令气象峥嵘,彩色绚烂。渐老渐熟,乃造平淡。其实不是平淡,绚烂之极也。"体会到了这种寻常之美,平淡气象,无疑对散文的写作也就思过半了。

今天,呈现于读者面前这本散文集,是文学院 2012 级至 2016 级本科生的90余篇散文新作,是文学院这棵老树上抽出的新芽。青春是生命中最绚烂的部分,这些作品有对历史文化的激扬文字,有穿行于江山都市的行走絮语,有对平凡生活的观察与反讽,有对亲情的以沫相濡,其实都是五十弦上的华彩乐章,青葱岁月里最新鲜的绽放。也许绚烂之极,还未深造于平淡,但青春的果实即使青涩,不也是每个人品尝过的最甜美的滋味吗?

  这个散文集是由晓辉兄进行组稿的。他把厚厚的文稿,垛在我的办公桌上,命我阅过并写作这篇读后感。我有些诚惶诚恐,却不能推却。是为记!

杨遇青

2016年12月15日

文苑华章

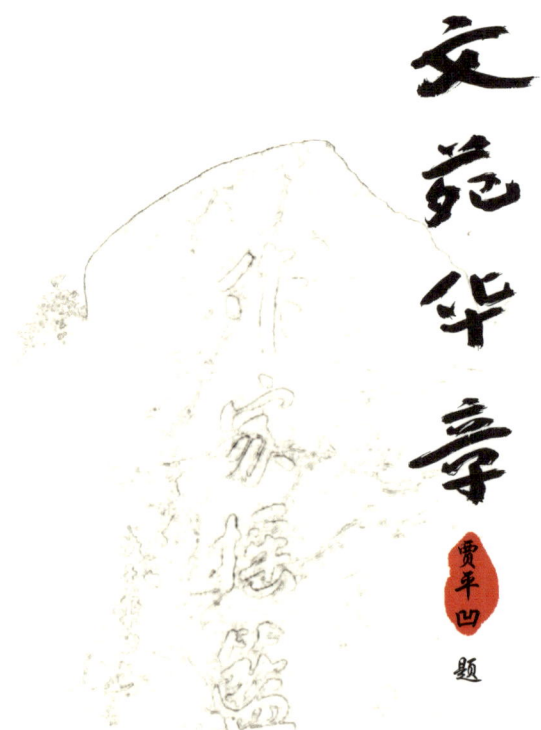

贾平凹 题